BALLI
KAUR JASWAL

ESCOLA DE CONTOS ERÓTICOS PARA VIÚVAS

2ª edição

Tradução
Flávia Souto Maior

Copyright © Balli Kaur Jaswal, 2017
Copyright © Editora Planeta do Brasil, 2019, 2021
Copyright © Flávia Souto Maior
Todos os direitos reservados.
Título original: *Erotic Stories for Punjabi Widows*

Preparação: Barbara Cabral Parente
Revisão: Elisa Martins, Laura Folgueira e Franciane Batagin
Diagramação: Departamento de criação da Editora Planeta do Brasil
Capa: Adaptada do projeto original de Holly Macdonald

Dados Internacionais de Catalogação na Publicação (CIP)
Angélica Ilacqua CRB-8/7057

Jaswal, Balli Kaur
    Escola de contos eróticos para viúvas / Balli Kaur Jaswal; tradução de Flávia Souto Maior. – 2 ed. – São Paulo: Planeta do Brasil, 2021.
    304 p.

ISBN: 978-65-5535-370-9
Título original: *Erotic Stories for Punjabi Widows*

1. Ficção inglesa I. Título II. Maior, Flávia Souto

21-1199   CDD 823

Índices para catálogo sistemático:
1. Ficção inglesa

2021
Todos os direitos desta edição reservados à
EDITORA PLANETA DO BRASIL LTDA.
Rua Bela Cintra 986, 4º andar – Consolação
São Paulo – SP – 01415-002
www.planetadelivros.com.br
faleconosco@editoraplaneta.com.br

Para Paul

Capítulo 1

Por que Mindi *queria* um casamento arranjado?
 Nikki ficou olhando para o perfil que sua irmã havia anexado ao e-mail. Havia uma lista de detalhes biográficos relevantes: nome, idade, altura, religião, dieta (vegetariana, à exceção de um peixe com batatas fritas de vez em quando). Preferências gerais para um marido: inteligente, compassivo e gentil, com valores sólidos e um belo sorriso. Tanto homens sem barba quanto os que usavam turbante eram aceitáveis, contanto que a barba e o bigode fossem bem-cuidados. O marido ideal tinha emprego estável e até três *hobbies* que lhe trouxessem crescimento mental e físico. *Em certos aspectos*, ela havia escrito, *ele deve ser exatamente como eu: modesto* (puritano, na opinião de Nikki), *prático com as finanças* (extremamente mesquinho) e *voltado para a família* (desejar bebês sem demora). A pior parte era que o título de seu anúncio fazia com que ela parecesse um tempero vendido no supermercado: Mindi Grewal, mistura Oriente-Ocidente.
 O corredor estreito que ligava o quarto de Nikki à pequena cozinha não era adequado para ficar andando de um lado para o outro. Tinha tábuas desalinhadas que rangiam com o mínimo contato por causa dos vários desníveis. Ainda assim, ela foi e voltou pelo corredor, reunindo os pensamentos em pequenos passos. O que sua irmã estava pensando? Certo, Mindi sempre havia sido a mais tradicional das duas – uma vez, Nikki a flagrou assistindo a um vídeo na internet sobre como fazer pão *roti* perfeitamente arredondado –, mas colocar um anúncio procurando um noivo? Era *radical* demais.
 Nikki ligou várias vezes para Mindi, e em todas as tentativas a ligação caiu na caixa postal. Quando conseguiu, a luz do sol já tinha ido embora e se transformado na densa neblina noturna, e já era quase hora de sair para seu turno no O'Reilly's.
 — Já sei o que você vai dizer — Mindi afirmou.
 — Você compreende, Mindi? — Nikki perguntou. — Consegue realmente imaginar isso acontecendo?
 — Sim.

— Então você é louca.

— Tomei essa decisão sozinha. Quero encontrar um marido do modo tradicional.

— Por quê?

— É o que eu quero.

— Por quê?

— Porque sim.

— Você precisa de um motivo melhor do que esse se quiser que eu edite seu perfil.

— Não é justo. Eu te apoiei quando você saiu de casa.

— Você me chamou de vaca egoísta.

— Mas depois que você foi embora e nossa mãe quis ir até sua casa para exigir que voltasse, quem a convenceu a desistir da ideia? Se não fosse por mim, ela nunca teria aceitado sua decisão. Hoje, ela já superou.

— *Quase* superou — Nikki lembrou a ela. O tempo havia arrefecido a sensação de indignação inicial de sua mãe. Hoje, a mãe ainda estava profundamente insatisfeita com o estilo de vida de Nikki, mas havia desistido de lhe passar sermões sobre os perigos de morar sozinha. "Minha própria mãe nunca nem sonharia em permitir uma coisa dessas", a mãe sempre dizia para provar como era moderna, em um tom que misturava arrogância e lamento. *Mistura Oriente-Ocidente.*

— Estou abraçando nossa cultura — Mindi disse. — Vejo minhas amigas inglesas conhecendo homens pela internet e em bares, e elas não parecem estar encontrando pessoas legais. Por que não tentar um casamento arranjado? Funcionou para os nossos pais.

— Era outra época — Nikki argumentou. — Você tem mais oportunidades do que nossa mãe tinha na sua idade.

— Eu estudei, me formei em Enfermagem, tenho emprego... Esse é o próximo passo.

— Não deveria ser um passo. O que você está fazendo é adquirir um marido.

— Não vai ser assim. Só quero um pouco de ajuda para encontrá-lo. Não vamos nos ver pela primeira vez só no dia do casamento. Casais têm permissão para se conhecerem por mais tempo hoje em dia.

Nikki hesitou ao ouvir a palavra "permissão". Por que Mindi precisava da permissão de alguém para tomar liberdades em seus namoros?

— Não precisa se acomodar. Viaje um pouco. Conheça o mundo.

— Já conheci o suficiente. — Mindi torceu o nariz. Havia feito uma viagem com as amigas para Tenerife, durante a qual descobriu ser alérgica a mariscos. — Além disso, Kirti também está procurando um rapaz apropriado. É hora de nós duas nos estabilizarmos.

— Kirti não seria capaz de avistar um rapaz apropriado nem se ele entrasse voando pela janela — Nikki disse. — Eu mal a considero uma concorrente séria.

Nikki e a melhor amiga de sua irmã – que era maquiadora, ou profissional de aprimoramento facial, segundo seu cartão – não se suportavam. Na festa de aniversário de vinte e cinco anos de Mindi, no ano anterior, Kirti havia examinado a roupa de Nikki e concluído: "Ser bonita requer certo esforço, né?".

— Mindi, talvez você esteja entediada.

— E tédio não é um motivo válido para tentar encontrar um parceiro? Você saiu de casa porque queria independência. Eu quero me casar com alguém porque desejo fazer *parte* de alguma coisa. Desejo uma família. Você não sabe como é porque ainda é muito nova. Chego em casa depois de um longo dia de trabalho e somos só a mamãe e eu. Quero voltar para *alguém* quando chegar em casa. Quero falar sobre o meu dia, jantar e planejar uma vida junto com alguém.

Nikki abriu os arquivos anexados ao e-mail. Havia duas fotos do rosto de Mindi com sorriso acolhedor, cabelos lisos e abundantes caindo abaixo do ombro. Outra foto retratava a família toda: a mãe, o pai, Mindi e Nikki nas últimas férias que haviam passado juntos. Não era a melhor foto deles, todos estavam com os olhos semicerrados e pareciam minúsculos diante de uma paisagem ampla. O pai havia morrido naquele mesmo ano, um ataque cardíaco roubara sua vida como um ladrão. Nikki sentiu uma pontada de culpa no estômago. Ela fechou a janela do e-mail.

— Não use nenhuma foto de família — Nikki disse. — Não quero minha imagem nos arquivos de nenhum casamenteiro.

— Então vai me ajudar?

— É contra meus princípios. — Nikki digitou "argumentos contra casamento arranjado" no site de busca e clicou no primeiro resultado que apareceu.

— Mas vai me ajudar?

— "O casamento arranjado é um sistema defeituoso que não respeita o direito de as mulheres escolherem seu destino" — Nikki leu em voz alta.

— Apenas dê uma melhorada no perfil. Não sou boa nessas coisas — Mindi disse.

— Ouviu o que eu falei?

— Alguma bobagem radical. Parei de prestar atenção depois de "não respeita".

Nikki voltou a clicar no perfil e encontrou um erro: *Estou procurando por minha alma gêmea. Quem será que vai sê?* Ela suspirou. Era nítido que Mindi já estava decidida – era uma questão de Nikki querer se envolver ou não.

— Está bem — ela disse. — Mas só porque você está correndo o risco de atrair idiotas com esse perfil. Por que se descreveu como alguém que "ama diversão"? Quem não ama diversão?

— Depois você pode colocar isso no mural de casamentos para mim?

— Que mural de casamentos?

— Naquele templo grande em Southall. Depois mando uma mensagem com os detalhes.

— Southall? Está brincando.

— É muito mais perto da sua casa. Eu vou trabalhar em dois turnos no hospital a semana toda.

— Achei que existissem sites de casamento para esse tipo de coisa — Nikki disse.

— Considerei o ParPerfeitoSikh.com e o AmorPunjab.com. Tem muitos homens da Índia procurando visto fácil. Se um homem vir meu perfil no mural do templo, pelo menos sei que está em Londres. O *gurdwara** de Southall é o maior da Europa. As chances são maiores do que se eu colocar no mural de notícias de Enfield — Mindi explicou.

— Eu sou muito ocupada, sabia?

— Ah, por favor, Nikki. Você tem bem mais tempo do que nós.

Nikki ignorou a ponta de crítica. Sua mãe e Mindi não consideravam seu emprego como atendente de bar no O'Reilly's um trabalho em tempo integral. Não valia a pena explicar que ela ainda estava procurando sua

---

* A definição deste e de outros termos regionais que aparecem ao longo do livro está em um glossário na página 299.

vocação – um trabalho em que pudesse fazer a diferença, estimular sua mente, ser desafiada, valorizada e recompensada. Empregos assim eram, infelizmente, escassos e a recessão havia piorado as coisas. Nikki havia sido rejeitada até mesmo para vagas como voluntária em três instituições sem fins lucrativos para mulheres. Todas se desculparam, explicando que estavam sobrecarregadas com um número recorde de candidaturas. O que mais havia disponível para alguém de vinte e dois anos, com metade de uma faculdade de Direito? No ambiente econômico atual (e possivelmente em todos os outros ambientes econômicos): nada.

— Eu pago pelo seu tempo — Mindi disse.

— Não vou aceitar seu dinheiro — Nikki respondeu de maneira reflexiva.

— Espere um pouco. A mamãe quer dizer uma coisa. — Ela ouviu instruções abafadas ao fundo. — Ela disse: "Lembre-se de trancar as janelas". Passou alguma coisa no noticiário de ontem à noite sobre arrombamentos.

— Diga para ela que não tenho nada de valor para roubarem — Nikki disse.

— Ela vai dizer que você tem sua honra para proteger.

— Tarde demais. Isso, eu já perdi. Na festa de Andrew Forrest, depois do baile do último ano. — Mindi não respondeu nada, mas sua reprovação estalava como estática na linha.

Depois, arrumando-se para ir trabalhar, Nikki pensou na oferta de pagamento de Mindi. Um gesto generoso, mas as aflições de Nikki não eram financeiras. Seu apartamento ficava em cima do bar, e o valor do aluguel era subsidiado por sua disponibilidade para trabalhar turnos extras de última hora. Mas o trabalho no bar era para ser temporário – era para ela estar *fazendo alguma coisa* da vida àquela altura. Cada dia lhe trazia um novo lembrete de que estava parada enquanto seus colegas evoluíam. Na semana anterior, na plataforma do trem, ela havia avistado uma ex-colega de classe. Ela parecia muito ocupada e determinada enquanto caminhava para a saída da estação, com uma maleta em uma das mãos e um copo de café na outra. Nikki havia começado a temer a vida diurna, as horas em que estava mais ciente da Londres que a cercava, onde o tempo passava e todos pareciam ter encontrado seus lugares.

*

Um ano antes de Nikki terminar o ensino médio, ela acompanhou os pais em uma viagem à Índia, onde fizeram questão de visitar templos e consultar pânditas para conferir a Nikki a orientação necessária para se destacar. Um pândita pediu que ela se visualizasse na carreira que desejava enquanto ele entoava orações para transformar suas visões em realidade. Sua mente havia ficado vazia, e essa tela em branco foi a imagem enviada aos deuses. Como em todas as viagens à terra de seus antepassados, ela havia recebido orientações rígidas sobre o que não dizer na frente do irmão mais velho de seu pai, que os hospedou: nada de xingamentos, nenhuma menção a amigos do sexo masculino, sem discussões, falar punjabi para demonstrar gratidão por todos os cursos de verão que fazíamos ali na esperança de cultivar nossas raízes culturais. Durante o jantar, quando seu tio perguntou sobre as visitas aos pânditas, Nikki mordeu a língua para não responder: "Charlatões cretinos. Seria melhor pedir para meus amigos Mitch e Bazza lerem minha mão".

O pai falou por ela:

— Provavelmente Nikki vai estudar Direito.

Então seu futuro foi selado. Seu pai descartou suas incertezas com lembretes de que ela ingressaria em uma profissão segura e respeitável. Eram garantias apenas temporárias. A ansiedade e a agitação de assistir à aula errada no primeiro dia de universidade apenas se multiplicaram no decorrer do ano. Depois de quase reprovar em uma matéria no segundo ano, Nikki foi chamada por um professor-assistente, que observou: "Talvez isso não seja para você". Ele estava se referindo à matéria que ministrava, mas ela notou que o comentário se aplicava a tudo: o tédio nas aulas e palestras, as provas, os trabalhos em grupo e os prazos. Aquilo simplesmente não era para ela. Na mesma tarde, largou a faculdade.

Sem coragem de contar aos pais que havia abandonado os estudos, Nikki ainda saía de casa todas as manhãs com sua bolsa de couro *vintage* comprada no mercado de Camden. Caminhava por Londres, que servia como pano de fundo perfeito para sua angústia com seu céu cheio de fuligem e construções antigas. Largar a faculdade lhe deu certo alívio, mas Nikki passou a ser atormentada por inquietações a respeito do que deveria estar fazendo. Após uma semana de andanças sem objetivo, começou a preencher suas tardes participando de protestos com sua melhor amiga, Olive, que era voluntária de uma organização chamada UK Fem Fighters. Havia muito com que se indignar. Modelos com os peitos à mostra ainda apareciam na página três do tabloide *The Sun*. Recursos governamentais para centros de acolhida para mulheres estavam sendo cortados pela metade como parte de novas medidas de austeridade. Jornalistas do sexo feminino corriam risco de assédio e agressões em áreas de guerra no exterior. Baleias estavam sendo massacradas de forma insensata no Japão (não era uma questão feminista, mas Nikki sentia pena das baleias assim mesmo e abordava estranhos para recolher assinaturas para sua petição do Greenpeace).

Só quando um amigo de seu pai tentou lhe oferecer um estágio, Nikki teve que admitir que havia abandonado a faculdade. Gritar nunca havia sido o estilo de seu pai. Distância era seu método de expressar decepção. Na longa discussão que se seguiu à confissão de Nikki, ela e seu pai passaram a ficar sempre em cômodos diferentes, territórios que marcavam inconscientemente, enquanto sua mãe e Mindi orbitavam entre eles. O mais perto que chegaram de uma discussão feia foi após o pai fazer uma lista dos atributos adequados de Nikki para uma carreira na área de Direito.

— Todo esse potencial, todas essas oportunidades, e está desperdiçando por quê? Já estava quase na metade. O que pretende fazer agora?

— Não sei.

— Não sabe?

— Apenas não sou tão apaixonada por Direito.

— Não é tão apaixonada?

— Você não está tentando entender. Só está repetindo tudo o que eu falo.

— REPETINDO TUDO O QUE VOCÊ FALA?

— Pai — Mindi disse. — Acalme-se. Por favor.

— Eu não vou...

— Mohan, o seu coração — a mãe dela alertou.

— O que tem de errado com o coração dele? — Nikki perguntou. Ela olhou para o pai com preocupação, mas ele não olhou em seus olhos.

— Nosso pai está com algumas alterações. Nada sério, o eletrocardiograma está normal, mas a pressão estava catorze por nove, o que é um pouco alarmante. E há histórico de trombose venosa profunda na família, então existem algumas preocupações... — Mindi continuou falando sem parar. Depois de um ano como enfermeira, ainda não havia se cansado da novidade de usar jargão médico em casa.

— O que isso significa? — Nikki perguntou com impaciência.

— Nada conclusivo. Ele precisa fazer mais exames semana que vem — Mindi disse.

— Pai! — Nikki correu em sua direção, mas ele levantou a mão, fazendo-a parar no meio do caminho.

— Você está estragando tudo — ele lamentou. Foram as últimas palavras que seu pai lhe disse. Dias depois, ele e sua mãe marcaram uma viagem à Índia, embora tivessem visitado o país apenas dois meses antes. Seu pai queria ficar com a família, a mãe explicou.

Já haviam ficado para trás os dias em que os pais de Nikki ameaçavam mandá-la de volta à Índia quando não se comportava bem. Daquela vez, eles mesmos se exilaram.

— Quando voltarmos, talvez você tenha recobrado o bom senso — a mãe dela disse. O comentário doeu, mas Nikki estava determinada a não iniciar outra briga. Discretamente, estava fazendo as próprias malas. Um bar perto do apartamento de Olive, em Shepherd's Bush, estava procurando um atendente. Quando seus pais voltassem, Nikki já teria ido embora.

Então seu pai morreu na Índia. O problema cardíaco era pior do que os médicos haviam detectado. Nos contos tradicionais da Índia, filhos rebeldes eram a causa primária de doenças do coração, tumores cancerosos, perda de cabelo e outros problemas nos pais aflitos. Embora Nikki não fosse tão ingênua a ponto de se convencer de que havia causado um ataque cardíaco em seu pai, ela acreditava que ele poderia ter sido salvo se tivesse retornado ao médico em Londres, consulta que havia adiado para fazer aquela viagem às pressas à Índia. A culpa corroeu suas entranhas e fez com que Nikki não conseguisse chorar a morte do pai. No velório, desejou que lágrimas chegassem e propiciassem algum alívio, mas isso nunca aconteceu.

Dois anos depois, Nikki ainda se perguntava se havia tomado a decisão certa. Às vezes, considerava em segredo retomar a faculdade, mesmo não suportando a ideia de examinar mais estudos de caso e assistir a mais aulas monótonas. Talvez paixão e empolgação devessem ser coisas secundárias em uma vida adulta estável. Afinal, se casamentos arranjados podiam dar certo, talvez Nikki conseguisse reunir entusiasmo para fazer algo que não amasse de imediato e esperar até que o verdadeiro amor aparecesse.

Pela manhã, Nikki saiu de seu prédio e foi castigada com gotas de chuva no rosto. Cobriu a cabeça com o capuz da jaqueta, forrado com pele sintética, e percorreu o terrível trajeto de quinze minutos até a estação de trem. Sua adorada bolsa batia no quadril. Enquanto comprava um maço de cigarros na banca de jornal, seu telefone vibrou no bolso. Era uma mensagem de Olive.

> Emprego em uma livraria infantil. Perfeito para você! Vi no jornal de ontem.

Nikki ficou comovida. Olive estava de olho nos classificados de emprego desde que Nikki lhe contara que não tinha certeza se o O'Reilly's continuaria aberto por muito mais tempo. O bar já parecia estar mal das pernas. A decoração era escura demais para o lugar ser considerado descolado, e o cardápio não conseguia competir com o café moderno que havia aberto ao lado. Sam O'Reilly passava bastante tempo em sua pequena sala, nos fundos, cercado por pilhas de recibos e faturas.
Nikki respondeu:

> Eu também vi. Eles querem mín. cinco anos de experiência. Preciso de um emprego para ter experiência, e de experiência para ter um emprego – loucura!

Olive não respondeu. Professora do ensino médio em treinamento, sua comunicação nos dias de semana era esporádica. Nikki havia considerado estudar para ser professora, mas cada vez que ouvia Olive falar de seus alunos malcriados, ficava grata por ter que lidar apenas com um ou outro bêbado cambaleante no O'Reilly's.
Nikki digitou outra mensagem.

> Vejo vc no bar hj à noite? Não vai acreditar para onde estou indo – Southall!!

Ela apagou o cigarro e se juntou à multidão da hora do rush para entrar no trem.

Durante a viagem, Nikki observou Londres desaparecer, os prédios de tijolo substituídos por ferros-velhos e loteamentos industriais enquanto o trem seguia na direção oeste. Uma das últimas estações da linha, a placa de boas-vindas de Southall estava impressa tanto em inglês quanto em punjabi. Sua atenção foi atraída para o punjabi primeiro, surpresa pela familiaridade daquelas curvas e voltas. As aulas de verão na Índia haviam incluído aprender a ler e escrever no alfabeto *gurmukhi*, uma brincadeira útil depois que ficou mais velha, quando passou a escrever em punjabi o nome de seus amigos ingleses em guardanapos de bar em troca de bebidas grátis.

Pela janela do ônibus que levava ao templo, ver mais placas bilíngues na fachada das lojas fez Nikki ficar com uma leve dor de cabeça. E com a sensação de estar dividida em duas partes. Britânica, indiana. Ela havia visitado o local com a família na infância – um casamento no templo ou um dia de compras dedicado a encontrar especiarias frescas para preparar curry. Nikki se lembrava das conversas confusas nesses passeios, quando sua mãe e seu pai pareciam, ao mesmo tempo, amar e odiar estar entre seus conterrâneos. Não seria bom ter vizinhos punjabi? Mas então por que haviam se mudado para a Inglaterra? Conforme North London foi tomando forma de lar para seus pais, foram diminuindo os motivos para visitar Southall, que desapareceu no passado deles, junto com a própria Índia. Naquele momento, a batida do *bhangra* pulsava do carro na pista ao lado. Na vitrine de uma loja de tecidos, uma fileira de resplandecentes manequins vestindo sáris sorria com discrição para os transeuntes. Bancas de legumes e verduras espalhavam-se pela calçada, e vapor quente saía do carrinho de um vendedor de samosa na esquina. Nada havia mudado.

Em um dos pontos, um grupo de alunas do ensino médio entrou. Elas riam e falavam uma por cima da outra e, quando o ônibus fez uma curva brusca, voaram para a frente com um grito coletivo.

— Puta que pariu! — uma das garotas berrou. As outras riram, mas o ruído diminuiu rapidamente quando elas notaram que dois homens de turbante, sentados de frente para Nikki, estavam olhando feio. As meninas se cutucaram, fazendo sinal para ficarem quietas.

— Tenham respeito — alguém as repreendeu. Nikki se virou e viu uma senhora com olhar contundente enquanto as meninas passavam encolhidas.

A maioria dos passageiros desceu do ônibus junto com Nikki no *gurdwara*. Seu domo dourado brilhava em contraste com as nuvens cinzentas, e arabescos cor de laranja e azul-safira preenchiam os vitrais do segundo andar. As casas vitorianas nas redondezas do templo pareciam de brinquedo em comparação à majestosa construção branca. Nikki estava com muita vontade de fumar, mas havia muitos olhos ali. Ela os sentiu em suas costas quando ultrapassou um grupo de mulheres de cabelos brancos que caminhava devagar do ponto de ônibus para a entrada arqueada do templo. O teto daquele enorme prédio parecia infinito quando ela era criança e ainda era vertiginosamente alto. O eco fraco de um cântico veio do salão de orações. Nikki tirou o lenço da bolsa e o colocou sobre a cabeça. O saguão do templo havia sido reformado desde sua última visita, anos antes, e a localização do mural de notícias não era tão óbvia. Ela perambulou por um tempo, mas evitou pedir informações. Uma vez, havia entrado em uma igreja em Islington para pedir informações e cometeu o erro de dizer ao sacerdote que havia se perdido. A conversa que se seguiu, sobre encontrar sua espiritualidade, demorou quarenta e cinco minutos e não a ajudou a achar a estação de metrô.

Finalmente, Nikki avistou o mural de notícias perto da entrada do *langar*. Havia dois quadros grandes ocupando quase toda a parede: CASAMENTO e SERVIÇO COMUNITÁRIO. Enquanto o quadro de serviço comunitário estava lamentavelmente vazio, o de casamentos estava lotado de folhetos.

> E aí? CoMo vc tá? TÔ briNcaNdo! SoU UM caRa beM dESencAnaDo, mAS posSo gARantIr Que nÃo soU do TIpo sURfiSta. MeU obJEtivO na viDA é aProveiTAr ao mÁXimo, viVER uM diA de CAda vEz e Não eSqueNTar a cAbeÇA coM boBAgens. O mAiS imPortANte: quERo enConTRar miNHa PRINCESA e trAta-lá coMo ELA meReCe.

> Garoto sikh de família Jat de boa linhagem procurando garota sikh com o mesmo histórico. Deve ter gostos compatíveis e os mesmos valores

familiares. Temos a mente aberta em relação a muitas coisas, mas não aceitaremos não vegetarianas ou mulheres de cabelo curto.

Noiva para profissional sikh
Amardeep terminou o bacharelado em Contabilidade e está procurando pela garota de seus sonhos para completá-lo. Primeiro da turma na faculdade, para garantir um bom cargo em uma grande empresa de contabilidade de Londres. A noiva também tem que ter uma profissão, de preferência com formação universitária em uma das seguintes áreas: Finanças, Marketing ou Administração. Somos do ramo têxtil.

Meu irmão não sabe que estou anunciando isso aqui, mas achei que deveria arriscar! Ele é solteiro, tem 27 anos, disponível. É inteligente (dois mestrados!!!), engraçado, gentil e respeitoso. E a melhor parte é que ele é GAAATO. Sei que é um pouco estranho eu dizer isso, porque sou irmã dele, mas é verdade, eu juro! Se quiser ver uma foto, mande um e-mail para mim.

Nome: Sandeep Singh
Idade: 24
Tipo sanguíneo: O positivo
Escolaridade: bacharel em Engenharia Mecânica
Hobbies: alguns esportes e jogos
Aparência física: pele morena, 1,72 m de altura, sorriso despreocupado. Veja foto.

— Sem chance — Nikki murmurou, virando as costas para o mural. Mindi podia estar seguindo um caminho mais tradicional, mas era boa demais para qualquer um daqueles homens. A versão modificada do perfil anunciava uma mulher solteira compassiva e confiante, que encontrou um bom equilíbrio entre tradição e modernidade.

Eu me sinto tão confortável vestindo sári quanto calça jeans. Meu parceiro ideal gosta de comer bem e sabe rir de si mesmo. Sou enfermeira porque

> sinto muita satisfação em cuidar das pessoas, mas também quero um marido autossuficiente porque valorizo minha independência. Gosto de assistir aos filmes de Bollywood de vez em quando, mas normalmente prefiro comédias românticas e filmes de ação. Já viajei um pouco, mas estou esperando conhecer mais do mundo quando encontrar O Homem Certo para me acompanhar na jornada mais importante de todas: a vida.

Nikki se encolheu ao ler a última linha, mas era o tipo de coisa que sua irmã consideraria profunda. Ela passou os olhos sobre o mural outra vez. Se fosse embora sem afixar aquele perfil, Mindi descobriria e a perturbaria até ela voltar para concluir a tarefa. Se o afixasse, Mindi poderia acabar se conformando com um daqueles homens. Desesperada por um cigarro, Nikki roía a unha do polegar. Por fim, colocou o perfil no mural de casamentos, mas no canto mais afastado, onde ficava praticamente invisível, coberto pelos poucos folhetos do quadro de serviço comunitário. Tecnicamente, ela havia executado a tarefa, conforme solicitado.

Nikki ouviu o som de alguém pigarreando. Virou-se e viu um homem franzino. Ele deu de ombros meio sem jeito, como se respondesse a uma pergunta. Nikki acenou educada com a cabeça e desviou os olhos, mas então ele falou:

— Então você está procurando... — Ele apontou timidamente para o mural. — Um marido?

— Não — Nikki respondeu rápido. — Eu, não. — Ela não quis chamar a atenção dele para o folheto de Mindi. Seus braços pareciam palitos de dente.

— Ah — ele disse. Parecia constrangido.

— Só estava olhando o mural de serviço comunitário — Nikki disse. — Oportunidades de voluntariado, esse tipo de coisa. — Ela virou as costas para ele e fingiu, por um instante, ler os avisos do mural, acenando com a cabeça a cada anúncio. Havia carros à venda e apartamentos para alugar. Algumas notas de casamento tinham ido parar ali também, mas aquelas possibilidades não eram melhores do que as que Nikki já havia visto.

— Você curte serviço comunitário, então — ele arriscou.

— Eu preciso mesmo ir — Nikki disse. Ela começou a mexer na bolsa para evitar que a conversa prosseguisse e se virou para a entrada.

Então um folheto lhe chamou atenção. Ela parou e leu em voz baixa, movimentando os olhos lentamente sobre as palavras.

Aulas de escrita: inscreva-se já!
Sempre quis escrever? Uma nova oficina de técnicas narrativas, personagem e voz. Conte sua história! As oficinas resultarão em uma coletânea dos melhores textos.

Um rabisco escrito à mão sob as linhas impressas dizia: *Aula aberta apenas para mulheres. Precisa-se de professora. Vaga remunerada, dois dias por semana. Por favor, contatar Kulwinder Kaur na Associação Comunitária Sikh.*

Não havia nenhuma menção a qualificações ou experiência anterior, o que era um sinal encorajador. Nikki pegou o celular e digitou o número de telefone para salvar. Notou o olhar de curiosidade do homem, mas o ignorou e acompanhou um grupo de fiéis que tinha saído do *langar*.

Será que poderia dar uma oficina de escrita? Ela havia contribuído com um artigo para o blog da UK Fem Fighters, comparando suas experiências com assédio nas ruas de Délhi e Londres, que ficou três dias na lista de posts mais lidos. Certamente poderia dar dicas de escrita para algumas mulheres do templo. Talvez publicar *Uma coletânea dos melhores textos*. A experiência editorial ficaria bem em seu currículo limitado. A esperança fez seu coração palpitar. Era um trabalho do qual ela poderia gostar e se orgulhar de verdade.

Entrava luz pelas grandes janelas do templo, banhando o chão de ladrilhos com um breve calor antes que um grupo de nuvens encobrisse o Sol. Quando Nikki estava prestes a sair do prédio, finalmente recebeu uma resposta à mensagem que havia enviado a Olive mais cedo.

Onde fica Southall?

A pergunta surpreendeu Nikki. Será que, em tantos anos de amizade, Nikki não havia mencionado Southall a Olive? Mas, pensando bem, ela havia conhecido Olive no ensino médio, anos depois que os pais de Nikki já haviam considerado aquelas idas ao universo punjabi muito trabalhosas, de modo que Olive foi poupada das reclamações de Nikki sobre perder um sábado inteiro à procura de coentro em pó e mostarda em grãos da melhor qualidade.

    Nikki parou e olhou ao seu redor. Estava cercada por mulheres de cabeça coberta – mulheres correndo atrás de filhos pequenos, mulheres olhando de soslaio umas para as outras, mulheres debruçadas sobre andadores. Cada uma tinha uma história. Ela era capaz de se imaginar falando para uma sala cheia daquelas mulheres punjabi. Seus sentidos ficaram inundados com as cores de seus *kameezes*, o som do tecido farfalhando e dos lápis batendo, o cheiro de perfume e cúrcuma. Sua motivação ficou bem clara. "Algumas pessoas nem sabem que esse lugar existe", ela diria. "Vamos mudar isso." Indignadas e com os olhos inflamados, elas escreveriam suas histórias para o mundo inteiro ler.

Capítulo 2

Vinte anos antes, em sua primeira e última tentativa de ser britânica, Kulwinder Kaur comprou uma barra de sabonete de lavanda inglesa da marca Yardley. Foi uma compra que ela justificou apontando que o sabonete de neem que a família costumava usar havia encolhido até ficar bem fininho, devido ao uso frequente. Quando Sarab lembrou a ela que eles tinham um armário cheio de produtos de higiene da Índia (creme dental, sabonete, óleo para os cabelos, gel, goma para turbante e vários frascos de sabonete íntimo feminino que ele havia confundido com xampu), Kulwinder argumentou que, mais cedo ou mais tarde, os produtos da terra natal acabariam. Ela estava apenas se preparando para o inevitável.

Na manhã seguinte, ela acordou cedo e vestiu Maya com meia-calça de lã, saia xadrez e suéter. Durante o café da manhã, ficou pedindo ansiosamente para Maya ficar quieta, ou derrubaria comida em seu primeiro uniforme escolar. O *roti* de Kulwinder tinha sido mergulhado em *achar*, um picles de manga que manchou seus dedos e deixou um cheiro persistente em suas mãos. Ela ofereceu o *achar* a Maya, que torceu o nariz ao sentir a acidez. Depois de comer, Kulwinder usou o sabonete novo para lavar suas mãos e as de Maya – entre os dedos, sob as unhas e, especialmente, as finas linhas da palma que diziam seu futuro. Com o perfume de um jardim inglês, a dupla chegou à recepção da escola.

Uma jovem loira se apresentou como srta. Teal e abaixou para poder olhar nos olhos de Maya.

— Bom dia — ela disse com um sorriso, e Maya sorriu também. — Como você se chama?

— Maya Kaur — ela respondeu.

— Ah, você deve ser prima da Charanpreet Kaur. Estávamos te esperando — disse a srta. Teal. Kulwinder sentiu uma tensão familiar. Era um engano comum achar que todas as pessoas com o sobrenome Kaur eram parentes. Normalmente, ela conseguia explicar, mas naquele dia as palavras em inglês lhe escaparam. Ela já estava sobrecarregada por esse novo mundo em que Maya estava prestes a entrar.

— Diga a ela — Kulwinder pediu a Maya em punjabi. — Ou ela vai achar que sou responsável por todas as crianças punjabi daqui. — Ela teve a visão assustadora de deixar Maya na escola e voltar para casa com um bando de outras crianças.

— Charanpreet não é minha prima — Maya, com um pequeno suspiro, respondeu por sua mãe relutante. — Em minha religião, todas as meninas são Kaur e todos os meninos são Singh.

— Somos todos uma grande família, filhos de Deus — Kulwinder acrescentou. — Religião sikh. — Por algum motivo idiota, ela fez um sinal com o polegar para cima, como se estivesse recomendando uma marca de detergente.

— Que interessante — disse a srta. Teal. — Maya, você gostaria de conhecer a srta. Carney? Ela é a outra professora daqui.

A srta. Carney se aproximou.

— Veja só que olhos adoráveis — ela disse com ternura.

Kulwinder passou a segurar a mão de Maya com menos força. Eram gentis, as pessoas que cuidariam de sua filha. Ela havia passado as semanas que antecederam aquele dia preocupada em mandar Maya para a escola. E se as outras crianças zombassem de seu sotaque? E se houvesse alguma emergência, alguém tivesse que ligar para Kulwinder e ela não conseguisse entender?

A srta. Carney entregou a Kulwinder uma pasta com formulários para preencher. Kulwinder tirou uma pilha de formulários da bolsa.

— São os mesmos — ela explicou. Sarab havia preenchido tudo na noite anterior. Seu domínio de inglês era melhor do que o dela, mas ainda assim havia levado muito tempo. Ao vê-lo apontando para cada palavra enquanto lia, Kulwinder sentiu a pequenez de estarem naquele novo país, aprendendo o alfabeto como crianças. "Logo Maya estará traduzindo tudo para nós", Sarab havia observado. Kulwinder desejou que ele não tivesse dito aquilo. Crianças não deviam saber mais que seus pais.

— A senhora veio preparada — a srta. Teal disse. Kulwinder ficou feliz por ter impressionado a professora. A srta. Teal folheou os formulários e então parou. — Ah, bem aqui, a senhora se esqueceu de colocar o telefone da sua casa. Pode me dizer qual é?

Kulwinder havia memorizado os dígitos em inglês para poder recitar a combinação de palavras quando necessário.

— Oito, nove, seis... — Ela parou e fez uma careta. Seu estômago estava apertado. Ela recomeçou. — Oito, nove, seis, cinco... — Ela paralisou. O *achar* que havia comido de manhã estava borbulhando em seu peito.

— Oito, nove, seis, oito, nove, seis, cinco? — perguntou a srta. Teal.

— Não. — Kulwinder balançou a mão como se quisesse limpar a memória da mulher. — De novo. — Ela sentia um nó quente na garganta.

— Oito, nove, seis, oito, cinco, cinco, cinco, cinco, cinco, cinco. — Não eram tantos cincos assim, mas ela virou um disco riscado quando sua concentração se voltou toda para conter um arroto prestes a sair.

A srta. Teal franziu a testa.

— Tem números demais.

— De novo — Kulwinder grunhiu. Ela conseguiu dizer os três primeiros números, mas uma erupção brutal subiu por sua garganta, retumbando como um trompete através do balcão de matrícula. O ar ficou fétido e – pelo menos na lembrança exagerada de Kulwinder – repleto de repugnantes bolhas marrons.

Depois que o ar preencheu seus pulmões novamente, Kulwinder disse depressa os números que faltavam. Os olhos da professora estavam saltados devido ao riso contido (isso, ela não imaginava).

— Obrigada — disse a srta. Teal. Ela franziu o nariz e inclinou a cabeça levemente para cima. — Só faltava isso.

Constrangida, Kulwinder se afastou rapidamente das mulheres. Procurou a mão de Maya, mas logo a avistou ao longe, sendo empurrada gentilmente no balanço por uma garotinha de cabelos ruivos e encaracolados, presos em marias-chiquinhas.

Alguns anos depois, quando Kulwinder anunciou que eles se mudariam para Southall, Maya protestou:

— E meus amigos? — ela lamentou, referindo-se à garota ruiva, à garota loira, à garota que usava jardineira e cortava o próprio cabelo ("Não é terrível?", a mãe dela disse daquela forma afetuosa que fazia uma palavra ter dois significados).

— Você vai fazer amizades melhores em nosso novo bairro — Kulwinder afirmou. — As pessoas vão ser mais parecidas com a gente.

Nos dias atuais, Kulwinder limitava o consumo de *achar* para controlar seu problema de refluxo gástrico. Seu inglês havia melhorado um pouco, embora não precisasse usá-lo em Southall. Como recém-nomeada diretora de desenvolvimento da comunidade da Associação Comunitária Sikh, ela tinha seu próprio escritório no Centro de Recreação. Era empoeirado e cheio de arquivos abandonados que ela pretendia jogar fora, mas manteve porque davam à sala um ar oficioso, com etiquetas como REGULAMENTAÇÕES DE CONSTRUÇÃO e MINUTAS DE REUNIÕES – CÓPIAS. Manter as aparências era importante, caso aparecesse algum visitante, como o presidente da Associação Comunitária Sikh, o sr. Gurtaj Singh, que estava em sua sala naquele momento, interrogando-a sobre seus folhetos.

— Onde você afixou esses folhetos?
— No mural de notícias do templo.
— Que aulas são essas?
— Aulas de escrita — Kulwinder respondeu. — Para as mulheres.

Ela se lembrou de ser paciente. Durante a última reunião de orçamento, Gurtaj Singh havia rejeitado suas solicitações de recursos. "Não temos nada no orçamento para isso", ele dissera. Não era do feitio de Kulwinder discutir na presença de tantos homens sikh de respeito, mas Gurtaj Singh sempre teve certo prazer em desprezá-la. Ela precisou lembrar a ele que a Associação Comunitária Sikh ficava dentro da propriedade do templo, e uma mentira ali tinha o mesmo peso que uma mentira no templo. Por sinal, os dois estavam com a cabeça coberta, por turbante e *dupatta*, respectivamente, significando a presença santificada de Deus. Gurtaj Singh teve que ceder. Ele passou a caneta sobre suas anotações, murmurou alguns números e ocorreu a Kulwinder que levantar dinheiro para mulheres não era tão difícil assim.

Ainda assim, lá estava ele, fazendo perguntas como se aquela fosse a primeira vez que tivesse ouvido falar daquilo. Ele não esperava que ela saísse logo anunciando vaga para professores. Kulwinder apresentou um dos folhetos. Gurtaj parou para colocar os óculos bifocais e pigarreou. Nas entrelinhas, olhou para Kulwinder de soslaio, o que o fazia parecer um trapaceiro de um filme indiano antigo.

— Já tem alguma professora?
— Vou entrevistar uma. Ela deve estar chegando — Kulwinder disse. Uma garota chamada Nikki havia ligado no dia anterior. Era para ela ter chegado há quinze minutos. Se Kulwinder tivesse outras candidatas,

não estaria preocupada, mas depois de uma semana do anúncio afixado no mural, a tal Nikki havia sido a única a se interessar.

Gurtaj analisou o folheto novamente. Kulwinder esperava que ele não perguntasse o significado de todas aquelas palavras. Ela copiara de outro anúncio que havia visto no mural de um centro de recreação na Queen Mary Road. O anúncio lhe parecera profissional, então ela o tirou do mural, fez uma anotação abaixo e levou a uma fotocopiadora onde trabalhava o filho de Munna Kaur. "Faça algumas cópias disso", ela instruiu o garoto cheio de espinhas. Pensou em pedir que ele traduzisse algumas palavras que ela não havia entendido, mas, se ele fosse tão calculista como Munna, não faria aquele favor de graça. Além disso, ela não precisava ser tão precisa. Só queria que o curso – qualquer curso – começasse imediatamente.

— Há alunas interessadas? — perguntou Gurtaj Singh.

— Sim — Kulwinder respondeu. Ela tinha ido pessoalmente informar as mulheres sobre aquelas aulas, dizendo que aconteceriam duas vezes por semana, gratuitamente, e portanto esperava que comparecessem. Seu principal alvo eram viúvas idosas que podiam tirar proveito de um passatempo melhor do que ficar de fofoca no *langar*. Eram as que tinham maior probabilidade de aparecer e fazer com que as aulas parecessem bem-sucedidas. Então, haveria mais iniciativas para ocupar o tempo de Kulwinder.

— Com o tempo, espero que possamos oferecer muito mais às mulheres — ela não resistiu e disse.

Gurtaj Singh devolveu o folheto para a mesa dela. Ele era um homem baixo que usava calça cáqui bem acima da cintura, como se fazer as barras significasse admitir sua baixa estatura.

— Kulwinder, todos sentem muito pelo que aconteceu com Maya — ele disse.

Kulwinder sentiu uma punhalada que lhe tirou o fôlego. Recuperou-se rápido e ficou olhando fixamente para Gurtaj Singh. *Ninguém sabe o que realmente aconteceu. Ninguém quer me ajudar a descobrir.* Ela imaginou como ele reagiria se ela falasse aquelas palavras em voz alta.

— Muito obrigada — ela disse. — Mas isso não tem nada a ver com minha filha. As mulheres dessa comunidade querem aprender, e como única mulher no conselho, devo representá-las. — Ela começou a empilhar os papéis em sua mesa. — Se me der licença, tenho uma tarde de muitos compromissos pela frente.

Gurtaj Singh entendeu a indireta e saiu. Sua sala, assim como as salas dos outros homens do Conselho, ficava na ala recém-reformada do templo. Tinha piso de madeira e janelas amplas que davam para os jardins das casas ao redor. Kulwinder era a única integrante do Conselho que trabalhava naquele antigo prédio velho de dois andares e, enquanto escutava os passos de Gurtaj Singh desaparecerem, ficou imaginando por que os homens precisavam de todo aquele espaço, se sua resposta para tudo era sempre "não".

Uma corrente de ar entrou pela janela rachada de Kulwinder e espalhou seus papéis. Procurando na primeira gaveta por um peso de papel, ela encontrou a antiga agenda que havia ganhado de brinde do banco Barclays. Na parte de anotações, havia uma lista de nomes e números – a delegacia de polícia local, os advogados, até mesmo um detetive particular para quem ela acabou nunca telefonando. Fazia quase dez meses e, às vezes, ela ainda se sentia tão desesperada e sem fôlego quanto no instante em que lhe contaram que sua filha estava morta. Ela fechou a agenda e pressionou as mãos na xícara de chá. O calor irradiou-se pelas palmas. Kulwinder não soltou. A queimadura atravessou as camadas de sua pele. *Maya*.

— *Sat sri akal*. Desculpe o atraso.

Kulwinder deixou a xícara cair sobre a mesa. Um fluxo denso de *chai* derramado correu pela mesa e ensopou seus papéis. Uma jovem estava na porta.

— Você disse que viria às duas horas — Kulwinder disse enquanto resgatava os papéis.

— Eu pretendia chegar na hora marcada, mas o trem atrasou.

Ela tirou um guardanapo da bolsa e ajudou Kulwinder a secar o chá dos papéis. Kulwinder se afastou e observou. Embora não tivesse um filho, por força do hábito fez uma rápida avaliação da garota, verificando se seria adequada como esposa. Nikki tinha cabelos na altura do ombro, presos em um rabo de cavalo, revelando uma testa larga. Seu rosto com nariz avantajado se destacava à sua maneira, mas ela sem dúvida não poderia abdicar de usar maquiagem. As unhas estavam roídas, um hábito asqueroso, e pendurada abaixo da cintura havia uma bolsa quadrada que certamente pertencia a um carteiro.

Nikki notou que ela estava olhando. Kulwinder pigarreou de maneira assertiva e começou a mexer nas coisas e empilhar os papéis secos na outra ponta da mesa. Esperava que Nikki a observasse. Em vez disso, notou a garota olhando com desdém para as prateleiras lotadas e para a janela rachada.

— Trouxe seu currículo? — Kulwinder perguntou.

Nikki tirou uma folha de papel da bolsa de carteiro. Kulwinder passou os olhos por ela. Não podia se dar ao luxo de ser exigente – àquela altura, contanto que a professora fosse alfabetizada em inglês, seria contratada. Mas a pungência do olhar da garota permaneceu e fez Kulwinder se sentir menos generosa.

— Que experiência tem como professora? — ela perguntou em punjabi.

A garota respondeu em um inglês apressado.

— Devo admitir, não tenho muita experiência como professora, mas estou muito interessada em...

Kulwinder levantou a mão.

— Por favor, responda em punjabi — ela disse. — Já deu aulas?

— Não.

— Então por que quer dar esse curso?

— Tenho... humm... como se diz? Paixão por ajudar as mulheres — Nikki afirmou.

— Humm — Kulwinder reconheceu com certa frieza.

No currículo, a linha mais longa estava sob um título chamado Ativismo. Voluntária do Greenpeace, voluntária da Women's Aid, voluntária da UK Fem Fighters. Kulwinder não sabia o que significava tudo aquilo, mas o último item – UK Fem Fighters – lhe era familiar. Um ímã com o mesmo título tinha ido parar em sua casa, cortesia de Maya. Kulwinder sabia vagamente que tinha a ver com direitos das mulheres. *Que sorte a minha*, ela pensou. Uma coisa era lutar por recursos com pessoas como Gurtaj Singh em particular, mas aquelas garotas indianas nascidas na Inglaterra que bradavam publicamente sobre direitos das mulheres eram um grupo muito comodista. Será que não percebiam que estavam apenas procurando confusão com aquele comportamento grosseiro e exigente? Ela sentiu um lampejo de raiva de Maya, seguido de uma tristeza desconcertante que a deixou fora de si por um momento.

Quando voltou à realidade, Nikki ainda estava falando. Ela se comunicava em punjabi com menos confiança, incluindo palavras em inglês no meio das frases...

— ... e eu acredito que todo mundo tem suas *história* para *contarem*. Seria uma experiência tão *gratificante* ajudar mulheres punjabi escrever suas *história* e *compilá-las* em um livro.

A garota deve ter se sentido estimulada pelos acenos de cabeça de Kulwinder, porque agora sua fala fazia muito pouco sentido.

— Você quer escrever um livro? — ela perguntou com cautela.

— As *história* das mulheres *vai* formar uma coletânea — Nikki disse. — Não tenho muita experiência de artes, mas gosto de escrever e sou uma leitora ávida. Acho que eu *pode* ser capaz de *cultivar* a criatividade delas. Vou ajudar a *conduzir* o processo, é claro, e depois, talvez, fazer um trabalho de edição também.

Kulwinder foi se dando conta de que havia anunciado algo que não entendia. Ela deu mais uma olhada no folheto. *Coletânea, técnicas narrativas*. Independentemente do que aquelas palavras significassem, Nikki parecia estar contando com elas. Kulwinder mexeu na gaveta e tirou uma lista das inscrições confirmadas. Passando os olhos pelos nomes, achou que deveria alertar Nikki. Ela levantou a cabeça.

— As alunas não são escritoras de nível avançado — ela disse.

— É claro — Nikki afirmou. — É compreensível. Vou estar lá para ajudá-las.

Seu tom condescendente dissolveu a empatia de Kulwinder. Aquela garota era uma criança. Ela sorria, mas os olhos estavam semicerrados, como se analisasse Kulwinder e sua importância ali. Mas havia alguma chance de uma mulher mais tradicional – e não aquela garota arrogante que podia muito bem ser uma *gori*, com aqueles jeans e um punjabi hesitante – entrar e se candidatar à vaga? Era improvável. Independentemente do que Nikki pretendesse ensinar, o curso tinha que começar de imediato ou Gurtaj Singh o tiraria da programação e, com ele, qualquer oportunidade futura de Kulwinder ter voz em prol dos interesses das mulheres.

— O curso começa na quinta-feira.

— Esta quinta-feira?

— Quinta à noite, isso mesmo — Kulwinder disse.

— Certo — Nikki respondeu. — A que horas começa a aula?

— A hora que for melhor para você — Kulwinder rebateu com o inglês mais claro que conseguiu. E quando Nikki inclinou a cabeça, surpresa, Kulwinder fingiu não perceber.

Capítulo 3

O caminho que levava à casa em que Nikki havia passado a infância, em Enfield, tinha um perfume forte de especiarias. Nikki seguiu o cheiro até a entrada e abriu a porta com sua própria chave. Na sala, estava passando um *game show* na televisão, enquanto sua mãe e Mindi movimentavam-se na cozinha, gritando uma com a outra. Seu pai sempre assistia ao noticiário enquanto o jantar era preparado. Em sua poltrona, alguém havia colocado uma manta acolchoada, e a mesa lateral onde ele costumava apoiar o copo de uísque tinha sido removida. Aquelas mudanças eram pequenos detalhes triviais, mas bradavam sua ausência. Ela mudou o canal para a BBC. Imediatamente, tanto sua mãe quanto Mindi colocaram a cabeça para fora da cozinha.

— Estávamos assistindo — disse a mãe.

— Desculpe — Nikki respondeu, relutante em voltar ao canal anterior. A voz do apresentador lhe trazia uma onda de nostalgia: ela estava novamente com onze anos, assistindo às notícias com seu pai antes do jantar. "O que acha disso?", seu pai perguntava. "Acha que é justo? O que acha que significa essa palavra?" Às vezes, quando sua mãe a chamava para ajudar a arrumar a mesa, seu pai dava uma piscadinha para Nikki e respondia em voz alta: "Ela está ocupada aqui".

— Posso ajudar com alguma coisa? — Nikki perguntou à mãe.

— Você pode esquentar o *dal*. Está na geladeira — a mãe respondeu.

Nikki abriu a geladeira e não encontrou nenhum sinal claro de *dal*, apenas uma pilha de potes de sorvete com rótulos apagados.

— Está no pote de baunilha com pecã — Mindi explicou.

Nikki pegou o pote e o colocou no micro-ondas. Então, horrorizada, observou as bordas da embalagem derreterem dentro do *dal*.

— O *dal* vai demorar um pouco — ela disse, abrindo a porta e removendo o pote. O cheiro horrível de plástico queimado tomou conta da cozinha.

— *Hai*, sua idiota — disse a mãe. — Por que não colocou em um recipiente que pode ir ao micro-ondas?

— Por que não guardou em um? — Nikki perguntou. — Esses potes de sorvete enganam. — Foi uma sugestão com base em anos de esperanças massacradas ao procurar sobremesas na geladeira de sua mãe e só encontrar blocos de curry congelado.

— Os potes funcionam muito bem — disse a mãe. — E são de graça.

Não havia como salvar o *dal* ou o recipiente, então Nikki jogou os dois fora e foi para o canto da cozinha. Ela se lembrou de ter ficado ali na noite do funeral do pai. Sua mãe estava esgotada – viajar de volta para Londres com o corpo do marido havia sido um pesadelo burocrático e logístico –, mas recusou as ofertas de ajuda de Nikki e pediu que se afastasse. Nikki perguntou à mãe sobre as últimas horas de seu pai. Ela precisava saber que ele não tinha morrido ainda zangado com ela.

— Ele não disse nada. Estava dormindo — respondeu a mãe.

— Mas e antes de dormir? — Talvez suas últimas palavras dessem alguma pista que indicasse perdão.

— Não me lembro — sua mãe disse. Suas bochechas estavam bem coradas.

— Mãe, sei que pode tentar...

— Não me pergunte essas coisas — a mãe rebateu.

Vendo que o perdão estava bem longe, Nikki voltou ao quarto e continuou a fazer as malas.

— Você ainda vai embora? — Mindi perguntou, parada na porta.

Nikki olhou para os cantos das caixas que apareciam sob sua cama. Pilhas de livros que haviam sido enfiados em sacolas reutilizáveis, e sua jaqueta de capuz que havia sido tirada do gancho atrás da porta e dobrada para caber na mala.

— Não posso mais morar aqui. Assim que a mamãe descobrir que estou trabalhando em um bar, ela não vai parar de me criticar. Vai ser a mesma discussão todo dia. Já tive que aguentar o papai me ignorando. Não vou ficar aqui enquanto a mamãe me trata com indiferença também.

— Você está sendo uma vaca egoísta.

— Estou sendo realista.

Mindi suspirou.

— Reflita sobre o que ela está passando. Às vezes vale a pena considerar o que é melhor para todos, não só para você.

Depois daquele conselho, Nikki ficou mais uma semana. Mas, ao voltar da rua um dia, sua mãe encontrou o quarto de Nikki vazio e um bilhete sobre a cama. *Sinto muito, mãe. Tive que sair de casa.* Seu novo endereço estava anotado embaixo. Ela imaginou que Mindi explicaria todo o resto para a mãe. Duas semanas depois, Nikki reuniu coragem para ligar para a mãe e, para sua surpresa, ela atendeu. Ela foi dura ao falar com Nikki e deu respostas mínimas ("Como está, mãe?" "Viva"), mas o simples fato de ter respondido foi um sinal positivo. Durante a conversa seguinte, a mãe explodiu ao telefone. "Você é uma garota egoísta, estúpida e idiota", ela disse, chorando. "Você não tem coração." Nikki se encolheu a cada palavra e quis se defender. Mas não era verdade? Ela havia deixado sua mãe e sua irmã no pior momento possível. Estúpida, egoísta, sem coração. Palavras que seu pai nunca tinha usado para descrevê-la. Depois, passada a raiva, sua mãe começou a falar com ela usando frases inteiras novamente.

A cozinha agora estava tomada por uma fumaça repleta de especiarias. O jantar estava pronto. Nikki ajudou a carregar uma travessa cheia de curry de grão-de-bico com espinafre.

— Então... — Mindi disse quando elas se sentaram. — Conte mais sobre esse emprego.

— Vou orientar mulheres a escreverem suas histórias. As oficinas acontecem duas vezes por semana. No fim do curso, vamos ter uma coletânea de textos para publicar.

— Orientar. É o mesmo que ensinar? — Mindi perguntou.

Nikki negou com a cabeça.

— É mais facilitar do que ensinar.

A mãe delas parecia confusa.

— Então tem outra professora e você vai auxiliar?

— Não — Nikki respondeu. Havia impaciência em seu tom de voz. — Encontrar a própria voz não é algo que pode ser ensinado, pelo menos não no sentido tradicional. As pessoas escrevem e você as orienta. — Ela levantou os olhos e viu um sorrisinho forçado sendo trocado entre sua mãe e Mindi. — É um trabalho difícil — ela acrescentou.

— Ótimo, ótimo — sua mãe murmurou. Ela dobrou um *roti* e o passou pelo prato, pegando o grão-de-bico.

— É uma ótima oportunidade — Nikki insistiu. — Vou ter a chance de editar um pouco também, e vou poder incluir no meu currículo.

— Então você acha que quer ser professora ou editora? — Mindi perguntou. Nikki levantou os ombros, mostrando indiferença. — É que parecem duas coisas bem diferentes, ser professora ou trabalhar na área editorial. Você também gosta de escrever. Vai contribuir com as histórias como escritora?

— Por que tem que estar tudo definido? — Nikki perguntou. — Não sei o que eu quero ser, mas estou chegando perto. Tudo bem por você?

Mindi levantou as mãos como se estivesse se rendendo.

— Por mim, tudo bem. Só estou tentando descobrir mais sobre o que você está fazendo. Não precisa ficar na defensiva.

— Estou fazendo algo para ajudar a empoderar mulheres.

Dessa vez, sua mãe levantou os olhos e trocou um olhar de preocupação com Mindi.

— Eu vi isso — Nikki disse. — Qual é o problema?

— A maioria das suas alunas não vão ser mulheres do templo? — Mindi perguntou.

— E daí?

— Então, tome cuidado — Mindi disse. — Parece um curso para iniciantes, mas se acha que vai mudar a vida dessas pessoas explorando a história pessoal delas... — Mindi sacudiu a cabeça.

— O seu problema, Mindi... — Nikki começou a dizer.

— Já chega — a mãe delas disse. Seu olhar severo silenciou os protestos de Nikki. — Você quase nunca vem jantar aqui. E toda vez que vem tem uma discussão. Se está feliz com esse emprego, então também estamos felizes. Pelo menos isso significa que você não tem mais que trabalhar na discoteca.

— É um bar — Nikki afirmou, e só corrigiu sua mãe até aí. Ela tinha deixado de mencionar que ainda trabalharia no O'Reilly's. O pagamento que receberia para empoderar mulheres por meio da narrativa não seria suficiente para cobrir todas as suas despesas.

— Apenas tome cuidado com sua segurança durante o trajeto. As aulas são à noite? A que horas terminam?

— Mãe, vai ficar tudo bem. Fica em Southall.

— E não há crimes em Southall? Devo ser a única que se lembra de Karina Kaur. Já viu os anúncios dos *Assassinatos não resolvidos da Grã-Bretanha*, não viu?

Nikki suspirou. É claro que sua mãe citaria um assassinato de catorze anos atrás para validar seu argumento.

— Nunca descobriram o culpado — sua mãe continuou. — O assassino ainda pode estar à solta, à espreita de jovens punjabi andando sozinhas à noite.

Até mesmo Mindi revirou os olhos para o drama de sua mãe.

— Está sendo um pouco dramática — Mindi informou a ela.

— É, mãe. Todo tipo de garota é assassinada em Londres, não apenas as punjabi — Nikki disse.

— Não tem graça — respondeu a mãe. — São os pais que sofrem de preocupação quando os filhos saem.

Depois do jantar, Mindi e Nikki assumiram a louça na cozinha enquanto a mãe foi para a sala ver televisão. Elas esfregaram panelas e pratos em silêncio, até que Mindi falou:

— A tia Geeta recomendou alguns solteiros aceitáveis. Ela me deu o endereço de e-mail de três caras que selecionou.

— Aff. — Nikki não conseguiu pensar em nenhuma outra resposta à menção da tia Geeta. Ela era uma amiga de sua mãe que morava na mesma rua e, com frequência, aparecia sem avisar, mexendo as sobrancelhas com todos os segredos que se esforçava para guardar. "Não estou fofocando, apenas compartilhando", ela dizia antes de descarregar as ruínas da vida privada de outras pessoas.

— Troquei alguns e-mails com um cara que parecia legal — Mindi continuou.

— Fascinante — Nikki disse. — Nessa mesma época, ano que vem, você vai estar lavando a cozinha dele em vez desta.

— Cale a boca. — Logo em seguida, Mindi acrescentou: — O nome dele é Pravin. Acha que é um nome aceitável?

— Acho que é um nome.

— Ele trabalha com finanças. Conversamos uma vez por telefone.

— Então eu me dou ao trabalho de afixar seu perfil em um mural de notícias e você já recrutou a tia Geeta como sua casamenteira?

— Não recebi nenhuma resposta referente ao perfil do templo — Mindi disse. — Tem certeza de que colocou no mural de casamentos?

— Tenho.

Mindi a observou.

— Mentirosa.

— Fiz exatamente o que você pediu — Nikki insistiu.

— O que você fez?

— Coloquei no mural de casamentos. Só que pode não ser o folheto de maior destaque ali. Havia muitos folhetos e...

— Típico — Mindi murmurou.

— O quê?

— É claro que não faria muito esforço para me ajudar com isso.

— Fui até um templo em Southall. Deu bastante trabalho — Nikki rebateu.

— Ainda assim, você se candidatou a um emprego. O que significa que vai ter que ir até lá regularmente. Como é isso? Você não se importa de ir até Southall, contanto que *te* beneficie.

— Não tem a ver apenas comigo. Vou ajudar mulheres.

Mindi riu.

— Ajudar? Nikki, isso parece mais uma de suas... — Ela balançou a mão como se tentasse tirar a palavra do nada. — Suas causas.

— Qual é o problema de ter uma causa? — Nikki questionou. — Eu me preocupo em ajudar mulheres a contarem suas histórias. É um passatempo muito mais digno do que fazer anúncio para arrumar marido.

— É isso que você faz — Mindi afirmou. — Segue suas supostas paixões e não considera a consequência para outras pessoas.

Aquela acusação outra vez. Era mais fácil ser uma criminosa devidamente processada pela lei do que uma filha indiana em desacordo com a família. Se cometesse um crime, ela seria punida com encarceramento por um período definido, diferente daquela manipulação familiar para que se sentisse culpada por tempo indeterminado.

— Como, exatamente, o fato de eu ter deixado a universidade tem consequências para outras pessoas? Foi uma decisão minha. É claro, o papai não podia mais dizer à família na Índia que eu ia ser advogada. Grande coisa. Não valia a pena ficar infeliz só para ele poder se gabar.

— Não se trata de poder se gabar — Mindi disse. — É um dever.

— Você já está falando como uma dona de casa indiana.

— Você devia isso a ele. Ele se dedicou tanto a te encorajar... Todos aqueles debates na escola, os campeonatos de oratória. Ele te incluía em conversas sobre política com seus amigos e não te impedia de discutir com a mamãe se achasse que seu argumento era válido. Ele acreditava tanto em você. — Havia um tom de mágoa na voz de Mindi. Seus pais também a haviam levado para a Índia antes das provas para a universidade, seguindo todos os passos espirituais para garantir que ela entrasse na faculdade de Medicina. Depois que os resultados indicaram Enfermagem – e não Medicina – como sua melhor opção, a decepção de seu pai foi nítida e, com um entusiasmo renovado, ele voltou seu foco a Nikki.

— Você sabe que ele tinha orgulho de você também — Nikki afirmou. — Ele queria que eu fosse mais prática, como você.

Por ter sido comparado com o irmão durante a vida toda, o pai tomava cuidado para não comparar suas filhas, mas depois que Nikki largou a universidade, toda a lisura foi por água abaixo. "Veja Mindi. Ela trabalha duro. Ela quer um futuro estável. Por que você não pode ser como ela?", ele dizia.

Nikki sentiu uma onda repentina de irritação com seu pai.

— Sabe, o papai se contradizia o tempo todo. Uma hora ele estava dizendo: "Siga seus sonhos, foi por isso que viemos para a Inglaterra", e logo depois estava ditando o que eu devia fazer da vida. Ele presumia que meus sonhos eram idênticos aos dele.

— Ele enxergava uma carreira em potencial para você no Direito. Você tinha chance de ter sucesso profissional. E o que está fazendo agora?

— Estou explorando minhas opções — Nikki disse.

— A essa altura, você poderia estar ganhando um salário — Mindi lembrou a ela.

— Não me preocupo tanto com dinheiro e bens materiais como você, Mindi. É disso que se trata essa história de casamento arranjado, não é? Você não tem certeza de que vai conhecer um profissional com salário gordo em um bar, mas se puder analisar os perfis de alguns médicos e engenheiros indianos, pode pular direto para a parte dos rendimentos e filtrá-los com base nisso.

Mindi fechou a torneira e a encarou com raiva.

— Não faça eu me sentir interesseira por querer sustentar a mamãe! Temos que pensar nas despesas. Você foi embora, então nem faz ideia.

— Eu mudei para outro bairro de Londres. Até parece que abandonei minha família. É isso que mulheres jovens fazem na Inglaterra! Nós saímos de casa. Nós nos tornamos independentes. Essa é nossa cultura.

— Acha que a mamãe não está preocupada com dinheiro? Acha que ela não gostaria de se aposentar mais cedo para aproveitar a vida? Sou a única que contribui aqui. Coisas precisam ser consertadas, contas inesperadas chegam, e a revisão do carro está atrasada. Pense nisso da próxima vez que for discursar sobre independência.

Nikki sentiu uma pontada de culpa.

— Pensei que o papai tivesse algumas economias.

— Ele tinha, mas parte do dinheiro estava atrelada às ações da empresa. Eles ainda não se recuperaram da crise econômica. E ele pegou aquele empréstimo para reformar o banheiro de hóspedes, lembra? A mamãe teve que atrasar os pagamentos e agora, com os juros, o valor quase dobrou. Isso significa que teve que adiar todas as outras melhorias na casa que ela achou que já estariam prontas a essa altura. As cortinas, a sapateira embutida, as bancadas da cozinha. Ela já está começando a se preocupar em passar constrangimento. Está apreensiva com o que a família de meu possível marido vai achar da casa, sem contar o que eles podem dizer se ela não puder pagar um dote ou uma festa luxuosa.

— Min, eu não fazia ideia.

— Eu falei que não me casaria com alguém que tivesse uma família tão superficial, e ela disse: "Então é capaz de não encontrar nenhum rapaz punjabi para se casar". Estava brincando, é claro. — Mindi sorriu, mas seus olhos estavam repletos de preocupação.

— Eu posso ajudar — Nikki disse.

— Você tem suas próprias despesas com que se preocupar.

— Vou ter uma renda extra com esse novo emprego. Posso mandar algum dinheiro a cada duas semanas. — Nikki hesitou, dando-se conta do compromisso que havia assumido. A renda extra deveria ir para sua poupança, para ter uma segurança quando o O'Reilly's fosse à falência. Ela precisaria de dinheiro para alugar um apartamento, porque voltar para casa seria humilhante demais. — Não vai ser muito — Nikki acrescentou.

Mindi pareceu satisfeita.

— É a intenção que conta — ela disse. — Devo confessar, não esperava isso de você. É uma atitude responsável. Obrigada.

Na sala, a mãe delas havia aumentado o volume do programa de televisão e as notas estridentes do violino de uma música indiana tomavam conta da casa. Mindi voltou a abrir a torneira. Nikki ficou ao lado enquanto Mindi esfregava a louça. Seus movimentos vigorosos jogavam espuma de sabão pelos ares. Quando caíram na bancada, Nikki limpou com os dedos.

— Use um pano — Mindi disse. — Está deixando tudo marcado.

Nikki fez o que ela pediu.

— Então... quando vai conhecer Pravin?

— Sexta-feira — Mindi disse.

— Acho que a mamãe deve estar empolgada.

Mindi deu de ombros. Espiou a mãe pela porta da cozinha e falou mais baixo:

— Ela está. Mas eu falei com ele por telefone ontem à noite.

— E?

— Ele me perguntou se eu ia querer trabalhar depois do casamento.

— Puta que pariu! — Nikki exclamou, jogando o pano de prato sobre o balcão e se virando de frente para Mindi. — O que você respondeu?

— Respondi que sim. Ele não pareceu muito feliz com isso.

— Ainda vai se encontrar com ele?

— Não dá para saber como uma pessoa é até encontrá-la pessoalmente, dá?

— A julgar pelos perfis que vi no templo, eu não perderia tempo com aqueles homens — Nikki disse.

— Mas isso é você — Mindi disse. — E seu feminismo. — Com um aceno, ela desconsiderou Nikki e tudo o que ela defendia.

Em vez de iniciar outra discussão, Nikki terminou sua parte da louça sem dizer mais nada. Quando escapou para o quintal para fumar seu cigarro pós-jantar, sentiu que podia voltar a respirar.

No dia seguinte, Nikki chegou ao centro comunitário mais cedo para arrumar a sala de aula. A sala era modesta como o escritório de Kulwinder Kaur. Duas fileiras de mesas e cadeiras viradas para um quadro branco. Nikki mudou a posição das cadeiras – segundo Olive, uma disposição em forma de ferradura ajudaria a promover mais discussão. Nikki ficou empolgada ao imaginar a sala cheia de mulheres escrevendo as histórias de sua vida.

Para a primeira aula, Nikki havia preparado uma tarefa introdutória. Todas teriam que escrever uma cena completa em dez frases simples. Depois, voltando a cada frase, teriam que acrescentar um detalhe – diálogo ou descrição, por exemplo.

Às sete e quinze da noite, Nikki já tinha andado por toda a sala e pelo corredor deserto duas vezes. Voltou para dentro e limpou o quadro branco pela quinta vez. Ficou olhando para as cadeiras vazias. Talvez aquilo fosse algum tipo de pegadinha.

Quando começou a colocar as mesas no lugar onde as havia encontrado, Nikki ouviu passos. As batidas altas e lentas deixaram Nikki consciente dos próprios batimentos cardíacos. Ela estava sozinha naquele prédio precário. Colocou uma cadeira na frente do corpo, preparando-se para usá-la se fosse preciso.

Alguém bateu na porta. Pela janelinha, Nikki viu uma mulher com um lenço na cabeça. Parecia uma vovozinha perdida. Não ocorreu a Nikki que a mulher podia ser uma de suas alunas até que ela entrou e se sentou.

— Está aqui para o curso de escrita? — Nikki perguntou em punjabi.

— Sim. — A senhora acenou com a cabeça.

Você fala inglês? Nikki achou que seria rude perguntar.

— Acho que é minha única aluna hoje — Nikki disse. — Vamos começar.

Ela se virou para o quadro, mas a mulher falou:

— Não, as outras estão vindo.

As mulheres entraram todas juntas às sete e vinte e cinco. Uma a uma, sentaram-se sem se desculpar pelo atraso. Nikki pigarreou.

— A aula começa às sete em ponto — ela disse. As mulheres levantaram os olhos, surpresas. Nikki viu que eram quase todas mulheres mais velhas que não estavam acostumadas a ser repreendidas por uma mulher jovem. Ela recuou um pouco. — Se esse horário não bate com o do ônibus, podemos dar um jeito de adiar as aulas para as sete e meia.

Houve alguns acenos de cabeça e um murmúrio geral de aprovação.

— Vamos nos apresentar rapidamente — Nikki disse. — Eu começo. Meu nome é Nikki. Gosto de escrever e pretendo ensiná-las a escrever também. — Ela acenou com a cabeça para a primeira mulher.

— Preetam Kaur. — Como algumas das outras mulheres, ela usava um *salwar kameez* branco, indicando seu status de viúva. Um lenço com barra de renda branca cobria seus cabelos e havia uma bengala com estampa floral aos seus pés.

— E por que se inscreveu neste curso, Preetam? — Nikki perguntou.

Preetam se contorceu ao ouvir seu nome. As outras mulheres também pareciam surpresas.

— É Bibi Preetam para você, mocinha — ela disse com rigor. — Ou tia. Ou Preetam-ji.

— É claro. Me desculpe — Nikki disse. Aquelas eram suas alunas, mas também eram senhoras punjabi e ela teria que se dirigir a elas da maneira correta.

Preetam aceitou suas desculpas com um aceno de cabeça.

— Quero aprender a escrever — ela disse. — Quero poder mandar cartas pela internet para meus netos no Canadá.

Estranho. Ela parecia achar que o curso ensinaria a escrever cartas e e-mails. Nikki apontou para a mulher seguinte.

— Tarampal Kaur. Quero escrever — a mulher falou simplesmente. Ela tinha lábios pequenos, que ficaram bem fechados como se ela não pudesse falar nada. Nikki não conseguiu deixar de passar os olhos por Tarampal Kaur – como a mulher mais velha, ela estava coberta de branco, mas não havia nenhuma ruga em seu rosto. Nikki achava que ela devia ter quarenta e poucos anos.

A mulher que estava ao lado de Tarampal também parecia muito mais jovem que o restante, com mechas castanho-avermelhadas nos cabelos e batom vermelho, combinando com a bolsa. As cores se destacavam em contraste ao *kameez* creme. Ela se apresentou em inglês, com um leve sotaque indiano.

— Sou Sheena Kaur. Sei ler e escrever em punjabi e em inglês, mas quero aprender a escrever melhor. E se me chamar de Bibi ou tia, vou morrer, porque devo ser só dez ou quinze anos mais velha que você.

Nikki sorriu.

— Muito prazer em conhecê-la, Sheena — ela disse.

A senhora seguinte era alta e magra, e tinha uma verruga distinta no queixo, da qual saíam pelos bem finos.

— Arvinder Kaur. Quero aprender a escrever tudo. Histórias, cartas, tudo.

— Manjeet Kaur — disse outra mulher, antes de ser chamada. Ela abriu um grande sorriso para Nikki. — Também vai ensinar um pouco de contabilidade básica?

— Não.

— Gostaria de escrever e também aprender a cuidar das contas. São tantas. — As outras mulheres murmuraram, concordando. Tantas contas!

Nikki levantou a mão para silenciá-las.

— Não sei nada sobre contabilidade. Estou aqui para dar uma oficina de escrita criativa, reunir uma coletânea de vozes. — As mulheres a encararam, sem expressão. Ela pigarreou. — Estou vendo que algumas de vocês podem não ser proficientes o bastante em inglês para escrever com segurança. Quem se enquadra nessa categoria? Quem não tem segurança com o inglês? — Ela levantou a mão para indicar que elas deveriam fazer o mesmo. Todas as viúvas, à exceção de Sheena, levantaram as mãos.

— Tudo bem — Nikki disse. — Na verdade, se preferirem escrever suas histórias em punjabi, posso me adequar a isso. Algumas coisas simplesmente se perdem mesmo na tradução. — O olhar prolongado das mulheres deixou Nikki desconfortável. Finalmente, Arvinder levantou a mão.

— Com licença, Nikki, como vamos escrever histórias?

— Boa pergunta. — Ela se virou para a mesa e pegou uma pilha de folhas de papel. — Sei que perdemos um pouco de tempo hoje, mas essa é uma boa forma de começar. — Ela distribuiu as folhas entre as alunas e passou as instruções. As mulheres tiraram canetas e lápis das bolsas.

Nikki foi até o quadro e escreveu alguns dados para a aula seguinte. "A próxima aula será na terça-feira, das sete e meia às nove da noite. Sejam pontuais." Ela escreveu em punjabi também, achando-se um tanto quanto atenciosa e adaptável. Quando se virou, esperava ver as mulheres debruçadas sobre as folhas de papel, escrevendo, mas elas permaneciam imóveis. Manjeet e Preetam batiam com a caneta sobre a mesa e olhavam uma para a outra. Tarampal parecia extremamente irritada.

— Qual é o problema? — Nikki perguntou.

Silêncio. Então Tarampal falou:

— Como vamos escrever?

— Como assim?

— Como vamos escrever — Tarampal repetiu —, se você ainda não ensinou?

— Estou tentando ensinar vocês a escrever, mas temos que começar por algum lugar, não temos? Sei que é difícil, mas se vou ajudá-las com suas histórias, vocês precisam começar a escrevê-las. Apenas algumas frases... — Ela parou de falar quando observou Preetam. O modo como segurava o lápis fazia Nikki se lembrar de quando estava na escolinha. Ela então percebeu, assim que Arvinder começou a guardar suas coisas.

— Você sabia — Nikki disse logo que Kulwinder atendeu ao telefone. Ela nem se preocupou em dizer *sat sri akal* primeiro, pois não pretendia ser respeitosa com aquela senhora conivente.

— Sabia o quê? — Kulwinder perguntou.

— Aquelas mulheres não sabem escrever.

— É claro que não. Você tem que ensinar a elas.

— Elas. Não. Sabem. Escrever. — Nikki queria que as palavras atravessassem queimando o exterior calmo de Kulwinder. — Você me enganou. Eu achei que daria oficinas de escrita criativa, não aula de alfabetização para adultos. Elas não sabem nem escrever os próprios nomes.

— Você tem que ensinar a elas — Kulwinder repetiu. — Você disse que queria ensinar escrita.

— Escrita *criativa*. Histórias. Não o alfabeto!

— Então as ensine a escrever, e elas vão poder escrever todas as histórias que quiserem.

— Tem ideia do tempo que isso vai levar?

— As aulas são duas vezes por semana.

— Vai ser preciso mais que isso. Você sabe muito bem.

— Essas mulheres têm muita capacidade — Kulwinder disse.

— Você está brincando.

— Você não nasceu escrevendo histórias, nasceu? Não teve que aprender o alfabeto primeiro? Não foi a coisa mais simples que teve que aprender?

Nikki notou o desdém no tom de voz de Kulwinder.

— Veja só. Você está tentando validar um argumento. Eu compreendo. Sou moderna e acho que posso fazer tudo o que quiser. Bem, eu posso.

Ela estava prestes a pedir demissão, mas as palavras ficaram presas em sua garganta. Ela parou para pensar e uma sensação familiar de ansiedade tomou conta de seu estômago. Se largasse aquele emprego, não teria nada para contribuir com sua mãe e Mindi. E o pior é que elas saberiam que ela havia desistido depois de apenas uma aula, e isso provaria que estavam certas – que Nikki não persistia em nada, que era apenas uma preguiçosa que evitava responsabilidades. Pensou no bar em decadência e imaginou Sam enrolado em recibos, dizendo com pesar que a estava dispensando.

— Esse anúncio de emprego foi totalmente equivocado. Eu poderia denunciar você por isso — Nikki disse, por fim.

Kulwinder respondeu com uma risada, como se soubesse que Nikki estava fazendo uma ameaça vazia.

— Denunciar para quem? — ela provocou. Esperou uma resposta, mas não recebeu nenhuma. A mensagem de Kulwinder era bem clara: Nikki havia caído em seu território e agora devia jogar de acordo com suas regras.

No inverno, os dias perdiam a forma mais cedo. As ruas ficavam indistintas devido às sombras e aos semáforos enquanto Kulwinder caminhava para casa e pensava em seu dia. Não sentia orgulho de ter enganado Nikki, mas quanto mais pensava na conversa que haviam tido, mais se lembrava de como Nikki a havia deixado irritada. Foi aquele comportamento arrogante que a enervou. *Como ousa me pedir para ensinar essas idiotas?*, ela podia muito bem ter dito.

A casa de dois andares revestida com tijolinhos de Kulwinder ficava no fim da Ansell Road. Da janela de seu quarto, dava para ver a ponta dourada do suntuoso domo do *gurdwara* nas tardes claras. Os vizinhos da direita eram um casal jovem com dois filhos pequenos que ficavam rindo juntos na entrada até o pai chegar em casa. Os vizinhos da esquerda eram um casal com um filho adolescente e tinham um cachorro grande que uivava por horas depois que eles saíam pela manhã. Kulwinder estava acostumada a prestar atenção em todos aqueles detalhes sobre seus vizinhos. Qualquer coisa para evitar pensar *naquela* casa do outro lado da rua.

— Cheguei — ela anunciou. Parou e esperou a confirmação de Sarab. Eram dolorosas as ocasiões em que ela o encontrava em profundo silêncio, olhando fixamente para as páginas não viradas de seu jornal punjabi. — Sarab? — ela o chamou ao pé da escadaria.

Ele resmungou uma resposta. Ela guardou suas coisas e foi para a cozinha começar a fazer o jantar. De canto de olho, espiou para ver se Sarab tinha mexido nas cortinas da sala. De manhã, ele havia sugerido abri-las para deixar entrar um pouco de luz para que ele pudesse ler o jornal. "Não faça isso", Kulwinder havia insistido. "O Sol me dá dor de cabeça." Ambos sabiam que era o número dezesseis, e não o Sol fraco da Inglaterra, que incomodava Kulwinder.

Kulwinder pegou os pratos, a tigela de *dal*, tirou o *achar* da geladeira e arrumou a mesa. Não havia nada mais reconfortante em todos aqueles anos de Inglaterra do que a simplicidade de uma refeição punjabi.

Sarab se sentou e eles comeram em silêncio. Depois ele ligou a televisão e ela foi lavar a louça. Maya costumava ajudá-la com isso, mas um dia havia perguntado: "Por que o papai não pode ajudar a cozinhar e a limpar a casa?". Tal pergunta passara pela cabeça de Kulwinder quando era mais jovem, mas ela teria apanhado por sugerir que seu pai ou seus irmãos fizessem trabalhos domésticos. Ela havia segurado Maya com firmeza pelo braço e a levado para a cozinha.

Depois de finalizar suas tarefas, Kulwinder foi para a sala e se sentou ao lado de Sarab. O volume da televisão estava baixo. Estava passando um programa inglês, então não importava que não pudessem ouvir, porque as coisas das quais os ingleses riam não eram engraçadas para Kulwinder.

Ela se virou para Sarab e iniciou uma conversa.

— Aconteceu uma coisa estranha hoje — ela disse. — Uma confusão com um dos meus cursos comunitários. — Ela parou por um instante. *Meus cursos comunitários.* Era bom ouvir aquilo dito em voz alta. — A garota que eu contratei para dar aula achou que ia ensinar mulheres a escreverem suas memórias, mas as mulheres que se inscreveram não sabem nem escrever. Eu havia anunciado um curso de escrita criativa e, quando as mulheres começaram a se inscrever, vi que eram do tipo que não sabiam nem escrever seus nomes. Mas o que eu podia fazer? Mandá-las embora? Não seria certo. Afinal, estou lá para ajudar as mulheres da nossa comunidade. — Aquilo era verdade apenas em parte. Ela havia sido vaga com as mulheres sobre o que, exatamente, aprenderiam no curso. "Escrever, ler, esse tipo de coisa", ela havia dito enquanto passava os formulários de inscrição.

Sarab acenou com a cabeça, mas seus olhos eram inexpressivos. Ele estava olhando fixamente para a tela. Kulwinder olhou para o relógio e viu que faltavam muitas horas para matar antes de sentir vontade de ir para a cama, como na maioria das noites. A garoa havia cessado.

— Quer dar uma volta? — ela perguntou a Sarab. Não pareceu natural fazer aquela pergunta, quando caminhadas noturnas costumavam ser a rotina pós-jantar deles. — Faz bem para a digestão — ela acrescentou. No mesmo instante, ela se sentiu tola ao tentar convencê-lo, mas aquela noite ela realmente queria sua companhia. Seu conflito com Nikki a havia lembrado como costumava discutir com Maya.

Sem nem olhar para ela, Sarab disse:

— Pode ir.

Kulwinder subiu a Ansell Road e virou em uma avenida principal onde havia uma pequena fileira de lojas iluminadas por longas lâmpadas fluorescentes no teto. Na Shanti's Wedding Boutique, um grupo de mulheres jovens experimentava pulseiras e levantava o braço, deixando as lantejoulas refletirem a luz. O dono da loja de *massala* ao lado estava pacientemente acompanhando até a porta seus clientes, um casal de ingleses que pareciam muito felizes com seus frascos com pós vermelhos e amarelos. Adolescentes que usavam jaquetas pretas acolchoadas andavam por um terreno vazio. Dava para ouvir palavras aleatórias e risadas no ar. *É. Rá! Seu imbecil.*

Kulwinder cumprimentou algumas mulheres punjabi que passavam, mas praticamente nem olhou para elas. Antes de Maya morrer, ela conversava com as mulheres, transformando aquelas caminhadas em longos passeios sociais. Se elas estivessem com os maridos, eles se separavam em outro grupo com Sarab. Na volta para casa, comparando histórias, ela notava com frequência que homens e mulheres compartilhavam a mesma informação – quem ia se casar com quem, o aumento do preço da comida e da gasolina, um ou outro escândalo na comunidade. Agora, ela preferia não parar. Ultimamente, não havia necessidade – apenas de vez em quando as pessoas se aproximavam para lhe dar os pêsames. A maioria das pessoas simplesmente desviava o olhar. Ela e Sarab agora eram párias, como as viúvas e as mulheres divorciadas e os pais e mães desonrados que eles temiam se tornar.

Ela parou em um semáforo, dobrou a esquina e encontrou um banco para se sentar. O cheiro doce de *jalebi* frito saía de um carrinho próximo.

Seus pés eram ásperos como lixas junto às mãos, conforme ela massageava os calcanhares e pensava em Nikki. Claramente a garota não era dali, ou não teria sido tão desrespeitosa. Seus pais deviam ser da cidade – Délhi ou Mumbai, e provavelmente viravam a cara para os punjabi que iam parar em Southall. Ela sabia o que o restante de Londres pensava de Southall – tinha ouvido os comentários quando ela e Sarab decidiram se mudar de Croydon para lá. *Camponeses que construíram outro Punjab em Londres – estão deixando todo tipo de gente entrar nesse país hoje em dia.* "A melhor decisão que já tomamos", Sarab declarou quando descarregaram a última caixa. Kulwinder concordou, com o coração quase explodindo de felicidade ao ver as facilidades da vizinhança – os mercados de especiarias, o cinema com filmes de Bollywood, os *gurdwaras*, os carrinhos de samosa na Broadway. Maya olhava tudo com desconfiança, mas se acostumaria, eles garantiram. Um dia, decidiria criar seus filhos ali também.

Lágrimas se acumularam em seus olhos e embaçaram sua visão enquanto um ônibus parava lentamente à sua frente e a porta se abria. O motorista olhou para Kulwinder com expectativa. Ela sacudiu a cabeça e fez sinal para ele ir embora. Um soluço de choro escapou de sua garganta, mas o som do motor o abafou. Por que ela sempre se torturava daquela forma? Às vezes se deixava levar e imaginava como seriam os pequenos momentos da vida de Maya – coisas triviais como pagar por alimentos no mercado ou trocar as pilhas do controle remoto da televisão. Quanto menores os detalhes, mais dura era a certeza de que Maya nunca faria aquelas coisas. Sua história tinha acabado.

O ar parecia mais frio agora que Kulwinder estava parada. Ela secou os olhos e respirou fundo algumas vezes. Quando se sentiu forte o bastante novamente, levantou-se e seguiu na direção de sua casa. Na metade da Queen Mary Road, avistou um policial. Ela paralisou. O que fazer? Virar as costas e voltar? Continuar em frente? Ela parou no meio da rua até que o sinal ficou vermelho e os carros começaram a buzinar, e o pior foi que as pessoas começaram a parar e olhar para ela. O policial foi procurar a causa da confusão, até que seus olhos recaíram sobre ela.

— Não foi nada. Não tem problema nenhum — ela gritou sem muita força. Ele correu até a rua e, com um firme sinal com a mão, ordenou que todos os carros ficassem parados. Então fez um gesto para ela atravessar a rua na direção dele.

— Está tudo bem? — ele perguntou.

— Está — ela respondeu. Ela manteve distância e evitou olhar nos olhos dele. Uma pequena multidão havia saído das lojas e se reunido na calçada para assistir. Ela sentiu vontade de mandá-los embora. *Cuidem de sua própria vida!*

— Saiu apenas para fazer uma caminhada?

— Isso, estou apenas caminhando.

— Bom exercício.

Ela concordou, ainda ciente dos olhares. Tentou ver depressa quem estava olhando. Diferentemente de Maya, Kulwinder nunca considerou Southall um viveiro de fofocas. A maioria das pessoas apenas compartilhava observações inofensivas. O problema é que Kulwinder não podia ser vista falando com a polícia. Alguém poderia mencionar o ocorrido de forma casual a um amigo ou cônjuge, e eles podiam contar a mais alguém e...

— Tem certeza de que está bem? — o policial perguntou. Ele olhou nos olhos dela.

— Estou ótima, obrigada — ela respondeu. Encontrou uma palavra em inglês. — Esplêndida.

— Então tome cuidado ao atravessar a rua no futuro. Os jovens gostam de acelerar na Broadway e às vezes viram nesta avenida.

— Pode deixar. Obrigada. — Kulwinder avistou um casal de meia-idade se aproximando. Não conseguiu reconhecê-los àquela distância, mas eles sem dúvida a haviam visto conversando com a polícia no meio da rua e, se a conhecessem, estariam se perguntando: *Que problemas ela está causando agora?*

— Fique em segurança — o policial disse enquanto ela se apressava para voltar para casa.

Sarab estava no andar de cima quando ela voltou. Kulwinder arrumou os sapatos em silêncio no pequeno círculo de luz que ele havia deixado para ela na entrada. Então procurou outras coisas para arrumar – as almofadas do sofá certamente precisavam ser afofadas e talvez Sarab tivesse deixado um copo na pia. Aquelas tarefas a acalmavam. Quando terminou, percebeu como estava sendo paranoica. Quais eram as chances de ser notada? Southall não era tão pequeno, apenas passava essa impressão às vezes. Não havia como prever quem encontraria. Ela já evitava outra avenida principal porque havia sido vista visitando um escritório de advocacia por lá (embora nem devesse ter perdido seu tempo, porque tudo o que o advogado, que falava rápido, havia dito envolvia pagamentos e nenhuma garantia). Se começasse a mudar de direção sempre que visse alguém que preferia não ver, podia muito bem acabar passando todo seu tempo naquela sala, com as cortinas fechadas.

Porém, mais tarde, naquela mesma noite, enquanto Sarab roncava de leve e os olhos de Kulwinder ainda estavam bem abertos, ela viu a tela de seu celular acender. Número desconhecido. Do outro lado, uma voz que ela reconhecia muito bem.

— Você foi vista falando com a polícia hoje. Tente novamente e vai ter muitos problemas. — Kulwinder tentou se defender, mas, como sempre, o interlocutor desligou antes que ela pudesse falar.

Capítulo 4

— Não sobrou nenhum homem bom em Londres — Olive observou.

— Nenhum. — Ela inspecionava a multidão desde seu lugar no bar enquanto Nikki limpava o balcão, xingando os caras barulhentos que tinham passado a última hora cantando músicas de futebol fora do tom e piscando para ela.

— Tem muitos — Nikki garantiu a ela.

— Muitos imbecis — Olive respondeu. — A menos que queira que eu saia com o Steve do Avô Racista.

— Eu preferiria te ver solteira pelo resto da vida — Nikki disse.

Steve do Avô Racista era um cliente regular do bar que iniciava seus comentários preconceituosos com "Como meu avô diria...". Ele considerava aquela uma forma infalível de não levar a culpa por ser racista. "Como meu avô diria", ele disse uma vez a Nikki, "sua pele é naturalmente dessa cor ou você está enferrujando? É claro que eu nunca diria uma coisa dessas. Mas meu avô costumava chamar calça cáqui de calça páqui, porque realmente achava que a cor tinha esse nome por causa do tom de pele dos paquistaneses. Meu avô era terrível".

— Aquele cara é legal — Nikki disse, apontando com a cabeça para um homem alto que se juntava a um grupo em uma mesa de canto. Ele se sentou e bateu no ombro de um dos amigos. Olive esticou o pescoço para olhar.

— Até que vai — Olive disse. — Ele parece um pouco o Lars. Lembra dele?

— Está falando do Laaawsh? Ele só falou umas cem vezes como pronunciar o nome dele do jeito certo — Nikki disse. Ele era um intercambista sueco que a família de Olive havia recebido em casa quando elas tinham por volta de dezesseis anos. — Foi o ano que eu passei mais tempo dizendo que estava estudando na sua casa. — Era a única forma de ter a permissão dos pais para passar tantas noites na casa de Olive.

— Com a sorte que tenho, aquele cara já deve ser comprometido — Olive afirmou.

— Vou dar uma investigada — Nikki disse. Ela passou pelas mesas e foi na direção dele. — Deseja alguma coisa? — ela perguntou.

— Sim. — Enquanto ele fazia o pedido, ela notou a aliança brilhando em seu dedo.

— Sinto muito — Nikki disse quando voltou para perto de Olive. Ela serviu uma bebida por conta da casa para sua amiga e se juntou à Olive do outro lado do balcão quando seu turno terminou. Olive suspirou.

— Talvez *eu* devesse tentar um casamento arranjado. Como foi o encontro da sua irmã outro dia?

— Desastroso — Nikki respondeu. — O cara só ficou falando de si mesmo o tempo todo e fez um escândalo porque serviram água sem rodelas de limão. Acho que ele estava tentando provar a Mindi que estava acostumado a um certo tipo de atendimento.

— Que pena.

— Foi um alívio, na verdade. Fiquei preocupada que ela se contentasse com o primeiro solteiro punjabi que aparecesse, mas ela me contou que disse um educado e firme "não, obrigada" a ele no fim da noite.

— Talvez Mindi seja mais influenciada por você do que ela imagina — Olive disse.

— Eu também achava, mas a tia Geeta, que sugeriu o bom rapaz, foi fria com minha mãe no mercado outro dia. Mindi se sentiu horrível e ligou para ela para se desculpar. A tia Geeta fez com que ela se sentisse culpada e a convenceu a se inscrever em um evento de Encontros Rápidos entre solteiros punjabi. Mindi não gosta dessas coisas, mas vai mesmo assim.

— Ah, nunca se sabe quem Mindi pode conhecer, ou onde. A probabilidade aumenta nesses eventos de encontros rápidos. Quinze homens em uma noite? Eu bem que gostaria. Pode ser muito divertido. No mínimo, ela sai da experiência tendo se arriscado. É mais do que estou fazendo.

— Para mim, parece um pesadelo. São quinze homens punjabi procurando uma esposa. Quando Mindi se inscreveu, teve que dizer aos organizadores qual era sua casta, listar suas preferências alimentares e classificar sua religiosidade em uma escala de um a dez.

Olive riu.

— Eu seria menos três em qualquer religião — ela disse. — Seria uma péssima candidata.

— Eu também — Nikki afirmou. — Mindi deve ser seis ou sete, embora eu ache que ela diria ser mais religiosa se isso agradasse o homem certo. Fico preocupada de ela só estar fazendo isso por pessoas como a tia Geeta.

— Bem, ela deveria ser o menor de seus problemas no momento — Olive disse. — Você tem que ensinar o alfabeto a umas vovózinhas amanhã.

Nikki resmungou.

— Por onde começo?

— Eu falei que tenho muitos livros sobre alfabetização que você poderia pegar emprestados.

— Para alunos do sétimo ano. Essas mulheres estão começando do zero.

— Está me dizendo que elas não sabem ler placas de trânsito? Que não sabem ler a manchete que passa na parte de baixo dos noticiários na TV? Como conseguiram viver todo esse tempo na Inglaterra?

— Acho que sempre dependeram da ajuda dos maridos. Para todo o resto, podiam simplesmente falar em punjabi.

— Mas sua mãe nunca foi tão dependente do seu pai.

— Meus pais se conheceram na universidade em Délhi, e minha mãe tem sua própria profissão. Aquelas mulheres cresceram em aldeias. A maioria não sabe escrever o próprio nome em punjabi, muito menos em inglês.

— Não consigo imaginar viver a vida toda desse jeito — Olive disse, tomando um gole de cerveja.

— Lembra aqueles livros de escrita que tínhamos quando éramos crianças? Que ensinavam como escrever letras maiúsculas e cursivas? — Nikki perguntou.

— Aqueles em que se pratica escrever nas linhas – livros de caligrafia?

— Sim. Esses livros seriam úteis.

— Dá para comprar pela internet — Olive disse. — A editora dos livros didáticos da escola tem um bom catálogo. Posso procurar para você.

— Mas eu preciso de alguma coisa para amanhã.

— Procure em um dos sebos da King Street.

Depois de fechar o bar, Nikki ficou bebendo mais um pouco, e então ela e Olive saíram para a rua iluminada de braços dados como colegiais. Nikki tirou o celular do bolso e digitou uma mensagem para Mindi.

Ei, irmãzinha! Já encontrou o homem dos seus sonhos? Ele engoma o próprio turbante e penteia o próprio bigode ou esses serão alguns de seus DEVERES?

Ela riu e pressionou "Enviar".

Nikki acordou à tarde, com a cabeça ainda girando em consequência da noite anterior. Pegou o celular. Havia uma mensagem de Mindi.

Bebendo no meio da semana, Nik? É óbvio, se estava mandando mensagens idiotas àquela hora.

Nikki esfregou os olhos e respondeu para Mindi.

Vc é tão travada.

Mindi respondeu em segundos.

E vc deve ter acabado de acordar. Quem é travada? Cresça, Nikki.

Nikki jogou o celular dentro da bolsa. Demorou o dobro do tempo para sair da cama, porque sentia a cabeça pesada. Encolheu-se ao ouvir o som estridente do registro do chuveiro e o vigor da água sobre sua pele. Depois de se vestir, subiu a rua e foi até a loja de objetos usados. O odor bolorento dos velhos casacos de lã fez seu nariz coçar. Havia livros didáticos antigos e apostilas em uma prateleira baixa, sob a fileira de romances populares que Nikki folheava e comprava com frequência. Ali, Nikki finalmente acordou. O conforto familiar dos livros a ajudou a acabar com a ressaca.

Vasculhando a loja, Nikki encontrou também um tabuleiro de Palavras Cruzadas. Faltavam algumas peças, mas ainda seria útil para ensinar o alfabeto. Ela voltou à estante para ver se havia mais alguma coisa interessante e, enquanto olhava, um título chamou sua atenção. *Beatrix Potter: Letters*. Ela tinha uma cópia daquele livro em casa, mas o livro que o acompanhava, *The Journals and Sketches of Beatrix Potter*, era difícil de encontrar. Ela tinha visto um em uma livraria de volumes usados em Délhi, na viagem que fizera antes das provas para a faculdade com seus pais, mas seu desejo de adquiri-lo havia provocado uma discussão. Ela se distraiu da lembrança voltando sua atenção para a estante adjacente. Outro título se destacou. *Veludo vermelho: histórias prazerosas para mulheres*. Ela pegou o livro e o folheou. Algumas das frases que saltaram foram:

Ele a despiu devagar com os olhos e depois habilmente com os dedos.
Delia estava tomando Sol nua no verão, na privacidade de seu jardim, mas, em algum lugar, Hunter a estava observando.
— Não vim aqui para ver você — ela disse com arrogância. Deu meia-volta para sair da sala e viu a virilidade dele saliente dentro da calça. Ele queria vê-la.

Nikki sorriu e levou os livros para o caixa. Ao sair da loja, pensou na dedicatória que escreveria no livro *Veludo vermelho*. *Cara Mindi, posso não ser tão adulta quanto você, mas sei um pouco mais sobre certos rituais adultos. Aqui está um guia para você e o marido dos seus sonhos.*

Nikki carregou a sacola de livros para a sala de aula e os colocou sobre a mesa. Havia uma folha de papel colada nela: *Nikki, não tire do lugar as mesas e cadeiras dessa sala – Kulwinder.* As mesas haviam sido reorganizadas de volta às fileiras originais. Um ronco baixo no estômago de Nikki fez com que se lembrasse de que ainda não havia comido, mas, antes que fosse para o *langar*, posicionou as mesas em círculo novamente.

O cheiro de *dal* e *jalebis* doces se misturava no ar com o ruído de utensílios e vozes. Ela entrou na fila com a bandeja e foi servida de *roti*, arroz, *dal* e iogurte. Encontrando um espaço vazio no chão, perto de uma fileira de mulheres mais velhas, Nikki se lembrou de ter cerca de treze anos e ir ao templo com os pais, no *gurdwara* de Enfield, que era menor. Ela precisava pegar algo no carro e se aproximou do pai – que estava sentado com alguns homens – para lhe pedir a chave. As pessoas se viraram e a encararam quando cruzou a divisória invisível que segregava os sexos, mesmo não havendo regras como aquela no *langar*. O que Mindi via naquele mundo que ela não via? Todas as mulheres pareciam acabar do mesmo jeito – esgotadas, arrastando os pés. Nikki as observou entrando no salão, ajeitando os lenços, parando a cada segundo para um cumprimento obrigatório a outro membro da comunidade. O grupo de senhoras sentadas ao lado dela tagarelava sobre cada mulher que entrava. Sabiam histórias inteiras:

— A esposa do Chacko acabou de fazer uma cirurgia, coitadinha. Não vai conseguir andar por um tempo. O filho mais velho está cuidando dela. Sabe de quem estou falando? Ela tem dois filhos. Esse é o que comprou a loja de eletrônicos do tio. Está indo muito bem. Eu o vi empurrando a cadeira de rodas dela pelo parque outro dia.

— Aquela mulher ali é a irmã mais nova de Nishu, não é? Todos eles têm a mesma testa grande. Ouvi dizer que tiveram um caso terrível de enchente em casa no ano passado. Tiveram que trocar todo o carpete e jogar vários móveis fora. Que perda! Tinham comprado um conjunto novo de sofá apenas seis semanas antes.

— Aquela é a Dalvinder? Achei que estivesse em Bristol, visitando a prima.

Os olhos de Nikki seguiam cada mulher conforme os comentários surgiam. Mal conseguia acompanhar o fluxo rápido de informações e detalhes. Então ela reconheceu uma mulher que entrou no salão. Kulwinder. Notou suspiros por parte do pequeno grupo ao seu lado, e suas vozes se tornaram um sussurro.

— Veja aquela lá, entrando aqui como se fosse a chefona. Ela anda tão arrogante ultimamente — disse uma mulher de meia-idade cujo *dupatta* verde estava tão para baixo que quase cobria seu rosto.

— Ultimamente? Ela sempre foi cheia de si. Não sei o que dá a ela o direito de ser assim agora.

Nikki não ficou surpresa por elas não gostarem de Kulwinder. Ouviu com atenção.

— Ah, não falem assim — disse uma mulher mais velha e enrugada. Ela empurrou os óculos de armação de metal mais para o alto do nariz.
— Ela passou por um período difícil. Temos que ter empatia.

— Tentei essa abordagem, mas ela não aceitou minha empatia. Foi bem grosseira comigo — disse a mulher de *dupatta* verde.

— Buppy Kaur passou pelos mesmos problemas, mas pelo menos ela agradece quando dizemos: "Sinto muito por sua perda". Kulwinder é diferente. Eu a vi caminhando pelo bairro outro dia. Acenei e ela simplesmente olhou para o outro lado e continuou andando. Como posso ser gentil com alguém assim?

— Os problemas de Buppy Kaur foram similares, não os *mesmos* — disse a mulher de óculos. — A filha dela fugiu com aquele rapaz de Trinidad. Ainda está viva. A filha de Kulwinder está morta.

Nikki levantou a cabeça, surpresa. As mulheres notaram seu movimento abrupto, mas continuaram falando.

— Morte é morte — mais alguém concordou. — É muito pior.

— Bobagem — zombou a mulher de *dupatta* verde. — Morrer é melhor do que viver se uma garota não tiver sua honra. Às vezes, a geração mais jovem precisa desse lembrete.

De alguma forma, Nikki sentiu que aquelas palavras eram dirigidas a ela. Olhou para a mulher que disse aquilo e encontrou um olhar direto e provocador. As outras mulheres murmuraram em concordância. Nikki achou a comida mais difícil de engolir. Tomou um copo de água e ficou de cabeça baixa.

A mulher com os óculos de armação de metal fez contato visual com Nikki.

— *Hai*, elas não são tão terríveis. Existem muitas garotas respeitáveis em Southall. Depende de como são criadas, né? — ela disse. E acenou quase imperceptivelmente com a cabeça para Nikki.

— Essa geração é egoísta. Se Maya tivesse parado para considerar o que estava fazendo com sua família, nada disso teria acontecido — continuou a mulher de *dupatta* verde. — E não esqueça os estragos que causou à propriedade de Tarampal também. Ela podia ter destruído o lugar inteiro.

As outras mulheres agora pareciam desconfortáveis. Como Nikki, elas abaixaram a cabeça e se concentraram no jantar. No repentino silêncio, Nikki podia ouvir seu coração batendo mais rápido. Tarampal? Nikki se perguntou se estariam se referindo à mesma Tarampal de seu curso de escrita. Em silêncio, ela desejou que a mulher de *dupatta* verde dissesse mais alguma coisa, mas, sem um público atento, ela também se calou.

*

Mais tarde, ao entrar no prédio do centro comunitário, Nikki se perdeu em pensamentos. A mulher no *langar* parecia ter tanta certeza quando falou de morte e honra. Nikki não conseguia imaginar nenhuma filha de Kulwinder sendo pega em algum ato perigoso de resistência como as mulheres haviam dado a entender. Mas, também, Kulwinder era tão inflexível que talvez a filha tivesse se rebelado.

Risadas no corredor interromperam seus pensamentos. *Estranho*, ela pensou. Não havia mais nenhum curso naquele mesmo horário. Conforme foi se aproximando da sala, o barulho ficou mais alto e dava para ouvir uma voz falando com nitidez.

— Ele coloca a mão na coxa dela enquanto ela dirige o carro e, durante o percurso, aproxima mais a mão do meio de suas pernas. Ela não consegue se concentrar na direção, então diz a ele: "Espere eu chegar a uma ruazinha deserta". Ele pergunta: "Por que temos que esperar?".

Nikki paralisou atrás da porta. Era a voz de Sheena. Outra mulher perguntou:

— Nossa, por que ele é tão impaciente? Não consegue se segurar até chegarem a uma ruazinha? Ela deveria puni-lo dirigindo sem parar em volta do estacionamento, até o balãozinho dele esvaziar.

Outra onda de gargalhadas. Nikki abriu a porta.

Sheena estava sentada à mesa da frente com o livro aberto nas mãos e todas as mulheres reunidas em volta. Quando viram Nikki, voltaram correndo para seus lugares. Sheena ficou pálida.

— Desculpe — ela disse para Nikki. — Vimos que você havia trazido livros para nós. Estava apenas traduzindo uma história... — Ela saiu da mesa e se juntou às outras mulheres.

— Esse livro é meu. É particular. Obviamente não é para nenhuma de vocês — Nikki afirmou quando sentiu que conseguiria falar. Ela tirou os livros de exercícios da sacola. — *Estes* são para vocês. — Ela os jogou sobre a mesa e apoiou a cabeça entre as mãos. As mulheres ficaram em silêncio. — Por que chegaram tão cedo?

— Você falou sete horas — Arvinder disse.

— Eu falei sete e meia, já que era o horário que vocês preferiam — Nikki disse.

As mulheres se viraram com cara feia para Manjeet.

— Eu me lembro de ela ter dito sete horas na semana passada — Manjeet insistiu. — Eu me lembro.

— Aumente o volume do aparelho auditivo da próxima vez — Arvinder disse.

— Não preciso — Manjeet disse. Ela colocou o lenço atrás da orelha e revelou à turma seu aparelho auditivo. — Nunca coloquei bateria nisso.

— Por que usa aparelho auditivo, se não precisa? — Nikki perguntou. Manjeet abaixou a cabeça, constrangida.

— Completa o visual de viúva — Sheena explicou.

— Ah — disse Nikki, e esperou mais explicações de Manjeet, mas ela simplesmente confirmou e ficou olhando para as mãos.

Preetam levantou a mão.

— Com licença, Nikki. Podemos mudar o início da aula de volta para as sete?

Nikki suspirou.

— Achei que sete e meia fosse melhor por causa do horário do ônibus.

— E é. Mas se terminarmos mais cedo, poderemos chegar em casa em um horário decente.

— Trinta minutos não fazem muita diferença, fazem? — Sheena perguntou.

— Fazem para Anya e Kapil — Preetam respondeu. — E quanto a Rajiv e Priyaani?

Nikki imaginou que aqueles fossem os netos dela, mas as outras mulheres soltaram um resmungo coletivo.

— Aqueles idiotas. Um dia estão apaixonados, no outro dia ela está dizendo aos empregados que quer se casar com outra pessoa — Sheena disse. — Não mude o horário, Nikki. Preetam só está desperdiçando tempo com um programa de televisão.

— Não estou — Preetam disse.

— Então está desperdiçando energia elétrica — Arvinder a repreendeu. — Sabe quanto pagamos de conta de luz no mês passado? — Preetam deu de ombros. — É claro que não sabe — Arvinder resmungou. — Você desperdiça tudo porque sempre teve tudo.

— Vocês duas moram na mesma casa? — Nikki perguntou. Ela notou certa semelhança. As duas mulheres tinham pele clara, os mesmos lábios finos e impressionantes olhos castanho-acinzentados. — São irmãs?

— Mãe e filha — Arvinder disse, apontando para ela e depois para Preetam. — Dezessete anos de diferença, mas obrigada por achar que sou tão jovem.

— Ou que Preetam é velha — Sheena brincou.

— Vocês sempre moraram juntas? — Nikki perguntou. Não conseguia imaginar um mundo em que ela vivesse com sua mãe depois de mais velha e ainda fosse capaz de manter a sanidade.

— Só desde a morte do meu marido — Preetam respondeu. — Quanto tempo faz? *Hai!* — ela gritou de repente. — Três meses. — Ela pegou a beirada do *dupatta* e tocou o canto dos olhos.

— Ah, chega de drama — Arvinder disse. — Já faz três anos.

— Mas ainda está tão recente. — Preetam gemeu. — Faz mesmo tanto tempo assim?

— Você sabe muito bem que sim — Arvinder disse com severidade. — Não sei de onde tirou essa ideia de que viúvas têm que chorar e bater no peito toda vez que se referem a seus maridos, mas não adianta.

— Ela tirou das novelas de TV — Sheena disse.

— Pronto. Outro motivo para ver menos televisão — Arvinder falou.

— Eu acho tão lindo — Manjeet disse. — Queria ficar triste assim também. Você desmaiou no funeral dele?

— Duas vezes — Preetam respondeu com orgulho. — E implorei para não o cremarem.

— Eu me lembro disso — Sheena disse. — Você fez um escândalo antes de desmaiar e, quando acordou, começou tudo de novo. — Ela se virou para Nikki e revirou os olhos. — É preciso fazer essas coisas, sabe, senão as pessoas te acusam de ser insensível.

— Eu sei — Nikki afirmou.

Depois da morte de seu pai, a tia Geeta havia ido até a casa dela para fazer uma visita, com marcas de rímel escorrido no rosto. Ela queria lamentar com a mãe de Nikki e ficou surpresa ao ver que seus olhos permaneciam secos, pois ela havia chorado em particular. Quando notou uma panela de curry borbulhando no fogão, ficou indignada. "Você vai comer? Eu não comi nada quando meu marido morreu. Meus filhos tiveram que enfiar a comida na minha boca." Sentindo-se pressionada, sua mãe se absteve de comer o curry, mas depois o devorou quando a tia Geeta foi embora.

— Vocês têm sorte de poder lamentar assim — Manjeet disse. — Mulheres como eu não têm funeral, nem nenhum tipo de cerimônia.

— Não diga isso, Manjeet. Não se culpe. Não há mulheres como você. E sim homens como ele — Arvinder falou.

— Não entendi... — Nikki disse.

— Nós vamos estudar ou essa é outra aula de apresentações? — Tarampal interrompeu. Ela olhou com reprovação para Nikki.

— Temos menos de uma hora — Nikki afirmou. Ela entregou os livros às mulheres. — Aí temos alguns exercícios com o alfabeto. — Ela deu a Sheena um exercício sobre escrita de cartas que havia encontrado na internet.

O restante da aula passou devagar e em silêncio, com as mulheres franzindo o rosto, concentradas. Algumas aparentavam cansaço após algumas tentativas, e largaram os lápis. Nikki queria saber mais sobre as viúvas, mas a presença de Tarampal a deixava nervosa e ela manteve o foco da aula. Às oito e meia em ponto, disse a todas que estavam dispensadas e elas saíram em silêncio, devolvendo os livros para a mesa. Sheena passou por Nikki e não disse nada, segurando a carta com firmeza.

A aula seguinte era na quinta-feira. Todas as mulheres se sentaram rapidamente quando Nikki chegou com um cartaz com as letras do alfabeto que havia encontrado em outra loja de itens de segunda mão.

— A de amor — ela disse.

Elas repetiram:

— Amor.

— B de bola. C de casa.

Quando chegou ao M, o coro estava enfraquecendo. Nikki suspirou e guardou o cartaz.

— Não posso ensinar vocês a escrever de outro modo — ela disse. — Temos que começar pelo básico.

— Meus netos usam esses livros e cartazes — Preetam protestou com desânimo. — É um insulto.

— Não sei mais o que fazer — Nikki afirmou.

— Você é a professora; não sabe como ensinar adultos a escrever?

— Achei que ia ensiná-las a escrever histórias. Não isso — Nikki explicou. Ela pegou o cartaz e voltou às letras, e quando chegaram a Z, de zebra, o coro estava alto. Havia uma ponta de esperança – pelo menos elas estavam tentando. — Certo. Agora vou passar alguns exercícios para aprendermos a formar palavras — disse.

Ela folheou o livro e copiou algumas palavras no quadro. Quando se virou, ouviu sussurros insistentes, mas as mulheres pararam de falar quando Nikki ficou de frente para elas novamente.

— O melhor jeito de aprender a escrever palavras é ouvindo o som delas primeiro. Vamos começar com a palavra "casa". Quem quer repetir depois de mim? "Casa."

Preetam levantou a mão.

— Certo, pode falar, Bibi Preetam.

— Que tipo de histórias você nos ensinaria a escrever?

Nikki suspirou.

— Ainda vai demorar um bom tempo até podermos começar a escrever histórias, senhoras. É bem difícil, a menos que vocês tenham uma noção de como escrever as palavras e de como funciona a gramática.

— Mas Sheena consegue ler e escrever em inglês.

— E tenho certeza de que ela teve que praticar muito, não é, Sheena? Quando você aprendeu?

— Aprendi na escola — Sheena respondeu. — Minha família veio para a Inglaterra quando eu tinha catorze anos.

— Não foi isso que eu quis dizer — Preetam afirmou. — Estou dizendo que se contarmos nossas histórias para Sheena, ela pode colocar no papel.

Sheena pareceu satisfeita.

— Eu posso fazer isso — ela disse a Nikki.

— E depois podemos dar conselhos umas às outras sobre como melhorar as histórias.

— Mas como vão aprender a escrever? — Nikki perguntou. — Não foi para isso que se inscreveram neste curso?

As mulheres trocaram olhares.

— Nós nos inscrevemos neste curso porque queríamos preencher nosso tempo — Manjeet disse. — Seja aprendendo a escrever ou contando histórias, não importa. O que importa é nos mantermos ocupadas.

Nikki notou que ela parecia particularmente triste ao dizer aquilo. Quando percebeu que Nikki estava olhando, sorriu rapidamente e abaixou os olhos.

— Eu prefiro contar histórias — disse Arvinder. — Sobrevivi todo esse tempo sem ler e escrever. Para que vou precisar disso agora?

Todas concordaram. Nikki estava dividida. Se o tédio de aprender a escrever estava desencorajando aquelas mulheres, ela deveria motivá-las a continuar. Mas contar histórias era tão mais divertido.

No fundo da sala, Tarampal gritou:

— Não gostei dessa ideia. Estou aqui para aprender a escrever. — Ela cruzou os braços.

— Então estude o ABC em seus livros de colorir — Arvinder murmurou. Apenas Nikki escutou.

— Podemos fazer o seguinte — Nikki disse. — Praticamos um pouco de escrita e leitura a cada aula, e depois, se vocês quiserem contar algumas histórias, Sheena e eu podemos escrevê-las e depois compartilhamos com toda a turma. Uma história nova por aula.

— Podemos começar hoje? — Preetam perguntou.

Nikki olhou no relógio.

— Primeiro, vamos estudar as vogais. Depois, sim, podemos contar algumas histórias.

Algumas mulheres já conheciam o A, E, I, O, U, mas outras, como Tarampal, tinham dificuldade. Todas resmungaram com ela por atrasar o restante da turma quando Nikki fez chamada oral.

— O A e o E são pronunciados da mesma forma — Tarampal ficava insistindo. Nikki instruiu Sheena a começar a escrever no fundo da sala enquanto ela ensinava Tarampal. — Inglês é uma língua idiota — Tarampal disse. — Nada faz sentido.

— Você está ficando frustrada porque é algo novo. Depois fica mais fácil — Nikki garantiu.

— Novo? Eu moro em Londres há mais de vinte anos.

Nikki ainda ficava levemente chocada ao lembrar que aquelas mulheres sabiam tão pouco, mesmo morando ali há mais tempo do que ela tinha de vida. Tarampal notou sua expressão e acenou com a cabeça.

— Sabe por que não aprendi inglês? Por causa dos ingleses — ela disse, triunfante. — Eles nunca tornaram seu país ou seus costumes amigáveis para mim. E a língua é igualmente hostil com todos esses sons de "aaah" e "oooh".

Do fundo da sala veio uma onda de risadas e um gritinho. Sheena estava debruçada sobre a folha de papel, escrevendo rápido enquanto Arvinder sussurrava em seu ouvido. Nikki voltou a se concentrar em Tarampal e, lentamente, disse várias palavras com vogais até Tarampal admitir que conseguia notar a sutil diferença entre elas. Quando elas terminaram, a aula já tinha chegado ao fim, mas as mulheres ainda estavam amontoadas ao redor da mesa no fundo da sala, sussurrando sem parar. Sheena continuava escrevendo, parando de vez em quando para pensar na palavra correta, ou para descansar os pulsos. Eram nove da noite.

— A turma está dispensada — Nikki gritou para as mulheres do fundo. Pareceu que não escutaram. Elas continuaram conversando, e Sheena não parou de escrever. Tarampal atravessou a sala para pegar sua bolsa. Olhou com desdém para as outras mulheres e se despediu de Nikki.

— Tchau.

Nikki se sentiu animada com as mulheres e seu renovado senso de concentração. Elas não aprenderiam a escrever daquela forma, mas estavam nitidamente muito mais entusiasmadas com as histórias. Quando ela se aproximou, as mulheres ficaram em silêncio. Estavam coradas. Algumas escondiam sorrisos. Sheena se virou.

— É uma surpresa, Nikki — ela disse. — Você não pode ver. Ainda não terminamos.

— É hora de fechar a sala — Nikki disse. — Vocês vão perder o ônibus.

Com relutância, as mulheres se levantaram e pegaram as bolsas. Saíram da sala cochichando. Na sala vazia, Nikki colocou as mesas de volta no lugar de sempre, como Kulwinder havia mandado.

A luz da sala de aula do centro comunitário ainda estava acesa. Kulwinder viu as viúvas saindo do templo animadas. Desacelerou o passo e pensou no que fazer. Nikki provavelmente havia deixado a luz acesa e, se Kulwinder não subisse para apagá-la, Gurtaj Singh podia achar que a energia estava sendo desperdiçada nos cursos para mulheres. Mas ela não estaria segura entrando naquele prédio vazio. O telefonema da outra noite invadia sua mente sempre que estava sozinha. Antes daquele, ela havia recebido dois outros alertas – uma ligação que havia acontecido poucas horas depois que ela voltara de sua primeira visita intencional à delegacia e outra depois da última visita. Em ambas as ocasiões, a polícia havia oferecido pouca ajuda, mas o autor da chamada sentiu, ainda assim, a necessidade de mantê-la na linha.

Ela resolveu não se incomodar com a luz. Caminhando com rapidez na direção do ponto de ônibus, viu as mulheres da aula de escrita reunidas. Kulwinder fez uma chamada silenciosa. Lá estavam Arvinder Kaur – tão alta que tinha que se curvar como uma girafa para ouvir as outras. A filha dela, Preetam, sempre ajeitando o *dupatta* branco de renda sobre a cabeça. Tão delicada e vaidosa em comparação à mãe. Na ponta, Manjeet Kaur falava por meio de acenos de cabeça e sorrisos furtivos. Sheena Kaur não estava por lá, mas provavelmente havia corrido para casa em seu pequeno carro vermelho. Tarampal Kaur havia se inscrito no curso também, mas não estava no grupo. Sua ausência foi um alívio.

As mulheres viram Kulwinder se aproximando e a cumprimentaram com breves sorrisos. Quem sabe pudessem explicar por que a luz ainda estava acesa. Talvez Nikki estivesse lá com um amante? Não era sem precedentes que os jovens da vizinhança usassem salas vazias para suas interações sujas. Se bem que, nesse caso, as luzes estariam apagadas, não estariam? Mas quem sabia o que aquela nova geração gostava de fazer?

— *Sat sri akal* — ela disse, unindo as mãos e cumprimentando todas elas. Elas corresponderam ao gesto.

— *Sat sri akal* — murmuraram. Sob o brilho da luz do poste, elas pareciam encabuladas, como se tivessem sido flagradas roubando.

— Como estão, senhoras?

— Muito bem, obrigada — respondeu Preetam Kaur.

— Estão gostando do curso de escrita?

— Sim. — Eram um coro ensaiado.

Kulwinder olhou para elas com desconfiança.

— Aprendendo muito? — ela perguntou.

As mulheres se olharam de maneira dissimulada, foi apenas um segundo, até que Arvinder disse:

— Ah, sim. Aprendemos muito hoje.

As mulheres estavam radiantes. Kulwinder pensou em fazer mais perguntas. Talvez elas precisassem ser lembradas que aquele aprendizado era resultado de sua brilhante iniciativa. *Eu faço tudo por você*, ela costumava dizer a Maya, às vezes com orgulho e outras com frustração. As mulheres pareciam desesperadas para retomar a conversa. Kulwinder se lembrou de Maya e suas amigas reunidas, as conversas em voz baixa, frequentemente pontuadas com risadinhas. "O que é tão engraçado?", Kulwinder perguntava depois, sabendo que a pergunta bastava para Maya cair na risada outra vez, e então Kulwinder não conseguia conter o riso também. A lembrança foi acompanhada de uma pontada dolorida nas entranhas. Ela daria tudo para ver sua filha sorrindo novamente. Despediu-se das mulheres e seguiu seu caminho. Ela nunca havia sido próxima daquelas mulheres e sabia que elas haviam se inscrito no curso por falta de outra coisa para fazer. Tinha a perda em comum com elas, mas perder um filho era diferente. Ninguém conhecia a dor da raiva, culpa e profunda tristeza que Kulwinder carregava todos os dias.

Aquela avenida tinha algumas partes escuras, onde muros, cercas vivas e carros estacionados podiam facilmente esconder um assaltante abaixado. Ela pegou o celular, querendo pedir para Sarab ir buscá-la, mas ficar parada esperando parecia tão arriscado quanto continuar andando. Ela fixou o olhar no cruzamento da Queen Mary Road e seguiu em frente, ciente de que seu coração estava acelerado. Depois que o autor da chamada desligara, na noite anterior, ela havia ficado sentada na cama, alerta a qualquer barulho e mudança na casa. Depois de um tempo, acabou pegando no sono, mas, pela manhã, exausta e sozinha, acordou inexplicavelmente furiosa, dessa vez com Maya, por fazê-la passar por tudo aquilo.

Uma gargalhada surgiu no ar como fogos de artifício. Kulwinder apressou o passo. Eram as mulheres de novo. Manjeet acenou, mas ela fingiu que não viu. Kulwinder inclinou o pescoço como se estivesse verificando algo no prédio. Ao longe, o brilho na janela parecia fogo. Ela virou as costas para o prédio e começou a andar tão rápido que quase saiu correndo.

Capítulo 5

Na esquina do estacionamento, Nikki havia descoberto um lugar onde podia se esconder para fumar um cigarro antes da aula. Dali, ela não tinha visão nenhuma do templo. Tirou um cigarro do maço e o acendeu. Seu turno no O'Reilly's na noite anterior havia parecido mais longo do que de costume, e ela notou que estava ansiosa pela aula seguinte.

Nikki terminou o cigarro e entrou no prédio do centro comunitário, dando logo de cara com Kulwinder Kaur na escadaria.

— Ah, oi — ela disse.

Kulwinder franziu o nariz.

— Você andou fumando. Dá para sentir o cheiro.

— Eu estava perto de alguns fumantes, e…

— Talvez essas desculpas funcionem com sua mãe, mas eu sei das coisas.

— Não acho que isso seja da sua conta — Nikki disse, endireitando os ombros.

Havia fogo nos olhos de Kulwinder.

— O comportamento dos professores é da minha conta. As mulheres buscam orientação em você. Não sei como vão respeitar instruções que saiam da boca de uma fumante.

— Estou fazendo tudo o que se espera de mim na sala de aula — Nikki disse. Ela fez uma anotação mental de interromper as sessões de contação de histórias e focar em aulas de gramática, caso Kulwinder passasse para verificar.

— Espero que sim — Kulwinder disse.

Nikki passou por ela com desconforto na escadaria e descobriu que todas as mulheres já haviam chegado. Tarampal havia escolhido sentar a uma distância notável das outras.

— Nikki! — Sheena disse. — Escrevi uma história. Foi um esforço coletivo de todas nós.

— Que maravilha — Nikki disse.

— Pode ler em voz alta para a turma? — Preetam perguntou.

— Acho que Nikki devia ler — Sheena sugeriu.

— Esperem um minuto — Nikki disse. — Só vou passar alguns exercícios para Bibi Tarampal aqui.

— Não se preocupe comigo — Tarampal disse, torcendo o nariz. — Vou ficar treinando o alfabeto.

— Para quê? — Arvinder perguntou. — Não seja desmancha-prazeres.

— Logo eu vou aprender a escrever e vocês vão continuar analfabetas — Tarampal rebateu.

Nikki puxou uma cadeira para perto de Tarampal e procurou a página sobre ligações entre vogais e consoantes. Havia imagens representando cada palavra simples de quatro letras. GATO. BOLA. CASA.

— Não sei todas essas letras — Tarampal reclamou. — Você ainda não me ensinou todas elas.

— Faça as que você sabe — Nikki disse com delicadeza. — Depois faremos as outras juntas.

Nikki notou que as mulheres a estavam observando atentamente quando começou a ler a história. Seu punjabi estava mais enferrujado do que ela esperava e a letra manuscrita apressada de Sheena era diferente da impressa nos livros com os quais ela havia estudado.

— Não sei se vou conseguir ler isso, Sheena — Nikki disse, estreitando os olhos ao olhar para a página.

Sheena levantou-se da cadeira.

— Então eu leio. — Ela tirou os papéis da mão de Nikki. As outras mulheres se endireitaram nas cadeiras, demonstrando empolgação. Ao vê-las, Nikki teve a terrível sensação de que alguém estava prestes a lhe pregar uma peça.

Sheena começou a ler.

— Esta é a história de um homem e uma mulher que estavam andando de carro. O homem era alto e bonito e a mulher era sua esposa. Eles não tinham filhos e tinham muito tempo livre. — Sheena fez uma pausa para causar efeito e olhou para Nikki antes de continuar.

"*Um dia, eles estavam passando de carro por uma estrada deserta e estavam quase sem gasolina. Estava escuro e eles estavam muito assustados. Também estava frio, então o homem parou o carro e abraçou a mulher para ela parar de tremer. Na verdade, ela estava fingindo que tremia. Queria sentir* o corpo do homem. Embora já tivesse sentido seu corpo muitas vezes antes, ela queria estar com ele naquele carro escuro.

Ele começou a se sentir um herói por estar protegendo sua esposa. Ele desceu as mãos pelas costas dela até chegar nas nádegas e deu um apertão. Ela chegou mais perto dele e o beijou. Com as mãos, também foi descendo..."

— Certo, já basta — Nikki disse.

Ela pegou o papel das mãos de Sheena e pediu para ela se sentar. Todas as mulheres da turma estavam rindo, exceto Tarampal, que estava com o rosto enfiado no livro. Nikki passou os olhos pela página. Uma frase chamou sua atenção: *Seu órgão latejante tinha a cor e o tamanho de uma berinjela, e quando ela o segurou e o levou na direção da boca, ele ficou tão excitado que seus joelhos começaram a tremer.* Nikki ficou boquiaberta e largou as páginas sobre a mesa.

As mulheres estavam rindo muito àquela altura, e suas vozes tinham começado a ecoar pelo corredor. Chegaram à porta de Kulwinder Kaur, que tentou prestar atenção, mas os sons rapidamente diminuíram de volume.

— Qual é o problema? — Sheena perguntou.

— Esse não é o tipo de história que eu tinha em mente — Nikki respondeu.

— Não era para você ficar tão surpresa, já que lê histórias desse tipo — Manjeet disse. — Trouxe um livro cheio delas para nós.

— Comprei aquele livro para minha irmã, de brincadeira! — Na verdade, *Veludo vermelho* tinha passado da sacola da loja para a mesa de cabeceira de Nikki, de onde ela não pretendia tirá-lo.

— Não entendi a brincadeira. Era para você ter comprado outro livro para ela? — Preetam quis saber.

— Ela é um pouco reservada — Nikki disse. — Achei que as histórias serviriam para lembrar que ela precisava relaxar um pouco, só isso. — As viúvas estavam sorrindo? Parecia que a estavam provocando. Ela pigarreou. — Acho que chega de histórias por enquanto.

As mulheres resmungaram quando Nikki pegou o cartaz com as letras do alfabeto.

— Hoje vamos recapitular as consoantes.

— Ah, essa chatice não! — exclamou Arvinder. — A de amor, B de bola? Não me trate como criança, Nikki.

— Na verdade, "A" é vogal. Lembra? Quais são as outras vogais?

Arvinder fez cara feia e não disse nada. As outras viúvas também a encaravam sem expressão.

— Vamos, senhoras. Isso é importante.

— Você tinha falado que poderíamos contar histórias durante essas aulas — Preetam protestou.

— Certo. E provavelmente não devia ter falado isso. A verdade é que eu fui contratada para ensinar vocês a escrever. Preciso honrar essa promessa. — Ela olhou mais uma vez para as páginas sobre sua mesa. Se Kulwinder ficasse sabendo, ela a acusaria de colocar as mulheres no mau caminho de propósito.

— Por que não gostou da história da Sheena? — Preetam perguntou. — Achei que as garotas modernas se orgulhavam de ter a mente aberta.

— Ela não gostou porque é como todos os outros — Arvinder disse. — Como todas aquelas pessoas que dizem: "Não dê atenção àquelas viúvas. Sem os maridos, elas não têm nenhuma importância".

— Eu não penso isso de vocês — Nikki protestou, embora a observação de Arvinder não estivesse tão equivocada. Decerto esperava que aquelas viúvas fossem mais impressionáveis do que estavam sendo.

— Seríamos invisíveis na Índia — Arvinder afirmou. — Acho que não faz diferença estarmos na Inglaterra. Você deve achar que é errado discutirmos essas coisas porque não devíamos estar pensando nelas.

— Não estou dizendo que a história de vocês está errada. Foi apenas inesperada.

— Por quê? — Sheena provocou. — Porque nossos maridos estão mortos? Deixe-me dizer uma coisa, Nikki. Nós temos muita experiência com o desejo sexual.

— E falamos sobre isso o tempo todo — Manjeet disse. — As pessoas nos veem e presumem que estamos simplesmente preenchendo nossas noites com fofocas, mas quem consegue fazer isso o tempo todo? É muito mais divertido falar sobre as coisas que nos fazem falta.

— Ou que nunca chegamos a ter — Arvinder disse de maneira seca.

A turma caiu na gargalhada. Dessa vez, o ruído atrapalhou a concentração de Kulwinder justo quando estava prestes a resolver uma fileira de seu jogo de sudoku.

— Falem baixo — Nikki pediu.

— Vamos, Nikki — Preetam a encorajou. — Vai ser divertido. Já tenho uma história se formando na cabeça. Um final mais gratificante para minha série de televisão preferida.

— Kapil e Anya finalmente ficam juntos? — Manjeet perguntou.

— Ah, e como! — Preetam respondeu.

— Há histórias sobre homens e mulheres que conto a mim mesma quando não consigo dormir à noite — Manjeet disse. — É melhor do que contar carneirinhos ou tomar remédio. Me ajuda a relaxar.

— Tenho certeza de que sim — Sheena disse, levantando a sobrancelha. As mulheres caíram novamente na gargalhada.

— Até Tarampal tem algumas histórias, com certeza — Arvinder disse.

— Pode me deixar fora disso — Tarampal alertou.

De repente, a porta da sala de aula se abriu. Kulwinder Kaur apareceu com os braços cruzados.

— O que está acontecendo aqui? — ela questionou. — Dá para ouvir o barulho da minha sala.

As mulheres ficaram chocadas e fizeram silêncio por um instante, até que Preetam Kaur disse:

— Desculpe. Estávamos rindo porque eu não conseguia pronunciar uma palavra.

— É — Arvinder disse. — Nikki disse uma palavra em inglês que significa "berinjela", mas não conseguíamos pronunciar. — As mulheres começaram a rir de novo. Nikki acenou com a cabeça e sorriu para Kulwinder como se dissesse: "O que posso fazer?". Ela colocou a mão sobre a folha de papel com a história, que estava em sua mesa.

Por sorte, Tarampal estava sentada bem perto da porta. Seu livro estava aberto e pareceu bem legítimo. Nikki torceu para ela não dizer nada. Tarampal ainda parecia extremamente descontente com as mulheres.

— Preciso falar com você aqui fora um instante — Kulwinder disse a Nikki.

— É claro — Nikki disse. — Sheena, você pode, por favor, escrever o alfabeto no quadro? Vou fazer chamada oral quando voltar. — Ela olhou para Sheena com seriedade e acompanhou Kulwinder até o corredor.

Kulwinder olhou fixamente para Nikki.

— Eu te contratei para ensinar essas mulheres, não para ficar contando piadas — ela disse. — Não sei o que elas estão fazendo, mas não parece que estão aprendendo.

Pela janela, Nikki podia ver as mulheres olhando para o quadro e Sheena obediente escrevendo as letras. Tarampal estava debruçada sobre sua mesa, apertando o lápis com força sobre o papel. Ela levantou os olhos para ver se seu D estava tão arredondado quanto o de Sheena no quadro.

— Ninguém disse que aprender não pode ser divertido — Nikki disse.

— Esse trabalho requer um grau de respeito e profissionalismo. Seu respeito é nitidamente questionável, porque fuma nas proximidades do templo. Tenho muitas dúvidas quanto a seu padrão de profissionalismo.

— Estou cumprindo meu papel muito bem — Nikki disse. — Estou fazendo exatamente o que me pediu.

— Se estivesse, eu não precisaria vir pedir para não fazer tanto barulho. Você compreende, não é, que qualquer pequeno erro significa que essas aulas podem ser canceladas? Como está, já temos muito poucas alunas.

— Veja só, Kulwinder, entendo que queira que o curso dê certo, mas eu não sabia que estaria sob vigilância constante. As mulheres estão aprendendo. Você precisa se retirar e me deixar fazer o meu trabalho.

A expressão de Kulwinder pareceu ter sido tomada por uma nuvem de tempestade. Seus lábios foram afinando de forma ameaçadora.

— Acho que está esquecendo algo muito importante — ela disse. Seu tom de voz de repente se tornou baixo e firme. — Sou sua chefe. Eu te contratei. Você deveria me agradecer por te dar um emprego mesmo vendo que sua única habilidade era servir bebidas. Você deveria me agradecer por vir até aqui e te lembrar de manter o foco. Você deveria me agradecer por dar apenas um aviso. Não vim aqui para discutir. Vim para *lembrá-la* de suas *responsabilidades*, algo que claramente lhe falta. Compreende?

Nikki engoliu em seco.

— Eu compreendo. — Kulwinder olhou para ela com expectativa.

— E obrigada — Nikki sussurrou. Lágrimas de humilhação faziam seus olhos arderem.

Ela esperou alguns instantes antes de voltar a entrar na sala de aula. As mulheres estavam de olhos arregalados, ansiosas para saber o que havia acontecido. Até Tarampal havia tirado os olhos do livro.

— Temos que voltar para a matéria — Nikki disse, piscando sem parar.

Felizmente, não houve discussão. Arvinder, Tarampal, Preetam e Manjeet aceitaram um exercício sobre consoantes. Sheena praticou a escrita de um discurso de persuasão. Enquanto as mulheres se ocupavam, Nikki não conseguiu deixar de repassar na cabeça o humilhante confronto. Ela disse a si mesma que Kulwinder provavelmente criticava todo mundo, mas suas duras palavras a haviam atingido. *Sua única habilidade era servir bebidas. Falta de responsabilidade.* Nikki estava tentando direcionar as mulheres de volta para a alfabetização para evitar problemas, mas será que Kulwinder reconhecia seus esforços? Não importava se Nikki fazia a coisa certa. Ainda assim estaria errado.

O tempo passou rápido enquanto Nikki estava perdida em seus pensamentos. Nem as brigas com a mãe a deixavam tão desconcertada. Se Kulwinder era assim como chefe, imagine como era como mãe de uma filha rebelde. Nikki olhou para o relógio.

— Todo mundo terminou? — ela perguntou.

As mulheres disseram que sim. Nikki recolheu os exercícios sobre consoantes. A caligrafia tremida de Arvinder fazia o H parecer M, mas ela havia persistido até o Z, que cortou as linhas como se fosse um raio. A caligrafia de Preetam era mais precisa, mas ela havia chegado apenas até o J quando a aula acabou. Manjeet havia ignorado totalmente as consoantes, preferindo escrever A, E, I ,O, U no alto da página, como se estivesse revisando o que já tinha aprendido.

O que ela podia fazer, além de passar mais exercícios para as mulheres, mais decoreba? Aquela reprodução de letras do alfabeto parecia tão desmotivadora quanto qualquer outra tarefa monótona que preenchia os dias daquelas viúvas. Se continuassem naquele caminho, as mulheres parariam de comparecer às aulas. Nikki já conseguia sentir a inquietação delas. Enquanto passava os olhos pelas folhas de exercícios, um debate ganhava vida em sua mente. Ela havia sido contratada para ensinar inglês, sim, mas não havia concordado por pensar que estaria empoderando mulheres? Se as viúvas queriam compartilhar histórias eróticas, quem era ela para censurá-las?

— Todas vocês se esforçaram muito hoje — Nikki disse. — As tarefas ficaram ótimas. — Ela devolveu as folhas de exercícios às mulheres. Depois sorriu. — Mas acho que as histórias seriam melhores.

As mulheres olharam umas para as outras e sorriram. Apenas Tarampal fez cara feia e cruzou os braços.

— Prometo continuar a ensinar você a ler e escrever — Nikki disse a ela. — Mas as outras estão livres para trazerem suas histórias. Porém, vamos ter que tomar cuidado para não fazer barulho de agora em diante.

— Até terça — Sheena disse ao sair.

— Vejo vocês na terça — Nikki disse. — Ah, e se virem Bibi Kulwinder lembrem-se de agradecer. — *E de mandá-la à merda,* ela pensou.

Na terça-feira seguinte, Nikki fez questão de reservar um tempo para um rápido ritual de neutralização de odores que havia aperfeiçoado na adolescência. Antes de fumar, ela tinha que prender os cabelos em um coque e tirar a jaqueta para não pegar cheiro. Depois, uma dose de pastilhas de menta extrafortes e uma borrifada de um perfume também extraforte.

Nikki estava no meio de seu banho de perfume quando um rosto apareceu e rapidamente desapareceu de seu campo de visão.

— Desculpe — disse o dono do rosto. Ela o viu apenas de relance, mas notou que era bonitinho. Um instante depois, ela saiu da esquina e o viu encostado na parede.

— O lugar é todo seu — ela disse.

— Obrigado — ele disse, posicionando-se. — Só preciso fazer uma ligação.

— Certo — Nikki disse. — Eu também.

— Não, você estava claramente fumando. Não faz muito bem — ele disse enquanto acendia um cigarro. — Você não devia fazer isso.

— Nem você.

— É verdade — ele disse. — Só eu que acho isso, ou o sabor é muito melhor quando se fuma escondido?

— Muito melhor — Nikki concordou. Quando era adolescente, ela costumava fumar no parque atrás de sua casa, e sentia uma onda de adrenalina cada vez que via a silhueta de seu pai ou de sua mãe passando na janela. — Principalmente quando os pais estão por perto.

— Já foi pega?
— Não. E você?
— Ah, já. Foi péssimo.

Nikki o observou dar uma tragada no cigarro e olhar para o horizonte. Sua tentativa de ser misterioso acabou sendo meio cafona, mas surpreendente. Ela gostou.

— Meu nome é Nikki — ela disse.
— Jason.

Ela levantou a sobrancelha.

— É um nome americano para um rapaz punjabi?
— Quem disse que sou americano?
— Canadense? — Nikki perguntou. Ela tinha certeza de que havia notado um sotaque.
— Americano — Jason respondeu. — E punjabi. E sikh, obviamente. — Ele apontou para o templo. — E você?
— Britânica e punjabi e sikh — Nikki disse. Fazia muito tempo que ela não se identificava com todos aqueles termos de uma só vez. Ela ficou se perguntando se era isso que as viúvas pensavam dela, e em quais proporções.
— E qual é o seu nome verdadeiro? — ela perguntou a Jason.
— Jason Singh Bhamra. — Jason olhou para ela com os olhos semicerrados. — Você parece surpresa.
— Eu tinha certeza de que era uma versão anglicizada de alguma outra coisa.
— Meus pais me deram um nome que os americanos conseguissem pronunciar também. Nesse sentido, eles pensaram no futuro. Como os seus, imagino.
— Ah, não — Nikki disse. — É que eu não digo meu nome inteiro para as pessoas. Está apenas na minha certidão de nascimento. Ninguém usa.
— Começa com N?
— Você não vai adivinhar.
— Navinder.
— Não. — Nikki já estava se arrependendo de ter mentido sobre seu nome. Apenas parecia mais interessante que a verdade: "Nikki" significava pequena, e ela era a irmã mais nova, então seus pais acharam apropriado.

— Najpal.

— Na verdade...

— Naginder, Navdeep, Narinder, Neelam, Naushil, Navjhot.

— Nenhum desses — Nikki disse. — Eu estava brincando. Meu nome verdadeiro é Nikki.

Jason sorriu para ela e deu mais uma tragada no cigarro.

— Foi uma oportunidade perdida. Eu ia dizer: "Se eu adivinhar, você me dá seu telefone?".

Ah, céus, Nikki pensou. Mais cafonice.

— Bem, acho que ninguém consegue arrumar uma garota em uma viela deserta. — Jason apontou o maço de cigarros para Nikki. — Quer mais um?

— Não, obrigada — ela respondeu.

— E seu telefone?

Nikki fez que não com a cabeça. Foi instintivo. Ela não conhecia aquele tal Jason Bhamra. Ela deu mais uma olhada nele, notando uma leve covinha no queixo. Ele era *uma graça*.

— É o princípio da coisa — ela explicou, esperando que ele fosse pedir novamente. — Estamos no templo.

— Droga — Jason exclamou. — Você tem princípios.

— Tenho muitos. Estou pensando em acrescentar "não fumar" à lista, mas é difícil.

— É quase impossível — Jason concordou. — Alguns anos atrás, tentei parar de fumar, mas, em vez disso, acabei me conformando em parar de beber. Achei que ganharia pontos por eliminar um vício.

— Você não bebe?

— Durou uma semana.

Aquilo fez Nikki rir. Então ela viu uma oportunidade.

— Já foi ao bar O'Reilly's, em Shepherd's Bush?

— Não. Mas já fui ao bar na Southall Broadway. Sabia que é possível pagar em rúpias lá?

— Não é muito útil, se seu salário for em libras.

— É verdade. E esse bar O'Reilly's...

— Rúpias não são necessárias. Estou por lá quase todas as noites. A trabalho, não por ser alcoólatra.

O sorriso de Jason foi gratificante.

— Então vai estar lá esta semana?

— Quase todas as noites — Nikki respondeu. Ao se afastar, ela sentiu o olhar dele em suas costas.

— Nikki — ele a chamou. Ela se virou. — É apelido de Nicole?

— É só Nikki mesmo — ela afirmou. Ela conteve o sorriso até estar longe de seu olhar. O encontro havia deixado sua pele formigando, como se estivesse atravessando uma leve névoa.

— Tenho uma história da Manjeet — Sheena disse assim que Nikki entrou na sala. — A que ela conta a si mesma antes de dormir.

— É muito boa — Preetam disse. — Manjeet me contou no mercado outro dia.

Manjeet ficou tímida com os elogios. Sheena entregou a Nikki três páginas repletas de garranchos.

— "A visão" — Nikki leu em voz alta. — A pinta lisa e escura no... humm... *queijo* de Sonya... — Ela estreitou os olhos.

— Sunita — Manjeet corrigiu. — No queixo de Sunita.

— Desculpe. — Nikki apontou para as letras em *gurmukhi* como se seu toque pudesse desembaralhá-las. — *A pinta lisa e escura no queixo de Sunita parecia uma lancha. Quando ciranda, ela foi lavada...* — Aquilo não estava certo. Ela olhou para as mulheres, sem entender.

— *Hai* — Preetam disse. — O que está fazendo com a história dela?

— Estou com dificuldade para ler.

— Deem um desconto para ela. Não podemos esperar que ela saiba ler bem em *gurmukhi*. Ela não é da Índia — disse Sheena.

— Sei falar melhor do que escrever — Nikki admitiu.

— Sua gramática em punjabi é toda errada — Preetam criticou. — Outro dia estava explicando que C era de "cachorro", e depois traduziu "cachorro" para o feminino *kutti*, em vez de *kutta*. Foi um insulto. Você ficou repetindo, *kutti, kutti*.

— Era como se estivesse nos chamando de cadelas — Sheena disse em inglês.

— Sinto muito — Nikki disse. — Sheena, consegue ler sua própria letra?

Sheena olhou para as páginas e encolheu os ombros.

— Tive que escrever muito rápido.

Manjeet levantou a mão timidamente.
— Acho que já decorei, de tanto repetir à noite.
— Então vá em frente — Nikki disse.
Manjeet respirou fundo e endireitou os ombros.

* * *

A visão

A pinta lisa e escura no queixo de Sunita parecia uma mancha. Quando criança, ela foi levada a um vidente local que previu que a pinta seria um fardo.

— Uma pinta grande é como um olho extra — disse o vidente. — Ela vai ter muita imaginação e vai ser muito crítica em relação a tudo.

O vidente estava certo. Sunita com frequência se perdia em devaneios e sempre estava pronta para julgar as pessoas. Quando chegou à puberdade, sua mãe, Dalpreet, achou que ela poderia aumentar suas chances de casamento se pudesse escolher entre dois bons maridos. Ela combinou com a primeira família, os Dhaliwal, uma visita a Sunita na terça-feira. A segunda família, os Randhawa, encontraria Sunita na quarta-feira. No entanto, no último minuto, o trem dos Dhaliwal atrasou e eles só conseguiriam chegar na quarta também. A mãe de Sunita entrou em pânico. Ela não podia recusar a visita. Também não seria educado remarcar com a outra família.

Sunita estava ciente do conflito porque havia escutado sua mãe conversando com uma vizinha de confiança.

— Se minha filha fosse mais desejável, talvez eu tivesse algum poder de barganha. Mas Sunita não é atraente com aquela pinta horrível. Tenho que dar um jeito de essas famílias não saberem uma da outra. Não tenho escolha.

Embora as palavras de sua mãe tenham machucado, Sunita sabia que ela estava certa. A pinta era feia demais. Fazia com que fosse alvo de insultos por parte de crianças cruéis na escola e distraía os pretendentes em potencial de suas belas feições. Sunita gastava todo seu dinheiro com cremes caros para fazer a pinta sumir, mas nada adiantava. Sua única esperança era se casar com um homem que tivesse dinheiro suficiente para pagar por uma cirurgia para removê-la de uma vez. Por essa razão, Sunita estava ansiosa para conhecer vários pretendentes. Mas, em vez de deixar seu destino nas mãos das famílias, ela teve uma ideia.

— Mãe — ela disse. — Vamos receber as duas famílias ao mesmo tempo, mas mantê-las separadas. Os Randhawa podem ficar na sala e os Dhaliwal, na cozinha. Enquanto a senhora conversa com uma família, eu sirvo chá para a outra. Depois trocamos de lugar.

Era um esquema arriscado, mas poderia funcionar. Elas eram proprietárias de terra e tinham uma casa espaçosa. As mesas da cozinha e da sala tinham capacidade para acomodar a mesma quantidade de pessoas. Dalpreet concordou porque não conseguiu pensar em nenhuma solução melhor. Ela estava ficando cada vez mais desesperada para casar a filha. Dizia-se que uma mulher sem marido era como um arco sem flecha. Dalpreet concordava com o ditado, mas também acreditava que um homem sem esposa era ainda mais problemático. Seu vizinho, por exemplo. Estava ficando com os cabelos grisalhos e ainda era solteiro. Algumas pessoas o chamavam de professor, porque ele passava o tempo todo lendo livros, mas a mãe de Sunita achava que ele era louco. Uma tarde, enquanto Sunita pendurava roupas no varal, Dalpreet o flagrou olhando para ela da janela do andar de cima. Quando Sunita virasse esposa de alguém, ele com certeza consideraria indecente ficar olhando para ela daquele jeito?

O dia chegou. Dalpreet acordou Sunita com instruções firmes para esconder a pinta com um pó caro que combinava com seu tom de pele cor de areia.

Que diferença faz?, Sunita se perguntou. Em algum momento ele vai ter que me ver como sou. Mas ela fez a pinta desaparecer mesmo assim.

Da janela de seu quarto, Sunita viu os Dhaliwal entrarem na casa. Conseguiu ver o filho de relance. Ele tinha ombros largos e uma barba rala, mas então ela ouviu sua voz. Era tão aguda que podia ser confundida com a de sua mãe. Enquanto Sunita preparava o chá, ela ouviu os Randhawa entrarem pela porta da frente. Foi para a sala com uma bandeja de doces e deu uma olhada no rapaz. Seus olhos tinham um tom castanho-acinzentado adorável, mas dava para ver os ossos de seus ombros magros aparecendo sob a camisa. Ele não era o pretendente viril que ela esperava. Sunita pediu licença aos Randhawa e voltou à cozinha.

— O que acha? — sua mãe perguntou quando passaram uma pela outra no corredor. — Qual você escolhe?

Sunita sentiu pena de sua mãe. Apenas ver aqueles homens não revelaria o que ela queria saber sobre eles. Ela estava tão ocupada correndo entre as duas famílias que não havia tido tempo de pensar como seria encostar sua *pele nua na deles. Nas fantasias de Sunita, as visões eram totalmente diferentes. Os homens ficavam diante dela com o peito desnudo e os músculos salientes entre as pernas expostos. Ela lhes dava a oportunidade de fazerem algo para impressioná-la – de colocar os lábios quentes junto aos dela; excitá-la com dedos firmes e hábeis. Era o que ela imaginava fazer todas as noites com seu vizinho – o professor. Ela sabia que ele a observava e aquilo fazia com que o desejasse ainda mais.*

— Os dois são bons — Sunita disse à sua mãe.

— Bons? — Dalpreet perguntou. — O que isso quer dizer? De qual gostou mais?

Sunita não sabia como responder. Sua mãe interpretou seu silêncio como timidez e a deixou ir. Sunita voltou aos Dhaliwal na cozinha. Sentou-se diante de seu pretendente e ficou olhando discretamente para o chão. Se a família fosse gentil, daria oportunidade para o casal se analisar com mais atenção. Os pais desviariam os olhos deliberadamente ou iniciariam uma discussão acalorada que permitiria que o rapaz e a moça se olhassem mais fixamente. Sunita esperou por aquele momento, mas ele não veio. A sra. Dhaliwal não era de falar muito e estava sentada tão perto do filho, com a perna tão grudada na dele, que Sunita se perguntou se ela ainda lhe dava comida na boca e limpava sua bunda.

Sunita teve alguns minutos antes de precisar voltar aos Randhawa. Ela ficou olhando para os ladrilhos do chão e mergulhou em uma fantasia sobre o filho dos Dhaliwal. "Me beije", ela disse, puxando-o para as terras viçosas que cercavam a casa de sua família. Ela se deitou no meio da grama alta e sentiu o perfume da terra, do solo recém-arado. Ele ficou por cima dela e colocou a língua gentilmente em sua boca. As mãos procuravam sua cintura e seus seios, nos quais pegou e apertou com cuidado. Com um movimento, sua blusa se abriu e ele estava levando seus mamilos à boca. Escorria suor do vão entre seus seios e ele passou a língua bem ali. Ela suspirou e arqueou o corpo ao sentir o movimento de seu músculo duro e saliente junto à almofada aveludada entre suas pernas abertas...

— HEHEHEHEHEHE!

O devaneio de Sunita foi interrompido pela gargalhada horrorosa do filho dos Dhaliwal. Alguém havia contado uma piada. Todo mundo estava rindo, mas aquele homem era o mais barulhento de todos. Seu sorriso revelou um conjunto de dentes enormes. Sunita não conseguia imaginar beijos carinhosos vindos de uma boca como aquela.

— Não vou me casar com aquele jumento — ela informou à mãe no corredor.

Sua mãe pareceu aliviada.

— Ótimo. Os Randhawa têm mesmo um dote melhor para oferecer — ela disse, conduzindo Sunita para a sala.

Sunita se sentou diante dos Randhawa com interesse renovado por seu filho, agora que havia eliminado o rapaz da família Dhaliwal. A magreza do filho dos Randhawa ainda era perturbadora, mas seus olhos acinzentados eram como poças de água que se formavam sobre o asfalto e brilhavam com pontos de luz do sol. Ela se imaginou segurando seu primeiro filho nos braços e olhando para aqueles olhos. É claro, antes viria o ato que gerava os bebês. Mais uma vez, ela deu asas à imaginação. Dessa vez a cena se passava em sua suíte conjugal. Ela usava um vestido vermelho todo enfeitado de pedras e ele a despia devagar. A cada pedacinho de pele que revelava, ele parava para admirá-la. Finalmente, ela estava nua, parada na frente dele enquanto ele se ajoelhava a seus pés, depois de ter tirado seus sapatos. Ele a levantou no ar e a colocou com cuidado sobre a cama. Seus dedos traçavam círculos na parte interna de sua coxa enquanto ele a beijava com paixão.

A fantasia terminava ali. Já não era convincente. Aquele rapaz magro e esquisito nunca teria força para levantar Sunita e colocá-la na cama. Seus dedos deviam ser duros como gravetos e ele a feriria ao tocá-la. Ela sabia pela forma tensa e impaciente com que ele mergulhava o biscoito no chá. Ele não devia saber nada sobre acariciar uma mulher. Beliscaria e apertaria como se estivesse sintonizando um rádio.

— Nenhum desses homens é adequado — Sunita disse à mãe depois que as duas famílias foram embora. — Não vou me casar com eles.

Foi melhor assim. Ambas as famílias recusaram Sunita. Os Dhaliwal a acharam vaidosa demais. "Ela passou mais tempo olhando para as unhas do pé pintadas do que para os sogros que a acolheriam. Uma garota ingrata", bufou a sra. Dhaliwal. Os Randhawa haviam escutado os comentários de Dalpreet sobre o dote e ficaram ofendidos. Confundiram o olhar de desejo nos olhos de Sunita com ganância, sem saber que, na verdade, ela estava tentando fantasiar com seu filho.

Dalpreet chorou e ficou aflita.

— O que vou fazer agora? — ela disse em prantos, secando o canto dos olhos com o dupatta. — Fui amaldiçoada com uma filha exigente. Ela nunca vai se casar.

Sem conseguir consolar a mãe, Sunita subiu no telhado de casa e ficou olhando para o céu. Em algum lugar, havia um marido para ela. Não um garoto. Um homem. Ela deitou de costas. Era uma ousadia. Qualquer um que olhasse pela janela poderia ver aquela garota solteira deitada no escuro, desafiando o mundo a se juntar a ela. Uma brisa soprou nos campos, levantando e abaixando a barra da túnica de algodão de Sunita como um olho que pisca. Ela abriu os braços e os esticou até a ponta de seus dedos tocarem os pontos mais distantes. Ainda não era longe o bastante. Naquelas visitas ao telhado, Sunita desejava aumentar seus membros para poder se espalhar pelo mundo inteiro.

Uma presença fez os pelos de sua nuca se arrepiarem. Ela se sentou e olhou ao redor, notando a luz de um quarto acesa na casa ao lado. Uma sombra atravessou a janela. O coração de Sunita disparou. Ela havia notado o professor quando ele se mudou para aquela casa – havia rumores de que ele já havia sido casado, mas agora vivia como solteiro na casa de sua irmã –, porém nunca havia conseguido olhar para o rosto dele por tempo suficiente sem deixar sua mãe desconfiada. Ela tinha a sensação, com base em seus passos longos e confiantes, de que ele era um homem experiente.

Esperando o professor passar novamente pela janela, Sunita soltou os cabelos da trança comportada que sua mãe a havia feito usar. Passou os dedos pelas madeixas, destrançando-as de modo que caíssem pelos ombros. Desejou ter um kajal para passar nos olhos. Mordeu os lábios e beliscou as bochechas para lhes conferir um pouco de cor.

O professor apareceu de novo na janela, e dessa vez permaneceu ali.

— Como subiu aí? — ele perguntou. Sua voz grave mexeu com Sunita.

— Não foi muito difícil — ela respondeu.

— Parece perigoso — ele disse. — Você não está com medo?

Ela fez que não com a cabeça. Seus cabelos balançaram para a frente e para trás. Ela podia sentir que ele a observava. Encorajada pelo interesse dele, ela sorriu:

— Não tenho medo de nada. — Seu coração estava acelerado dentro do peito.

Ele correspondeu ao sorriso e saiu pela janela. Em poucos e rápidos movimentos, ele estava no telhado com ela. Embora ele fosse musculoso, seus passos eram silenciosos. Uma brisa soprou pelo povoado, fazendo Sunita tremer. Sem dizer uma palavra, ele a puxou para junto de seu corpo quente e firme. Seu perfume era inebriante.

Sunita recostou-se novamente no telhado e fechou os olhos. O professor girou na direção dela e passou as mãos por baixo de sua túnica. Seus dedos acariciaram habilmente seus mamilos intumescidos. Ele a tocava com segurança. Sunita arqueou as costas e levantou os braços para deixar que ele tirasse sua blusa. Ele não voltou as mãos para os seios dela. Em vez disso, abaixou a cabeça até eles e se demorou acariciando cada um com a língua. A sensação intensa de prazer provocada por aquele contato fez Sunita perder o fôlego. Ela só conseguia sentir a boca quente e úmida dele sobre sua pele – o restante de seu corpo havia derretido. Quando ele começou a puxar os cordões de seu salwar, ela abriu as pernas. Ele levantou a cabeça, surpreso. Provavelmente nunca havia conhecido uma jovem tão ousada. Quando Sunita estava começando a se arrepender de ter sido tão entusiástica, o professor pressionou a boca no espaço privado e palpitante entre suas pernas. Sua língua hábil percorreu as dobras quentes e úmidas e parou sobre a saliência pulsante que lhe dava mais prazer. Algo começou a se formar dentro dela – uma tensão crescente que deixava sua respiração ofegante. O peso em seu peito a deixava nervosa. Ela queria se sentar, mas ao mesmo tempo queria que tudo aquilo se intensificasse. Sunita nunca havia vivenciado duas forças opostas dentro de seu próprio corpo. Suas coxas tremiam, apesar do calor em sua barriga. Os dedos do pé se curvavam, embora os ombros estivessem relaxados. Ela tinha a sensação de estar sendo mergulhada em um rio tão frio que queimava.

Finalmente aconteceu. Uma descarga explosiva que se espalhou por todo o corpo de Sunita e fez todos os seus músculos relaxarem. Ela gemeu, agarrando os cabelos do professor. Ele olhou para ela e, pela primeira vez, ela sentiu timidez. Virou o rosto para que ficasse encoberto pelas sombras da noite. Segundos ou horas se passaram – ela não sabia ao certo porque o tempo era uma ilusão naquelas terras depois que escurecia.

Depois de um tempo, ela se virou. O professor tinha ido embora. Ela se sentou, confusa. Seu salwar estava bem amarrado na cintura e ela estava usando sua túnica. Será que tudo não havia passado de uma fantasia? Não podia ser. Aquelas sensações de prazer tinham sido muito vívidas. Ela se apoiou no telhado e olhou para a casa do vizinho. A janela do quarto do professor estava fechada e as cortinas também.

Sunita não quis se lamentar. Talvez os poderes de sua imaginação fossem tão fortes que ela havia desejado que seus sonhos se tornassem realidade por um breve período, mas aquilo só significava que poderia acontecer novamente.

Descendo do telhado, ela pensou nos homens que havia recusado naquela tarde, sentados com suas famílias e planejando a visita à pretendente seguinte. Passou a mão sobre a pinta em seu rosto. O suor havia feito o pó corretivo sair. Todos sempre estiveram errados, Sunita refletiu. Não havia nenhum azar em ser capaz de ver o mundo como ela via.

* * *

As mulheres ficaram encantadas. Elas se aproximaram de Manjeet, arrastando as cadeiras para ouvir mais. Manjeet manteve, durante todo o tempo, a postura ereta e os olhos fechados enquanto viajava pelo mundo de Sunita. Ela abriu os olhos e lançou um olhar furtivo a Nikki.

— Desculpe — ela sussurrou. — Eu me deixei levar.

— Não precisa se desculpar. Foi lindo. Sua história tem tantos detalhes — Nikki disse.

— Veio tudo da imaginação de Sunita, não da minha — Manjeet falou.

— Sunita não é você? — Preetam perguntou. — Você também tem uma pinta.

— Ah, a pinta de Sunita é um sinal de beleza — Manjeet afirmou. — A minha é apenas... — Ela deu de ombros. Nikki notou que ela mantinha a mão sobre o queixo para cobrir a pinta.

— É linda, Bibi Manjeet — Nikki disse. — Assim como a de Sunita.

Manjeet fez cara feia. Seu rosto corou de vergonha.

— Por favor, não há necessidade de dizer essas coisas. Minha mãe era muito preocupada com minha pinta. Ela disse que dava azar e que eu nunca encontraria ninguém.

— Sua mãe tinha muito com que se preocupar se você só conseguia pensar em ir para a cama com os homens — Tarampal rebateu.

— Ninguém disse que você tinha que ouvir a história — Arvinder respondeu. — Se está tão focada em aprender, não devia ficar prestando atenção em nós.

O rosto de Tarampal ficou vermelho. Não dava para saber se ela estava constrangida ou furiosa.

— Obviamente, sua mãe estava errada — Nikki disse. — Você encontrou seu marido.

— Sim, mas não o segurei, né?

As outras viúvas trocaram olhares.

— Ah, Manjeet — Arvinder disse com firmeza. — Eu já falei para você não pensar assim.

— Por que não? — Manjeet perguntou. Seus olhos se encheram de lágrimas.

— Independentemente do que tenha acontecido, tenho certeza de que você não pode se culpar pela morte de seu marido — Nikki afirmou.

Manjeet soltou uma pequena gargalhada.

— Ele não está morto. Ainda está bem vivo. Fugiu com a enfermeira que cuidou dele depois que teve um enfarto.

— Ah — Nikki disse. Pobre Manjeet. Agora fazia mais sentido o "visual de viúva" que Sheena havia mencionado. Manjeet se vestia como viúva porque era mais aceitável do que estar separada do marido. — Sinto muito — ela disse.

— É o que todo mundo diz — Manjeet explicou. — Apenas dizem que sentem muito. Mas ninguém fez nada de errado. Quem fez foi ele.

— Tem razão. Foi ele. Ele e aquela enfermeirazinha vagabunda — Arvinder disse. — E não você.

Manjeet sacudiu a cabeça e limpou o nariz.

— Se eu pudesse viver novamente, seria mais como Sunita — ela falou. — Ela sabe o que quer. A enfermeira também. Sabia o que queria, então foi lá e pegou.

— *Hai* — Preetam disse, secando o canto dos olhos com o *dupatta*. — É muito trágico.

— Você não está ajudando — Sheena reclamou. — Nikki, diga alguma coisa.

Nikki não sabia o que fazer. As mulheres ficaram olhando para ela com expectativa. Ela voltou a pensar nos detalhes da história de Manjeet e imaginou Sunita deitada no telhado, prevendo o restante de sua vida.

— Acho que o que a história de Bibi Manjeet enfatizou é que existe uma diferença entre ser corajoso e ser *malicioso* — ela disse. Sheena rapidamente traduziu a palavra para punjabi para as mulheres. — Acho que a coragem de Sunita é admirável, mas tirar o marido de alguém é mesquinho e nocivo.

— Você também tem coragem, Manjeet — Sheena disse. — Não teria contado essa história se não tivesse.

— Tenho muito medo de dizer às pessoas o que ele fez — Manjeet confessou. — Isso é covardia, não é? Tenho fingido que ele morreu em uma viagem à Índia para que ninguém fique fazendo perguntas. Até fui passar uns dias no Canadá com meu filho mais velho para as pessoas acharem que eu estava chorando a morte de meu marido.

— Quando isso aconteceu? — Nikki perguntou.

— No verão passado.

— Ainda é muito recente, então — Nikki disse.

— Diga isso a eles. Já compraram até uma casa juntos — Manjeet disse. — A enfermeira é de uma aldeia na Índia e também veio para a Inglaterra, mas é de outra geração, Nikki. Essas garotas sabem como fazer tudo o que os homens querem antes de se casarem.

— No meu tempo, só podíamos confiar no que as irmãs e primas casadas contavam — Arvinder disse.

Nikki podia imaginar a cena – a jovem e envergonhada Arvinder cercada por parentes vestindo sári e dando risadinhas, revezando-se para oferecer palavras de sabedoria. Havia algo invejável naquela cena. Ela não conseguia imaginar vivenciar um momento como aquele antes do casamento de Mindi.

— Parece algo bonito — ela disse. — Vocês cuidavam umas das outras.

— Era útil — Preetam disse. — Como quando minha prima Diljeet disse: "Use *ghee* para lubrificar as coisas lá embaixo".

— Fui *eu* que te contei isso — Arvinder disse. — É o truque mais velho do mundo.

Sheena caiu na gargalhada.

— Olhem a cara da Nikki! — ela gritou.

Então era nítido que Nikki não estava conseguindo esconder seu constrangimento. Ela mentalizou sua mãe na cozinha, espalhando uma boa quantidade de *ghee* sobre a superfície de uma *tava* quente, onde derretia instantaneamente. Agora *ghee* tinha uma conotação totalmente diferente.

— É verdade — Preetam lembrou. — A Diljeet me alertou para ser discreta, e sempre tentar guardar um pouco de *ghee* em um potinho ao cozinhar, sem minha sogra perceber. Pois seria difícil levar contêineres grandes de *ghee* para o quarto sem o restante da família ver.

— Vocês não compram potes pequenos para usar na cozinha? — Nikki perguntou.

— Eu compro a granel — Preetam disse. — Para que ficar gastando dinheiro com potes pequenos?

— Eu recebi uma dica útil para agradar meu marido se ele quisesse fazer aquilo quando eu estivesse naqueles dias — Manjeet disse. — Deixar ele enfiar na axila e depois fazer isso. — Manjeet ficou girando o braço para cima e para baixo.

— Não acredito! — Sheena exclamou.

— É verdade — Manjeet disse. — Ele gostava. Dizia que a sensação era a mesma que em minhas partes privadas – quente e cabeluda.

Nikki nunca havia se esforçado tanto para ficar séria. Ela fez contato visual com Sheena, que estava com as duas mãos sobre a boca. A risada ondulava as mangas de Sheena.

— Muitas mulheres nem sabiam o que era esperado delas até a noite de núpcias — Preetam disse. — Eu não, felizmente, mas conseguem imaginar a surpresa?

— Não precisa agradecer — Arvinder disse. — Eu te contei tudo o que precisava saber.

— Sério? — Nikki perguntou. — Isso é muito liberal de sua parte.

Arvinder parecia ter seus oitenta e poucos anos. Nikki não conseguia nem imaginar alguém da geração de sua mãe explicando de onde vêm os bebês. Mais uma vez, ela havia subestimado Arvinder. E Manjeet também, com seus criativos métodos alternativos para agradar o marido.

— *Hanh*, bem, eu achei que era importante — Arvinder disse. — Só Deus sabe que eu só fui saber o que era prazer de verdade quando alguém me deu um daqueles massageadores de ombro elétricos. Vou dizer uma coisa, eles servem para aliviar a tensão em muitos lugares.

As mulheres riram. Nikki quis pedir para que não fizessem barulho, mas olhar para o rosto de Manjeet a impediu: os traços de tristeza ao redor dos olhos haviam sido substituídos por risadas. Ela olhava com gratidão para as viúvas, com o severo *dupatta* branco escorregando pelos ombros, onde ela o deixou descansar.

Capítulo 6

Kulwinder olhava fixamente para os formulários, tentando se concentrar. Um minuto antes, as vozes das mulheres haviam se elevado novamente, interrompendo seus pensamentos. Ela ficou tentada a invadir a sala de aula, mas elas se acalmaram antes que ela pudesse levantar da cadeira. Agora podia colocar a culpa de sua falta de concentração no silêncio. Sem distrações, ela não podia se esconder daquelas novas palavras em inglês. Os formulários para o visto de turista para sua viagem anual à Índia haviam mudado recentemente, com uma camada extra de perguntas confusas e declarações sobre segurança nacional. O fato de um indiano precisar de visto para entrar na Índia já era desconcertante o suficiente, sem contar aquele vocabulário complicado. Ela havia levantado as duas questões na agência de viagens Lucky Star, cujos funcionários apontaram pacientes que ela era cidadã britânica havia mais de duas décadas. "Oficialmente, você não é indiana", disse o agente. Para Kulwinder, aquilo não explicava nada.

Seus olhos estavam cansados. Ela tinha deixado os óculos bifocais em casa e percebeu que precisaria deles para terminar de preencher aqueles formulários. Já tinha perdido o último ônibus para casa, então saiu do prédio e atravessou o estacionamento. Atrás dela havia algumas pessoas do templo, mas, assim que saísse da avenida principal, seriam apenas ela e as casas com suas janelas fechadas. Ela caminhou depressa, com os olhos fixos nas luzes ao longe.

Quando Kulwinder virou em sua rua, notou o som de pés se arrastando atrás dela. Sem tirar os olhos de sua casa, ela acelerou o passo. A pessoa que a seguia acelerou também. A proximidade fez os pelinhos de sua nuca se arrepiarem. Era apenas uma questão de segundos até que a alcançasse. Ela se virou.

— Quando você vai me deixar em paz? — gritou.

A pessoa deu um passo para trás. O coração de Kulwinder estava acelerado. E não desacelerou quando ela viu que se tratava de Tarampal Kaur.

— Preciso falar com você — Tarampal disse.

— Sobre o quê? — Kulwinder perguntou.

— Um conflito que estou tendo. — Tarampal abaixou os olhos. — Só não sei como você vai reagir.

Kulwinder ficou tensa. Ela notou que Tarampal parecia evasiva. Não parava de apertar as mãos, como se precisasse segurar alguma coisa. O coração de Kulwinder disparou novamente. Ela não estava preparada para ter aquela conversa com Tarampal no meio da rua.

— É sobre... — Ela não conseguiu continuar. Passou tanto tempo tentando não pensar na ligação entre Maya e Tarampal que nem conseguia dizer o nome de uma na frente da outra.

— O curso de escrita — Tarampal afirmou. — As outras mulheres não estão levando muito a sério.

— Ah. — O rápido suspiro foi involuntário, como se Kulwinder tivesse levado um soco. Sentimentos conflitantes de alívio e decepção transformaram sua voz em um sussurro. — O curso. — É claro que Tarampal não falaria sobre Maya. O que ela estava esperando? Lágrimas começaram a se formar nos olhos de Kulwinder. De repente, sentiu-se grata por estar no escuro.

— Eu estou fazendo os exercícios de escrita e leitura — Tarampal disse. — Mas as outras mulheres estão lá só para... — Ela hesitou. — Vadiar.

Então as mulheres estavam rindo e se divertindo e Tarampal se sentia excluída. Por que Tarampal a havia procurado para reclamar de bobagens em vez de lidar ela mesma com o problema?

— Você tem que falar com elas. Ou com a professora — Kulwinder disse.

Tarampal cruzou os braços.

— Eu poderia reclamar sobre as aulas, sabia? Poderia dizer a Gurtaj Singh que elas não são muito produtivas. Não reclamo porque não quero causar problemas para você.

— É tarde demais para isso. — As palavras escaparam antes que Kulwinder tivesse tempo de pensar.

Tarampal parecia magoada. Ela abaixou os olhos.

— Realmente espero que eu e você possamos voltar a ser amigas.

Nunca, Kulwinder pensou. Mas dessa vez tomou cuidado para não expressar sua reação. Tarampal não estava interessada em amizade. Ela só queria ficar de olho em Kulwinder. Não se surpreenderia se aquele fosse o motivo de Tarampal ter se inscrito no curso.

O silêncio durou apenas um instante, mas pareceu se expandir, como acontecia com o tempo sempre que Kulwinder encontrava Tarampal. Ela sabia que seria mais fácil contar a verdade a Tarampal: *Eu desisti. Não posso provar nada – a polícia e os advogados já me disseram isso. Agora, não posso nem sair para caminhar sem receber um telefonema ameaçador em seguida.* Mas Kulwinder não podia aceitar. De vez em quando, abria sua agenda e revivia os detalhes, permitindo-se ter esperança de que tivesse simplesmente deixado passar alguma coisa, que ainda houvesse alguma forma de recuperar o passado.

Ela ainda se recusava a acreditar no que a polícia lhe havia dito. Não podia ser tão simples. Aquela era sua Maya! Apenas uma semana antes de morrer, ela tinha sido promovida no trabalho. Tinha comprado ingressos para um show. Provavelmente havia reservado livros na biblioteca, feito planos com amigos, encontrado uma receita que tinha vontade de experimentar. A última vez que Kulwinder a viu, Maya brincava com o cachorro do vizinho, que estava na frente de sua casa. Ele quase a derrubou quando tentou lamber seu rosto e Kulwinder gritou de susto, mas Maya achou aquilo hilário e enfiou a cara nos pelos do cachorro, dizendo que ele era um bom garoto. Como alguém poderia acreditar que ela havia feito uma coisa tão terrível? E por que Kulwinder estava recebendo aquelas ameaças se a morte de Maya não havia deixado margem para nenhum tipo de dúvida? A polícia havia afirmado que não houvera crime; eles tinham testemunhos confirmando que Maya *estava* muito chateada e se sentindo culpada, e que *era compreensível querer mais respostas quando se está de luto*, havia dito o advogado antes de alertá-la de que seria necessário remunerar muitas horas de seu tempo para que um caso fosse montado. Conforme as inevitáveis dúvidas e frustrações surgiam em sua cabeça, Kulwinder se lembrava do seguinte: Deus havia testemunhado tudo. Sarab sempre dizia que, no fim, era isso que importava.

— Obrigada, Tarampal, mas ultimamente prefiro a companhia do meu marido — Kulwinder disse. — Tenha uma boa noite. — *Deus vê tudo*, ela pensou. Aquilo lhe deu força suficiente para se afastar de Tarampal. Então, quando chegou em casa, enfiou o rosto em uma almofada do sofá e chorou enquanto Sarab observava, ficando cada vez mais pálido.

O cano fazia tanto barulho que parecia um motor. Antes de sair para o trabalho no bar, Nikki acrescentou aquilo a uma lista crescente de solicitações de reparo, que incluía uma bolha misteriosa de umidade no teto e uma conexão de internet sem fio tão fraca que só funcionava se ela colocasse o laptop em cima da pia. Os itens mais recentes estavam espremidos no fim da página, em caligrafia minúscula. Nikki havia prometido a si mesma que relataria os problemas a Sam O'Reilly assim que ficasse sem espaço, mas depois do encontro estranho que tiveram no ano anterior, ela evitava pedir qualquer coisa a ele.

Havia começado de maneira inocente, com Nikki pedindo para fazer algumas horas extras. Sam perguntou se ela estava juntando dinheiro para as férias.

— Para comprar ingressos para o musical *Mary Poppins* — Nikki respondeu. *Mary Poppins* era seu filme preferido na infância e, aos sete anos, ela chegou a seguir uma mulher que estava fazendo compras só porque ela carregava um guarda-chuva grande e usava saia longa. — Eu estava convencida de que ela flutuaria pelos ares e desceria em uma das chaminés. Quis passar a ela o endereço da minha casa.

Os olhos de Sam brilharam, achando graça. Seu rosto, normalmente marcado pelo cansaço, ficava parecendo dez anos mais jovem quando ele sorria. Nikki disse isso a ele, brincando. Garry, um dos funcionários russos da cozinha, estava passando. Ele alternou o olhar entre Sam e Nikki e, mais tarde, ficou rindo com o outro ajudante de cozinha, Viktor. No dia seguinte, quando Nikki chegou ao trabalho, Sam lhe mostrou dois ingressos para *Mary Poppins*.

— Gostaria de ir comigo na sexta-feira? — ele perguntou.

Nikki ficou olhando para os ingressos, vermelha de raiva. Será que ele e os outros homens acharam que ela estava flertando? Pedir para fazer horas extras e mencionar o musical não haviam sido sugestões intencionais, mas Sam nitidamente tinha entendido daquele jeito.

— Não posso aceitar — ela conseguiu dizer. — Acho que não seria apropriado.

Sam entendeu de imediato. Seus lábios, esticados até quase formar uma careta pela tensão do gesto, transformaram-se em um grande sorriso forçado.

— Ah, é claro — ele disse, escondendo o constrangimento com um repentino turbilhão de atividades. Ele passou as mãos nos cabelos e começou a arrumar os copos atrás do balcão. Garry e Viktor passaram a fazer comentários em russo sempre que Nikki estava por perto. Sanja, uma colega garçonete, confirmou que os comentários eram sobre Nikki oferecer favores sexuais em troca de treinamento e promoções rápidas. *Que deprimente*, Nikki pensou – se fosse para ela ser acusada de dormir com alguém para subir na vida profissional, esperava que o ápice não fosse servir bebidas em um bar caindo aos pedaços em Shepherd's Bush.

Nikki dobrou a lista e a guardou. Depois de viajar para Southall duas vezes por semana, ela estava grata pela descida de trinta segundos na escadaria que ia de seu apartamento até o O'Reilly's. Além disso, a casa sempre ficava cheia nas noites de jogos, então ela sabia que seria um turno agitado e cansativo. No bar, Nikki passou por um grupo de homens reunidos perto da televisão e cumprimentou alguns clientes regulares. Sanja estava limpando uma mesa vigorosamente, como se a estivesse castigando. Outra garçonete, Grace, sempre perguntava da mãe de Nikki como se fossem velhas amigas. Grace se comovia facilmente com as histórias de vida dos concorrentes do *Britain's Got Talent* e uma vez havia chegado ao trabalho com o rosto inchado e sem dormir porque o pequeno mágico que havia sofrido *bullying* não vencera.

— Nikki! — Grace gritou do outro lado do bar. — Como está sua mãe, querida?

— Está bem — Nikki respondeu.

— Ela está se mantendo aquecida?

A variação de temperatura da mãe de Nikki era, por alguma razão, de extrema importância para Grace, que olhava para ela com expectativa.

— A casa dela tem um bom isolamento térmico — Nikki garantiu a Grace.

— Mas aposto que não é tão quente quanto a velha aldeia em Bangladesh — disse Steve do Avô Racista.

Nikki desejou ter uma resposta inteligente para dar, mas só o que disse foi:

— Eu nasci na Inglaterra, seu cretino. — Steve sorriu como se ela o tivesse elogiado.

Foi um alívio ver Olive passando entre as mesas. Nikki serviu uma cerveja a ela e disse:

— Tenho um presente para você. — Ela tirou uma pasta da bolsa.

— É o que eu estou pensando? — Olive perguntou.

— É — Nikki respondeu. — Este está em inglês. — Era o conto de Sheena Kaur.

* * *

Hotel e resort O Coqueiro

A parte mais difícil de planejar o casamento foi decidir qual pacote de lua de mel comprar. Kirpal e Neena passaram semanas avaliando as opções entre diferentes locais. Finalmente, decidiram ir para um resort na praia chamado O Coqueiro. Kirpal gostou das fotos do mar azul e da areia branca. Neena foi atraída pelo slogan *do resort: Experimente tudo pelo menos uma vez. Aquela seria sua única lua de mel e ela estava determinada a aproveitá-la ao máximo. Queria experimentar mergulho com snorkel e mergulho profundo, além de todas as outras coisas que o* resort *oferecia, pelo menos uma vez.*

Quando chegaram ao hotel, certificaram-se de que a cama era king-size, *conforme prometido. O recepcionista do hotel entregou a eles uma lista de lugares onde poderiam jantar e informou onde ficava a piscina, mas Kirpal sorriu para a esposa, Neena, e disse:*

— Acho que vamos passar a maior parte do tempo dentro do quarto.

Neena ficou com as bochechas queimando e, lá embaixo, um fogo ardia. Ela mal podia esperar para ficar sozinha com ele. Durante meses, desde que reservara aquela lua de mel, ela havia olhado para a cama king-size *coberta de pétalas de rosa que aparecia no folheto. Ela os havia imaginado caindo na cama juntos em um emaranhado de braços e pernas suados, gemendo alto. Aquilo não seria possível depois da lua de mel. Quando voltassem para a casa dos pais dele, apenas uma parede fina separaria o quarto do casal do dos sogros. Eles teriam que abafar os sons de seus prazeres sensuais.*

Kirpal sorriu para Neena. Ela ficou se perguntando se ele estaria pensando a mesma coisa. Então, quando ele abaixou para pegar as malas, seu sorriso desapareceu e um lampejo de dor passou por seu rosto.

— O que foi? — ela perguntou.

— Minhas costas — ele respondeu com uma careta. — Estou sentindo dores horríveis desde antes do casamento, mas não tive tempo de ir ao médico devido aos preparativos. Acho que pioraram durante as comemorações.

Neena tentou esconder a decepção. Aquilo significava, é claro, que eles não poderiam fazer amor em suas primeiras férias juntos. Quando teriam oportunidade, então?

Um carregador levou as malas até o quarto e recebeu uma gorjeta generosa.

— Aproveitem a estadia — ele disse. Quando saiu, ficaram apenas Neena e Kirpal, enfim sós, mas impossibilitados de expressar seu amor. Kirpal ficou mexendo no zíper da mala e depois se sentou na cama. Foi se inclinando lentamente até se deitar. Soltou um longo suspiro de alívio.

— Só gostaria de descansar um pouco — Kirpal disse. Ele fechou os olhos, ainda com o rosto levemente contorcido por um espasmo remanescente de dor. Neena se deu conta de quanta dor ele vinha escondendo. Talvez algo pudesse ser feito para aliviá-la.

Ela se deitou na cama ao lado dele. Seu corpo estava quente e firme. A respiração, suave. Os olhos estavam fechados como se estivesse dormindo, mas quando ela roçou os lábios em seu rosto, ele se mexeu. Ela chupou com cuidado o lóbulo de sua orelha. Embora não soubesse se era aquilo que devia fazer, seu marido estava gostando tanto que ela não podia imaginar que fosse errado. Pequenos gemidos escaparam dos lábios dele quando ela levou a boca ao seu pescoço e peito. Ela podia ouvir a respiração dele ficando mais ofegante. Parou ali, considerando suas opções. Antes de se casar, haviam dito a ela que o que um casal fazia em sua primeira noite definia o tom do restante de sua vida. Ele estava com dor nas costas – sim, era um problema naquele momento, mas se era para envelhecerem juntos, encontrariam muitas enfermidades no futuro que poderiam deixar um deles, ou ambos, de cama para sempre. O que fariam então? Por mais que amasse seu novo marido e estivesse desfrutando daquele momento, ele precisava saber que tinha um dever para com ela também. Ela se reposicionou de modo que sua cabeça ficou virada para os pés dele. Confuso por, de repente, estar vendo sua bunda, o marido começou a protestar.

— Por que você parou? — ele perguntou.

Ele mal havia pronunciado a última palavra quando Neena levou os lábios até seu precioso órgão. Ele ficou superduro diante de seu toque. Ela começou a movimentar os lábios para baixo, sentindo cada centímetro rijo de seu marido sob ela. Cuidou para não colocar muito peso sobre ele porque suas costas estavam machucadas – ela jogou o peso nos joelhos, que estavam *posicionados nas laterais do peito dele. Arqueou levemente as costas, colocando suas partes preciosas totalmente à vista. Ele só teria que inclinar a cabeça um pouco para trás para que sua língua pudesse alcançar o botão maduro e pulsante entre suas pernas...*

* * *

— Nossa! — Olive gritou, tirando os olhos da página. — Eu *não* estava esperando isso. Achei que seriam romances de velhinhas. Esses são totalmente safados.
— Sheena está longe de ser velhinha — Nikki disse. — Acho que ela tem trinta e poucos anos. Seu marido morreu de câncer há vários anos. — Era um mistério para Nikki o fato de Sheena preferir a companhia de mulheres idosas e conservadoras em vez de moças de sua idade. — Tem mais. — Nikki passou os olhos pelas páginas e apontou para um parágrafo no meio.

— *Não me morda ali — ele a alertou. Ela obedeceu, mas quando seus lábios começaram a se cansar daqueles movimentos de vai e vem, ela deixou os dentes rasparem na pele dele e sentiu o tremor do êxtase percorrer ambos os corpos como um choque elétrico. Um som que sinalizava dor e prazer escapou dos lábios dele.*

— Ela tem talento para escrever — Olive observou.
Nikki passou os olhos por outra página.
— Ei — ela disse. — Tem uma reviravolta. Ela começa a transar com o carregador.

Neena ficou de quatro e ele ficou atrás dela, colocando os dedos em seus lábios úmidos. Ela começou a girar o quadril na expectativa de seu membro grande e rígido. Normalmente, Ramesh estava ocupado demais carregando malas e executando outros serviços no hotel para prestar muita atenção aos hóspedes, mas ele a havia visto chegando do aeroporto aquela manhã. O vento tinha levantado sua saia e proporcionado um vislumbre de sua calcinha de renda vermelha, que agora estava amarrotada no canto da cama. Ele não conseguia acreditar que a estava penetrando naquele momento. Ela gemia:

— Isso, isso. Ah, é tão bom. — Ramesh levantou os olhos, ciente de que estava fazendo amor com a esposa de outro homem.

— Manda ver, Neena — Olive exclamou. — Está realmente experimentando tudo pelo menos uma vez.
— Mas o marido está assistindo. E gostando.

Ramesh fez contato visual com Kirpal, que estava sentado em uma poltrona no canto do quarto. Com sua própria virilidade nas mãos, ele observava sua mulher gemendo de desejo enquanto Ramesh deslizava para dentro e para fora dela.

— As outras histórias também são pervertidas assim? — Olive perguntou.
— Praticamente todas.
— Aquelas safadinhas — Olive disse. — Quem está lendo isso além de você e as viúvas?
— No momento, ninguém — Nikki respondeu. — Mas isso pode mudar. Acho que quando tivermos histórias o suficiente, podemos tentar publicá-las.
— Huum — Olive disse. — Não sei. São coisas muito íntimas. As viúvas podem concordar em compartilhar com você, mas tornar público é bem diferente.
— Essas mulheres são muito mais ousadas do que eu imaginava — Nikki disse. — Consigo visualizar Arvinder falando em um comício da Fem Fighters. Ou Preetam fazendo uma leitura dramática.
Olive inclinou a cabeça e sorriu. Era aquele olhar de você-está-se-precipitando que Nikki conhecia bem, embora estivesse mais acostumada a recebê-lo de Mindi.
— Podemos trabalhar para isso — Nikki admitiu.
De repente, veio um grito da cozinha. Nikki abriu a porta e viu Sam pulando de um lado para o outro, apertando os dedos da mão esquerda com a direita.
— O que aconteceu?
— Me queimei com água quente. A luz do painel da máquina de lavar louça está quebrada.

Sanja se aproximou e abriu a porta da máquina, desviando o rosto. Uma nuvem violenta de vapor se espalhou pelo ar. Ela recolheu a louça com cuidado e começou a empilhar tudo sobre o balcão. Sam resmungou algo em voz baixa e saiu da cozinha. Nikki foi atrás dele. Ao ouvir o riso dos ajudantes de cozinha, ela parou. Não precisava ver se Sam estava bem. Sam estava ótimo. Ela assumiu seu lugar no bar.

— Cretinos — ela resmungou.

— Quem? — Olive perguntou.

— Aqueles caras lá nos fundos.

— Não deixe que te irritem. Eles são apenas rancorosos — Olive lembrou.

— Provavelmente — Nikki disse. — Mas às vezes vejo de onde tiraram essa ideia. Sam me contratou sem nenhuma experiência. Levanta dúvidas, não levanta?

Olive deu de ombros.

— Ele enxergou potencial em você. Talvez tenha se sentido atraído por você também, mas tentou te chamar para sair séculos antes de você começar a trabalhar aqui, você disse não. Desde então, não te tratou de maneira diferente dos outros.

— Na verdade, tratou. Antes dava para conversar e rir com ele, mas depois ficou simplesmente desconfortável. É tudo culpa do Garry e do Viktor. — Em segredo, ela também culpava a si mesma. Por que teve que elogiar Sam?

— Reclame com eles, então — Olive disse. — Vamos. Coloque-os em seu devido lugar.

Apesar de toda a indignação de Nikki, ela se contorceu diante da ideia de confrontar aqueles caras. Tinha medo do que eles poderiam responder – *você estava pedindo*. Tinha medo de não ser capaz de convencê-los de que estavam errados.

— Não é tão grave assim. Posso simplesmente ignorá-los — Nikki afirmou.

Olive levantou a sobrancelha, mas não disse nada. As portas se abriram e um jovem apareceu na entrada. Nikki não teve tempo de disfarçar o contentamento. Olive acompanhou o olhar da amiga até Jason, que seguia na direção do bar.

— Quem é aquele?

— Um cara que eu conheci outro dia — Nikki sussurrou, sorrindo. Ela se ocupou de repente, limpando o balcão que já estava brilhando. — Ah, oi — ela disse casualmente quando Jason se aproximou.

— Bar O'Reilly's — ele disse. — Existem uns dezessete. Essa é minha quarta tentativa.

— Eu disse que era em Shepherd's Bush, não disse? — Nikki perguntou.

Jason parou para pensar.

— É possível. Eu perdi essa parte.

— Ela não te passou o endereço? — Olive perguntou. — Sou Olive, a propósito. Dama de companhia da Nikki.

— Muito prazer — Jason disse. — Isso é constrangedor, mas preciso ir ao banheiro antes de pedir qualquer coisa.

Nikki apontou para os banheiros.

— Ele é uma graça — Olive comentou quando Jason se afastou.

— Você acha? Não sei — Nikki disse.

— Até parece. Vi a sua cara quando ele entrou. Como vocês se conheceram?

— No templo, por incrível que pareça. Ambos estávamos fazendo um intervalo para fumar na mesma viela. Nem tive a oportunidade de perguntar o que ele estava fazendo no templo.

— Rezando, talvez?

— Aquilo está mais para um clube gigante. As pessoas rezam por dois minutos e depois vão se encontrar com os amigos no salão de jantar para comer de graça e fofocar. Praticamente nem é um lugar espiritual para a maioria dos jovens.

— Então talvez ele estivesse lá para encontrar amigos.

— Ah — Nikki disse. — Isso é um problema. Não saio com caras que frequentam o templo. Quero dizer... eles moram nessa incrível metrópole com um mundo a seus pés e vão socializar no *gurdwara*?

Olive olhou para ela com cara feia.

— Você está fazendo de novo.

— Fazendo o quê?

— Sendo crítica demais. Dê uma chance para o garoto. Ele foi a todos os O'Reilly's de Londres para te encontrar. Isso que é entusiasmo, não é?

— Talvez um pouco demais — Nikki afirmou.

— Nikki. — Olive suspirou.

— Está bem. Estou um pouco resistente a ele. Não sei por quê.

— Tenho uma teoria.

— Não vai me dizer que tenho questões mal resolvidas com meu pai — Nikki alertou. — Você já tentou essa teoria antes, e só fez eu me sentir uma merda.

— Não tem a ver com seu pai, mas com sua mãe. Jason é o tipo de garoto que sua mãe gostaria que você namorasse. Um bom rapaz punjabi. — Havia certa malícia no sorriso de Olive.

— Ai, meu Deus, Olive. E se ele estivesse no templo aquele dia para olhar os perfis de casamento? — Nikki perguntou. — E se ele viu o de Mindi? Isso... é quase incesto.

Olive fez sinal para ela se calar quando Jason chegou perto do bar. Fez-se um silêncio constrangedor entre os três. A voz do locutor que anunciava os jogos retumbou pelo bar.

— *Qual é a cidade com o segundo maior número de habitantes do México? Valendo três pontos, a cidade com o segundo maior número de habitantes do México?*

— Guadalajara — Jason disse. Ele se virou para Nikki. — Gostaria de uma Guinness, por favor.

— Ah, é claro — Nikki respondeu, entrando em ação. Ela notou Olive analisando Jason com atenção.

— Jason, posso fazer uma pergunta para esclarecer uma coisa? — Olive perguntou.

— É claro.

— Por que estava no templo no dia em que conheceu Nikki?

Nikki ficou paralisada, envolvendo o copo com a mão.

— *Olive!*

— Vamos tirar isso logo da frente. E depois eu saio do caminho de vocês.

— Você vai ter que desculpar minha amiga — Nikki começou a falar, mas Olive levantou a mão e a interrompeu.

— Deixe o homem falar — Olive disse.

Jason pigarreou.

— Eu estava lá para agradecer.

— Sério? — Nikki perguntou.

Jason confirmou.

— Minha mãe foi diagnosticada com câncer de mama alguns anos atrás, e os médicos tinham acabado de contar que ela estava em remissão. Foi por pouco, então eu quis ter uma conversinha com Deus para dizer que estava grato.

Olive sorriu para Nikki, pediu licença e saiu levando sua bebida pelo meio da multidão que participava da noite de jogos.

— Sinto muito pelo que aconteceu com sua mãe — Nikki disse. — Deve ter sido difícil.

— Foi. Mas agora ela está melhor. Tenho que admitir, não recorro à religião com frequência, e principalmente não vou ao templo, mas havia uma paz familiar ali.

— Meu pai faleceu há alguns anos. Ataque cardíaco — Nikki disse.

— Sinto muito.

— Obrigada. Foi muito repentino. Aconteceu enquanto ele dormia. — Ela não sabia por que estava contando aquilo a Jason. De repente, sentiu seu rosto quente e ficou grata pela pouca luz do bar. — E você tem família em Londres? — ela perguntou.

— Um tio e uma tia distantes. Eles moram em Southall, perto do templo. Sempre que os visito, eles insistem que eu venha morar com eles. Minha tia fica muito preocupada por eu não ter ninguém que cozinhe para mim.

— Pais são assim mesmo. Minha mãe citou uma lista enorme de consequências terríveis que recaem sobre garotas que moram sozinhas. Incluindo inanição, logo depois de estupro e assassinato.

— Devo admitir que o *langar* do templo estava muito bom aquele dia. Não tinha me dado conta do quanto sentia falta de *dal* e *roti* caseiros.

— Eu também sinto falta — Nikki confessou. — E por mais estranho que pareça, nunca liguei muito para *dal* quando morava com meus pais. Sei que se telefonasse para minha mãe para perguntar como preparar, ela tentaria usar seu *dal* para me atrair para casa. Pensei: não pode ser tão difícil assim. Comprei lentilhas no supermercado, cozinhei e acrescentei as especiarias do curry. Acho que coloquei muita cúrcuma – esse foi só um dos problemas da minha receita – e ficou amarelo-fluorescente e completamente intragável. No fim, eu só queria que ficasse pelo menos *parecido* com *dal*, então joguei um pouco de pó de café instantâneo para ficar mais marrom.

— Por favor, diga que não comeu isso.

— Joguei na viela. Na manhã seguinte, meu chefe, Sam, chegou reclamando que alguém tinha vomitado perto do bar, e eu pensei: *Não, é só o* dal latte *da Nikki.*

Nikki estava tão à vontade conversando com ele que o restante das horas de seu turno passou rapidamente. Quando Jason lhe perguntou o que ela estava fazendo no templo aquele dia, Nikki voltou sua atenção para um novo grupo de clientes do bar e se ocupou com seus pedidos. A distração fez com que ganhasse algum tempo para voltar com uma resposta.

— Eu dou um curso de escrita lá. Alfabetização de adultos. — Ela resolveu que aquela seria sua resposta padrão para qualquer um, à exceção de Olive. Era mais seguro.

Olive voltou ao bar depois da última rodada de jogos.

— Jason, sua resposta para a pergunta sobre o México estava correta. Guadalajara. — A voz dela estava um pouco mais aguda do que o normal.

— Oh-oh. Olive está meio alta — Nikki brincou. — Dar aula para aquelas crianças malcriadas de ressaca deve ser terrível.

Olive a ignorou.

— Nikki, não ouviu o que eu acabei de dizer? Jason é muito inteligente. Vocês ficam uma graça juntos. Você e Mindi deviam fazer um casamento punjabi duplo.

— Mindi é minha irmã — Nikki explicou a Jason. — E, Olive, cale a boca.

— Mindi está procurando marido — Olive continuou. — Tem alguém em mente, Jason? Amigos? Irmãos?

— Tenho um irmão, mas ele só tem vinte e um anos. Ele é famoso, no entanto, se isso contar para alguma coisa.

— Por que ele é famoso? — Nikki perguntou.

— Já ouviram falar do site interativo *Hipster ou Harvinder*?

— Já — Nikki respondeu.

— Não — Olive disse ao mesmo tempo.

Nikki começou a explicar para Olive.

— É um site em que as pessoas postam fotos de si mesmas com barbas estilosas e visitantes dão nota de acordo com o quanto se parecem com fotos de um homem sikh chamado Harvinder. Ele tem uma barba bem volumosa.

— Meu irmão foi estudar um ano na Índia e ficou amigo do famoso Harvinder durante uma caminhada em uma pequena aldeia. Eles conversaram sobre como as barbas representam identidade na cultura sikh e como, depois, se tornaram um elemento moderno no mundo ocidental. Daí nasceu a ideia do site — Jason disse.

— Seu irmão criou o *Hipster ou Harvinder?* Que legal.

— Sim. Ele também voltou da Índia com uma barba enorme. Foi uma questão de autoafirmação. Ele tentou me convencer a deixar a minha crescer, mas fiquei parecendo um hobbit — Jason afirmou.

— Você é muito alto para um hobbit — Olive disse de maneira amigável.

— Obrigado — Jason respondeu.

— Tem algum amigo para apresentarmos para a irmã da Nikki, então? — Olive perguntou. — Que seja alto.

— Na verdade, não acredito nessa coisa indiana de relacionamento arranjado.

— Por que não? — Olive questionou.

— É muita pressão. Todos se envolvem muito – amigos, pais. Começam a colocar prazo em tudo, como se qualquer relação entre uma mulher e um homem tivesse que levar ao casamento. É estressante.

— Exatamente! — Nikki exclamou. — Imagine sair com alguém que sua mãe escolheu para você. Logo de cara, já é algo desanimador.

— E depois, se não dá certo, são tantas as explicações...

— E pessoas a evitar.

— Muito drama — Jason concordou.

Nikki notou que Olive alternava a atenção entre eles como se estivesse assistindo a uma partida de tênis. Ela escapou novamente para as mesas de jogos, dando uma piscadinha para Nikki ao sair.

Um vento violento fazia a chuva surrar as janelas do ônibus. Passageiros se apressaram para descer e saíram correndo, amontoados, na direção do templo. Nikki segurou as abas do capuz da jaqueta impermeável, mas o vento batia em seu rosto. Na noite anterior, depois de fechar o bar e fumar seu último cigarro do lado de fora com Jason, eles haviam falado sobre parar de fumar.

— Vou parar com você — ele disse. — Um pode ajudar o outro. É claro, isso significa que vou precisar do seu telefone. Você sabe, para acompanhar meu progresso e para as conversas motivacionais.

Depois de encarar a chuva e conseguir se abrigar sob a enorme cobertura do templo, Nikki considerou fumar seu último cigarro. Ela contornou o prédio e atravessou o estacionamento, entrando na viela. O cigarro valeu muito a pena. Ela deu uma longa tragada e se perguntou como pararia de fumar, mas a ideia de ter uma desculpa para falar com Jason compensava.

Perdida em pensamentos, Nikki terminou o cigarro e saiu da viela. Atrás dela, ouviu-se uma voz grosseira:

— Com licença — o homem disse.

Ela se virou e viu um jovem de camisa xadrez com os botões superiores abertos, expondo os pelos encaracolados de seu peito.

— Esse é o templo? — ele perguntou. Algo em seu tom de voz dava a Nikki a impressão de que ele não estava perguntando, e sim informando.

— Sim — ela respondeu. — Está perdido? — Ela olhou nos olhos dele, que franziu os lábios de indignação enquanto se aproximava dela.

— Sua cabeça deveria estar coberta — ele disse.

— Ainda não estou dentro do templo — Nikki respondeu.

O homem chegou mais perto dela. Seu olhar era duro. O estômago de Nikki revirava de nervoso. Ela olhou ao redor e, aliviada, viu uma família chegando à entrada do templo.

Os olhos dele acompanharam o olhar dela.

— Cubra a cabeça na presença de Deus — ele disse por entre dentes cerrados. Depois saiu, deixando Nikki desconcertada.

Todas as mulheres já estavam na sala de aula quando Nikki chegou. Estavam ocupadas conversando, e Nikki, a princípio, não fez nada para interrompê-las. Estava distraída pelo encontro com o homem. Ela nunca havia visto alguém tão ofendido por uma cabeça descoberta próxima ao templo. Quem era ele para ficar lhe dando ordens?

Tarampal Kaur chegou logo depois dela e se sentou no canto mais afastado da sala. Enfileirou seus lápis e ficou olhando para Nikki com expectativa.

— Já estou indo aí — Nikki disse a ela. As outras mulheres levantaram a cabeça, como se estivessem notando a presença de Nikki naquele momento.

— Conversamos sobre nossas histórias no ônibus durante o caminho todo até aqui — Manjeet disse.
— No ônibus? Não dava para as outras pessoas ouvirem? — Tarampal perguntou.
— Ninguém fica ouvindo a conversa de senhoras. Para as pessoas, nossa voz não passa de um ruído de fundo. Elas acham que estamos falando sobre dor no joelho e planos para funeral — Arvinder afirmou.
— Vocês podiam pelo menos tentar ser discretas — Tarampal disse.
— Ah, discrição não leva a lugar nenhum — disse Preetam. — Lembram-se de ter que bancar a tímida e fingir que não queriam?
— E de não falar sobre o assunto depois? Sempre quis saber: foi bom para ele? Será que ele poderia tentar demorar um pouco mais da próxima vez? — Manjeet disse.
— Ou talvez acrescentar alguns novos truques ao repertório — Arvinder acrescentou. — Era sempre a mesma coisa. — Ela esticou os braços e apertou dois peitos imaginários, então simulou um homem se movimentando rapidamente para a frente e para trás. — E depois acabava. — As mulheres morreram de rir e aplaudiram a encenação.
— Vocês vão ser pegas por falar sobre essas coisas — Tarampal disse. — E depois vão fazer o quê?
As mulheres ficaram em silêncio e trocaram olhares.
— Se acontecer, veremos o que fazer — Sheena disse, por fim. — Como Arvinder mencionou, ninguém nos escuta.
— Deixe disso, Tarampal — Manjeet disse com um sorriso nervoso. — Só estamos nos divertindo um pouco.
— Estão correndo um grande risco — Tarampal disse. Ela começou a juntar suas coisas. — Se forem descobertas, não é problema meu.
O olhar de desalento no rosto de Manjeet ficou evidente. Arvinder apertou o braço dela, tentando confortá-la.
— O único jeito de sermos descobertas é se alguém contar — Arvinder afirmou. — Está pensando em nos denunciar? Porque, se fizer isso, Tarampal, somos todas testemunhas de que você também participou deste curso.
— E daí? — Tarampal perguntou.
Preetam se levantou e se aproximou lentamente de Tarampal. De repente, assumiu a postura de uma matriarca feroz de uma de suas novelas

de televisão – alta e poderosa, de cabeça erguida em um ângulo que lhe permitia encarar Tarampal de cima para baixo.

— Vamos dizer que você começou tudo e depois ficou ressentida quando não gostamos das suas histórias. É a palavra de quatro mulheres contra uma. E de Nikki, que é capaz de convencer as pessoas porque é for-ma-da em Direito — Preetam afirmou.

— Hum, eu não sou formada em Direito. Além disso, tenho certeza de que há uma forma melhor de… — Nikki começou.

— Vocês não têm vergonha — Tarampal gritou. E saiu da sala com raiva.

— Espere, Tarampal, por favor — Nikki chamou, indo atrás dela. No corredor, Tarampal parou, agarrando a bolsa junto ao peito. Os nós de seus dedos tinham ficado brancos. — Tarampal, antes de correr para contar a Kulwinder sobre nossas aulas, por favor…

— Não pretendo falar com Kulwinder novamente. Já tentei. Ela não quis ouvir — Tarampal afirmou.

— Ah — Nikki disse. Ela não sabia se devia ficar zangada com Tarampal ou contente com Kulwinder. — Então, de quem tem tanto medo?

Tarampal não respondeu. Ela olhou pela janelinha da porta da sala de aula.

— Viu como as mulheres se uniram contra mim lá dentro? — ela perguntou. — Eu as conheço há anos e elas acabaram de virar as costas para mim. O que te faz pensar que pode confiar nelas?

— Elas só estão tentando se proteger — Nikki afirmou.

— Tem certeza? — Tarampal perguntou.

— Tenho — Nikki respondeu. Mas quando olhou para as viúvas, uma sensação perturbadora tomou conta dela. Elas estavam conversando entre si, em voz baixa, praticamente inaudível do corredor. Ela não conhecia nada a respeito do mundo delas. — Por que não volta para dentro, Tarampal? Podemos resolver isso.

Tarampal fez que não com a cabeça.

— Não vou arriscar ser associada a essas aulas. Aquelas mulheres não têm integridade. Não se importam com a reputação dos falecidos maridos. Tenho o bom nome de Kemal Singh para preservar. Faça-me um favor e jogue fora minha ficha de inscrição. Não quero ter nada a ver com essas histórias. — Ela saiu andando.

— Devíamos pedir para ela voltar — Manjeet estava dizendo quando Nikki retornou à sala de aula. — Vocês sabem do que ela é capaz.

— Ouça, Manjeet. Não ficamos ao seu lado quando Tarampal descobriu que seu marido te deixou? Ela só parou quando soube que estávamos em maior número — disse Preetam.

— Do que está falando? — Nikki perguntou. — O que Tarampal poderia fazer?

— Agora nada — Arvinder declarou. Aquilo não respondeu à pergunta de Nikki. O peito de Arvinder estava estufado de orgulho. — Não se preocupe, Manjeet.

— *Hai*, mas o ônibus dela acabou de sair. Ela vai ter que esperar vinte minutos pelo próximo — Manjeet disse.

Nikki olhou para o estacionamento do templo pela janela. Tarampal saiu do prédio e caminhou rapidamente na direção da rua. Uma BMW prata parou ao lado dela e o vidro se abriu. Tarampal se abaixou para falar com o motorista e depois entrou no carro.

— Ela acabou de entrar no carro de alguém — Nikki disse. — É seguro?

As mulheres se entreolharam e deram de ombros.

— O que um homem perigoso poderia querer com velhas como nós? — Arvinder perguntou.

— Tarampal é só alguns anos mais velha do que eu — Sheena disse, na defensiva. — Tem quarenta e poucos anos.

Aquilo não deveria surpreender Nikki. O rosto sem rugas de Tarampal contrastava bastante com as tristes vestes de viúva em que se enrolava. O andar encurvado e o suspiro ao sentar na sala de aula eram apenas fingimento para desempenhar o papel de pessoa fraca e cansada que se esperava das viúvas.

— Por aqui é normal simplesmente entrar no carro de alguém e pegar uma carona para casa? — Nikki perguntou.

— Provavelmente não é um total estranho. As pessoas me oferecem carona do mercado para casa o tempo todo. Em geral se identificam antes como filhos ou filhas de alguém conhecido — Arvinder afirmou.

— Era uma BMW prata? — Sheena perguntou. Nikki confirmou. — Então deve ser o Sandeep, neto de Resham Kaur.

Preetam bufou ao ouvir o nome de Sandeep.

— Aquele rapaz que acha que é bom demais para qualquer moça desta comunidade. Ele até rejeitou a sobrinha-neta de Puran Kaur, dos Estados Unidos. Lembram-se dela? Ela veio para um casamento. A pele parecia leite e os olhos eram verdes.

— Resham me disse que eram lentes de contato — Manjeet declarou.

— *Hai*, Manjeet, você acredita em tudo o que ouve. É claro que Resham ia sair espalhando rumores sobre a garota e alegando que não era boa o bastante para seu menino de ouro — Sheena disse. — Ela é uma daquelas mães indianas antiquadas, completamente apaixonadas pelos filhos. Quando o mais velho casou, ela dormiu na cama, entre ele e a esposa, durante um mês para evitar que tivessem relações.

— Ele demorou um mês para pedir para a mãe sair de sua cama? Que frouxo — Preetam declarou. — Se fosse eu, teria fingido chorar alto todas as noites, na hora de dormir, como uma recém-casada apavorada até ela se irritar e nos deixar em paz. Eu diria: "Escolha! Sua mãe ou eu?". E ele me escolheria.

— Minha sogra fez a mesma coisa — Arvinder disse. — Não na noite de núpcias. Ela nos deixou sozinhos aquela noite. Mas diversas noites eu ia dormir e acordava com ela roncando tranquilamente entre nós. Eu perguntava ao meu marido: "Esse barulho não te incomoda?". Ele respondia: "Barulho? Que barulho? Ela é minha mãe".

Nikki ainda estava pensando em Tarampal.

— Por que Tarampal tem que manter a reputação de seu marido se ele está morto?

As mulheres trocaram olhares.

— Kemal Singh era um pândita religioso — Manjeet disse. — Era bom em prever a sorte e fazer orações especiais para as pessoas. Alguns ainda o veneram. Ela está sendo uma esposa dedicada ao garantir que sua reputação permaneça impecável.

Arvinder riu.

— Esposa dedicada? Ela tem coisa melhor para fazer com seu tempo.

— Ela ainda tem uma imagem a manter, não tem? Depende disso. Eu não ficaria surpresa se ela batesse na porta de cada uma de nós hoje à noite com uma prece especial — Manjeet disse.

— Eu mostraria isso e ela iria embora em um instante — Arvinder respondeu. Ela mostrou as palmas das mãos. As mulheres riram do que nitidamente era mais uma de suas piadas internas – algo sobre as linhas das mãos de Arvinder, Nikki imaginou.

Sheena levantou os olhos.

— Nikki, não se preocupe muito com Tarampal — ela disse. — Contanto que os homens não descubram sobre essas histórias, está tudo bem.

Nikki pensou no salão de jantar do templo e na divisão rígida que existia como um campo de força invisível entre os homens e as mulheres.

— Acredito que não vai ser um problema — ela disse. — Nenhuma de vocês conversa muito com os homens, né?

— É claro que não. Somos viúvas. Não temos mais contato com homens. Não é permitido — Preetam disse.

— Não é tão ruim — Arvinder falou.

— Fale por você — Sheena rebateu. — Não vivi tantos bons anos com meu marido quanto vocês.

— Bons anos? Entre limpar, cozinhar e brigar, quando sobrou tempo para os bons anos? — Arvinder olhou para Nikki. — As garotas de sua geração têm mais sorte. Pelo menos vocês podem conhecer a pessoa antes de casar. Podem separar os idiotas dos mais idiotas ainda.

Manjeet riu. Sheena ficou pensativa, com os olhos baixos. Nikki sentiu que era hora de mudar de assunto.

— Quem tem uma história para compartilhar? — Nikki perguntou.

Arvinder levantou a mão, confiante.

* * *

O lojista e sua cliente

O lojista estava ocupado estocando as prateleiras quando a porta da loja abriu e uma mulher entrou. Ela era magra, mas tinha os quadris largos e usava roupas ocidentais modernas, apesar de ser punjabi. Ele perguntou:

— Posso ajudar?

Ela o ignorou e foi para os fundos da loja. Ele pensou que ela poderia roubar alguma coisa, mas depois se perguntou como ela esconderia os produtos roubados se estava usando roupas tão justas. Ele a seguiu até os fundos da loja e viu que estava olhando para a prateleira de especiarias.

— Qual desses se usa para fazer chá? — ela perguntou.

A resposta correta era cardamomo e erva-doce, mas o lojista não queria dizer. Queria que ela continuasse fazendo perguntas com aquela voz doce.

— Não sei — ele disse. — Não faço chá.

— Se me disser, podemos fazer chá juntos — a mulher disse. Ela sorriu para ele. Ele sorriu também e se aproximou para ajudá-la a escolher.

— Talvez seja este — ele disse, pegando um pacote de mostarda em grãos. Aproximou-o do nariz da mulher para que ela pudesse sentir o cheiro. Ela fechou os olhos e inalou.

— Não — ela disse, rindo. — Você não sabe de nada.

— Posso não saber nada sobre chás, minha cara — disse o lojista —, mas sei como manter esse sorriso em seu rosto.

Ele devolveu o pacote para a prateleira e ajeitou os cabelos dela atrás da orelha. Ela se aproximou e deu um beijo em seus lábios. Ele ficou surpreso. Não estava acostumado com aquele tipo de comportamento em sua loja, mesmo tendo iniciado o flerte. A mulher pegou sua mão, conduziu-o a uma sala nos fundos da loja e se virou para olhar para ele.

* * *

— Por que ela está conduzindo o homem para a sala nos fundos? Ele não deveria levar ela? Como ela sabe onde fica? — Preetam perguntou.

— Não me interrompa — Arvinder a repreendeu. — Eu me meto quando você está contando uma história?

Sheena largou a caneta e alongou o pulso.

— Isso dá trabalho — ela comentou em inglês com Nikki.

— Não está fazendo sentido — Preetam argumentou. — A não ser que ela já tivesse estado lá antes. Talvez ela fosse uma garota com quem ele quisesse se casar, mas seus pais não permitiram, então ela teve que voltar disfarçada.

Arvinder parecia furiosa, mas Nikki percebeu que ela estava considerando a sugestão.

— Certo, Sheena, acrescente esse detalhe aí também.

— Onde? — Sheena perguntou.

— Em qualquer lugar. Bom, estávamos chegando à melhor parte. *A mulher começou a tirar a roupa. Começou a girar até seu sári se desenrolar completamente do corpo.*

— Achei que ela estava usando roupas modernas — Sheena disse.
— Por que está usando sári agora?

— Sáris formam uma imagem melhor.

— Então mudo isso também? Nada de roupas modernas?

— Nenhuma mulher de sári seria tão atirada assim.

— Até parece. Em toda Londres as mulheres se comportam assim. Independentemente do que vestem.

— Em Londres, talvez. As *goris* fazem isso. Mas não em Southall — Manjeet disse.

— Em Southall também. Sabe aquela colina atrás do Herbert Park? Os jovens estão sempre se encontrando ali. Alguns parentes vieram nos visitar um verão e nós os levamos lá para ver o pôr do sol. Vimos uma muçulmana de *hijab* indo de um carro estacionado para o outro – de um homem para o outro. Todo tipo de coisa acontece — Preetam disse.

— Foi onde Maya foi pega? — Manjeet perguntou.

A sala ficou completamente em silêncio. As mulheres ficaram agitadas em seus assentos, fazendo Nikki se lembrar dos olhares desconfortáveis no rosto daquelas mulheres no *langar* quando a mulher de *dupatta* verde estava sendo bajulada. Algo a respeito da filha de Kulwinder fazia as pessoas reagirem daquela forma.

— O que foi? — Manjeet perguntou, olhando ao redor. — Tarampal não está mais aqui e eu nunca soube da história inteira porque estava no Canadá.

— Ele encontrou mensagens de texto no telefone dela — Preetam disse. — Pelo menos foi o que ouvi dizer.

— Você ouviu dizer, mas por acaso tem certeza? — Arvinder perguntou, virando-se para ela. — Não te criei para ficar falando mal dos mortos.

— *Hai*, mas todo mundo já sabe, não sabe? — Preetam disse. — Já faz quase um ano.

— Nem todo mundo — Sheena disse, apontando com a cabeça para Nikki. — E ela não precisa saber. Sinto muito, Nikki, mas é um assunto privado. Não é algo que Kulwinder gostaria que ficássemos discutindo.

Era outro lembrete de que as mulheres não confiavam completamente nela. *Por que não posso saber?*, ela quis perguntar quando as mulheres trocaram olhares. Sheena parecia particularmente irritada. Tudo aquilo deixava Nikki ainda mais intrigada em relação a Maya e seu passado lascivo. Era mais por curiosidade que Nikki queria saber sobre Maya, mas talvez também tivesse mais chance de se dar bem com Kulwinder se soubesse. Considerou dizer isso às viúvas – afinal, era de interesse delas que Kulwinder pensasse que as aulas de inglês estavam indo bem –, mas de repente Sheena assumiu as rédeas da aula.

— Prossiga com sua história, então, Arvinder — ela disse, e apontou para o relógio. — Não queremos ficar a noite toda aqui.

Fez-se uma pausa significativa. As mulheres olharam para Nikki.

— Sim, vamos continuar — Nikki disse. — Estávamos bem no meio da história. — Ela abriu um sorriso de apreço para Sheena, que foi devidamente correspondido. As outras começaram a relaxar.

Arvinder deu de ombros.

— Não sei como continuar.

— Descreva o órgão dele — Sheena sugeriu. — Grande ou pequeno?

— Grande, é claro — Arvinder zombou. — Qual é a vantagem de ter uma cenoura fininha entrando em você?

— Alguns são grandes demais. Ninguém quer uma batata-doce. *Hai*, esse era o meu problema — Sheena afirmou, balançando a cabeça. — Não tinha *ghee* que bastasse para tornar aquela primeira entrada agradável.

— Uma banana é o ideal — Preetam disse. — Tem um bom tamanho e formato.

— Verde ou madura? — Arvinder perguntou. — Se for madura demais, seria como minha primeira experiência, quase um mingau.

— Por que estão usando nomes de vegetais e frutas? — Nikki interrompeu. Aquelas conversas estavam lhe tirando a vontade de ir ao supermercado.

— Nem sempre usamos — Manjeet disse. — Às vezes dizemos *danda*. — Era a palavra em punjabi para "vareta". — Ninguém fala sobre essas coisas. Todo nosso conhecimento e linguagem foram passados por nossos pais. E eles certamente não discutiam o que homens e mulheres faziam juntos.

— Você tem razão — Nikki disse, sem conseguir se lembrar da palavra em punjabi para pênis. Teria que se acostumar com aquelas palavras substitutas, mesmo que lhe parecessem bizarras. Em uma aula anterior, nenhuma das viúvas tinha ficado surpresa quando Sheena leu: "Ela ficou ofegante e sussurrou: 'Ah, meu amor, isso é tão bom', enquanto ele metia seu pepino nas profundezas de sua bolsinha".

— Mas sabemos as palavras em inglês — Preetam disse. — Isso aprendemos depressa com a televisão e nossos filhos. Tal como os xingamentos – ouvimos a forma como são ditos e percebemos que era errado.

— Pau — disse Arvinder.

— Bolas — Preetam exclamou. — Tetas.

— Boceta? — Manjeet sussurrou. Nikki confirmou. Manjeet ficou radiante.

— Tetas, foda, boceta, bunda — Arvinder declarou em um disparo repentino.

— Certo, então — Nikki disse. — Podemos manter os nomes de vegetais, se é o que as deixa mais confortáveis.

— Vegetais são os melhores — declarou Preetam. — Diga, tem algo que passa melhor a ideia da sensação e do sabor do que descrever aquilo como uma berinjela bem suculenta?

Antes da aula da semana seguinte, Nikki saiu correndo do ônibus sob a chuva gelada para chegar ao templo. No *langar*, ainda tremendo, avistou Sheena, sentada sozinha. Entrou na fila para encher seu prato com curry de grão-de-bico, *dal* e *roti* e depois perguntou a Sheena se poderia se sentar com ela.

— É claro — Sheena respondeu, afastando a bolsa.

Nikki rasgou um pedaço de *roti* e o usou para pegar o *dal*. Com uma colher de chá, acrescentou um pouco de iogurte.

— Huum — ela disse, mastigando o *roti*. — Por que o *dal* do templo é sempre tão delicioso?

— Quer a resposta religiosa ou a verdadeira? — Sheena perguntou.

— As duas.

— O *dal* é feito com o amor de Deus. E é cheio de *ghee*.

— Certo — Nikki disse, pegando um pouco menos de *dal* no outro pedaço de *roti*.

— Não deixe que isso te impeça de desfrutar da refeição — Sheena disse. — Mas sempre que experimento uma calça e ela fica justa demais, já sei o que culpar.

— Você nem sempre come aqui antes da aula, então? — Nikki perguntou. Sheena era uma mulher magra que não parecia ter sofrido de overdose de *dal* gorduroso.

— Normalmente eu vou para casa depois do trabalho e faço o jantar para minha sogra e para mim antes de vir para cá. O trânsito estava tão ruim hoje por causa da tempestade, que resolvi vir direto do trabalho.

Então Sheena ainda morava com a sogra, mesmo depois da morte do marido. Nikki ficou imaginando se ela fazia aquilo por algum senso de dever. Como sempre acabava fazendo, olhou para Sheena, procurando pistas em seu vestido e comportamento modernos do quanto ela poderia ser tradicional.

— Ela tem demência, pobrezinha — Sheena continuou, interpretando a pergunta velada. — Às vezes pergunta do filho. Não consigo imaginar deixá-la morando sozinha, confusa e desorientada o tempo todo.

Aquele motivo fazia mais sentido.

— Ela era uma boa sogra, então? — Nikki perguntou. — Eu só ouço as histórias de terror. Fico preocupada com minha irmã, que deseja um casamento tradicional. Mas sua sogra obviamente te trata bem.

— Ah, sim. Ela era como uma amiga — Sheena afirmou. — Fazíamos companhia uma para a outra em casa. Ela não teve filhas, então gostava muito de estar perto de mim. Não havia dúvidas de que eu permaneceria na família depois que Arjun morresse. No início, tive que me acostumar a viver com eles, mas é tudo uma questão de adaptação. Diga isso à sua irmã. Ela vai ter um casamento arranjado?

— Mais ou menos — Nikki respondeu. — Coloquei um anúncio para ela no mural de casamentos.

— Ah, alguns daqueles perfis são desesperadores, não são?

— Gostei de um que mencionava o tipo sanguíneo do cara — Nikki disse. — As obrigações conjugais naquela família devem incluir a doação de um rim.

Sheena riu.

— Quando meus pais estavam arranjando meu casamento, eu ficava constrangida porque eles ficavam insistindo em meu tom de pele "trigueiro" como se fosse minha qualidade mais importante.

— Sim! — Nikki disse. — Como se comparar sua pele com trigo fosse atrair mais candidatos.

— Infelizmente, funciona — Sheena disse. — Essa história da pele mais clara... Toda a família de Arjun era mais escura que a minha, e quando não pudemos ter filhos, alguém teve a cara de pau de dizer: "Bom, pelo menos agora você não tem que se preocupar se seus filhos puxarem o lado dele".

— Que horror! — Nikki disse. Ela se lembrou de ter criticado Mindi por comprar creme clareador para o rosto na Índia, e de a irmã ter lhe respondido: "Para você, é fácil julgar. É pelo menos três tons mais clara que eu".

— Você é a próxima, então? — Sheena perguntou. — Depois da sua irmã?

— Ah, nossa, não — Nikki respondeu. — Não consigo me imaginar em um casamento arranjado.

Sheena balançou os ombros demonstrando indiferença.

— Não é tão ruim. Elimina o esforço de sua parte. Acho que eu não seria muito boa para namorar.

— Mas isso tudo não parece muito... imposto?

— Não se você for esperta — Sheena disse. — Sabe, quando meus pais estavam procurando um rapaz para mim, eu também dei uma olhada. Tinha visto Arjun em um casamento, e quando meus pais perguntaram minhas preferências, basicamente o descrevi, sem mencionar seu nome. Eles saíram e o encontraram em uma semana. Por sorte, ele também tinha me notado no casamento. Todo mundo ficou feliz.

— Até que foi bem romântico — Nikki admitiu. Torceu para que Mindi tivesse a mesma sorte em sua busca.

— Se quiser uma coisa, sempre faça seus pais ou sogros acharem que é ideia deles — Sheena afirmou, apontando para Nikki. — Ouça o conselho desta velha senhora.

Nikki riu.

— Certo, Bibi Sheena. Quantos anos você tem, por sinal?

— Faz seis anos que estou sempre completando vinte e nove — Sheena respondeu. — E você?

— Se perguntar para minha mãe, ainda sou uma criança e nunca vou ter o direito de pensar com minha própria cabeça. Mas, falando sério, tenho vinte e dois.

— Você mora sozinha?

Nikki fez que sim com a cabeça.

— Em um apartamento em cima de um bar. Acho que não teria jeito de fazer meus pais acharem que isso foi ideia deles.

De repente, o rosto de Sheena se iluminou. Agitando os dedos discretamente, ela acenou para alguém.

— Não, Nikki, não olhe — ela se apressou em dizer quando Nikki se mexeu.

— Quem está lá?

— Ninguém — Sheena respondeu.

— Qual o nome desse Ninguém?

— Você é muito enxerida.

— Ninguém Singh?

— Quer parar de olhar, Nikki? Certo, o nome dele é Rahul. Rahul Sharma. Ele faz *sewa* no templo três dias por semana, porque, quando foi dispensado de seu emprego anterior, fazia todas as refeições aqui. Isso o salvou. Agora, é voluntário na cozinha para retribuir.

— Você sabe bastante sobre ele. Vocês conversam ou só fazem cara de pombinhos apaixonados no *langar*?

— Não há nada entre nós — Sheena disse. — Nada oficial. Trabalhamos juntos no Bank of Baroda. Eu fiquei encarregada de explicar o serviço para ele quando começou, algumas semanas atrás.

— Está ficando corada.

— E daí?

— Está apaixonada.

Sheena se aproximou de Nikki.

— Às vezes, ele fica até mais tarde para falar comigo. Tomamos o cuidado de conversar no estacionamento atrás do banco, onde ninguém que passa na avenida principal nos vê. Mas é só isso.

— Vocês já marcaram algum encontro? Entre em seu carrinho vermelho e saia de Southall, assim ninguém vai ver vocês, se é isso que te preocupa. Ou escolha um ponto de encontro em algum lugar.

— Não é tão fácil — Sheena disse. — Um encontro leva a outro e, quando nos damos conta, estamos em um relacionamento.

— E daí?

— Ainda faço parte da família de meu falecido marido. Poderia ficar complicado. Além disso, Rahul é hindu. As pessoas vão comentar.

As pessoas vão comentar. Como Nikki odiava aquele adágio. Sua mãe já havia usado em diversas ocasiões para tentar convencê-la a desistir do trabalho no O'Reilly's.

— Quem comentaria sobre você e Rahul? As viúvas?

— Não sei o que as viúvas pensariam. Acho que pode haver um limite para o que são capazes de tolerar, principalmente se saíssemos em público. Viúvas não devem casar de novo, lembra? Muito menos sair para *encontros*.

— Sempre me perguntei por que é amiga delas — Nikki deixou escapar.

Sheena levantou a sobrancelha.

— Como é?

Imediatamente, Nikki se sentiu constrangida por ter dito aquilo.

— Desculpe, não me expressei bem.

Um instante se passou. Ela evitou os olhos de Sheena, procurando uma distração no salão. Então notou um grupo de mulheres sentadas no centro. Suas roupas cintilantes e maquiagem impecável lhes conferia o mesmo glamour das mulheres dos programas indianos a que Preetam gostava de assistir.

— É que eu acho que você combina mais com aquelas mulheres ali. Em termos de idade e valores.

— Não consigo acompanhar aquele grupo — Sheena disse. Nikki notou que ela nem se virou para olhar para elas. — Eu tentei. Estudei com algumas delas. Mas Arjun foi diagnosticado com câncer logo depois que nos casamos – foi o primeiro golpe. As pessoas são solidárias no início, mas, quando a doença se agrava, elas começam a te evitar, como se sua falta de sorte fosse contagiosa. Depois, por causa da quimioterapia, ter filhos ficou fora de questão. Foi o segundo golpe. Todas estavam tendo bebês e formando grupos de mães. Minha realidade era totalmente diferente. Então, depois de ficar em remissão durante sete anos, Arjun teve uma recaída e morreu. Eu fiquei viúva.

— Terceiro golpe — Nikki disse. — Eu entendo.

— Não é um grande problema para mim. As viúvas são mais pé no chão. Elas compreendem a perda. Aquelas mulheres ali se casaram com homens ricos, donos de empresas familiares. Não trabalham e têm horário fixo no salão da Chandani.

— Quem é Chandani?

— O salão de beleza mais caro de Southall — Sheena disse. — Um daqueles lugares aonde só vamos raramente, para um mimo especial. Senão damos um jeito com uma manicure mais barata de um dos salões menores perto da Broadway — Sheena mostrou as unhas brilhantes para Nikki e sorriu. — Eu faço minhas próprias unhas há anos. Esmalte rosa-escuro com glitter dourado – é a cor que mais uso.

— Estão lindas — Nikki disse. Ela olhou para as próprias mãos. — Acho que nunca fiz as unhas.

— Eu não vivo sem — Sheena afirmou. — É uma pena eu não ter me casado com um homem rico. Estaria passando meus dias no salão da Chandani, falando sobre todo mundo. Aquilo é um poço de fofoca. Pior que o *langar*. Não dá para confiar naquelas mulheres.

O alerta de Tarampal sobre as viúvas surgiu na mente de Nikki. Mas Sheena parecia confiável. Nikki se sentia à vontade conversando com ela.

— Ei, posso fazer uma pergunta? — Sheena concordou com a cabeça. — Tarampal estava muito preocupada que pudéssemos ser descobertas. Ela tem tanto medo assim da Kulwinder?

— Ela estava falando dos Irmãos — Sheena disse.

— Irmãos de quem?

— Não, *os* Irmãos. Um grupo de homens jovens e desempregados que se consideram a polícia da moral de Southall. Muitos trabalhavam na fábrica de sucata, mas ela fechou. Agora eles patrulham a região do templo e falam para as pessoas cobrirem a cabeça. — Quando Sheena disse aquilo, ela levou a mão ao pescoço. Ficou mexendo em uma fina corrente de ouro.

— Isso aconteceu comigo — Nikki disse, chocada. A lembrança do olhar de desprezo do homem lhe trouxe uma sensação de raiva. — Pensei que ele fosse apenas alguém muito religioso.

— Não há nada de religioso no pensamento deles. Estão entediados e frustrados. Os mais fervorosos ficam na Broadway, fiscalizando a mochila das crianças para ver se não carregam cigarros, questionando garotas sobre seu paradeiro e suas atividades para garantir que estão mantendo a honra da comunidade intacta. Ouvi dizer que também oferecem serviços a famílias.

— Que tipo de serviços?

— Quase sempre agem como caçadores de recompensa. Se uma garota foge de casa com o namorado muçulmano, os Irmãos espalham a notícia por sua rede de motoristas de táxi e donos de lojas até a encontrarem e levarem para casa.

— E as pessoas não disseram nada? Ninguém reclamou de ser aterrorizado dessa forma?

— É claro, há algumas reclamações, mas ninguém ousaria se voltar contra eles. Além disso, as pessoas têm medo, mas também acham que eles são uma ferramenta útil para manter suas filhas na linha. Não se pode reclamar muito alto, porque nunca se sabe quem sente gratidão por eles.

— Aquele cara é um deles? — Nikki perguntou. Um jovem musculoso tinha acabado de entrar no *langar*. Ele parecia impiedoso o bastante para deixar uma estudante com medo de desobedecer a seus pais.

Sheena confirmou.

— Não é difícil descobrir quem são. Andam por aí como se fossem caubóis, para que todos saibam que estão por perto. — Sua voz foi tomada por amargura. Nikki notou que ela estava novamente mexendo no colar, mas agora o havia puxado para fora da gola. Um medalhão no formato da letra G estava visível. Quando Sheena notou que ela estava olhando, escondeu o medalhão sob a roupa. — Foi um presente do meu marido — ela explicou. — Por causa de um apelido que ele me deu.

O medalhão era parecido com algo que a avó de Nikki tinha mandado da Índia quando Mindi e ela nasceram. Iniciais modeladas em ouro. Era um colar de criança – a corrente era delicada e curta. Nikki achou a explicação apressada de Sheena um pouco estranha, mas ficou distraída por uma questão maior: o que os Irmãos fariam se descobrissem o que acontecia em suas aulas de escrita? Arrepios tomaram conta de sua pele quando ela percebeu que já sabia a resposta.

Capítulo 7

A rodinha na tela estava girando havia quase um minuto. Nikki pressionou CONFIRMAR mais uma vez e recebeu um alerta sério: *Se pressionar CONFIRMAR novamente, você estará refazendo seu pedido. Quer refazer seu pedido?*

— Não — ela murmurou. — Queria que tivesse funcionado da primeira vez!

Seus braços estavam doendo de segurar o laptop sobre a pia, única posição em que conseguia conectar a internet sem fio, e ela se sentia miserável por não conseguir executar a simples tarefa de fazer uma compra pela Amazon. Na última aula, Sheena havia perguntado se poderia parar um pouco de transcrever as histórias devido a uma dor no pulso, e Nikki havia concordado em comprar um gravador. Ela olhou pela janela – algumas nuvens, mas o dia não estava tão ruim para uma caminhada. Ela poderia tentar encontrar o aparelho em algumas lojas de eletrônicos na região.

No meio do caminho até a King Street, começou a chover. Nikki saiu correndo e se abrigou em uma loja de produtos de segunda mão. Quando entrou, estava ofegante, com fios de cabelo grudados na testa. A moça do caixa sorriu para ela com empatia.

— O tempo ficou feio lá fora, né? — ela perguntou.

— Horrível — Nikki respondeu.

Na prateleira de eletrônicos, ao lado de uma caixa de secadores de cabelo usados e adaptadores de tomada, Nikki avistou um gravador de fita cassete com acabamento vermelho brilhante. Poderia funcionar. Provavelmente seria mais fácil do que ensinar as viúvas a usarem um gravador digital, com todas as suas funções adicionais. Ela levou o aparelho ao caixa.

— Por acaso tem alguma fita cassete virgem?

— Tem uma caixa cheia em algum lugar — a moça respondeu. — Também estou querendo muito me desfazer de nossas fitas de ficção. A biblioteca doou a série inteira de *Os cinco*, de Enid Blyton, anos atrás, mas não tive coragem de jogar fora. Temos que liberar um pouco de espaço nos fundos, e se eu não encontrar um lugar para elas...

— Posso levar algumas — Nikki disse. — Ela também não suportava a ideia de ver aquelas fitas no lixo. Sua mãe costumava pegá-las na biblioteca quando ela era pequena e ainda não sabia ler, para que pudesse acompanhar com Mindi.

A moça do caixa desapareceu nos fundos da loja. Enquanto ela estava ausente, Nikki passou os olhos pelas prateleiras. Encontrou o livro de Beatrix Potter novamente e o folheou.

— Por acaso não tem mais livros sobre Beatrix Potter, tem? — Nikki perguntou.

— Tudo o que tenho está nas prateleiras — a moça do caixa respondeu, voltando dos fundos. — Que livro está procurando?

— Não é nenhum livro de ficção, na verdade. É uma coletânea de seus primeiros desenhos e anotações. É muito difícil de encontrar, porque é uma coleção de fotos dos trechos originais, e não páginas impressas. Vi há alguns anos em uma livraria, mas não comprei.

— Odeio quando isso acontece. Arrependimento literário. Você encontra alguma coisa e pensa: "Não quero isso". Depois, fica obcecado para comprar e não encontra mais.

O arrependimento de Nikki era maior que aquilo.

— *Beti*, o que é isso? Um livro de figuras? — seu pai perguntara ao notar que ela estava folheando o livro em uma livraria em Délhi. — É ano de estudar para entrar na faculdade. Isso são desenhos. — Sem ter o próprio dinheiro, Nikki não pôde comprar o livro para si mesma.

— Não é um livro de figuras — ela respondera, frustrada. — São as anotações de Beatrix Potter. — Aquilo não significava muita coisa para seu pai. Nikki passara o restante da viagem mal-humorada e ressentida.

A moça do caixa olhou para Nikki com curiosidade.

— Alguma razão em particular para estar comprando um gravador de fita em pleno século vinte e um?

— Estou ensinando inglês para algumas mulheres mais velhas — Nikki respondeu. — Não tenho muita verba para ferramentas de apoio e estamos gravando conversas e tentando melhorar a pronúncia. — Aquela era a explicação que ela havia praticado caso Kulwinder perguntasse. Ela pretendia encenar algumas conversas gravadas com as alunas para disfarçar.

A moça entregou a ela uma caixa cheia de fitas com histórias de *Os cinco*.

— Escolha quais quiser. — Ela sorriu. — Esta é minha preferida.

Era a história de uma passagem secreta. Apenas algumas frases, mas Nikki foi transportada no mesmo instante para sua infância, quando sua mãe colocava aquelas fitas para tocar à noite, raramente dizendo qualquer coisa, enquanto Mindi acompanhava as palavras na página com o dedo e Nikki ficava encantada com os altos e baixos da voz do narrador. Apesar de ter tido uma educação de elite na Índia, sua mãe havia perdido a confiança em sua pronúncia assim que chegou à Inglaterra. Nikki pensou em Tarampal Kaur com uma pontada de culpa. A mulher só queria aprender inglês, e Nikki simplesmente a havia ignorado no dia anterior, quando ela saiu da sala com raiva.

— Quanto custam as fitas?

— Só dez centavos cada.

Nikki olhou para a caixa. Era difícil resistir.

— Vou levar tudo, então. — Ela pagou também pelo gravador e saiu no aguaceiro, abraçando as compras junto ao peito.

Depois de fechar o zíper da mala, Kulwinder empilhou os papéis e o passaporte e os colocou em uma bolsa. Fechou os olhos, puxou o *dupatta* sobre a cabeça e pediu que Guru Nanak a abençoasse com uma viagem sem percalços.

Um barulho no andar de baixo fez com que seus olhos se abrissem rapidamente. Kulwinder teve que lutar contra o pânico que quis escapar por sua garganta. Era apenas Sarab, garantiu a si mesma. Ele havia chegado em casa mais cedo. Seus batimentos cardíacos retomaram o ritmo normal quando ela identificou cada som de sua chegada – lá estava ele, andando na cozinha, a dobradiça da porta dos fundos rangendo quando saiu para ir até o segundo freezer que mantinham na garagem, onde ela havia armazenado refeições para cada noite em que estaria ausente. Ela abriu os olhos e gritou o nome dele. Havia alguns *rotis* frescos e um bule de chá sobre a mesa para o almoço, mas ele não havia visto. Ao chegar no alto das escadas para gritar o nome dele novamente, ela se deu conta de que ele achava que ela já tinha ido embora.

Kulwinder pisou de propósito em uma tábua solta. O rangido da madeira foi alto.

— Estou aqui — ela disse quando chegou à entrada da casa. Sarab estava na sala, vendo televisão.

— Ah — ele disse. — Que horas é o seu voo?

— Às quatro e meia — ela respondeu. — Preciso estar lá duas horas antes. Três horas seria melhor, mas acho que duas bastam. — Quanto menos tempo encontrando punjabis no aeroporto de Heathrow, melhor.

— Vamos sair às duas — Sarab disse. Kulwinder não sabia se estava apenas imaginando o ressentimento em sua voz. Eles tinham brigado outra vez no dia anterior por causa da viagem dela. Ele queria saber por que ela ainda pretendia ir.

— Nós vamos todo ano — ela lembrou a ele. Havia parentes para visitar, casamentos aos quais comparecer. É claro que eles compreenderiam se ela deixasse de ir um ano, mas sua vida em Londres já havia mudado o suficiente nos últimos tempos. A Índia estaria igual, como se ela nunca tivesse partido, e, mais do que nunca, ela ansiava pelo barulho e pelo caos de uma época muito menos complicada. Ela queria respirar o ar poluído e se acotovelar com as pessoas para atravessar os mercados tumultuados. A recusa de Sarab de ir à Índia era profundamente decepcionante. Ampliava o abismo que o sofrimento havia criado entre eles. Kulwinder não entendia por que ele preferia lidar com a perda em silêncio. Ela viajaria o mundo todo se aquilo a ajudasse a se libertar.

— O que está vendo na televisão? — Kulwinder perguntou.

Sarab nunca era indelicado, apenas distante. Uma expressão de leve irritação se formou em seu rosto.

— É só um programa — ele respondeu.

Kulwinder se recolheu em seu quarto, puxou uma cadeira para perto da janela e ficou observando a calçada. Por força do hábito, virou a cabeça em um ângulo que mantinha a casa de Tarampal na beirada de seu campo de visão, de modo que não passasse de um borrão incômodo. Duas avós com cardigãs de lã sobre os *salwar kameezes* empurravam carrinhos lotados de compras. Cruzando seu caminho, um casal e três filhos pequenos formavam uma fila única para deixá-las passar. Ambas as partes trocaram acenos educados de agradecimento. Uma das senhoras esticou o braço para acariciar o rosto de uma criança, e quando a criança se virou e sorriu, uma dor aguda cortou o coração de Kulwinder. Será que Sarab sentia a perda de Maya daquelas mesmas pequenas formas? Ela não podia perguntar.

Do outro lado da rua, uma jovem apareceu no campo de visão de Kulwinder. Ela estreitou os olhos e pressionou o nariz na janela. Aquele andar apressado era inconfundivelmente o de Nikki. O que ela estava fazendo ali? A bolsa de Nikki batia no quadril enquanto ela atravessava a rua. Estava carregando uma caixa de papelão. Kulwinder esticou o pescoço e viu Nikki tocar a campainha do número dezoito. A porta se abriu e a sra. Shah apareceu. O que Nikki queria com a sra. Shah? Elas conversaram por alguns instantes e então a sra. Shah apontou para a casa ao lado, voltando para dentro.

Número dezesseis. Nikki tinha ido visitar Tarampal. Kulwinder respirou fundo e deixou seu olhar acompanhar Nikki até a porta de Tarampal. Seu coração acelerou. Aquilo sempre acontecia quando ela ficava cara a cara com aquela entrada, aquela porta. Após a morte de Maya, Kulwinder foi assombrada durante semanas por visões de sua filha entrando e nunca mais saindo.

Nikki tocou a campainha e esperou. Alguns minutos depois, colocou a caixa no chão e bateu na porta. Kulwinder continuou observando enquanto Nikki pegava um caderno e uma caneta na bolsa e rabiscava um bilhete, que colocou na caixa. Com relutância, afastou-se da entrada, virando algumas vezes para ver se Tarampal havia aparecido.

Kulwinder esperou até Nikki desaparecer completamente de sua vista e desceu as escadas correndo.

— Vou só aqui do lado para me despedir dos vizinhos — ela disse, olhando para trás.

Quando estava prestes a atravessar a rua, ela parou. O que estava fazendo? Estava curiosa para saber o que Nikki havia deixado na porta, mas será que valia a pena? A casa de Tarampal a atraía e repelia na mesma medida, mantendo-a na calçada, movimentando os pés em uma dança relutante. *Tem a ver com seu curso*, ela convenceu a si mesma. Havia algo de evasivo em Nikki e ela precisava descobrir o que era antes que o curso fosse afetado. Ela atravessou a rua, olhando para a esquerda e para a direita para evitar carros e vizinhos enxeridos. A última coisa de que precisava era alguém vendo que estava mexendo nos pertences de Tarampal, na porta de sua casa.

A caixa de Nikki não estava muito bem fechada, porque havia fitas cassete até em cima, empurrando a tampa. Fitas de *Os cinco*, de Enid

Blyton. Kulwinder pegou o bilhete na caixa. Tinha sido escrito às pressas e a ortografia em *gurmukhi* estava toda errada, mas Kulwinder conseguiu entender.

(Para a filha de Tarampal: por favor, leia este bilhete para ela. É da Nikki.) Sinto muito pelo que aconteceu na última aula. Aqui estão algumas fitas com histórias para você poder continuar aprendendo inglês.

Continuar aprendendo inglês? O que, exatamente, estava acontecendo naquele curso? Kulwinder colocou o bilhete de volta e correu para sua casa. Seus batimentos cardíacos estavam acelerados. Ela pegou o celular e procurou o número de Nikki. Por sorte, havia pensado em gravá-lo na agenda aquela noite, para que pudesse ligar para repreendê-la se deixasse as luzes do prédio comunitário acesas de novo.

Kulwinder esperou suas mãos pararem de tremer e digitou uma mensagem.

Olá, Nikki. Só para avisar que vou ficar mais tempo que o esperado na Índia. Volto no dia trinta de março. Qualquer problema, entre em contato com o escritório da Associação Comunitária Sikh.

Ela apertou "Enviar". Na verdade, sua volta estava programada para vinte e sete de março. Aquilo lhe daria três dias para aparecer de surpresa nas aulas e descobrir o que Nikki e as mulheres estavam fazendo.

Minutos depois, ela recebeu uma resposta de Nikki.

Tudo bem! Boa viagem!

— Vamos jogar um jogo — Manjeet sugeriu quando Nikki entrou na sala de aula. Nikki não estava prestando atenção – estava distraída pela visão de quatro senhoras vestidas de branco que perambulavam pelo corredor.

— Alguém sabe quem são aquelas mulheres? — Nikki perguntou. As mulheres passaram pela janela. Uma delas pressionou o rosto enrugado no vidro e depois se afastou.

— São umas amigas minhas. Elas também querem participar da aula — Arvinder disse.

— Então por que não entram? — Nikki perguntou.

— Vão entrar.

— Elas estão nos encarando — Nikki disse. Um par de olhos na janela encontrou os dela e desapareceu.

— Deixe elas fazerem como quiserem — Arvinder disse. — Nunca estiveram em uma sala de aula antes. A ideia de contar essas histórias é muito intimidante.

— Dissemos que elas não têm com o que se preocupar — Preetam contou. — Elas só estão com um pouco de medo de você.

— Você é moderna demais para elas — Arvinder explicou.

— Moderna demais?

— Está usando jeans. Você sempre usa jeans — Preetam disse. — E todo mundo pode ver seu sutiã rosa-choque por causa da gola larga desse suéter.

— É decote canoa — Sheena falou em defesa de Nikki. — Está na moda.

— Vocês, jovens, podem andar na moda, e não temos problema com isso, mas para aquelas senhoras ultraconservadoras, você é um alienígena — Arvinder disse.

— Podia muito bem ser inglesa — Preetam completou.

— Isso é ridículo — Nikki disse. — Parece que estamos em um cercado no zoológico. — As mulheres do lado de fora estavam se alternando para espiá-la. Uma a analisou dos pés à cabeça e depois cochichou com a amiga.

— Com licença, Nikki. O que é cercado? — Manjeet perguntou.

— É como uma jaula — Nikki explicou.

— Às vezes você mistura palavras em inglês com punjabi — Manjeet afirmou.

— Isso também é um problema para todas vocês? — Nikki perguntou. Manjeet confirmou que sim, desculpando-se.

— E não é casada — Preetam falou. — Como essas mulheres vão falar com alguém sobre essas coisas íntimas quando esse alguém não deveria ter vivenciado nada disso?

— Você vai se casar, Nikki? — Manjeet perguntou. — Está procurando? Não deveria esperar muito.

— Quando eu decidir me casar, Bibi Manjeet, a senhora será a primeira a saber — Nikki respondeu.

— Não faça isso — Arvinder disse, franzindo a testa. — Conte primeiro para sua família.

— Já chega — Nikki ordenou. Ela foi até a porta e a abriu, ignorando os protestos da turma. Abriu seu maior sorriso para as mulheres e juntou a palma das mãos. — Boa noite — ela disse. — *Sat sri akal*.

As mulheres se agruparam e ficaram olhando para Nikki.

— Bem-vindas ao curso — ela continuou. — Entrem. — O ar entre elas ficou parado. O rosto de Nikki começou a doer para manter o sorriso. — Por favor — ela disse.

Quando as mulheres começaram a se afastar, Arvinder foi correndo até a porta. Pediu desculpas a elas, enquanto desapareciam escadaria abaixo em uma procissão lenta e encurvada. Arvinder segurou Nikki pelos ombros e a conduziu de volta para a sala.

— Onde elas estão indo? — Nikki perguntou.

— Você as assustou. Não estavam prontas para isso.

— Bem, quando voltarem eu peço desculpas e começamos de novo. É só...

— Elas não vão voltar — Arvinder disse. Seu olhar era como uma luz quente e branca. — Não somos todas iguais, Nikki — ela afirmou. — Há pessoas muito reservadas nessa comunidade.

— Sei disso, mas eu só...

— Você *não* sabe — Arvinder afirmou. — Apenas nosso pequeno grupo de viúvas se inscreveu no curso de escrita. Pode não parecer nada para você, mas para alguns é algo muito corajoso e assustador. Aquelas mulheres são tímidas e amedrontadas. Não recebiam atenção nenhuma dos maridos – pelo menos não do tipo que gostariam...

— Ah, mãe, por favor — Preetam disse.

Arvinder se virou para ela.

— Por favor o quê?

— Nikki, aquelas mulheres vieram de uma aldeia muito tradicional. É só isso. E você — Preetam disse, apontando com a cabeça para Arvinder —, você sempre fala como se tivesse tido um marido horrível. Não me lembro de meu pai ter sido tão ruim quanto você faz parecer.

— Você não sabe nada sobre minha vida privada com seu pai.

— Mas e aquela noite antes do meu casamento, quando me deu todos aqueles conselhos? Seu rosto estava radiante. Você parecia a própria noiva. Não me diga que tudo aquilo veio de sua imaginação. Você sabia o que era paixão. Ele deve ter mostrado a você em algum momento.

O lábio inferior de Arvinder começou a tremer. Nikki notou que ela o estava mordendo, ou para não rir, ou para não dizer alguma coisa. De qualquer modo, sabia que precisava colocar um fim naquela conversa. Ela tirou o gravador da bolsa e o colocou sobre a mesa.

— Comprei um gravador para nós, assim Sheena não precisa transcrever tudo e vocês podem contar suas histórias sem ter que ficar fazendo pausas. — Ela o ligou na tomada e colocou uma fita nova. — Vamos testar? — ela perguntou com animação, pressionando o botão para gravar. — Alguém pode dizer alguma coisa?

— Oláááá — Manjeet disse, acenando para o gravador.

Nikki desligou, rebobinou a fita, e tocou a gravação. A voz dela estava nítida. O silêncio das outras mulheres também foi capturado.

— Poderia me dar as fitas no fim de cada aula? — Sheena perguntou. — Posso escutar em casa e transcrever as histórias.

— Ainda querem as versões escritas das histórias? — Nikki perguntou.

— Se não for muito trabalho para Sheena — Manjeet se manifestou. — Gosto da ideia de ter o que imaginei escrito no papel.

— Eu também — Arvinder concordou, deixando a raiva de lado. — Não sei ler as palavras, mas posso vê-las. Vai ser minha única chance de ver minhas palavras escritas, mesmo não podendo ler.

Os formulários de inscrição da turma ainda estavam na bolsa de Nikki. Ela os havia consultado para poder ir à casa de Tarampal mais cedo. Alguém – um dos filhos de Tarampal, ela imaginou – havia escrito seu nome, endereço e número de telefone em letra de forma. E o dela não era o único formulário que parecia escrito pelas mãos de outra pessoa. Será que aquelas senhoras olhavam para aquelas palavras e sentiam orgulho, por serem uma representação delas como pessoas? Ou seria vergonha por não conseguirem decifrar o alfabeto?

— Que jogo quer jogar, Manjeet? — Nikki perguntou, lembrando-se do que Manjeet havia dito quando ela entrou na sala de aula.

Manjeet parecia muito satisfeita.

— Vamos cada uma inventar uma história para essas fotos. — Ela tirou uma revista da bolsa. Na capa, havia uma mulher nua deitada de barriga para cima, com os seios fartos brilhando sob a luz natural que entrava por uma janela.

— É uma *Playboy* antiga? — Nikki perguntou, sentindo seus olhos se arregalarem um pouco.

— Confiscada de meu filho há trinta anos. Enfiei a revista em um baú porque fiquei com medo de que os vizinhos pudessem ver no lixo. Encontrei hoje de manhã, enquanto arrumava umas coisas velhas.

Playboy da década de oitenta. As mulheres tinham cabelos volumosos e as fotografias eram sépia, dando às imagens um visual instantaneamente nostálgico. Alguns dos homens tinham bigodes aparados. As mulheres passaram a revista de uma para a outra e a folhearam. Arvinder levantou o pôster central de uma modelo nua sentada sobre o capô de um carro esportivo. A pele bronzeada brilhava junto ao acabamento vermelho do carro.

— Esta mulher está esperando na garagem para surpreender seu amante. Ele é mecânico.

— Ele passa o dia inteiro dando um trato no carro das pessoas e, quando chega em casa, está pronto para que deem um trato nele — Sheena continuou.

— O único problema é que ela está cansada de esperar. Além disso, quando ele chegar, vai ter que tomar um banho para tirar toda a graxa e suor do corpo para ficar cheiroso para ela — Manjeet disse.

— Então ela decide vestir as roupas de volta e sair dirigindo pelo bairro. O primeiro homem bonito que encontrar, vai levar para casa — Preetam disse.

A revista ainda estava nas mãos de Arvinder. Ela abriu em outra página.

— Este homem — ela disse, apontando para a foto de um homem bronzeado e musculoso. As mulheres aprovaram a escolha.

Nikki não disse mais nada enquanto a história passava de mulher para mulher, ganhando forma. Depois de um tempo, houve uma pausa entre as falas.

— Acho que terminamos — Sheena disse.

— Mas eles só usaram as mãos — Manjeet protestou.

— E daí? — Arvinder perguntou. — Ambos estão muito satisfeitos. Além disso, deixem ela guardar a melhor parte para seu amante. Ela ainda vai para a cama com ele à noite.

— É verdade. Quando ela terminou com esse homem, já estava de noite e seu amante estava voltando.

— Ele não vai notar que ela esteve com outro homem?

— Ela pode tomar um banho — Sheena disse.

— Daí vai ficar limpa demais. É suspeito — Arvinder disse.

— Limpa demais? — Preetam perguntou. — Que homem se incomodaria com isso? Eu sempre tomava banho antes de meu marido chegar em casa.

— Ela pode passar um pouco de perfume, então — Sheena sugeriu.

Arvinder balançou a cabeça. Sua voz se elevou de maneira certeira:

— Eis o que ela faz. Ela toma banho e sai. Passa pelo antigo poço da aldeia e se mistura com outras donas de casa no pequeno mercado. Encontra algumas tarefas extras para fazer – pagar o *chaiwallah* adiantado por uma semana de chá da tarde, levar água para os trabalhadores da fazenda. É praticamente o mesmo tanto de atividades que teria feito durante o dia. Sua pele brilha com uma leve camada de suor, mas ela não está suja. É assim que ela disfarça.

Quando terminou, estava sem fôlego, eufórica, triunfante. Havia revelado muito mais do que havia dito, e a força da confissão pareceu deixá-la desnorteada. As mulheres ficaram olhando para ela. Preetam, em particular, parecia horrorizada.

— Esses lugares todos ficavam perto da nossa casa em Punjab — Preetam finalmente disse.

— Troque por lojas da vida dessa *gori*, então — Arvinder disse. — Nikki, diga, o que tem perto da sua casa?

— Um bar — Nikki respondeu.

— Pronto — Arvinder disse. — Acrescente isso, Sheena.

— Quem era? — Preetam perguntou em voz baixa. — Quando?

Arvinder respirou fundo e não disse nada.

— Quem era? — Preetam gritou.

— Não há necessidade de levantar a voz para mim, Preetam — Arvinder disse. — Ainda sou mais velha que você.

— Você acabou de admitir ter feito a coisa mais desonrosa que existe — Preetam disse. — Com quem estava traindo meu pai? Você destruiu outra família? — Preetam olhava à sua volta enlouquecida. Era o papel de sua vida, Nikki percebeu. Toda sua ansiedade e drama finalmente tiveram uma válvula de escape. — Quem era?

As outras mulheres se encolheram nas cadeiras, alternando o olhar com atenção entre mãe e filha. Nikki se lembrou da primeira impressão que teve daquelas duas mulheres. A semelhança era tão óbvia que pensou que fossem irmãs. Mas aquele conflito destacava suas diferenças. As mangas da túnica branca de Arvinder eram largas em seus pulsos magros e as barras estavam levemente acinzentadas, enquanto os trajes de viúva de Preetam eram clássicos – acabamento rendado em um *dupatta* creme. Enquanto os olhos de Preetam brilhavam com raiva, o olhar de Arvinder era distante e choroso. Todo o seu corpo ofegava como consequência de sua revelação.

Preetam abanava o rosto com as mãos.

— *Hai*, Nikki. Eu vou desmaiar.

— Isso não é necessário, Preetam — Sheena disse.

— Sheena, não se meta — Manjeet falou em voz baixa.

— Você pensou em nossa família? — Preetam perguntou. — No que faria se o papai descobrisse? Certas coisas ainda acontecem, sabia? Veja o fim que teve Maya.

— *Basta* — Arvinder gritou. Preetam começou a chorar e saiu correndo da sala.

— Acho que é hora de fazermos um intervalo. Dez minutos e depois nos encontramos aqui — Nikki anunciou.

As mulheres saíram em silêncio. Nikki se sentou na cadeira. Sua cabeça latejava devido àquele turbilhão de revelações, sendo a mais confusa de todas a menção a Maya. Que fim ela havia tido? Havia pistas sobre sua morte, sobre alguém ter visto mensagens de texto em seu telefone. Ela não tinha para quem perguntar, e nenhum momento parecia oportuno para fazer isso. Da janela, dava para ver as mulheres saindo do prédio e indo na direção do templo. Sheena e Manjeet caminhavam juntas, dando espaço a Arvinder, que seguia atrás delas. Ela parou sob a cobertura do templo e ficou olhando ao longe, para os carros enfileirados no estacionamento. Nikki pensou em ir falar com Arvinder, mas tinha medo de se intrometer depois do erro que havia cometido com as senhoras anteriormente. Arvinder foi para uma área iluminada por uma luz quente, o que dava uma aparência suave e amarelada a suas vestes brancas. Ela não era mais uma viúva, mas uma jovem ávida por afeição.

*

Um suéter azul-marinho esticava-se sobre os ombros de Jason para enfatizar sua forma física. Enquanto esperavam na fila para entrar no cinema, Nikki não conseguia deixar de olhar para ele. A barba parecia recém-feita. Ela ficou imaginando se ele tinha demorado tanto quanto ela para se arrumar. Ela havia comprado rímel, batom, sombra e uma base nova depois que a ávida vendedora a convenceu a passar por uma minitransformação. Ela se repreendeu o caminho inteiro até chegar em casa por ter comprado todas aquelas coisas que normalmente criticava. Maquiagem era algo opressivo. Criava um ideal de mulher... não criava? Mas quando ela viu seu reflexo em uma vitrine de loja, descobriu uma versão de si mesma com lábios mais carnudos e um olhar mais ousado – e gostou.

Quando chegaram à bilheteria, os ingressos para todos os filmes estavam esgotados, à exceção de um filme francês.

— As críticas a esse filme foram boas — Nikki disse. — Mas só começa daqui a uma hora e meia. Vamos andar um pouco e procurar um lugar para comer?

Jason concordou.

— Já esteve em Paris? — ele perguntou a Nikki enquanto caminhavam pela rua.

— Uma vez — ela respondeu. — Com um amante. — Ela quis parecer misteriosa, mas ficou parecendo o título de um conto erótico. *Uma vez, com um amante.* Ela riu.

— Foi tão bom assim? — Jason perguntou.

— Não, foi péssimo, na verdade. Conheci um francês, estudante de cinema, em uma festa no ano passado. Consegui umas passagens de trem baratas e fui passar quatro dias em Paris. Era para ser uma viagem romântica.

— Mas não foi?

— Ambos estávamos totalmente sem dinheiro. Ele passava a maior parte do dia trabalhando, e não em sua arte, veja só. Ele trabalhava no McDonald's. Eu ficava quase o dia todo no apartamento dele, vendo televisão.

— Você não saiu? Não foi conhecer a Cidade Luz?

— Ele ficava prometendo que faríamos isso juntos quando ele chegasse em casa. O apartamento ficava em uma região perigosa e meu francês é péssimo, então preferi esperar. Mas toda noite ele chegava em casa mal-humorado e cansado. As coisas foram por água abaixo bem rápido.

— Que pena — Jason disse.
— E você? — Nikki perguntou. — Já foi a Paris?
Jason negou com a cabeça.
— Fui para a Grécia e para a Espanha com minha ex. Ela só quis ir para esses lugares. Nunca fui a Paris. — Uma mudança em sua voz chamou atenção de Nikki. Quando ele percebeu que ela estava olhando, mudou de assunto. — Tem um lugar que faz umas pizzas deliciosas naquela direção.

No caminho para o restaurante, passaram por uma livraria chamada Sally's, e Nikki se lembrou de uma coisa.

— Você se importa de entrarmos aqui? Quero ver se eles têm um livro — Nikki disse.
— Sem problemas — Jason respondeu.

Assim que entraram, ele foi diretamente para uma seção nos fundos. Nikki se aproximou do balcão e perguntou sobre *The Journals and Sketches of Beatrix Potter*. O atendente olhou no sistema e disse:

— Está fora de catálogo. Já procurou cópias usadas na internet?
— Já — Nikki respondeu.

E havia encontrado duas, mas estavam em condições precárias, com as lombadas gastas e as páginas dobradas. Uma cópia parecia danificada por água. Estava com as páginas enrugadas e inchadas como se alguém tivesse derrubado o livro na banheira. Ela agradeceu o atendente e foi procurar Jason. Ele estava na seção de Filosofia Oriental. Ela acenou para ele e foi para a seção de Antologias. Passando os olhos pelos títulos, Nikki não conseguia deixar de ouvir as vozes das contadoras de histórias de Southall, insistentes e ritmadas ao tecer seus contos sensuais.

Ela se juntou a Jason.
— O que estava procurando? — ele perguntou.
Nikki contou a ele sobre o livro de Beatrix Potter.
— Eu tinha encontrado em uma livraria minúscula em Délhi, lotada do chão ao teto com livros de não ficção e romances. Dava para passar um dia inteiro lá — ela disse.
— Não se lembra do nome da livraria?

— Não. Só lembro que ficava em Connaught Place. Meio espremida atrás de uma loja, em um daqueles prédios coloniais restaurados.

— Em meio a pelo menos dez outras livrarias do mesmo estilo — Jason disse com um sorriso. — Sei que as pessoas vão para Connaught Place para fugir do caos de Délhi, mas eu gosto dos carrinhos de mão e das bancas improvisadas que dão um jeito de aparecer por lá.

— Exatamente. Quanto mais penso nisso, mais desejo aquela cópia, e não algo novo. Ainda lembro que ela tinha uma mancha de chá na capa, em formato de folha. Meu pai olhou e disse: "Esse livro nem é novo". Aquilo só me deixou com mais raiva. Lá estava eu, empolgada com o conteúdo do livro, e ele só enxergava uma marca superficial na capa.

Eles foram para o caixa juntos, e Jason comprou um livro chamado *Filosofia japonesa*.

— Este completa minha coleção — ele explicou a Nikki enquanto o caixa registrava a compra. — Tenho todos os livros dessa série – Filosofia chinesa, indiana, ocidental e islâmica. Ah, e sikh, é claro. Mas tenho outra prateleira inteira de livros de filosofia sikh.

Nerd, Nikki pensou, com uma ponta de alegria.

— Seus pais são religiosos? — Nikki perguntou.

— Na verdade, não. São tradicionais, mas não religiosos. Foi o que me estimulou a estudar o siquismo. Parecia que havia tantas regras que eles ficavam impondo sem base na religião. Comecei a ler as escrituras para poder argumentar com eles.

— Tenho certeza de que eles adoraram — Nikki disse.

— E adoraram mesmo. — Jason sorriu. — Com relutância, meus pais admitem aprender algumas coisas novas de vez em quando, mas é difícil. E os seus? Tradicionais?

— Minha mãe sempre foi um pouco mais tradicional que o meu pai. Meu pai sempre me apoiou. Minha mãe parecia achar que precisava me controlar o tempo todo. Foi duro quando meu pai morreu.

— Vocês eram próximos? — Jason perguntou. Logo em seguida, acrescentou: — Desculpe. É uma pergunta idiota. Odiava que as pessoas me perguntassem isso quando minha mãe estava doente. Como se nossa proximidade importasse. Ela é família, se é ou não próxima, pouco importa.

— Tudo bem — Nikki disse. — E, sim, nós éramos próximos. Ele me apoiava muito. Mas antes de morrer tivemos uma briga feia. Eu larguei a faculdade de Direito. Ele ficou furioso. Nunca o tinha visto tão chateado. Ficamos sem nos falar, e então ele foi para a Índia com minha mãe para fugir de tudo aquilo e morreu lá. — Nikki contou a história de maneira bem direta, mas, quando terminou, sentiu as lágrimas em ebulição no peito. Entrou em pânico. Será mesmo que choraria por seu pai pela primeira vez *naquele momento*, durante um primeiro encontro?

— Desculpe — ela disse.

— Ei — Jason disse. Adiante havia um pequeno parque com um banco de ferro de frente para a rua. Ele apontou para lá e Nikki concordou. Estava agradecida por seu rosto estar encoberto pelas sombras quando se sentaram. A pressão das lágrimas cedeu.

— É difícil, porque foi tão repentino que eu nunca vou saber se ele aceitou o que eu fiz ou não. Minha mãe fica muito impaciente quando tento perguntar a ela como foram os últimos momentos conscientes dele, então imagino que ainda estivesse chateado comigo. Não sei qual sentimento é pior – culpa ou luto. Ou qual devo sentir.

— Luto, imagino — Jason disse. — Não adianta muito sentir culpa.

— Mas se eu não tivesse abandonado a faculdade...

— Você não pode fazer isso consigo mesma — Jason disse. — Eu compreendo. Meus pais teriam surtado se eu tivesse largado o curso de Engenharia. Para a sorte deles, eu realmente gostava. Mas você não pode se sentenciar a todo esse tormento a respeito do que poderia ter acontecido se tivesse decidido permanecer na faculdade de Direito. Provavelmente você estaria infeliz.

Nikki respirou fundo e sentiu o ar entrar com facilidade. As afirmações de Jason não eram novas. Olive já havia falado algo similar depois da morte de seu pai. Mas Jason era o primeiro punjabi a tentar convencer Nikki de que ela havia tomado a decisão certa. Só então lhe ocorreu que ela estava esperando que ele repetisse as preocupações de Mindi. *E quanto ao dever?* Em vez disso, tudo o que viu no rosto dele foi compreensão.

— Obrigada — ela disse.

— De nada. Todos temos que aceitar que vamos decepcionar nossos pais.

— Você não pode ter causado tanto incômodo sendo um primogênito do sexo masculino e engenheiro — Nikki brincou. Pode ter sido apenas o reflexo dos faróis dos carros que passavam, mas ela notou um olhar aflito no rosto de Jason. Ele riu, mas demorou um pouco demais. Nikki ficou curiosa, mas achou que era cedo para sondar. — Eu só estava brincando — ela acrescentou.

— Eu sei — Jason disse. — Mas há muita pressão para ter sucesso. Tive que ser bem-sucedido em todos os aspectos desde muito cedo. Isso me faz pensar em chips de banana.

Nikki ficou olhando para ele.

— Não entendi.

— Sabe, quando eu estava na pré-escola, meus pais descobriram que eu era canhoto. Eles surtaram. Meu pai sentava comigo todas as noites para me fazer treinar a escrever com a mão direita. Eu detestava isso, mas havia uma forma de me motivar: meu pai me subornava com um chip de banana desidratada a cada linha do alfabeto que eu escrevesse com a mão direita. Eu amava aquela coisa. Foi alguns anos antes de eu descobrir o que era comer besteira de verdade, é claro.

— Qual é o problema de ser canhoto?

Jason ficou sério.

— Eu estava iniciando a vida com uma desvantagem colossal, Nikki. Nunca seria capaz de usar uma tesoura corretamente. Seria complicado amarrar os sapatos. E, o pior de tudo, minha lição de casa não seria caprichada. Meu pai tinha um primo canhoto na Índia que sempre era punido pelos professores por deixar manchas de caneta nos trabalhos da escola.

— Um punhado de chips de banana e você se converteu. Não se daria bem como espião.

— Eu me recusei a mudar e permaneci canhoto. Levava bronca toda vez que chegava da escola com um borrão de tinta na mão esquerda. Minha mãe era complexada por ser imigrante – achava que as pessoas iam pensar que não éramos limpos. Ela esfregava minhas mãos todos os dias com sabão em pó azul, mas não conseguiu mudar quem eu era por natureza.

— Que rebelde! — Nikki brincou.

Jason sorriu.

— O que estou dizendo é que sempre estive ciente da pressão de seguir as regras e corresponder às expectativas. O filho mais velho deve preparar o caminho. Se eu fracassar em alguma coisa, meus irmãos estão condenados, de acordo com meus pais.

— Às vezes eu acho que é por isso que minha irmã está tão empenhada em encontrar um marido — Nikki disse. — Ela quer acertar as coisas, esperando que eu a acompanhe.

— Você vai afixar seu perfil no mural de casamentos, então?

— Nunca.

— Ótimo. Já é ruim o suficiente você ter me pegado no templo.

— Eu não te peguei — Nikki replicou, dando um tapa no ombro de Jason.

Ele riu e se levantou.

— Venha, vamos jantar — ele disse.

Estendeu os braços com a palma das mãos para cima, convidando Nikki para posicionar as mãos sobre elas e depois a puxou. Ela cambaleou para a frente e quase caiu de volta no banco, se não fosse pelos braços dele a segurando pela cintura. Eles então se beijaram. A rua ao redor se dissolveu em um silêncio pacífico que permaneceu mesmo depois que eles gentilmente se afastaram um do outro e começaram a caminhar, sem dizer nada, na direção do restaurante.

Durante o jantar, Jason perguntou a Nikki como estava indo seu trabalho no templo.

— Bem — Nikki respondeu, cortando a pizza margherita. Ela comeu um pedaço e levantou os olhos, vendo Jason a observar com expectativa. — Não há muito que dizer, na verdade. — Ela encolheu os ombros. — Só estou ensinando velhinhas a ler e escrever.

— Parece muito gratificante.

— É, sim — Nikki disse. Ela podia ouvir, acima do ruído das vozes e do barulho dos talheres no restaurante, os suspiros audíveis das mulheres depois de ouvirem uma história particularmente picante.

— É uma coisa que você sempre quis fazer?

— Sem dúvida — Nikki confirmou, sem conseguir conter o sorriso. — Sempre quis fazer algum tipo de serviço comunitário. E envolve a escrita, então combina minhas duas paixões. — A palavra *paixão* a fez rir.

— Olhe só para você, tão empolgada com o que faz. Que ótimo — Jason disse. — Sua mãe e sua irmã devem estar, no mínimo, orgulhosas de você por estar ajudando mulheres da comunidade.

Uma imagem surgiu na mente de Nikki: sua mãe e Mindi sentadas nos fundos da sala de aula, com lápis a postos sobre os cadernos e os rostos sendo tomados pela confusão quando as mulheres começassem a descrever cenas de sexo com vegetais. Ela caiu na risada. Era o tipo de gargalhada incontrolável que fazia sua barriga doer. Balançou a cabeça e fechou os olhos, chacoalhando o corpo de tanto rir. Quando os abriu, Jason a observava com curiosidade.

— Ai, minha nossa — Nikki disse. — Desculpe. — Lágrimas escorriam por seu rosto. — Vou ter que te contar, não vou?

— Contar o quê?

— Não sou professora.

— Então o que você faz?

— Estou dando uma oficina de contos eróticos para viúvas punjabi.

Jason piscou.

— Como assim?

— Exatamente o que eu disse. Duas vezes por semana, nós nos encontramos no centro comunitário do templo com o pretexto de aprender inglês, mas, em vez disso, as mulheres criam histórias eróticas.

— Está brincando — Jason disse. — Isso só pode ser piada.

Nikki tomou um gole de vinho com um floreio, satisfeita com o sorriso que se abria no rosto de Jason.

— Não estou brincando — ela disse. — Todas colaboramos com opiniões e sugestões para deixar a história mais convincente. Às vezes, uma única história toma a aula inteira.

A testa franzida de Jason preocupou um pouco Nikki. Talvez ela não devesse ter dito nada.

— Qual é o problema com meu emprego incrível? — ela perguntou.

— Não tem nenhum *problema*. Só estou com dificuldade para acreditar — Jason afirmou.

— *Ela sentiu sua pulsação latejando no ponto doce e secreto que ficava entre as coxas* — Nikki disse. — Uma viúva escreveu isso.

Jason balançou a cabeça devagar. Um sorriso curioso se formou em seus lábios.

— Como isso começou?

Nikki voltou ao início, contando a Jason como foi enganada ao se candidatar a um curso de alfabetização. O sorriso dele a deixava levemente zonza.

— São viúvas mesmo? Como minha avó?

— Não sei. Sua avó nutre alguma fantasia sobre sovar massa de *roti* para seu avô com o traseiro nu? Porque essa é uma das histórias que ouvimos recentemente.

Tinha sido ideia de Arvinder. O casal tinha ficado excitado com o ato – a mulher seminua esfregando o bumbum sobre a massa pegajosa e crua, e o homem comendo o *roti* depois e dizendo que estava extremamente macio devido a seu método secreto.

— Não consigo imaginar que ela tenha repertório suficiente para criar uma cena dessas.

— Talvez não fale com você, mas aposto que conversa sobre essas coisas com as amigas.

— Você aposta que minha doce e inocente Nani-ji fala obscenidades com as mulheres do grupo de orações?

Nikki sorriu.

— Um mês atrás, eu também acharia loucura, mas há uma série de histórias criativas vindo de apenas quatro viúvas. Deve ter muito mais.

— Ela não conseguia deixar de olhar para as mulheres mais velhas de outra forma, não apenas as punjabi.

— Minha avó não sabe nem escrever o próprio nome. Quando eu era criança, ela me viu jogando no computador uma vez e achou que havia homens de verdade dentro da máquina, com armas em miniatura em uma cidadezinha caótica. Não tem como alguém com tão pouca exposição ao mundo criar histórias eróticas tão detalhadas.

— Mas sexo e prazer são algo instintivo, certo? Um sexo bom e gratificante faz total sentido até para a menos culta das pessoas. Você e eu simplesmente estamos acostumados a ver a questão como uma invenção avançada porque aprendemos sobre isso depois de aprender outras coisas básicas: ler, escrever, usar um computador, tudo isso. Para as viúvas, o sexo vem antes de todo aquele conhecimento.

— Não ouvi nada do que você disse porque estou pensando na minha avó fazendo *roti*-sexy — Jason disse, fazendo careta.

— Pãozinho de bunda — Nikki disse.

— Torrada de bumbum. — Jason riu. Ele balançou a cabeça.

— Ainda estou em choque. O que fez essas mulheres se sentirem confortáveis para te contar tudo isso? Além de seu evidente charme, é claro.

— Imagino que elas acharam que eu não fosse julgá-las porque sou uma garota moderna. Mas elas não me contam tudo. — Ela pensou na explosão de Preetam ao saber do caso de Arvinder e de como o nome de Maya havia deixado todas perturbadas mais uma vez. Nenhuma explicação foi dada depois que as mulheres voltaram do intervalo, e Nikki teve a impressão de que demoraria muito até que pudesse perguntar a respeito. — Chega de falar do meu trabalho. Me conte sobre engenharia.

— Você pareceu entediada só de perguntar sobre engenharia.

— Me conte! Sobre! Engenharia! — Nikki disse, levantando os punhos cerrados. A risada de Jason ecoou pelo restaurante. Um garçom olhou feio para eles.

Eles acabaram não indo ao cinema. Ficaram no restaurante, pedindo mais vinho, olhando uma vez só no relógio e rapidamente concordando que preferiam ficar conversando. Jason só queria saber das histórias. Nikki observava o rosto dele enquanto contava. Não havia nenhum indício de indignação ou repulsa. Ele não ficou surpreso quando ela mencionou de forma casual que sentia que estava fazendo uma revolução feminista na vida daquelas mulheres. A palavra não pareceu aborrecê-lo.

Depois, caminharam juntos. A noite estava fresca e as luzes de Londres brilhavam nas ruas. Nikki se aproximou de Jason e ele abraçou sua cintura. Eles se beijaram mais uma vez.

— É culpa daquelas histórias obscenas — Jason disse.

Nikki riu. *Não, é você*, ela pensou.

Capítulo 8

Nikki colocou três blusas indianas lado a lado e tirou uma foto. Mandou para Mindi com uma mensagem: *Qual fica melhor em mim?* O dono da banca, um homem pequeno de barba branca e um grande turbante cor-de-rosa, rapidamente listou suas qualidades:

— Cem por cento algodão! Muito frescas! As cores não desbotam na lavagem – nem o vermelho! — Seu excesso de entusiasmo deu a Nikki a impressão de que provavelmente aquelas blusas eram de poliéster, ficariam com cheiro de sovaco após dez minutos de uso e transformariam seu cesto de roupa suja em uma cena de crime.

Mindi telefonou para ela.

— Desde quando você usa bata *kurti*? — ela perguntou.

— Desde que descobri um bazar de roupas em Southall com preços muito mais baratos que em qualquer loja de Londres — Nikki disse.

— A verde-azulada da esquerda é a melhor.

— Não a marrom?

— Não é minha preferida — Mindi disse. — A preta também é bonita, por causa do bordado prateado na gola. Pode comprar uma para mim também?

— Vamos usar roupa igual como a mamãe nos forçava a fazer quando éramos crianças?

Mindi resmungou.

— Era péssimo, não era? Todo mundo ficava perguntando se éramos gêmeas.

— E quando imploramos para ela parar de fazer aquilo, ela disse que éramos ingratas. *Tem criança que não tem roupa nenhuma!* — A ideia de haver crianças nuas deixou Nikki e Mindi desesperadas.

A lona sobre a banca começou a afundar com o peso da pancada de chuva. Nikki esfregou as mãos. Na banca de *chai* quente ao lado, uma fila se formava.

— O que mais tem nesse bazar? Algo bom? — Mindi perguntou.

— Algumas frutas e legumes, umas bancas de *massala*, doces indianos — Nikki disse olhando ao redor. — Tem uma mulher que tinge as pedras de suas bijuterias para ficarem exatamente do mesmo tom de sua roupa. Tem um corredor inteiro de penduricalhos para decoração de casamento e eu vi também um cara com um papagaio que tira a sorte em um chapéu. — Mulheres perambulavam de uma banca a outra, segurando com força as bolsas debaixo do braço. Mais cedo, Nikki tinha passado por um grupo de senhoras que comparavam beringelas. Para sua decepção, estavam apenas compartilhando uma receita.

Havia muito barulho ao fundo.

— Está no trabalho? — Nikki perguntou.

— Já estou saindo. Estou separando umas amostras de maquiagem que Kirti me deu para usar hoje à noite. Não consigo decidir entre dois delineadores.

— É mais para você do que para o cara, não é? Ele provavelmente nem vai notar a diferença.

— Na verdade, vou sair com mulheres esta semana — Mindi disse.

— Nesse caso, vai precisar verificar se o *gurdwara* faz casamentos de lésbicas.

O barulho cessou.

— Achei que tinha te contado sobre isso.

— Acho que me lembraria.

— Como eu não estava dando muita sorte com o perfil do mural do templo, resolvi testar o SikhMate.com. É mais discreto do que eu esperava e dá para definir uns filtros bem específicos.

— E você determinou que seu marido deveria ter uma vagina? — Nikki perguntou, esquecendo-se por um instante de onde estava. O vendedor de turbante cambaleou para trás como se tivesse levado um tiro. — Desculpe — Nikki disse em voz baixa. Sentindo-se culpada, apontou para as três blusas e fez um sinal positivo com o polegar para ele. Ele acenou com a cabeça e colocou-as em uma sacola azul de plástico enrugado.

— No SikhMate há a opção de conhecer as mulheres das famílias antes de conhecer os homens. Você toma café com elas e, se todas se derem bem, elas te apresentam a seus irmãos, sobrinhos ou filhos.

Aquilo parecia um pesadelo.

— Mas a pressão é bem maior — Nikki disse. — Elas vão ficar te analisando. — Sem contar a bizarrice que seria entrar para uma família em que as irmãs e mães selecionam as parceiras dos homens.

— A ideia é diminuir a pressão — Mindi explicou. — Se eu me casasse, passaria mesmo muito tempo com as mulheres da família, então acho que elas querem ver se somos compatíveis.

— Posso analisar alguns homens para você, então? — Nikki perguntou. — Posso vetar aqueles de que eu não gostar? Ou só funciona de um lado? Sinceramente, Mindi, isso me parece uma péssima ideia. Quase prefiro a ideia de você conhecer os donos de alguns perfis menos desejáveis do templo a se encontrar primeiro com as tias do SikhMate.

O barulho ao fundo voltou.

— Acho que vou escolher o delineador ameixa — Mindi disse. — É mais sutil. Passa uma impressão melhor. — Era um sinal claro de que os conselhos de Nikki não eram necessários. — Depois conto como foi.

— Boa sorte — Nikki murmurou.

Elas se despediram e desligaram. Nikki pagou ao vendedor. Entrou na fila do *chai*, vendo as pessoas correrem para se abrigar quando a chuva apertou. Ela segurava a sacola com as blusas junto ao peito. Mindi provavelmente não sabia, mas Nikki gostava de se vestir igual a ela quando eram crianças. Teve que disfarçar a tristeza quando elas venceram a guerra para que a mãe as deixasse ter sua individualidade.

Arvinder e Preetam não estavam se falando. Uma chegou à aula dez minutos depois da outra e se sentaram em cantos opostos da sala. Entre elas, a bolsa, o celular e o caderno de Sheena estavam sobre a mesa, mas a dona dos pertences não estava lá. Manjeet também não estava presente.

— Vamos esperar as outras — Nikki disse.

Ela sorriu para Arvinder, que desviou o olhar. Preetam ficou mexendo na barra rendada do *dupatta*. O silêncio fez Nikki se lembrar dos primeiros momentos que havia passado com aquelas viúvas. Olhou para a cadeira onde Tarampal costumava sentar, traçando zelosa as letras no caderno.

— Estou aqui, estou aqui — Sheena anunciou, entrando na sala ofegante com três mulheres. — Estas são Tanveer Kaur, Gaganjeet Kaur e a esposa do finado Jasjeet Singh. Nós a chamamos apenas de Bibi. Elas gostariam de participar da aula.

Nikki analisou as mulheres. Tanveer e Gaganjeet pareciam ter sessenta e poucos anos, mas Bibi estava mais perto da idade de Arvinder. Todas usavam branco.

— São todas amigas de Sheena? — Nikki perguntou. As mulheres confirmaram. — Ah, ótimo — ela disse. — Então sabem o que discutimos nessas aulas. — A última coisa de que ela precisava era mais uma estudante de inglês ardorosa como Tarampal.

— Eu ainda falo para a maioria das pessoas que venho a essas aulas para melhorar o meu inglês — Sheena disse. — A menos que seja alguém de minha confiança. — Ela sorriu para as novas viúvas.

Do canto da sala, Arvinder gritou:

— Mas você não pode esperar que as amigas de todo mundo sejam de confiança. As pessoas para quem conta podem espalhar a notícia para outras que não saibam guardar segredo.

Bibi ficou indignada.

— Eu sei guardar segredo.

— Ela só está dizendo que devemos tomar cuidado — Sheena garantiu a Bibi.

— Vocês são todas muito bem-vindas aqui. Só temos que nos certificar de que não sejamos descobertas pelas pessoas erradas — Nikki disse.

Enquanto atravessava a Southall Broadway, depois da ida ao mercado, ela havia avistado três jovens punjabi patrulhando o ponto de ônibus e, de maneira inconveniente, aconselhando que as estudantes fossem direto para casa.

Preetam passou os olhos pela blusa nova de Nikki, com barrado de miçangas, preparada para interagir agora que não estavam apenas ela e Arvinder na sala.

— Gostei da sua roupa — ela disse.

— Obrigada — Nikki respondeu. — Não deixa a alça do sutiã à mostra.

— Sim. É muito bonita — Gaganjeet afirmou.

De repente, seu rosto ficou distorcido – os olhos se arregalaram e os lábios se retraíram, revelando a dentadura. Ela soltou um som agudo e ensurdecedor. Logo depois, Nikki olhou ao redor e viu que apenas ela estava aturdida.

— *Waheguru* — Arvinder disse, desejando-lhe saúde.

— Aquilo foi um espirro? — Nikki perguntou.

— *Hanh*, estou me recuperando de um resfriado. Fiquei espirrando e tossindo o fim de semana inteiro — Gaganjeet disse.

— Está se espalhando — Preetam disse. — Encontrei Manjeet no templo de manhã e ela me disse que não viria à aula hoje. Acho que ela não está muito bem. Parecia um pouco pálida. É melhor você tomar algo para essa gripe, Gaganjeet.

— Tomei um pouco de *chai* — Gaganjeet disse. — Coloquei erva-doce extra.

— Estou falando de remédio. A farmácia de Boobie Singh não fica perto da sua casa?

— É Bobby — Sheena corrigiu.

— Ele cobra muito caro, aquele Boobie — Gaganjeet reclamou.

— Alguma das novas alunas tem uma história para compartilhar? — Nikki perguntou, para que elas não começassem a divagar demais. Era o outro risco de acrescentar mais alunas. No calor da contação de histórias, as mulheres com frequência começavam a fofocar: que cor de *lengha* a neta de uma amiga havia usado na festa de casamento; a que horas o ônibus que ia para o mercado passava no domingo; quem havia colocado as sandálias no lugar errado no templo e, supostamente, levado outro par, iniciando uma cadeia de roubos por pessoas que tinham que substituir seus calçados.

— Nikki, espere um pouco, *nah*? Estamos conhecendo nossas novas amigas — Arvinder disse. — Fiquei sabendo que Kulwinder está na Índia. Isso significa que podemos ficar no prédio até mais tarde.

— E fazer mais barulho — Sheena afirmou.

— Não acho que devemos aproveitar a ausência de Kulwinder como motivo para relaxar — Nikki disse, embora se sentisse muito menos tensa sabendo que a sala do fim do corredor estaria vazia durante as quatro semanas seguintes. — Prefiro não ficar até tarde. Tenho que pegar o trem para ir para casa.

— Você pega o trem para casa à noite sozinha? Onde você mora? — Bibi perguntou.

— Em Shepherd's Bush — Nikki respondeu.

— Onde fica a sua casa? Perto ou longe do mercado?

— Não é em Southall. Eu moro na zona oeste de Londres — Nikki explicou.

— É seguro andar por aqui à noite — Bibi disse. — Faço isso sempre.

— Você pode fazer isso porque é uma senhora — Tanveer opinou. — O que um homem escondido na moita vai querer com você?

— Eu, por acaso, tenho muito dinheiro guardado — Bibi disse, bufando.

— Tanveer está querendo dizer que você não seria atacada — Sheena disse. — Mulheres mais novas têm que se preocupar com isso.

— Foi isso que aconteceu com Karina Kaur? — Tanveer perguntou. — Vi o anúncio do novo programa de televisão sobre o aniversário de seu assassinato. Aconteceu alguns anos antes de eu me mudar da Índia para cá. Sinceramente, se eu soubesse que isso poderia acontecer com uma de nossas meninas em Londres, talvez nem tivéssemos vindo morar aqui.

À menção do nome de Karina, um silêncio notável tomou conta da sala. Passou-se um minuto em que todas pareciam estar pensando, e Nikki sentiu seu status de intrusa se tornar mais intenso do que de costume. Ela olhou para o grupo e notou uma tensão visível no rosto de Sheena.

— Eu me lembro disso. As pessoas disseram que ela estava andando sozinha no parque. Encontrando o namorado — Arvinder disse.

— E isso se pune com assassinato? — Sheena perguntou.

Arvinder foi pega de surpresa.

— Sheena, você sabe que eu não quis dizer isso.

— Eu sei — Sheena respondeu em voz baixa. Ela piscou e acenou com a cabeça para Arvinder. — Desculpe.

Nikki nunca pensou que Sheena pudesse ficar tão irritada. Ela fez um cálculo rápido. Pelo que se lembrava do caso (até porque sua mãe não a deixava esquecer), Karina e Sheena deviam ter mais ou menos a mesma idade quando aquilo aconteceu. Ela ficou imaginando se as duas se conheciam.

— Não se assuste com essas histórias, Nikki. Southall é muito seguro — Gaganjeet disse com alegria. — Por que não vem morar aqui? É onde vive nosso povo.

— Nikki é uma garota moderna — Arvinder informou às outras. — Vocês não conseguem perceber porque hoje ela veio vestida como uma boa moça punjabi. Nikki, você devia usar pulseiras.

Nikki ficou de olho em Sheena, que parecia perdida em pensamentos. Ela levou os dedos ao pescoço, onde tocou o colar como se quisesse ter certeza de que ele ainda estava ali. Nikki deu um passo na direção dela e estava prestes a perguntar se estava bem quando Gaganjeet chamou seu nome.

— Nikki, está procurando marido? Posso ter alguém para você.

— Não — Nikki respondeu.

— Por que não? Ainda nem falei sobre ele. — Gaganjeet pareceu magoada. Assoou o nariz em um lenço amassado. — Ele tem posses — ela acrescentou.

— Alguém tem uma história para contar? — Nikki perguntou, voltando para a frente da sala. — Nosso tempo está acabando.

— Certo, certo, não precisa ficar impaciente — Arvinder disse. — Ela ainda é muito mandona — murmurou para as outras.

— Eu pensei em uma história — Tanveer disse. Ela hesitou. — Só que é um pouco incomum.

— Acredite, todas as histórias contadas neste curso são incomuns — Preetam afirmou.

— Quero dizer que essa história tem um elemento um tanto quanto diferente — Tanveer disse. — Um pouco chocante.

— Bem, acho que não vou me chocar mais do que na aula passada — Preetam disse. Ela olhou feio para Arvinder.

— Conte sua história, Tanveer — Nikki pediu antes que se iniciasse um bate-boca.

— Está bem — Tanveer concordou.

* * *

Meera e Rita

Tudo tinha seu próprio lugar na casa de Meera, porque ela gostava de ordem. Ela e seu marido tinham até mesmo hora marcada para suas intimidades noturnas. Faziam às terças e sextas, logo antes de dormir. A rotina nunca mudava. Ela tirava a roupa e deitava na cama, olhando para cima e contando as pequenas marcas no teto enquanto seu marido a penetrava, apertando seu seio direito com a mão. Não havia surpresas, embora Meera nunca deixasse de exclamar: "Oh! Oh!", como se estivesse abrindo um presente que não lhe agradava. Depois do gemido final, o marido saía de cima dela e caía no sono instantaneamente. Era aquela parte do ritual que deixava Meera com emoções conflitantes – alívio por ter terminado e repulsa por ele nem se limpar após o ato. Quartas e sábados eram dias de lavar os lençóis.

O sabão em pó que Meera usava para essa tarefa específica tinha um perfume floral especial. Ela o guardava na prateleira do alto, acima do sabão comum que era usado para lavar as roupas de seu marido, de seus filhos e do irmão mais novo de seu marido, que também morava na mesma casa. Quando o irmão mais novo anunciou que havia se apaixonado por uma garota chamada Rita e que pretendia se casar com ela, o primeiro pensamento de Meera foi: "Qual será o lugar de Rita?". Tudo teria que ser rearranjado para encaixar a nova esposa na vida deles. Ela compartilhou aquela preocupação com o marido, que apontou que ela era a mais velha.

— Você pode dar ordens a ela — ele disse com generosidade. Como se, depois de anos lhe dando ordens a torto e a direito, ele finalmente lhe estivesse dando o privilégio de fazer o mesmo com outras pessoas.

Ocorreu a Meera ser gentil com a nova garota – compartilhar as coisas com ela em vez de intimidá-la. Meera sempre havia desejado uma filha em vez dos dois filhos barulhentos que viviam sujando os tapetes recém-aspirados e brigavam por tudo como babuínos. Mas, no casamento, o ciúme tomou conta de Meera. Rita era jovem e vibrante. A blusa curta de sua lengha de casamento mostrava a pele firme e macia como seda da região de sua barriga. Na época de Meera, trajes como aquele eram considerados escandalosos. Meera sentiu uma ponta de inveja ao observar o modo como o marido de Rita a olhava durante a festa de casamento. Seus olhos percorriam o corpo dela, assimilando-a com avidez. *Espere até passarem alguns anos casados*, Meera disse a si mesma. *Essa admiração vai desaparecer.* Aqueles pensamentos eram reconfortantes, por mais que Meera soubesse muito bem que seu marido nunca havia olhado para ela daquele jeito, mesmo no início.

Depois que os recém-casados voltaram da lua de mel, Meera apresentou toda a casa para Rita, cuidando para mostrar onde todas as coisas ficavam – das capas de sofá até as jaquetas de inverno. Rita pareceu prestar atenção, mas naquela noite, depois de lavar a louça, ela empilhou os pratos de qualquer jeito e enfiou os talheres em espaços aleatórios. Furiosa, Meera tirou toda a louça do escorredor e começou de novo. Ela demorou algum tempo para terminar as tarefas da noite, porque Rita ignorou seu sistema de limpar as mesas e varrer com cuidado atrás das bancadas para se livrar dos grãos de arroz que caíam. Quando finalmente terminou, Meera ficou feliz por não ser terça ou sexta – estava muito cansada e irritada para aguentar as penetrações de rotina do marido.

Quando se acomodou na cama, onde o marido já roncava alto, Meera ouviu ruídos no quarto ao lado. Uma risadinha, seguida de um "shhh". Depois, a risada inconfundível de seu cunhado. Meera encostou o ouvido na parede. A voz de Rita era imponente.

— Ótimo — ela dizia. — Continue. Com mais força.

Meera se afastou da parede. Não era de se estranhar que Rita não seguisse suas instruções. Estava ocupada demais sendo a chefe em seu casamento. Aquilo não vai dar certo, Meera pensou. Poderia haver apenas uma soberana naquela casa, e seria ela. Ela resolveu ser mais severa com Rita. Insistiria em mostrar a casa toda novamente para ela e depois faria perguntas. "Onde fica o limpa-vidros? E as sacolas plásticas que sobram do mercado?"

Pelas paredes, ela podia ouvir os gemidos de Rita ficando cada vez mais intensos e a cama rangendo em um ritmo frenético. Será que a garota não percebia que havia outras pessoas morando naquela casa? Meera abriu a porta do quarto de propósito e fez barulho para fechá-la, lembrando os recém-casados de como o som se propagava pela casa. O ruído cessou por alguns minutos, mas logo ressurgiu, com os gemidos de Rita ecoando pela casa como notas de uma ópera. Meera ardia de inveja. Saiu do quarto na ponta dos pés e notou, decepcionada, que a porta do quarto de Rita estava fechada. Se estivesse pelo menos um pouco entreaberta, ela conseguiria ver o que estava acontecendo. Por algum motivo, não era capaz de imaginar. Tudo o que podia ver quando fechava os olhos era a barriga macia e lisa de Rita. Sua imaginação foi um pouco além e ela conseguiu imaginar os seios firmes e arredondados da garota, os mamilos rosados e vivos. Visualizou um par de lábios se fechando ao redor daqueles mamilos e ficou horrorizada ao se dar conta de que os lábios pertenciam a ela. Tentou afastar a imagem da cabeça e colocou a culpa de sua imaginação fértil no cansaço.

Meera saiu da cama na manhã seguinte pronta para iniciar e finalizar suas tarefas domésticas. Passou pelo quarto de Rita e notou que a porta ainda estava fechada. Enquanto preparava o chá, o som de risadas chegou à cozinha. Os filhos de Meera inclinaram a cabeça na direção do teto e trocaram olhares curiosos.

— Terminem o café da manhã — Meera ordenou. No andar de cima, dava para ouvir Rita fazendo exigências novamente.

— Use a língua — ela dizia. — Isso, assim mesmo. — Meera ficou vermelha. Mais uma vez, sentiu um formigamento forte, uma sensação de estar vivenciando aquilo que Rita pedia.

Por fim, Rita desceu depois que o marido saiu para trabalhar e os meninos foram para a escola. A casa estava em silêncio. Meera se ocupava com suas tarefas.

— Posso ajudar com alguma coisa? — Rita perguntou. Meera respondeu, com frieza, que não precisava de ajuda. — Tudo bem — Rita disse, dando de ombros. Meera podia sentir a jovem a observando. Ficou constrangida.

— Deve me achar muito tensa — Meera finalmente disse.

— Eu não disse isso.

— Mas é o que está pensando.

— E você é?

— Não — Meera respondeu. Ela pegou a cesta de roupa suja e foi até a máquina de lavar. — Sou prática. Tenho consideração pelos outros. Não estou interessada em ouvir suas atividades noturnas.

— Vamos fazer menos barulho da próxima vez. — A forma casual com que Rita respondeu irritou Meera ainda mais. Passou os olhos pela casa em busca de uma tarefa impossível para Rita – talvez lavar as janelas. As manchas de água sempre secavam e deixavam círculos brancos nos vidros, dando uma aparência de sujeira. Estava prestes a dar ordens para Rita quando percebeu que o sabão em pó não estava no lugar.

— Onde está? — ela perguntou. — Não te falei para deixar o sabão na prateleira?

Com calma, Rita indicou que era melhor guardar o sabão em pó no armário, junto com os outros produtos de limpeza.

— Bobagem — Meera disse. — É assim que espera cuidar de uma casa?

Ela foi até o armário e encontrou o sabão em pó. Lá dentro, encostou a mão em uma caixa que nunca tinha visto antes. Pegou-a e descobriu que estava cheia de bastões de argila. Eram arredondados nas pontas, com comprimento e grossura particulares, parecendo certa parte do corpo masculino. Estava prestes a voltar para confrontar Rita quando sentiu um hálito em sua nuca.

— Pensei que ninguém fosse encontrar isso — Rita sussurrou.

— Pensei que você não precisasse disso — Meera respondeu, virando-se. Sua garganta estava seca, mas ela conseguiu falar. Havia rumores de que mulheres mais velhas moldavam esses bastões de argila e os guardavam para

quando sentissem um impulso que seus maridos não pudessem mais satisfazer.
— Você é jovem demais — Meera disse.
A risada de Rita era como o canto de um pássaro.
— Jovem demais? Ah, Meera. Tem tanta coisa que posso te ensinar.
— Você? Me ensinar? — Meera retrucou. — Sou mais velha que você.
— Mas, enquanto ela falava, Rita se aproximou e beijou seu pescoço. Com suavidade, passou a língua pela clavícula de Meera. A mulher mais velha se assustou e encolheu-se dentro do armário enquanto Rita roçava os lábios em seu rosto e então, por fim, deu um beijo em sua boca. — Posso te mostrar muitas coisas — disse Rita.

* * *

Pronto. Tanveer parou. Seu rosto estava bem corado. Ela apertou os lábios e aguardou. A sala estava tão silenciosa que Nikki podia ouvir o ar passando pelos dutos de aquecimento.
— O que acontece depois? — Nikki perguntou.
— Uma ajuda a outra — Tanveer disse. Parecia que ela não conseguia olhar nos olhos das outras mulheres. Nikki acenou com a cabeça de modo encorajador. — Não imaginei essa parte ainda.
— Certamente é incomum — Sheena disse, desligando o gravador. Ela parecia mais animada depois de ouvir a história. Sentou com o corpo ereto e ficou olhando para Tanveer com curiosidade. Tanveer abaixou a cabeça como se esperasse ser castigada. — Mas não no mau sentido — Sheena garantiu a ela. — É apenas diferente. Não é, Nikki?
— Sim — Nikki respondeu, ciente da tensão crescente na sala. Arvinder estava perdida em pensamentos. Gaganjeet tinha levado um lenço ao nariz para um espirro que pareceu paralisar quando Rita e Meera fizeram contato íntimo. Bibi movimentava a cabeça com lentidão e prudência, ainda processando os detalhes da história. Então falou:
— Esse tipo de coisa é mais comum do que vocês imaginam — ela disse. — Diziam que duas moças da minha aldeia satisfaziam uma à outra também, mas acho que usavam apenas as mãos.
Aquelas palavras descongelaram Gaganjeet. Houve um turbilhão repentino de atividades em sua cadeira – ela espirrou, tossiu, fechou a bolsa e pegou uma bengala.

— Eu não deveria ficar na aula estando doente. Peço desculpas — ela disse a Nikki. Seus joelhos estalaram quando ela se levantou e saiu da sala de aula às pressas.

— Você a assustou — Preetam acusou Tanveer. — Por que escreveu essa história? Essa aula não é para mulheres pervertidas.

Tanveer abaixou a cabeça mais uma vez. Nikki ficou um pouco irritada com Preetam.

— Tanveer contou uma história sobre prazer — ela disse. — Acho que não importa com quem Rita e Meera sentem prazer.

— Não é natural. Poderia muito bem ser ficção científica — Preetam afirmou. — E aquelas duas mulheres têm maridos. Estão traindo. — Ela lançou um olhar afiado para a mãe.

— Talvez considerem como prática. Ou algo que vá aprimorar sua vida na cama — Sheena disse. — Na cena seguinte, os maridos voltam para casa e Rita e Meera fazem uma pequena performance para eles. Seria uma noite boa para todos.

— Por que os maridos precisam voltar para casa? — Arvinder perguntou. — Talvez essas mulheres estejam satisfeitas assim. Não precisamos de homens em todas as histórias.

— Relações íntimas devem ser compartilhadas entre homens e mulheres — Preetam disse. — Está encorajando esse tipo de história como se todas nós fôssemos insatisfeitas com nossos maridos.

— Você deu sorte de ter um marido que te tratava bem. Não é todo mundo que tem esse luxo — Arvinder rebateu.

— Ah, mãe, por favor. Ele te sustentava, não sustentava? Não colocou um teto sobre sua cabeça? Trabalhava. Foi pai de seus filhos. O que mais você poderia querer?

— Eu gostaria de ter tido um pouco do que as mulheres das histórias têm.

— E parece que você teve — Preetam murmurou. — Só não foi com o homem com quem era casada.

— Não me julgue, Preetam. Não ouse fazer isso — Arvinder disse.

Preetam arregalou os olhos.

— Não tenho nenhum segredo. Se me acusar de alguma coisa, está mentindo.

— Isso mesmo. Você não tem nenhum segredo. Não tem motivos para ter segredos. Seu casamento era feliz. Já parou para pensar no porquê? Porque *eu* te deixei ter escolhas. Disse não aos homens que apareceram de todos os cantos assim que você entrou na puberdade. Não me importava se dissessem que minha filha era bonita e podia entrar para uma família conhecida. Eu quis que você escolhesse.

— Talvez seja melhor fazermos uma pausa — Nikki sugeriu, mas Arvinder fez sinal para que ela se calasse.

— Nikki, não tente bancar a pacificadora. Algumas coisas precisam ser ditas, e vão ser ditas agora.

Arvinder voltou a olhar com firmeza para Preetam.

— O período de adaptação para algumas mulheres era assustador. Você não era uma garotinha, como Tarampal. Ela tinha dez anos. Você não foi como eu – casada às pressas com um homem trinta centímetros mais baixo e sem nada em comum só porque as duas famílias estavam tentando desesperadamente unir terras assoladas pela seca antes que perdessem valor. Seu pai se sentia tão pequeno perto de mim que seu pau vivia mole, e quando ousei reclamar uma vez que nunca fazíamos sexo, ele ameaçou me colocar para fora de casa.

A explosão fez todas ficarem em silêncio. A mente de Nikki estava acelerada. De todas as revelações que martelavam em sua cabeça, ela só conseguia se concentrar na mais terrível de todas.

— Tarampal tinha dez anos? — ela sussurrou. A sala estava tão silenciosa que as palavras pareciam ecoar nas paredes.

Arvinder confirmou.

— Os pais dela a levaram a um pândita quando ela tinha dez anos e, de acordo com a leitura que ele fez de sua mão, ela não estava destinada a ninguém além dele. Ele disse que ela teria cinco filhos homens com ele, e que eles seriam proprietários de terra ricos que não apenas cuidariam dela, mas também garantiriam a prosperidade para seus avós. Os pais dela ficaram tão empolgados com a previsão que nem consideraram a idade do homem – trinta anos a mais que ela – e a casaram com ele. Vieram para a Inglaterra cerca de dez anos depois.

— O que aconteceu com as previsões? Tarampal só teve filhas — Sheena disse.

— Imagino que ele a culpou por isso. Eles sempre fazem isso. — A amargura tomou conta da voz de Arvinder.

— A maioria de nós tinha mais ou menos a mesma idade, mas só nos mandavam dormir com nossos maridos quando ficávamos mais velhas — Bibi disse.

— Quanto mais velhas? — Nikki perguntou.

Bibi deu de ombros.

— Dezesseis, dezessete? Quem se lembra? A geração seguinte teve a sorte de se casar um pouco mais tarde. Sua mãe provavelmente tinha dezoito ou dezenove.

— Minha mãe fez faculdade primeiro — Nikki disse. — Ela tinha vinte e dois. — Ainda parecia muito pouca idade para fazer escolhas tão permanentes.

— Faculdade. — Arvinder parecia impressionada. — Por isso seus pais criaram você em Londres. São modernos.

— Nunca considerei meus pais modernos — Nikki comentou. Ela pensou em todas as brigas sobre saias curtas, conversas com garotos, bebidas, ser *britânica demais*. Agradá-los sempre havia sido uma batalha eterna em que ela ainda lutava.

— Mas são. Sabiam falar inglês antes de vir para cá. Construímos Southall porque não sabíamos como ser britânicos.

— É melhor ficar entre os seus. Ou pelo menos essa é a ideia — Sheena disse. — Minha mãe ficou tão nervosa de vir para a Inglaterra. Ela tinha ouvido histórias de crianças indianas apanhando na escola. Meu pai veio primeiro e a convenceu de que Southall era um lugar do nosso povo, e que nos sentiríamos em casa.

— Se alguém tivesse qualquer problema no novo país, os vizinhos corriam para levar dinheiro, comida, o que fosse necessário. Essa é a beleza de se viver em comunidade — Arvinder disse. — Mas se o problema fosse da mulher com o marido, quem a ajudaria a deixá-lo? Ninguém queria se envolver nos assuntos pessoais de outras famílias. "Você devia agradecer", eles diziam se alguém reclamasse. "Este país está corrompendo você." — Ela lançou um olhar severo na direção de Preetam. — Eu te dei toda a felicidade que não pude ter. Você amava seu marido, seu casamento. Sorte sua. Eu *sobrevivi* aos meus.

Depois que a última mulher saiu da sala, Nikki se apressou para ir embora. Tinha um plano claro na cabeça. A rua principal estava quente e iluminada pelas luzes das vitrines das lojas. O homem barrigudo, dono da doceria Sweetie Sweets, fez sinal para Nikki.

— *Gulab jamun* e *barfi* com cinquenta por cento de desconto — ele ofereceu.

Na banca de jornal ao lado, um pôster grande anunciava a chegada de três atores de Bollywood cujos rostos e nomes Nikki reconhecia vagamente da coleção de filmes de Mindi. Seu rosto queimava com o frio do inverno. Seu cabelo estava repleto de gotículas de chuva.

O número dezesseis da Ansell Road era uma estrutura de tijolos compacta com entrada para carros asfaltada, idêntica à maioria das outras casas da rua. Uma forte corrente de vento carregava o perfume de cominho pelas ruas. Nikki bateu na porta. Ouviu passos rápidos e uma fresta da porta se abriu. Pelo espaço contido pela corrente, os olhos de Tarampal espiavam o mundo lá fora. Nikki viu o reconhecimento e então uma chama de raiva no rosto dela.

— Por favor — Nikki disse. Ela segurou a porta para que Tarampal não a fechasse. — Só quero falar com você por um instante.

— Não tenho nada para dizer a você — Tarampal afirmou.

— Não precisa dizer nada. Só quero me desculpar.

Tarampal permaneceu imóvel.

— Já pediu desculpas no bilhete.

— Então recebeu as fitas?

A porta se fechou. Os pelos dos braços de Nikki se arrepiaram devido à brisa fria. Começou a garoar. Ela se protegeu sob a cobertura e bateu rapidamente na porta.

— Posso apenas falar com você por um minuto? — De canto de olho, ela viu a silhueta de Tarampal na janela da sala. Foi até lá e começou a bater no vidro. — Tarampal, por favor.

Tarampal saiu do campo de visão de Nikki, que não parou de bater com os dedos no vidro, ciente de que a estava perturbando. Deu certo. A porta principal se abriu e Tarampal saiu até os degraus da entrada.

— O que acha que está fazendo? Os vizinhos podem te ver — Tarampal reclamou. Ela fez sinal para Nikki entrar na casa e fechou a porta. — Sarab Singh vai contar para a esposa que estou recebendo visitantes lunáticas em casa.

Nikki não sabia quem era Sarab Singh, ou por que sua esposa importava. Olhou pelo corredor. A casa estava imaculada. O cheiro forte de verniz sugeria uma reforma recente. Ela se lembrou das mulheres no *langar* mencionando danos à propriedade de Tarampal – nitidamente, ela já havia arrumado tudo.

— Seus filhos estão aqui? Netos?

— Tenho filhas, todas casadas. Elas moram com os maridos.

— Não sabia que morava sozinha — Nikki disse.

— Jagdev foi morar perto do novo emprego, mas ainda me visita aos fins de semana. Foi ele que leu seu bilhete para mim.

Quem era Jagdev? Nikki não estava conseguindo acompanhar.

— Não conheço muitas pessoas dessa comunidade... — ela começou a dizer.

— Ah, sim, você é uma garota de Londres — Tarampal disse. Um olhar de desdém tomou conta de seu rosto quando ela pronunciou o nome da cidade. Dentro da própria casa, ela agia com uma confiança arrogante. Ainda estava usando trajes de viúva, mas uma versão atualizada da túnica branca – o decote era mais aberto e a cintura, ajustada, mostrando seu corpo.

A chuva batia nas janelas agora.

— Posso pedir uma xícara de chá? — Nikki perguntou. — Está muito frio lá fora, e eu vim até aqui.

Foi uma pequena vitória quando Tarampal, de má vontade, disse que sim. Seria mais fácil convencê-la a voltar ao curso em uma conversa regada a chá. Nikki acompanhou Tarampal até a cozinha, onde bancadas de granito ocupavam todo o cômodo, sob uma fileira elegante de armários. O fogão elétrico era o último modelo que sua mãe cobiçava, com bocas brancas que pareciam desenhos na superfície. O calor a preencheu instantaneamente com um brilho digital. Tarampal ligou o fogão e começou a mexer no armário. Tirou um bule de aço inox amassado e uma antiga lata de biscoitos que, pelo barulho ao ser agitada, parecia conter sementes e especiarias. Nikki teve que conter o sorriso. Se sua mãe tivesse uma cozinha ultramoderna, provavelmente também continuaria armazenando *dal* em velhos potes de sorvete e usaria seu bule simples para ferver as folhas de chá.

— Quer açúcar? — Tarampal perguntou.

— Não, obrigada.

A cozinha foi brevemente atingida por luzes de farol.

— Deve ser Sarab Singh saindo para o turno da noite — Tarampal disse enquanto acrescentava o leite. — Acho que ele não gosta de ficar sozinho em casa. Alguns anos atrás, quando Kulwinder e Maya foram para a Índia passar as férias, ele trabalhou em dois turnos todas as noites. Só Deus sabe como ele agora precisa de mais distração ainda.

— Kulwinder mora ali? — Nikki perguntou. Ela foi até a sala e olhou pela janela. A entrada da casa da frente era igual à de Tarampal.

— Mora. Você veio no *sangeet* do casamento de Maya, não veio? Foi ali. Achei que eles deviam ter alugado um salão, porque havia tantos convidados, mas... — Tarampal jogou as mãos para cima como se dissesse que não dependia dela. Nikki não teve tempo de corrigir a suposição de que ela havia participado do casamento. Tarampal tinha voltado para a cozinha e trazia duas xícaras de chá fervente. Nikki a acompanhou.

— Muito obrigada — Nikki disse, pegando uma xícara. — Não tomo *chai* caseiro todos os dias. — O *chai* da banca do mercado que ela havia tomado mais cedo estava muito grosso e açucarado.

— Vocês, garotas britânicas, preferem Earl Grey — Tarampal disse. Ela torceu o nariz.

— Ah, não — Nikki disse. — Eu gosto de uma xícara de *chai*. É que não moro com minha mãe.

O aroma de cravo a deixou surpreendentemente nostálgica das tardes que havia passado visitando parentes na Índia. Ela teve uma ideia.

— Poderia anotar a receita para mim?

— Como vou fazer isso? Não sei escrever — Tarampal disse.

— Talvez possamos trabalhar juntas. Se você voltar para as aulas.

Tarampal colocou a xícara sobre a mesa.

— Não tenho nada para aprender com você ou com aquelas viúvas. Foi um erro me inscrever.

— Vamos conversar sobre isso.

— Não é necessário.

— Se está preocupada que as pessoas descubram sobre as histórias...

Ao ouvir a menção às histórias, as narinas de Tarampal se dilataram.

— Você pensa que aquelas histórias não são um problema, mas não tem ideia do que podem fazer com a mente das pessoas.

— Histórias não são responsáveis por corromper ninguém — Nikki argumentou. — Elas dão às pessoas uma chance de vivenciar coisas novas.

— Vivenciar coisas novas? — Tarampal riu. — Não me venha com essa. Maya também lia muito. Eu a vi lendo um livro uma vez – na capa havia a foto de um homem beijando o pescoço de uma mulher em frente a um castelo. Na capa!

— Não acho que livros são má influência.

— Bem, você está errada. Ainda bem que as *minhas* filhas não eram assim. Nós as tiramos da escola antes que pudessem começar a ter essas ideias.

A severidade de Tarampal era assustadora.

— Que idade tinham suas filhas quando se casaram? — Nikki perguntou.

— Dezesseis — Tarampal respondeu. — Todas foram mandadas para a Índia aos doze anos, para aprenderem a cozinhar e costurar. Os casamentos foram arranjados lá e elas voltaram para cá para estudar mais alguns anos.

— E se não concordassem com os arranjos? Eram tão novas.

Tarampal fez um sinal com a mão, desconsiderando o comentário.

— Não existe isso de não concordar. Basta aceitar e se adaptar. Tive que fazer isso quando meu casamento foi arranjado. E quando chegou a hora das minhas filhas, elas conheciam seus deveres.

Essa interpretação do casamento parecia uma lista interminável de tarefas domésticas.

— Não é nada empolgante — Nikki disse. — É de se imaginar que garotas que cresceram na Inglaterra desejem romance e paixão.

— *Hai,* Nikki. Simplesmente não é assim que fazíamos as coisas. *Nós* não tivemos essas escolhas. — Tarampal quase soava melancólica.

— Então, quando chegou a hora de suas filhas se casarem, você quis que elas também não tivessem escolha? — Nikki perguntou, sabendo que estava brincando com fogo, mas sem saber como abordar aquele assunto de forma mais leve. A suavidade desapareceu dos olhos de Tarampal.

— Hoje em dia, as garotas saem com três, quatro homens ao mesmo tempo, decidindo quando *elas* querem que aconteça. Acha que é certo?

— Como assim? — Nikki perguntou, aproximando-se de Tarampal.

Ela desviou os olhos.

— Eu não disse que você era assim.

— Não, quero entender o que você disse: "Decidindo quando elas querem que aconteça". Quando querem que aconteça *o quê?*

— Ah, não me faça dizer, Nikki. As garotas daqui são corrompidas por suas escolhas. Um homem não pode simplesmente entrar em um quarto, tirar as roupas de uma jovem e mandá-la abrir as pernas. Alguém me disse no templo que tem uma lei na Inglaterra que proíbe o marido de fazer isso com sua esposa se ela não quiser. Com a própria esposa! Por que um homem é punido por fazer isso? Porque os ingleses não valorizam o casamento como nós.

— Existe punição porque é errado, mesmo se forem casados. É estupro — Nikki afirmou. Era mais uma daquelas palavras cercadas de tanto tabu que ela nunca havia aprendido o equivalente em punjabi, então disse em inglês. Não era de se estranhar que Tarampal se ressentisse das outras viúvas. Embora elas parecessem reservadas como ela, as histórias que contavam iam contra tudo o que ela havia aprendido a acreditar em relação ao casamento.

— É o que os maridos faziam na minha época. Nós não reclamávamos. Casamento tem a ver com crescimento.

Nos cantos dos olhos de Tarampal, rugas finas estavam começando a surgir. Seus cabelos ainda eram escuros e volumosos, diferente dos coques brancos usados pelas outras viúvas. Ela era jovem, mas havia sido esposa por três quartos de sua vida. Aquele detalhe assolava Nikki.

— Quantos anos você tinha? — ela perguntou.

— Dez — Tarampal respondeu. Seu rosto brilhava com um orgulho que revirou o estômago de Nikki.

— Não teve medo? Seus pais não tiveram medo?

— Não havia nada para temer. Foi muita sorte ter sido destinada a Kemal Singh, o pândita em pessoa — Tarampal disse. — Nossos horóscopos combinavam, sabe, então não havia como negar nossa compatibilidade mesmo com uma enorme diferença de idade.

— Vocês tiveram tempo para se conhecer? — Nikki perguntou. — Antes da noite de núpcias, quero dizer.

Naquele momento, Tarampal fez uma pausa mais longa para tomar o chá. Nikki achou ter visto uma nuvem cruzar seu rosto.

— Desculpe. Eu não devia ficar pressionando — Nikki disse. — Obviamente, é algo pessoal.

— Não acontece assim — Tarampal disse. — É muito mais simples e você quer que termine assim que começa. O romance, a consideração pelas necessidades do outro, isso tudo vem depois.

— Então aconteceu? — Nikki disse. Ela não sabia ao certo por que se sentiu tão aliviada, mas sua sensação foi espelhada nos traços de Tarampal. Um sorriso inesperado se formou em seus lábios.

— Sim — ela respondeu, com o rosto corado. — Todas as coisas boas vieram depois. — Ela pigarreou e virou a cabeça, nitidamente constrangida por Nikki estar ali enquanto ela rememorava o passado.

— Qual é o problema de escrever sobre elas, então? De compartilhá-las? — Nikki perguntou com delicadeza.

— *Hai*, Nikki. Aquelas histórias são vulgares. Por que essas coisas privadas precisam ser escritas para todo mundo ver? Está defendendo essas histórias porque não é casada. Ainda não conhece nada. Deve estar imaginando aquelas coisas com alguém – tem algum rapaz em vista?

— Hum, eu? Não.

Tarampal provavelmente expulsaria Nikki da casa e limparia as cadeiras com água sanitária se soubesse que ela já havia estado com vários homens, sem nunca ter considerado se casar com nenhum deles. E também havia Jason. Na noite anterior, ele tinha ido ao bar e ela o havia convidado para subir para seu apartamento no fim do expediente. As tábuas de madeira rangeram perigosas sob seus passos cambaleantes quando eles caíram na cama. Depois, Nikki havia sugerido que eles passassem a noite seguinte no apartamento de Jason.

— Minha casa está fora de questão — ele dissera. — Divido apartamento com um cara que está sempre lá, e as paredes são as mais finas do mundo. — Algo em sua voz sugeria que se tratava de uma desculpa. Ela não quis insistir no assunto. Não podia. Gostava demais dele.

Um instante se passou. Nikki se virou para a janela, olhando para a casa de Kulwinder. As cortinas estavam fechadas e a luz da varanda estava apagada, conferindo-lhe a aparência sombria de uma casa de luto. Voltando-se para Tarampal, o olhar de Nikki recaiu sobre um item na geladeira: um ímã da Fem Fighters.

— Aquilo é seu? — Nikki perguntou, surpresa, apontando para o ímã.

— Não, é claro que não. Era da Maya — Tarampal explicou. — Ela deixou aqui. Kulwinder e Sarab vieram e levaram tudo, é claro – todas as roupas, os livros, as fotografias. Tudo o que restou depois que eles passaram por aqui foram as pequenas coisas, um clipe de papel aqui, uma meia ali. Esse ímã também.

— Ela morava aqui?

Tarampal ficou olhando para ela com estranheza.

— Sim, ela era casada com Jagdev. Como pode não saber disso? Não era amiga de Maya?

— Não.

— Então como conhece Kulwinder?

— Respondi a um anúncio para o emprego.

— Achei que fosse uma das amigas de Maya. Pensei que Kulwinder tivesse te oferecido o emprego como um favor.

Nikki voltou a olhar para o ímã. Era natural que Tarampal pensasse que eram amigas; elas sem dúvida tinham algumas coisas em comum. Havia tanto desprezo na voz de Tarampal sempre que ela mencionava Maya, mas elas eram praticamente parentes.

— Então Jagdev é seu sobrinho?

— É um amigo da família, de Birmingham. Não somos parentes. Ele veio para Londres procurar trabalho depois que foi dispensado do emprego. Kulwinder insistiu em apresentá-lo a Maya porque achou que formariam um bom casal. — Tarampal suspirou. — Mas estava errada. Maya era uma moça muito instável.

Jagdev: o filho que Tarampal sempre havia desejado. Nikki podia vê-la saboreando o papel de sogra possessiva. Desejou haver alguma forma de teletransportar Mindi para aquela conversa, para mostrar onde ela estava se metendo. Tarampal nem era parente de Jagdev e mal conseguia esconder o desdém. Qual era a probabilidade de Mindi receber a aprovação de uma sogra de verdade?

— Então foi algo arranjado? Quanto tempo eles tiveram para namorar?

— Três meses — Tarampal respondeu.

— Três *meses*? — Até mesmo Mindi e sua mãe se surpreenderiam com esse período de tempo. — Achei que Maya fosse uma garota moderna. Por que a pressa?

— As viúvas não contaram nada sobre isso?
— Não — Nikki respondeu.
Tarampal recostou-se no assento e olhou para ela.
— Estou surpresa. Elas só sabem fazer fofoca.
— Elas não são fofoqueiras — Nikki disse, saindo em defesa das viúvas. Por mais que se sentisse frustrada ao ser excluída das conversas sobre Maya, Nikki admirava o senso de proteção de Sheena. — Sheena é especialmente leal a ela. Acho que essas histórias sempre acabam sendo distorcidas, e ela quer evitar que isso aconteça.
— Só tem uma história — Tarampal disse. — Sheena é como Kulwinder, ela não quer acreditar na verdade. *Essa* é a verdade.
Ela apontou para a porta dos fundos. Uma pequena janela na porta permitia uma visão do jardim, mas estava escuro. Novamente, Tarampal estava presumindo que Nikki soubesse a verdade. Ela olhou para o ímã da Fem Fighters. Se Maya estivesse viva, estaria dando aulas para as mulheres e encontrando uma maneira de incluir contos eróticos debaixo do nariz de Kulwinder. Qual era esse terrível destino que ninguém queria discutir? Se Nikki quisesse saber mais, teria que entrar no jogo.
— Bem, ouvi alguns rumores de que Maya não era muito confiável — ela disse.
— Maya estava saindo com um rapaz inglês. Sheena te contou isso? *Hanh*, ela queria se casar com ele. Foi para casa com um anel no dedo e tudo. Kulwinder bateu o pé e disse a Maya que ela podia escolher: se casar com o rapaz e deixar sua família para sempre ou deixar o rapaz e ficar com a família.
Deixar a família, Nikki pensou imediatamente. *Adeus, pais antiquados*. Depois foi tomada pela lembrança lúcida das primeiras semanas que passou sozinha em seu apartamento. Já tinha sido solitário o bastante sem ter desistido de sua família para sempre.
— E um casamento forçado era parte do acordo? — Nikki perguntou.
— Um casamento *arranjado* por pessoas que só pensavam no bem dela — Tarampal respondeu sem rodeios. — Todos gostávamos dela. Eu era amiga próxima de Kulwinder e tinha visto Maya crescer. Sabíamos do que ela precisava.
— Eles eram compatíveis, então? — Nikki questionou. *Tinham o mesmo tipo sanguíneo?*, ela preferiu não perguntar.

— Às vezes Maya e Jaggi se davam bem, mas também brigavam muito. A maior parte das brigas era em inglês, mas todos podiam entender a linguagem corporal. — Tarampal estufou o peito e inclinou a cabeça para cima para desafiar um adversário invisível. — Um dia, ela disse de propósito em punjabi: "Devíamos ter nossa própria casa". Ela queria que eu ouvisse.

Nikki sentiu certa agitação na reencenação de Tarampal. Tia Geeta ficava mais ou menos do mesmo jeito quando chegava à casa de sua mãe com fofocas frescas. "Ela só quer se conectar com as pessoas, pobrezinha", sua mãe sempre dizia, defendendo a amiga. Mas Nikki sabia que sua mãe achava perturbadora aquela avidez por difamar as pessoas por puro entretenimento. Ainda assim, Nikki teve dificuldade para conter a curiosidade.

— Eles se mudaram, então?

— Ela era muito instável, sabe? — Era a segunda vez que Tarampal dizia aquilo. — A questão é: por que ela queria tanta privacidade? Em nossa comunidade, as garotas vão morar com os sogros quando se casam. Como eu estava cobrando um aluguel bem razoável, Jaggi decidiu ficar aqui e esta se tornou a casa deles. Maya não queria aceitar sua vida. Estava tentando viver como se tivesse se casado com aquele *gora*.

Ela pensou que poderia fazer dar certo, Nikki pensou com tristeza.

— Então eles permaneceram aqui? — ela perguntou, olhando ao redor. Até mesmo uma casa contemporânea como aquela pareceria um cárcere para uma mulher presa a um casamento infeliz. — Imagino que Maya não ficou nem um pouco feliz.

— Não mesmo. Então Jaggi começou a trocar confidências comigo. Ele suspeitava de que ela estivesse tendo um caso. Maya passou perfume de manhã antes de sair para trabalhar no centro. Ficou até tarde no escritório e foi levada para casa por um homem do trabalho. Quem iria até Southall só para levar uma garota, a menos que estivesse recebendo algo em troca?

— Um amigo. Um colega gentil — Nikki disse.

Tarampal balançou a cabeça.

— Bobagem. — Seu pronunciamento foi absoluto. — Maya e Jaggi tiveram uma briga feia por causa disso. Ela fez as malas e foi para a casa de Kulwinder.

Naquele momento, Tarampal fez uma pausa e olhou pela janela. Nikki acompanhou seu olhar. As cortinas de Kulwinder estavam bem fechadas. O que aconteceu quando Maya resolveu ir embora? Nikki imaginou os lábios de Kulwinder bem esticados, formando uma linha austera, enquanto ela balançava a cabeça e ordenava que Maya cumprisse seu dever.

— E depois? — Nikki perguntou.

— Maya ficou na casa da mãe durante cerca de uma semana e depois foi mandada de volta. As coisas ficaram bem no início, mas não demorou muito para as brigas recomeçarem. — Tarampal suspirou. — Não dá para esperar o mundo de um marido. Quanto antes vocês, garotas, entenderem isso, menos decepções vão enfrentar.

A foto do perfil de relacionamentos de Mindi surgiu na mente de Nikki. Aquele brilho de esperança em seus olhos. Nikki sentiu um alívio repentino por Mindi. Ela tinha muito mais controle sobre a situação do que Maya havia tido. Embora Nikki ainda tivesse suas dúvidas a respeito de Mindi encontrar as mulheres da família dos pretendentes primeiro, pelo menos ela tinha escolhas. Podia dizer não, e certamente não seria obrigada a se casar depois de três meses. Sua mãe nunca permitiria.

— Minha irmã está procurando marido, mas está sendo seletiva — Nikki informou a Tarampal. — Ela quer evitar decepções.

— Boa sorte para sua irmã, então — Tarampal disse. — Vamos esperar que ela não acabe perdendo a cabeça como Maya.

Um silêncio se estendeu entre elas, durante o qual os olhos de Nikki analisaram todos os espaços disponíveis da casa para evitar o olhar intenso de Tarampal. A cozinha dava para uma sala com um sofá de camurça de frente para uma lareira de pedra. Uma fileira com três retratos de casamento ocupava a parede sobre a prateleira superior. Cada uma das noivas enfeitadas usava uma argola dourada no nariz e *bindis* brilhantes acompanhando o arco das sobrancelhas. As joias chamativas obscureciam parcialmente suas expressões faciais.

— Como Maya morreu? — Nikki perguntou com cuidado.

— Ela tirou a própria vida — Tarampal respondeu.

— Como? — Era uma pergunta mórbida, mas Nikki precisava saber.

— Como as mulheres de nossa cultura fazem quando estão repletas de vergonha — Tarampal disse. Ela piscou e desviou os olhos. — Com fogo.

Nikki encarou Tarampal, horrorizada.

— Fogo?

Tarampal apontou com a cabeça para a porta dos fundos.

— Ainda tem um trecho de grama queimada no jardim. Eu não saio mais lá.

Então era aquilo que Tarampal havia indicado antes. Era muita coisa para processar. A revelação deixou Nikki ligeiramente sem fôlego. No canto de seu campo de visão, o jardim dos fundos estava encoberto pelas sombras, mas ela se posicionou no assento de modo que não pudesse ver nenhuma parte dele. Como Tarampal aguentava? Era por isso que a casa tinha sido completamente reformada – uma tentativa de apagar a lembrança do terrível suicídio de Maya. Nikki sentiu um nó na garganta ao pensar em Kulwinder e Sarab morando bem na frente do local da morte da filha.

— Tinha mais alguém em casa na hora? — ela perguntou. *Decerto alguém poderia tê-la impedido*, ela pensou, com um desejo ardente e desesperado de salvar Maya de si mesma.

— Eu estava no templo. Jaggi tinha saído de casa havia pouco tempo. Ele tinha encontrado no celular de Maya algumas mensagens do homem com quem ela estava dormindo. Ele disse que queria o divórcio. Aquilo fez Maya entrar em pânico. Ela não queria se divorciar. Tinha medo de não conseguir encarar a comunidade ou seus pais outra vez. Maya ficou histérica e implorou para ele ficar. Jaggi saiu de casa dizendo: "Está tudo acabado". Foi quando ela correu para o quintal dos fundos, jogou gasolina no corpo e riscou um fósforo.

— Ai, minha nossa — Nikki disse. Ela fechou os olhos, mas aquela cena violenta se desenrolava em sua mente. Tarampal continuou falando, mas sua voz parecia distante.

— Esse é o problema de se ter muita imaginação, Nikki. As garotas começam a desejar demais.

Aquela lógica falha e inflexível era enlouquecedora. Nikki não fazia ideia de como Maya era, mas imaginou uma versão mais jovem e mais magra de Kulwinder, vestindo jeans e rabo de cavalo. Uma garota moderna. Ela voltou a se lembrar das palavras duras daquelas mulheres do *langar*. *Uma garota sem honra*. Se as pessoas da comunidade estavam prontas para rotulá-la assim, ela provavelmente não via motivos para continuar vivendo.

— Pobres Kulwinder e Sarab — Nikki disse.

— Pobre Jaggi — Tarampal afirmou. — Você devia ter visto como ele estava no funeral, puxando os cabelos, caindo no chão, implorando para ela voltar, apesar de tudo que havia feito a ele. Ele sofreu muito mais.

Luto não era uma competição.

— Tenho certeza de que foi difícil para todos, incluindo você — Nikki disse.

— Foi *mais* difícil para Jaggi — Tarampal insistiu. — Pense o que Kulwinder e Sarab andaram dizendo sobre ele: que ele levou Maya a fazer aquilo, que ele nunca cuidou dela. Por que a reputação dele deveria sofrer?

O desconforto aumentou no estômago de Nikki. Quando, exatamente, a conversa tinha tomado aquele rumo? Menos de uma hora antes, ela tinha atravessado a Broadway às pressas, pensando que poderia convencer Tarampal a voltar para as aulas, mas ela era mais teimosa do que Nikki esperava.

— Você tem uma casa linda — ela disse rapidamente antes que as divagações de Tarampal entrassem ainda mais no território obscuro da honra.

— Obrigada — Tarampal disse.

— Minha mãe quer fazer algumas reformas — Nikki contou. — Tem o telefone de contato de quem fez a sua? — Sua mãe gostaria daquilo – um empreiteiro punjabi, alguém que compreendesse sua necessidade de fazer a casa parecer luxuosa para o futuro casamento de Mindi.

Tarampal fez que sim e saiu da cozinha. Era um alívio ficar sozinha. Nikki respirou fundo e terminou de tomar o chá, engolindo até os restos arenosos de sementes e folhas que haviam passado pelo coador. A casa estava em silêncio, à exceção da chuva do lado de fora. Ela pegou o ímã da Fem Fighters da geladeira e colocou na palma da mão. E pensar que havia entregado centenas daqueles ímãs em um protesto no Hyde Park, e que em algum lugar naquela multidão pulsante de verão Maya podia ter estado presente.

Tarampal voltou com o folheto do empreiteiro. No alto, havia um cartão com o nome dele em letras douradas em alto relevo: RICK PETTON REFORMAS RESIDENCIAIS.

— Ele é inglês — Nikki disse, surpresa.

— Jaggi me ajudou com a comunicação — Tarampal explicou. — Ele voltou para Birmingham, mas sempre me visita.

— Como um bom filho — Nikki afirmou.

Tarampal hesitou.

— Ele *não* é meu filho — ela disse.

— É claro — Nikki falou.

Que castigo deve ter sido para Tarampal não conseguir gerar um filho homem para o líder espiritual da comunidade. Ela sentia muito por ter mencionado aquilo. Um olhar de incômodo surgiu no rosto de Tarampal quando Nikki pegou a bolsa.

Passando pela sala para sair, Nikki pôde sentir os olhares das filhas de Tarampal nos retratos na parede. Os olhos delas tinham o brilho da juventude. Era difícil discernir suas emoções sob a grossa camada de maquiagem e as joias do casamento. *Seria empolgação?*, Nikki se perguntou. *Ou medo?*

Capítulo 9

Nikki esticou a perna e segurou a beirada da cortina entre os dedos do pé para puxá-la pela janela. Jason se mexeu ao seu lado.

— Deixe aberta — ele murmurou.

— Você é um exibicionista — Nikki brincou. — Só estou tentando bloquear o sol.

Era fim da manhã. Haviam passado a noite anterior inteira lendo histórias um para o outro, com pausas entre elas para encenar as melhores passagens.

Jason deu um tapa de leve no traseiro dela.

— Safada — ele disse.

Esticou o braço sobre ela e fechou as cortinas. Deitando a cabeça no travesseiro, ele deu um beijo molhado e delicioso na orelha de Nikki. Ela deitou sobre o peito dele e puxou as cobertas sobre a cabeça dos dois.

Jason se virou de lado. Deu para ouvir um barulho. Ele apareceu com uma folha de papel ligeiramente amassada.

— Séculos atrás, nas proximidades de uma cidade palaciana, havia um alfaiate talentoso, porém modesto... — Jason narrou.

— Já lemos a do alfaiate.

— Estou escrevendo a sequência — Jason disse.

Ele colocou as mãos sob os lençóis e acariciou as costas dela. Nikki estremeceu. Jason roçou os lábios em seu pescoço, percorrendo-o para cima e para baixo com pequenos beijos. Colocou a mão entre as pernas dela e começou a fazer movimentos circulares com os dedos na parte interna das coxas, subindo e se afastando. Nikki se afundou na cama macia.

Carne carbonizada.

A imagem surgiu em sua mente de maneira tão repentina que Nikki se sentou. Assustado, Jason deu um pulo.

— O que foi? — ele perguntou. Seu rosto estava tão repleto de preocupação que Nikki se sentiu ridícula.

— Nada — ela disse. — Devo ter tido um pesadelo ontem à noite e me lembrei dele. — Fragmentos daquele sonho permaneciam em sua consciência. Ela era capaz de sentir um leve cheiro de queimado e ver a boca escancarada dando um grito aflito. Balançou a cabeça. Havia sonhado com Maya três vezes desde sua visita a Tarampal.

Jason deu um beijo no pescoço de Nikki e rolou o corpo de volta para o seu lado da cama, mantendo o braço em volta da cintura dela.

— Quer conversar sobre isso?

Nikki fez que não com a cabeça. Fazia uma semana que havia visitado Tarampal e estava tentando se esquecer de tudo aquilo. Tinha conseguido apenas em parte – trechos de conversa já não passavam por sua mente, mas certas imagens surgiam sem aviso.

— Foi um pesadelo ou um sonho ruim? — Jason perguntou.

— Qual é a diferença?

— O pesadelo é assustador. O sonho ruim pode ser um pouco... ruim. — Nikki se virou e viu um sorriso nos lábios de Jason. — Como a história da mulher que, apesar de todos os esforços para manter a casa sob controle, não consegue encontrar tempo para aproveitar o marido.

Nikki reconheceu o início da história de uma das viúvas. Jason continuou.

— Ela decide contratar uma empregada sem o marido saber. A empregada chega em casa depois que o marido sai para trabalhar e vai embora antes que ele chegue. Agora, a mulher está livre para fazer o que quiser durante o dia porque não tem mais obrigações – não precisa buscar os filhos na escola, nem fazer compras. Passa o dia todo no SPA e explorando todos os pontos turísticos de Londres que nunca havia tido oportunidade de visitar.

— O plano está dando certo — Nikki completa. — Até que um dia o marido volta para casa porque esqueceu alguns documentos. Ele vê a empregada tirando o pó de cima dos armários. "Quem é você?", ele pergunta.

— Ela se vira e vê um homem alto indo em sua direção — Jason acrescenta. — "Por favor, não fique irritado", diz a empregada. Ela explica o plano da esposa. "Ela só quer um tempo para si mesma. Eu estou ajudando com o serviço de casa."

— O homem não sabe como reagir. Ele fica encarando a empregada, imaginando há quanto tempo aquilo vem acontecendo. A empregada não consegue deixar de reparar que ele é muito atraente. "Posso fazer tudo que sua esposa faz", ela diz em tom de voz suave, caminhando na direção dele. "Passei todas aquelas camisas." Ela toca no colarinho dele. "Comprei um conjunto novo de lâminas de barbear." Ela acaricia o rosto dele e sente as pontinhas da barba nascendo. "O que mais ela faz?"

— A empregada não o espera responder. Abre o zíper de sua calça e tira seu martelo para fora — Jason disse.

Nikki caiu na gargalhada.

— É assim que você o chama?

— É uma boa ferramenta.

— *Você* é uma boa ferramenta — Nikki fala, empurrando Jason.

— Eu tinha gostado. Prefere chamar de "seu instrumento"?

— Fica parecendo algo clínico — responde Nikki. — Tipo um instrumento cirúrgico.

— Ou algo que produz uma música bem, bem doce — Jason acrescentou.

— Tente um legume.

— Tira sua cenoura para fora.

— Pense em algo com um formato mais consistente.

— Você é exigente com o vocabulário.

— Quero que fique certo.

— Tudo bem, sua abobrinha.

— Abobrinha remete a algo pequeno, por causa do "inha". Pode ser chamada de curgete aqui.

— Ah, entendi. Fica mais sofisticado. Parece *corvette* — Jason disse.

— Sua curgete era macia ao toque — Nikki continuou.

Jason franziu a testa.

— Da última vez que usei abobrinhas para cozinhar, estavam ásperas e irregulares.

— Certamente já encontrou uma abobrinha lisa.

— Não.

— Onde você faz compras?

— Você me fez perder o fio da meada.

— Que tal isso? — Nikki perguntou. Ela passou a perna sobre o corpo de Jason e ficou sobre ele.

— Agora esqueci completamente tudo o que sabia — Jason disse, olhando fixo para os seios nus de Nikki.

— Eles transam em todos os cômodos da casa. O homem se sente terrível depois e conta para a esposa. Para sua surpresa, ela parece satisfeita. "Achei que isso pudesse acontecer", ela diz. Na verdade, ela havia escondido os documentos do marido para ele ter que voltar para casa para pegá-los. Planejou o encontro entre a empregada e o marido. Agora quer assistir aos dois transando. Isso a excita.

— Onde encontro uma garota assim? — Jason brincou.

— Feche os olhos — Nikki ordenou. Ela aproximou o rosto do dele e o beijou, sentindo o cheiro rançoso de seus cabelos. — Ela está nos assistindo agora — murmurou no ouvido dele. — Nós a estamos deixando excitada?

Jason levantou os olhos.

— Sim. — Uma campainha ecoou pelo apartamento, fazendo os dois saltarem. O sorriso de Jason desapareceu de repente ao pegar seu telefone, que estava no bolso da calça, debaixo da cama. — Desculpe — ele murmurou, olhando para a tela. — Preciso atender. — Ele vestiu a calça.

Pode ser do trabalho, Nikki pensou, mas era domingo, e a expressão de Jason era pior do que a de alguém sendo perseguido por um chefe exigente. Aquilo já tinha acontecido duas vezes. Um telefonema repentino, e Jason saía com tanta pressa em seguida que ela praticamente conseguia ver a poeira que ele deixava para trás.

— Quem era? — ela perguntara da última vez.

Não queria parecer intrometida, mas a ligação havia interrompido outro jantar em que ele insistira em deixar o telefone sobre a mesa. Teve que sair do restaurante por vinte minutos.

— Só umas coisas de trabalho que tenho que resolver — Jason respondera.

Agora, Nikki tentou escutar, mas a voz de Jason era abafada e baixa. Ele estava no banheiro. Ela foi até o corredor na ponta dos pés para escutar, mas o piso rangeu, revelando sua presença. Correu para a cozinha e tratou de preparar o café da manhã para os dois.

— Acabou o café — Nikki disse quando Jason saiu do esconderijo.

Ele parecia abatido. Ela tentou não reparar. Ele se sentou à mesa e apoiou a cabeça entre as mãos. Nikki puxou uma cadeira perto dele e apertou seu ombro.

— Quem era?

— Era do trabalho — ele disse. Nikki viu que ele se apressou para vestir as roupas. Seu rosto estava fechado, perdido em pensamentos.

— Eu ia preparar uns omeletes — Nikki disse, abrindo a geladeira. — Quer dois ovos novamente ou só um?

— Está ótimo — Jason respondeu.

— Dois ovos, então — Nikki disse.

Jason levantou os olhos.

— Ah, ei, desculpe. — Ele sorriu. — Um ovo só é suficiente. Obrigado.

Nikki assentiu e ligou o fogão.

— Eu acho que devíamos tentar ver aquele filme francês. Eu ainda gostaria de assistir.

— Boa ideia — Jason disse. — Ainda está em cartaz?

— Aquele cinema exibe os mesmos filmes durante muito tempo — Nikki afirmou. — Acho que aquele fim de semana foi a estreia. Eles exibiram um documentário sobre as favelas de Calcutá uns anos atrás. Meus pais foram ver três vezes em um período de seis meses.

— Ainda bem que existem pessoas que gostam de assistir a filmes repetidos, então. Elas estão mantendo aquele cinema aberto.

— Meus pais tinham gostos muito diferentes. Meu pai gostava de programas de história ou atualidades e minha mãe só assistia a dramas indianos ou comédias românticas de Hollywood. Eles encontraram algo de que ambos podiam desfrutar naquele filme. — Ela sorriu ao se lembrar de seus pais voltando de mais uma matinê do mesmo filme, radiantes como novos amantes.

— Parece que fizeram essa coisa de casamento arranjado funcionar de verdade — Jason comentou.

— Fizeram — Nikki disse, surpresa ao se dar conta daquilo. Seus olhos começaram a lacrimejar. — E então? Vai querer queijo no omelete?

— Vou — Jason respondeu. Seu telefone tocou novamente. Nikki se virou e o viu franzindo a testa ao olhar a tela. — Preciso atender de novo, Nikki. Desculpe. — Ele saiu do apartamento. Nikki combateu o ímpeto de ir até a porta na ponta dos pés para escutar a conversa. Dava para ouvi-lo andando de um lado para o outro no corredor apertado. Quando ele voltou, tentou abrir um sorriso tranquilo, mas fracassou.

— O que está acontecendo? — Nikki perguntou.

— É só um problema no trabalho — Jason disse. — É meio difícil de explicar. As coisas vão ficar complicadas por um tempo.

Nikki serviu os omeletes e ambos comeram em silêncio. O clima no apartamento tinha ficado pesado. Será que Jason havia percebido a tentativa dela de mantê-lo ali durante o café da manhã para que pudesse perguntar – casualmente, é claro – para onde estava caminhando seu relacionamento? Talvez fosse cedo demais, mas eles estavam se encontrando quase todas as noites desde aquele primeiro encontro. Inícios intensos eram empolgantes, mas acabavam rápido, e Nikki queria mais que apenas diversão.

Jason terminou de tomar o café da manhã e foi embora com mais uma rodada de desculpas e promessas de ligar para Nikki depois. *Ele tem um emprego exigente. Teve que sair para resolver uma coisa importante no trabalho*, Nikki disse a si mesma, testando o limite de veracidade. Não foi convincente.

Nikki desceu para o O'Reilly's aquela noite e encontrou uma jovem que nunca havia visto antes no bar. Seus cabelos castanhos estavam presos em um rabo de cavalo e a maquiagem era tão pesada que seus olhos pareciam desenhados. Ela sorriu rapidamente para Nikki e voltou a torcer a ponta do rabo de cavalo com o dedo.

— Olá — Nikki disse.

— Eu sou a Jo — a garota disse, sem mais explicações.

Sam saiu da sala dos fundos.

— Ah, ótimo. Nikki, já conheceu a Jo? Jo, esta é a Nikki. Estou treinando a Jo para trabalhar no bar, então vou precisar de você na cozinha hoje à noite.

— Tudo bem — Nikki disse.

Se tivesse sido avisada antes, teria se preparado para passar a noite com aqueles dois palhaços na cozinha, mas parecia que nada estava saindo como ela esperava aquele dia. Dirigindo-se para a cozinha, ela deu uma olhada em Jo. Ela era uma jovem atraente e os russos abobados certamente fariam novos comentários sobre os critérios de contratação duvidosos de Sam. Jo parecia desinteressada em algo que Sam estava dizendo enquanto se aproximava dela. *Pare com isso, Sam*, Nikki pensou. Ela desejou que Olive estivesse lá, mas a amiga havia declarado greve contra o clima deplorável de Londres e ido passar o fim de semana em Lisboa, cortesia de uma promoção on-line de última hora. Nikki pegou o celular e mandou uma mensagem de texto para ela:

Londres está uma droga. Volte!

A resposta foi uma foto de uma praia linda e ensolarada. Nikki escreveu:

Pare de esfregar isso na minha cara.

Eu queria esfregar isso na MINHA cara hahahahaha

Um instante depois, uma foto apareceu no telefone de Nikki. Era um homem bronzeado, sem camisa, com os músculos do abdômen tão definidos que pareciam desenhados à mão. Seu braço estava em volta da cintura de Olive e o rosto dela estava pressionado junto ao peito dele. Um de seus olhos estava fechado, dando uma piscadinha.
Nikki respondeu:

Traga um para mim.

A cozinha era um alvoroço de atividades e língua estrangeira quando Nikki entrou. Os russos gritavam um para o outro e Sanja se movimentava entre eles. Quando notaram a presença de Nikki, abaixaram a voz. Trocaram risadinhas. Nikki pôde perceber, por uma leve tensão no rosto de Sanja, que ela havia ouvido e entendido a piada deles. Fora da cozinha, o bar fervia com aplausos e risadas. Era outra noite de jogos e o animador do programa estava aquecendo a multidão com um pouco de comédia *stand-up*.

Garry apareceu ao lado de Nikki.

— Não me ouviu? — ele perguntou. — Eu disse para levar isso para a mesa cinco.

— Desculpe — Nikki respondeu.

— Você precisa prestar atenção — ele disse. — Esta cozinha não é a sala do Sam. — Ele fez um movimento com o quadril.

— Ouça aqui, Garry. Acho que não é nada apropriado você insinuar...

Garry saiu antes que Nikki pudesse completar a frase. Ela levou o pedido para a mesa com o rosto ardendo de indignação. Passou por Jo, que estava ocupada olhando o celular.

— Acho que você tem clientes para atender — Nikki disse. Jo fez cara feia.

Na volta, ela viu Sanja na porta.

— Não dê importância a eles — ela disse. — São uns babacas. Querem trabalhar no bar porque acham que assim vão impressionar as garotas.

— Acho que trabalhar no bar não vai ajudá-los nesse departamento.

— Já eu prefiro trabalhar na cozinha. Mas talvez eu seja melhor que essa garota nova.

— Qualquer um é melhor do que ela — Nikki afirmou. — Não sei o que Sam tem na cabeça. — Notando o tamanho do decote de Jo ao se inclinar na direção de um cliente, Nikki pensou: *Ou talvez eu saiba.*

Nikki voltou para a cozinha e se concentrou nos pedidos, desejando que a noite passasse rápido. Ela queria voltar para seu apartamento e simplesmente se encolher na cama. A cozinha era barulhenta, e toda vez que a porta se abria ela podia ouvir o animador da TV fazendo perguntas.

— *Nativo da Austrália, esse mamífero anfíbio bota ovos.*

— *Que atriz fez o papel de Marta em A noviça rebelde?*

— *O que Jesus mandou que seus discípulos levassem? A) Paus e pedras B) Pão e dinheiro C) Alforje D) Cajados.*

O que é um alforje? Nikki se perguntou enquanto abria a porta da máquina de lavar louça. Uma explosão de vapor escaldante escapou em seu rosto. Ela deu um grito e fechou a porta. Sanja correu para junto dela.

— Abra os olhos e me deixe ver.

Nikki piscou algumas vezes até deixar de ver um borrão no lugar do rosto de Sanja.

— Tenha cuidado com essa coisa — Sanja disse, olhando com desprezo para a máquina. — O alarme toca antes de a louça estar seca. Eu devia ter te avisado.

Garry gritou com Sanja. Ela retrucou rapidamente em russo.

— Obrigada — Nikki disse. Ela abriu os olhos. — E obrigada por me defender.

— Você nem sabe o que eu disse.

— Me pareceu o equivalente a "vai se foder" em russo.

— Isso mesmo — Sanja confirmou.

A gentileza de Sanja ajudou as horas restantes do turno de Nikki a passarem um pouco mais rápido. Os frequentadores da noite de jogos estavam afáveis naquele dia, mesmo depois que Steve do Avô Racista respondeu uma pergunta sobre a Coreia do Norte com: "Pastel de *flango*". Ainda assim, quando o turno de Nikki terminou, sua raiva de Sam ainda não havia desaparecido. Ela foi até a sala dele e bateu na porta.

— Entre — ele gritou.

Nikki entrou.

— A máquina de lavar louça está com problema — ela disse.

— É, eu sei — Sam respondeu sem tirar os olhos dos papéis em sua mesa. — Vou mandar arrumar logo mais.

— Você precisa mandar arrumar o mais rápido possível — Nikki disse. Sua voz estava hesitante.

Dessa vez Sam levantou a cabeça.

— Vou mandar arrumar quando tiver dinheiro, Nikki. Se não notou, as coisas estão apertadas por aqui.

— Aquela máquina é um perigo para os funcionários — ela respondeu. — Além disso, se você não tem dinheiro, por que está contratando gente nova? Qual é a dessa Jo, Sam?

Foi gratificante ver Sam tão desconcertado.

— Devo consultar você antes de contratar meus funcionários?

— Acho que eu teria uma opinião mais profissional que a sua.

— É mesmo? — Sam perguntou com ironia.

— Sabe o que aqueles idiotas da cozinha andam dizendo sobre mim? Que você me contratou porque eu te seduzi. Ah, é, Sam? Porque eu não me lembro de ter sido assim. E eu pensando que tinha conseguido esse emprego por ser trabalhadora, mas…

— Nikki, pode parar por aí. — O tom de voz de Sam era irritantemente calmo, mas linhas de preocupação marcavam sua testa. — Eu não contratei a Jo. Ela é minha sobrinha, filha da minha irmã. Lembra-se do fim de semana que passei em Leeds? Foi para buscar a Jo e a trazer para cá. Estou dando treinamento a ela como um favor. Ela acabou de completar dezoito anos e não tem ideia do que quer fazer da vida. Ela e minha irmã não estão se dando muito bem, então pensei em intervir.

Parecia mesmo algo que Sam faria.

— Ainda não é desculpa para... — Nikki começou a falar.

Sam interrompeu as palavras de Nikki.

— Eu devia ter conversado com você sobre a vez em que te convidei para sair. Fiquei constrangido demais. Não fazia ideia de que aqueles caras estavam te perturbando por causa disso. Vou falar com eles.

— Você não precisa fazer isso.

— As coisas não vão ficar mais fáceis se eu pedir para eles pararem?

— Prefiro que ouçam isso de mim — Nikki afirmou. — Se você for até lá para me defender, só vai confirmar o que eles pensam.

— Tudo bem, então — Sam disse. — Contanto que saiba que te contratei porque você é confiável. É uma boa funcionária. Enxerguei isso em você logo de cara.

— É o contrário do que meu professor de Direito disse. Ele praticamente me falou que eu nem deveria me dar ao trabalho de tentar.

— Você sabia com o que não queria perder seu tempo. Isso, por si só, é uma qualidade. Sinceramente, queria ter me ouvido mais antes de assumir este bar. No momento, está caindo aos pedaços, e eu gostaria de amá-lo tanto quanto vou ter que pagar para impedir que desmorone.

Nikki ainda estava se sentindo constrangida por ter explodido. Foi até sua bolsa e pegou o cartão do empreiteiro que havia feito a reforma na casa de Tarampal.

— Sam, se estiver interessado, parece que esses caras são muito bons. E suponho que o preço seja acessível, porque fizeram uma reforma para uma conhecida de Southall.

Sam pegou o cartão e deu um assobio.

— Está brincando? Preço acessível? Conheço essa empresa. Liguei para pedir um orçamento quando quis reformar os banheiros. Eles cobram os olhos da cara.

— Sério? — Nikki perguntou, pegando o cartão de volta e o examinando. Como Tarampal, morando sozinha e sem fonte de renda, havia conseguido pagar? — Ei, Sam, esses cortes que você está fazendo não vão afetar meu emprego, vão?

Sam fez que não com a cabeça.

— Por mim, você poderia trabalhar aqui para sempre.

Nikki sorriu de alívio. Sam continuou.

— Mas isso não quer dizer que deveria. Tente alguma outra coisa, Nikki, com o seu cérebro e o jeito que tem com as pessoas.

— Ainda não sei o que poderia ser.

— Você vai descobrir — Sam disse. Ele suspirou, olhando à sua volta. — Eu faria as coisas de outra forma se tivesse vinte e poucos anos. Herdei este bar do meu pai porque era o que eu tinha que fazer, senão teria aberto uma loja de aluguel de bicicletas em um *resort* no litoral. Agora estou preso a este lugar. Era charmoso no início. E, por um tempo, amei seguir os passos do meu pai, mas, depois que passou a novidade, tornou-se apenas um local de trabalho. Acho que não seria assim com as bicicletas. No entanto, enquanto o bar estiver de pé, tenho que ficar aqui. — Ele encolheu os ombros. — Obrigações, sabe?

* * *

Dançando na chuva

Ele gostava de tomar banhos demorados para lavar o estresse do longo dia de trabalho. Sua esposa reclamava que nunca o via; ele saía logo cedo e, à noite, ficava lavando a sujeira e o suor acumulados durante todo um dia de trabalho na obra. As contas de água eram muito altas e, quando ele saía do banho, não restava mais água quente.

— Não posso fazer nada a respeito — ele insistia. — É minha única chance de relaxar.

A esposa ficava magoada.

— Existem outras formas de relaxar de que nós dois podemos desfrutar — ela lembrou a ele.

O homem ficou olhando para a esposa, confuso, enquanto ela se afastava. Ele deu de ombros, entrou no banheiro e começou a tirar as roupas. Podia sentir todos os músculos doloridos e a tensão nos ombros.

Um instante depois, a porta do banheiro se abriu. Sua esposa apareceu, usando apenas uma toalha. O homem começou a entender, mas ainda assim só queria ficar sozinho. Levantou as mãos e fez sinal para a mulher sair, repreendendo-a por interromper seu momento privado. A mulher não deu atenção a seus protestos. Levantou os braços, livrando-se da toalha. Quando ela caiu no chão, o homem não pôde deixar de notar o corpo de sua esposa, enquanto tentava se lembrar da última vez em que a havia visto completamente nua daquele jeito. Ele se virou para abrir o chuveiro e sentiu que ela se aproximava, com os mamilos rijos junto às suas costas desnudas. A água bateu no rosto deles como se estivessem dançando na chuva, mas, na verdade, estavam se movimentando bem devagar. As mãos delicadas dela corriam suaves por seu corpo, limpando a sujeira de seu trabalho nas profundezas da terra, tão afastado de pequenos luxos como o primeiro respingo de água limpa depois de um dia extremamente quente. Ele estremeceu quando ela desceu até sua grande vara e começou a acariciá-la. Beijou seu rosto, seus lábios, seu pescoço. A velocidade das carícias foi aumentando para acompanhar sua respiração ofegante. Ele pressionava o órgão na palma da mão dela. Com a outra mão, ela arranhava levemente suas costas. As pontas dos dedos dela soletravam palavras de adoração no brilho de água sobre sua pele. Ele gozou de repente na mão dela com um gemido rouco.

— Nunca fizemos desse jeito — ele sussurrou.

Ela sorriu e enterrou o rosto em seus cabelos. Havia tantas coisas que eles nunca tinham feito juntos.

Quando chegou a vez dele de retribuir o favor, foi muito atencioso. Ela ficou encostada na parede e afastou as pernas. Ele vibrou a língua junto ao botão firme bem no meio dela. A água continuava a cair sobre eles. As pernas dela tremiam com a intensidade do prazer, e ela agarrou os cabelos dele, sentindo ondas de calor irradiarem dentro dela enquanto chegava cada vez mais perto da explosão. Era quase doloroso – sua pele formigava com a sensação da água batendo. De repente, cada parte de seu corpo ficou evidente e sensível. Ela estava gemendo alto.

— Não pare — gritou. — Não pare.

Ele não parou.

* * *

A turma aplaudiu. Preetam ficou corada. Era uma história incomum para ela, Nikki pensou, e então notou que faltava um detalhe.

— Quais os nomes das pessoas de sua história?

— Eles não têm nomes.

— Ah, dê nome a eles — Arvinder disse em tom compassivo, como se a convencesse a dar doces a uma criança.

— João e Maria — Preetam disse.

A turma irrompeu em uma mistura de risadas e protestos.

— Dê nomes punjabi. Ou pelo menos indianos — Bibi pediu.

— Não consigo ver indianos fazendo esse tipo de coisa — Preetam disse.

— Como, exatamente, acha que os bebês são feitos? — Arvinder perguntou.

— Não é assim — Preetam respondeu. — Esse casal não está fazendo bebês. Só estão dando prazer um ao outro.

— De onde tirou a ideia para essa história, Preetam? — Tanveer questionou, olhando para Preetam com os olhos apertados.

— Da minha imaginação — Preetam disse.

Tanveer se virou para Nikki.

— Nikki, como se diz quando uma pessoa apresenta uma obra que não é originalmente dela? É possível ser expulso da faculdade por esse motivo – o filho de Satpreet Singh foi pego fazendo isso. Tem um nome específico.

— Plágio — Nikki disse.

— Isso — Tanveer disse. — Lembro-me da palavra porque ninguém sabia o que significava. Até Satpreet Singh ficou confuso. Ele não achava que a punição seria tão severa por copiar alguns parágrafos de um livro da biblioteca. "Meu filho estava sendo esperto", ele ficava dizendo. Mas os ingleses são muito detalhistas com a verdade. Preetam, você cometeu plágio. — A palavra foi deformada por seu sotaque.

— Está louca — Preetam disse, embora parecesse um pouco preocupada. — Não sei ler livros em inglês. De onde eu tiraria essa história?

— Do canal cinquenta e seis, à uma da manhã.

Olhares furtivos percorreram a sala. Nikki não precisou perguntar o que passava no canal cinquenta e seis à uma da manhã, porque os sorrisos astutos das mulheres já diziam tudo.

— Passou um filme sobre um casal uma noite dessas. O homem chegou em casa usando um daqueles coletes fluorescentes – era mineiro ou algo do tipo, e depois disse alguma coisa em inglês e sua esposa entrou com ele no banheiro. Eles fizeram exatamente o que você descreveu.

— Não era em inglês — Arvinder disse. — Não parecia inglês. Era francês ou espanhol, eu acho.

— Os alemães são os melhores — comentou Bibi. — Os homens são tão robustos.

— Seu segredo foi revelado, Preetam — Tanveer disse com um sorriso.

Preetam ficou constrangida.

— Não tem nada para ver no canal indiano tarde da noite — ela protestou.

— Acho que é melhor continuarmos — Nikki disse.

— Já tenho o restante de minha história — Tanveer avisou.

— Aquela sobre Rita e Meera? — Arvinder perguntou. Tanveer confirmou.

— Sim, por favor, diga o que acontece — Bibi pediu.

* * *

Rita levou Meera para sua cama. Os lençóis estavam levemente desarrumados devido à noite anterior, mas Meera preferiu não repreender a jovem por não arrumar a cama. Ela sentiu uma palpitação forte e insistente no quadril quando se deitou na cama e fechou os olhos, seguindo as instruções de Rita. O hálito de Rita era quente sobre a pele de Meera. Elas se beijaram com entusiasmo, brincando com as línguas. Depois de desabotoar a blusa de Meera, Rita deu mordidas delicadas em seus mamilos por cima do tecido do sutiã. Meera rangeu os dentes. A sensação daquela jovem provocando sua carne a fazia querer gritar de êxtase, mas sabia que havia muito mais prazer por vir. Rita acariciou o pêssego entre as pernas de Meera. Havia tanto calor irradiando de Meera que Rita soube que ela estava pronta. Tirou as roupas de Meera e enfiou os dedos em seu centro úmido e latejante. Meera chorou de prazer. Suas lamúrias transformaram-se em gemidos graves no mesmo ritmo dos movimentos firmes de Rita. Os dedos de Rita giravam cuidadosamente, formando um círculo, preparando Meera para o que viria em seguida. O bastão de argila estava sobre a mesa de cabeceira. Meera olhava para ele de vez em quando. Rita sacudiu a cabeça.

— Ainda não — disse com firmeza.

Ela sabia que era cruel negar prazer àquela mulher que o desejava tanto, mas Rita queria prolongar aquela experiência. Tinha muito poder sobre

Meera naquele momento. Podia conseguir que fizesse qualquer coisa que ela quisesse. O modo como Rita lidaria com aquele momento determinaria o curso do restante de sua vida naquela casa.

Rita se afastou de Meera e pegou um frasco de óleo de coco na gaveta da cômoda. Ela e seu marido haviam usado óleo de coco juntos em sua primeira noite, e, às vezes, para surpreendê-lo, ela esfregava o óleo em todo o corpo e esperava por ele na cama, nua e brilhosa. Ela então transformou aquilo em um show, tirando a roupa na frente de Meera, que observava cada movimento. Então colocou um pouco de óleo nas mãos e esfregou lentamente sobre os seios, a barriga e as coxas. Ela sabia como estava sensual – uma deusa de pele cor de bronze brilhante. Voltou para a cama e pegou o bastão de argila, passando-o sobre seu corpo, do pescoço até a barriga, até ele ficar coberto de óleo. Meera apreciou o show. Virou de lado e observou Rita, hipnotizada.

— Mostre o que faz com isso — Meera disse.

Rita deitou e abriu as pernas, enfiando o bastão em suas dobras sedosas. Conduzia-o para dentro e para fora de si mesma, movimentando o corpo e suspirando como fazia com o marido. Com a outra mão, segurava o seio nu, torcendo os mamilos rijos entre os dedos. Ela olhou nos olhos de Meera.

— Entendeu agora? — ela perguntou. Tirou o bastão e se sentou. — É sua vez — ela disse. — Deite.

Meera fez que não com a cabeça.

— Pode continuar — ela disse.

— Ah, não vai me dizer que quer parar agora.

— Não quero parar.

— Então o que foi?

Meera lançou um olhar tímido sobre o corpo nu de Rita.

— Esse tempo todo que passei te invejando, na verdade estava te desejando. Quero continuar admirando seu corpo.

Foi a vez de Rita ficar encabulada.

— Eu não fazia ideia — ela confessou. — Achei que não gostasse de mim.

Meera pressionou os lábios aos de Rita. Compartilharam um longo e ardente beijo durante o qual Meera esticou o braço e pegou o bastão. Escorregou-o para dentro de Rita e começou a fazer movimentos lentos.

— O que quer que eu faça? — Meera perguntou.

Os olhos de Rita se arregalaram de surpresa. Ela nunca pensou que estaria em posição de pedir algo a Meera. No entanto, lá estava a mulher mais velha, pronta para servi-la.

— Faça mais rápido — Rita ordenou. Meera obedeceu. — Mais rápido — Rita disse. Ela gemeu e jogou a cabeça para trás. Os movimentos exaltados de Meera estavam fazendo suas coxas estremecerem. Ela as ergueu para que o bastão pudesse entrar mais fundo. — Ah! Ah! — ela gritou. Sob elas, os lençóis estavam ensopados de suor e de seus fluidos. Ela puxou o rosto de Meera para mais perto. — Estou quase — ela sussurrou.

Meera tirou o bastão. Ficou por cima de Rita e se esfregou nela. A sensação do corpo quente de Meera junto ao de Rita fez sua excitação aumentar rapidamente. Ela envolveu a cintura de Meera com as pernas. Cada movimento provocava suspiros e gemidos. As duas mulheres estavam agarradas uma na outra, tentando prolongar aquelas sensações. O clímax chegou rápido. Meera estremeceu e deitou a cabeça no pescoço de Rita, que acariciou seus cabelos. Naquele breve momento, as mulheres estavam mais próximas do que jamais haviam estado, mas também estavam perdidas nos próprios pensamentos. Meera estava imaginando se seria capaz de ir para cama com o marido depois da experiência com Rita. Rita estava pensando na ordem da vida de Meera, que ela havia acabado de desmantelar. De agora em diante, eu decido onde fica cada coisa, Rita pensou.

* * *

— Minha nossa — Arvinder disse. — Uma reviravolta.

— Muito bom — Bibi observou.

— Obrigada — Tanveer disse.

— Não acha que é uma boa história, Preetam? — Arvinder perguntou. — É muito original.

Preetam, que fingia uma preocupação repentina com as unhas, murmurou em voz baixa:

— Sim.

Depois que as mulheres foram dispensadas, Sheena parou na mesa de Nikki.

— Tenho notícias de Manjeet.

Nikki notara que Manjeet havia faltado a duas aulas seguidas.
— Ela está bem?
— Ela foi embora de Southall.
— O quê? Por quê?
— Seu marido teve outro AVC na semana passada e aquela enfermeira, namorada dele, decidiu que não servia mais para cuidar dele. Ela o deixou. Quando Manjeet ficou sabendo que ele estava doente e sozinho, fez as malas e foi para o norte cuidar dele.
— Ela se mudou permanentemente? — Nikki perguntou.
Sheena deu de ombros.
— Isso é tudo o que eu fiquei sabendo por uma de suas filhas que foi até o banco outro dia transferir dinheiro para eles. Ela disse que Manjeet estava falando como se tudo tivesse voltado ao normal, como se ele nunca tivesse ido embora. — Ela balançou a cabeça. — Depois de tudo o que o marido a fez passar! E ela está morando na casa que ele comprou com a namorada, em Blackburn. Não sei se a considero uma esposa leal ou uma grande tola.

Ambos os títulos eram praticamente a mesma coisa para Nikki. Ela olhou para a sala de aula vazia.
— Queria ter tido a chance de convencê-la a não fazer isso, ou pelo menos de ter me despedido. Foi bom termos incluído Tanveer e Bibi na turma. Sem Tarampal e Manjeet, sobraria muito pouca gente para continuarmos com o curso.
— É — Sheena disse. — Tem mais uma coisa que eu preciso te contar. — Ela hesitou. — Precisa prometer que não vai ficar zangada.
— Seja o que for, tenho certeza de que não é nada que não possa ser resolvido.
— Não vai ficar zangada? — Sheena questionou.
— Não vou ficar zangada.
Sheena respirou fundo e soltou sua confissão em um fluxo rápido.
— Fiz cópias das histórias e mostrei para mais algumas amigas.
— Ah.
— Está zangada?
Nikki fez que não com a cabeça.
— As histórias provavelmente seriam disseminadas boca a boca. Não é tão ruim que alguém as tenha lido.

— Acontece que minhas amigas gostaram muito das histórias, principalmente a do alfaiate. Elas tiraram cópias para as amigas delas. As amigas delas podem querer frequentar o curso também.
— De quantas amigas estamos falando?
— Não sei.
— Três?
— Mais.
— Cinco? Dez? Temos que tomar cuidado para não levantar suspeitas.
— Mais. Mulheres de fora de Southall também querem vir.
— Como isso aconteceu?
— E-mails. Alguém escaneou uma história e de repente os textos estavam sendo enviados para grupos de todos os lugares. Uma mulher que me abordou no templo hoje mora lá em Essex.
Nikki ficou olhando fixamente para Sheena.
— Você prometeu que não ficaria zangada — Sheena lembrou.
— Não estou zangada — Nikki disse. — Estou chocada. Eu... — Ela olhou para a sala, para os lugares vazios, e se lembrou da expectativa com que organizou as mesas no primeiro dia. — Estou um pouco impressionada — revelou. — Tinha pensado em compilar os textos e publicar em forma de livro, mas nunca me ocorreu simplesmente fazer cópias e distribuir dessa forma.
— Devo admitir, não pretendia que as histórias se espalhassem tanto. Só fiz a primeira cópia para uma amiga de Surrey que foi me visitar e estava reclamando que não tinha nada bom para ler. Logo depois, ela me ligou e disse: "Mande mais!". Eu escaneei mais algumas, mas cometi um erro. Deixei os originais na copiadora do trabalho. Adivinha quem foi me devolver?
— Rahul?
Sheena ficou corada.
— Ele fingiu que não prestou atenção nas palavras escritas, mas elas devem ter chamado sua atenção. No dia seguinte, na hora do almoço, ele disse: "Você parece ter uma imaginação bem fértil".
— Aaah — Nikki disse. — E o que você respondeu?
— Apenas sorri misteriosamente e disse: "Existe uma linha indistinta entre imaginação e realidade".
— Bem sutil.

— Rahul não vai contar para ninguém — Sheena afirmou.

— Não estou preocupada com ele — Nikki disse. — Minha preocupação é não conseguirmos esconder as histórias dos Irmãos.

— A minha também — Sheena concordou. — Mas, se nos escondermos, estaremos deixando que eles tenham todo o poder, não é? — A pergunta foi titubeante, mas a voz de Sheena tinha uma força nova e perceptível.

— Você tem razão — Nikki disse. Ela abriu o gravador e tirou a fita cassete com um pouco de empolgação demais, deixando a tira de fita marrom presa na máquina.

— Use isso para enrolar — Sheena disse, entregando uma caneta para Nikki. Ela olhou atentamente para a fita.

— Eu rasguei a tira — disse. — Que droga. As histórias de hoje se perderam.

— Não tem problema. Eu me lembro de quase todos os detalhes. Vou escrever o que puder e ler em voz alta para o grupo na próxima aula — Sheena sugeriu.

— Obrigada, Sheena — Nikki disse. Ela juntou a tira de fita e a enrolou em volta do estojo plástico. — Era minha última fita cassete.

— Não tem nenhuma sobrando?

— Devo ter deixado na caixa que levei para Tarampal — Nikki disse. Sheena olhou para ela com um olhar questionador. — Levei umas fitas com histórias até a casa de Tarampal na semana passada porque me senti mal por não ensinar inglês a ela. Foi para me desculpar.

— Como Tarampal reagiu? — Sheena perguntou.

— Ela ainda quer aprender inglês, mas se recusou a voltar para o nosso curso. Tentei convencê-la, mas...

— Não deixe ela voltar — Sheena disse. — É melhor sem ela.

— Você a detesta tanto assim? Sei que ela é um pouco mais tradicional, mas pensei que todas vocês fossem amigas.

— Tarampal não é amiga de *ninguém* — Sheena afirmou.

— Não entendi.

Quase dava para ouvir o relógio marcando os segundos que se passavam enquanto Sheena analisava Nikki, decidindo se devia ou não falar. Quando finalmente falou, sua voz era firme.

— O que eu vou te contar não pode sair desta sala, certo?

— Eu prometo.
— Primeiro, deixe-me perguntar uma coisa. Você entrou na casa de Tarampal?
— Entrei.
— O que achou? Qual foi sua primeira impressão?
— Achei muito bonita — Nikki respondeu. — Tudo parecia ter sido recém-reformado.
— Você perguntou como ela pagou pela reforma?
— Não, achei que não seria educado. Mas fiquei curiosa. Peguei o cartão do empreiteiro que ela contratou e, quando recomendei a empresa para o meu chefe, ele disse que era das mais caras.
— Aposto que sim. Quando outras pessoas estão pagando a conta, é fácil usar apenas serviços de primeira — Sheena disse.
— Quem?
— A comunidade — Sheena respondeu, apontando para a janela. Dava para ver a curva do domo do templo dali. Pessoas andavam pelo estacionamento. O som de sua conversa preenchia a pausa. — Todos que têm dinheiro pagam Tarampal para guardar seus segredos.
— Tarampal *chantageia* as pessoas?
— Ela não usa essa palavra — Sheena disse. — Considera o que faz uma forma de ajuda. É a mesma coisa que seu marido fazia.
— Ela já te pediu dinheiro? — Nikki perguntou. — Será que tentaria nos chantagear para não contar sobre as aulas?
Sheena sacudiu a cabeça.
— É improvável. Ela se concentra nas pessoas ricas.
Nikki se lembrou de Arvinder mostrando as palmas das mãos e dizendo que Tarampal não estaria interessada nelas. Agora entendia o que Arvinder quis dizer. Elas estavam vazias. Não havia nada para se tirar de uma viúva.
— Ela sabe que não vale a pena — Nikki refletiu. — Como sabe de tudo isso, Sheena?
— Ano passado, no meu aniversário, decidi me presentear com uma manicure no salão da Chandani. A moça que fez minhas unhas me contou. Disse que as principais vítimas de Tarampal eram também clientes regulares do salão – aquelas mulheres ricas que vimos no *langar* aquele dia. O marido de Tarampal deixou uma lista com o nome das pessoas da

comunidade que haviam se aconselhado com ele sobre suas indiscrições. Ele tinha registros do que as pessoas contavam e as orações que prescrevia. Tarampal usa a lista contra as pessoas. Essas famílias estão dispostas a pagar muito para manter uma boa reputação nessa comunidade, principalmente as que têm dinheiro. Como os pais de Sandeep Singh – aquele rapaz que a pegou de carro aquela noite em que ela foi embora da aula. Ele é gay. Sua mãe abordou o marido de Tarampal para que ele desse um jeito no comportamento do filho. Sandeep com frequência transporta Tarampal em seu carro como forma de pagar suas dívidas.

— Quanto as pessoas têm que pagar para ela? — Nikki perguntou.

— Quanto ela exigir. É claro, ela não coloca dessa forma. Diz que está continuando o trabalho do marido, que solicita orações especiais na Índia para colocá-los no bom caminho outra vez. Alega que o dinheiro vai para pagar taxas, cobrir ligações internacionais e despesas de viagens de seus agentes de oração. Tudo é feito com muita empatia e sorrisos, mas todo mundo sabe que ela está se beneficiando em cima da vergonha e dos segredos alheios.

— Uau — Nikki disse. Ela se lembrou do olhar duro no rosto de Tarampal quando falou sobre honra e vergonha. Não era de se estranhar que levasse essas coisas tão a sério; eram seu ganha-pão. — É difícil imaginar Tarampal fazendo esse tipo de coisa.

— Ela é muito habilidosa. Realmente acredita que está fazendo a coisa certa, oferecendo um tipo de serviço para restaurar o orgulho das pessoas. Quem paga acaba acreditando também, senão não gastariam tanto dinheiro.

Quando falou sobre o suicídio de Maya, Tarampal passou a Nikki uma impressão de antipatia. Sua preocupação estava muito mais voltada à reputação de Jaggi. Nikki pensou que ela estava simplesmente sendo superprotetora, mas agora tudo fazia mais sentido.

— É bem engenhoso — Nikki admitiu. Sheena estreitou os olhos e começou a dizer algo. — Mas não é aceitável. Não vou chamá-la para voltar para o curso — Nikki acrescentou.

— Ótimo — Sheena disse. Ela pareceu aliviada. — Não preciso de Tarampal se metendo nos meus assuntos.

— Você tem razão. O único que pode se meter nos seus assuntos é o Rahul — Nikki disse com um sorrisinho.

— *Nikki*.

— Não pude evitar.

— Não tem nada acontecendo entre nós.

— Ainda? — Nikki perguntou. — Ora, vamos...

Sheena abaixou a voz e bateu os cílios de maneira exagerada.

— Saímos para jantar no fim de semana passado.

— E...?

— Foi muito agradável. Ele me levou a um restaurante em Richmond. Tomamos vinho de frente para o Tâmisa. Depois do jantar, caminhamos às margens do rio. Ele colocou o casaco em meus ombros quando a brisa começou a ficar fria demais.

— Que lindo — Nikki disse. Os olhos de Sheena brilhavam de empolgação com o novo amor. — Vocês vão continuar se encontrando?

— Talvez. Se continuarmos nos encontrando fora de Southall por um tempo, acho que sim. Não encontrei nenhum punjabi em Richmond. No início, estava com medo de ser vista – não é tão longe e meus sogros têm muitos parentes ali perto, em Twickenham. Mas logo me esqueci de tudo. Ninguém presta atenção em quem está olhando quando está se divertindo. E também não se importa.

— Tarampal também tentaria chantagear Rahul se descobrisse? — Nikki perguntou. A tensão retornou ao rosto de Sheena.

— Ele não teria o bastante para oferecer — Sheena respondeu. — Ela está mais interessada em gente rica, lembra?

Nikki balançou a cabeça.

— E eu sentindo pena dela por ter ficado no meio daquela tragédia terrível.

Sheena olhou atentamente para Nikki.

— Ela falou sobre Maya com você?

Sim, Nikki ia dizer, mas então considerou o que Sheena havia revelado sobre Tarampal. Uma semente de desconforto se alojou em seu peito. Mais uma vez, ela se sentiu completamente excluída. Para cada pergunta que fazia, havia outras centenas sem resposta.

— Só sei o que ela me disse — Nikki finalmente respondeu.

— E aposto que ela contou uma história muito boa — Sheena afirmou.

Ela pegou a bolsa e foi para a porta tão depressa que Nikki nem teve como pedir que parasse.

Capítulo 10

Os ossos de Kulwinder lhe diziam que ela estava de volta a Londres. Antes de o piloto anunciar o pouso, ela sentiu o reumatismo se infiltrar em seu corpo. Na Índia, tinha conseguido subir lances de escada e caminhar no meio de multidões. Suas sandálias haviam pisado no solo da terra de seus ancestrais, anunciando sua chegada. Agora, estava em Heathrow, usando tênis e um *salwar kameez* velho, sendo conduzida a uma fila por uma atendente de cara feia.

Sua última viagem à Índia havia sido com Maya. Elas tinham passado horas em bazares, sentindo o tecido de sáris delicados se enrugando sob seus dedos. Kulwinder havia comprado para Maya um par de pequenos brincos de argola de ouro.

— Ah, mãe — Maya dissera com um sorriso no rosto enquanto os tirava da caixa. — Não precisava ter feito isso. — Mas Kulwinder havia sido tomada por um senso de generosidade para com a filha durante aquela viagem, e ficava comprando coisas para ela. Como se soubesse que seus dias juntas estavam contados, ela ficava tentada a dar o mundo todo a ela.

— Passaportes – estrangeiros por ali, cidadãos britânicos aqui — disse a atendente, forçando-a a voltar ao presente. A fila começou a se desfazer enquanto as pessoas iam para as fileiras designadas. A atendente fez seu anúncio mais uma vez quando Kulwinder estava se aproximando do início da fila. Ela ficou olhando para Kulwinder.

— Posso ver seu passaporte, senhora? — ela perguntou. Não foi exatamente grosseira, mas arrogante, como se já conhecesse a história de Kulwinder. Kulwinder entregou o passaporte.

— Britânica — informou à atendente, que devolveu o passaporte e se afastou, fingindo não ouvir o que ela havia dito.

Aquilo já tinha acontecido antes. Ela havia se queixado com Maya a respeito, mas sua filha não compreendia. *O que espera que eles pensem, mãe?* Maya perguntava, olhando fixo para as roupas de Kulwinder de um modo que a fazia refletir sobre como era possível amar e detestar tanto a filha ao mesmo tempo.

Sarab estava esperando do outro lado quando ela saiu. Apertou a mão dela sem emoção e perguntou:

— Como foi?

— Foi bom — ela disse. — Foi como ir para casa.

Ao dizer aquilo, seu coração se encheu de tristeza. Maya havia ocupado mais espaço em sua viagem do que ela esperava. Ela havia visitado templos e acendido velas para Maya, e para que a verdade sobre a morte de sua filha surgisse. No meio da cerimônia de casamento de um parente distante, ela havia saído, com a mão na lateral do corpo para que as pessoas pensassem que estava passando mal, sendo que o real motivo era a dor insuportável de ver a noiva e o noivo darem juntos os passos solenes em volta do Livro Sagrado.

Londres não tinha mudado. O vento batia em seu rosto, jogando gotículas de chuva sobre seus cabelos. Ela colocou o xale sobre a cabeça e acompanhou o marido até o carro. A periferia plana da cidade recebeu Kulwinder com as paisagens deploráveis de sempre: muros pichados, telhados de escamas e as enormes áreas iluminadas dos postos de gasolina.

— Está com fome? — Sarab perguntou quando se aproximaram de Southall.

— Comi no avião.

— Podemos parar para comer alguma coisa, se você quiser.

Era seu modo de dizer que ele não havia jantado. Kulwinder calculou quantas refeições havia deixado para ele. O número era suficiente para todas as noites que tinha ficado fora, incluindo aquela.

— Talvez no McDonald's — ele disse. — Kulwinder não disse nada e Sarab entrou rapidamente no *drive-thru*.

Ela o imaginou comendo ali todas as noites, fazendo o pedido de sempre – McFish e nuggets de frango –, mastigando devagar para passar o tempo. As refeições que ela havia preparado ainda estariam no freezer quando chegassem em casa, e ela as descongelaria para o jantar nas semanas seguintes. Era o que acontecia sempre que ela viajava sem ele. Estranhamente, era reconfortante. Se Sarab não conseguia comer comida caseira sem ela, significava que sentia a sua falta, um sentimento que ele nunca expressaria em palavras. Também era um lembrete para Kulwinder de que ele sobreviveria sem ela.

— Vamos comer lá dentro — Kulwinder disse. — Não gosto de comer com o carro em movimento.

Ele concordou. Eles estacionaram, entraram na lanchonete e encontraram uma mesa perto de uma janela. O recinto era barulhento, cheio de adolescentes. Era uma noite de sexta-feira. De canto de olho, Kulwinder notou algumas garotas punjabi, mas estava cansada demais para descobrir de quem eram filhas.

— Seu curso de escrita está bem popular — Sarab comentou. — Eu estava no templo outro dia e vi algumas mulheres entrando no prédio.

— Que mulheres? — Kulwinder perguntou. Enquanto estava na Índia, seus problemas com Nikki tinham se tornado tão distantes quanto Londres.

— Não sei dizer exatamente quem eram — Sarab respondeu. — Encontrei Gurtaj Singh no *langar*. Ele me perguntou o que estava sendo ensinado naquelas aulas. Eu disse que Nikki estava ensinando as mulheres a ler e escrever. Ele disse: "Só isso?".

— Ele ficou desconfiado? — Kulwinder perguntou.

Ela se lembrou do bilhete que Nikki havia deixado na porta de Tarampal. Ainda não fazia sentido – por que Nikki estava se desculpando? Mas se a turma estava aumentando, significava que a iniciativa de Kulwinder parecia bem-sucedida para Gurtaj Singh.

— Ele pareceu impressionado — Sarab disse.

Eles comeram e foram embora. O perfume da casa era ao mesmo tempo familiar e estranho. Kulwinder respirou fundo e sentiu uma pontada nas entranhas. *Nossa filha está morta.* Ela se virou para Sarab, esperando fazer contato visual, mas sua expressão era de ausência. Ele passou por ela, indo na direção da sala e, instantes depois, o noticiário do canal punjabi estava ecoando, sufocando o silêncio.

Kulwinder apoiou a mala no primeiro degrau da escada e a deixou lá. Sarab a carregaria para cima e depois voltaria para a sala e pegaria no sono na frente da televisão. Ela subiu para o quarto e abriu o zíper do *kameez*. Seus ombros doíam para alcançar as costas, mas ela se sentia constrangida de pedir a ajuda de Sarab. E se ele pensasse que se tratava de um convite para tocá-la intimamente? Ou, pior, e se não pensasse? *Kulwinder* tentou não pensar naquilo. Conseguiu alcançar o zíper e puxá-lo para baixo. A caminho do banheiro, passou pelo quarto de Maya e parou. A porta estava aberta. Antes um santuário a todas as coisas que Kulwinder detestava no estilo de vida ocidental de Maya, o quarto havia sido esvaziado durante a mudança a seu lar de casada – as pilhas de revistas tinham sido mandadas para a reciclagem; o cabideiro da porta, onde ficavam dezenas de bolsas, jogado no lixo; os sapatos de salto alto, o batom, os ingressos de shows, os romances, tudo enfiado em caixas. Kulwinder não se lembrava de ter aberto a porta. Sarab devia ter entrado lá em sua ausência.

Será que algum dia ele a perdoaria? Havia momentos em que ela queria romper o silêncio gritando: *Foi minha culpa, não foi?* Ela havia obrigado Maya a fazer aquela escolha impossível. Havia arranjado o casamento, achando que tinha tirado a sorte grande ao encontrar um noivo disposto e disponível bem do outro lado da rua, onde ela poderia ficar de olho em Maya.

— Não me envergonhe de novo — Kulwinder dissera quando Maya chegou em casa e declarou que seu casamento havia acabado.

Em seus piores momentos, Kulwinder acreditava que todos estavam certos: não havia mistério na morte de Maya. Ela havia tirado a própria vida porque Kulwinder a havia mandado de volta.

Kulwinder lançou um olhar furtivo pela janela e viu a silhueta fantasmagórica das cortinas da sala de Tarampal. Desviou os olhos. O arrependimento foi tomando conta dela aos poucos. No casamento, uma preocupação insistente quando Tarampal deu um abraço apertado em Jaggi que durou mais tempo que o necessário. O vislumbre de medo que surgiu no rosto de Maya. O olhar questionador que Sarab lançou a Kulwinder. O modo como Kulwinder, na volta para casa, desconsiderou as preocupações de Sarab e disse: "Ela está casada agora. Vai ser feliz".

Se um homem ligar, sempre atenda o telefone dizendo: "Ah, oi. Eu acabei de sair do banho". Isso projeta uma imagem instantânea em sua mente. Era a única dica que Nikki se lembrava de ter lido em uma coluna de aconselhamentos de uma das revistas femininas de Mindi. O conselho finalmente se provaria útil. Ela estava no chuveiro e o telefone estava recebendo uma chamada com o toque que havia programado para as ligações de Jason. Ficou irritada por estar tão empolgada. Disse a si mesma que deveria ser indiferente. *Indiferente*, pensou ao retornar a ligação. *Desencanada. Casual. Eu não estava esperando do lado do telefone.*

— Oi, Nikki — Jason disse.

— Ah, oi, cara. E aí? Eu tomei banho — ela disse sem pensar.

— Legal — Jason respondeu.

— Quero dizer… estava no banho quando você ligou.

— Ah. Certo. Desculpe interromper.

— Não, tudo bem. Eu já estava para sair. Quer saber? Não importa. Como você está?

— Estou bem. As coisas estão um pouco loucas.

— Muito trabalho? — Nikki perguntou.

Houve uma pausa de uma fração de segundos.

— É — Jason disse. — E outras coisas. Preciso conversar com você sobre um assunto. Podemos nos encontrar?

— Vou fazer turno duplo no O'Reilly's hoje à noite — Nikki disse.

— Posso te encontrar lá?

— Tudo bem. Fica um pouco movimentado depois das oito às quartas-feiras. Pode ser um pouco antes?

— Combinado.

— Ei, Jason…

— Sim?

— Isso é estranho.

— O que é estranho?

— Isso – você. Você me ligando do nada e depois querendo me encontrar.

— Não quer que eu vá te encontrar hoje à noite?

— Quero. É que… não tenho notícias suas há um tempo e você me liga do nada e diz que quer me encontrar e… — Ela estava se esforçando para falar. — Você sabe aonde quero chegar? — O silêncio de Jason incitou sua raiva. — Olha, estou um pouco cansada de sentir que tenho que estar disponível quando você quer — ela disse. — A forma como você saiu do meu apartamento aquele dia foi bem desagradável.

— Sinto muito por ter feito aquilo.

— Eu gosto de você — Nikki disse. — Posso falar com sinceridade. Para mim, não é tão complicado.

— Para mim, é. Preciso de uma chance de me explicar. Existem circunstâncias fora do meu controle.

— Sempre existem circunstâncias, não é? Alguma força obscura que os homens não conseguem controlar.

— Isso não é justo.

Nikki ficou em silêncio. Jason continuou.

— Eu também gosto de você, Nikki. Muito. Mas preciso falar com você ao vivo sobre minha atual situação. Posso te encontrar hoje à noite?

Nikki não queria ceder tão facilmente, mas, ao mesmo tempo, queria vê-lo. Ela estendeu um pouco o silêncio.

— Nikki? — Jason perguntou. Sua voz era suave e incerta.

— Sim, tudo bem — Nikki respondeu. *Última chance*, ela pensou, embora não tenha conseguido dizer.

Steve do Avô Racista estava acompanhado de uma garota. Seus longos cabelos loiro-avermelhados caíam pelas costas quando ela jogava a cabeça para trás para rir de algo que ele sussurrava em seu ouvido. Aquilo era digno de comentário. Nikki mandou uma mensagem para Olive.

Steve está namorando!

Olive respondeu imediatamente:

Eu iria até aí para ver, mas é dia de reunião com os pais dos alunos. Ela é inflável?

É de verdade! Não acredito que existe alguém capaz de sair com ele.

Pois é! Todos os homens bons são comprometidos e todos os homens cretinos nem sabem como são cretinos.

Teve sorte em Portugal?

Que nada. O cara de Lisboa não falava inglês direito. Meu intelecto precisa do mesmo tanto de estímulo que minhas outras partes.

Nikki respondeu com uma piscadinha e voltou sua atenção aos clientes. Grace estava anotando os pedidos de um grupo de homens engravatados na ponta do balcão. Ela acenou para Nikki.

— Como tá sua mãe, amore? — ela perguntou.

— Ela está bem.

— Não está mais tanto frio. Diga a ela que o verão está chegando.

Grace estava certa. O frio no ar parecia mais moderado durante o dia e havia momentos de calor à tarde. Logo o verão chegaria. A cafeteria ao lado abriria seu pátio externo e alguns turistas americanos apareceriam para vivenciar a experiência de beber em um autêntico *pub* inglês e se decepcionariam com a total falta de charme do O'Reilly's. Nikki ainda estaria trabalhando ali. Aquilo a incomodou mais do que de costume. Ela teve uma rápida visão de si mesma se transformando em Grace, conversando, com sua voz rouca, com os clientes que servia há décadas.

A risada escandalosa de Steve interrompeu os pensamentos de Nikki.

— Nikki, olhe esse cara na TV. Nola está dizendo que ele deveria deixar de cantar e se dedicar a ser dublê de corpo de Osama Bin Laden.

— Em um grande palco, havia um homem magro usando turbante e *kurta* tradicional, batendo com as mãos em uma tabla.

A garota se sentiu desconfortável.

— Foi você que disse isso — ela protestou.

A câmera se aproximou do painel de jurados que observava o percussionista com atenção. Era *Britain's Got Talent*. Nikki voltou ao bar para procurar o controle remoto. Embora Grace estivesse ocupada com os clientes, eles não podiam correr o risco de que ela começasse a chorar ao ouvir a história triste de algum dos concorrentes. Onde tinha ido parar o controle remoto? Ela correu até a sala de Sam e bateu na porta. Ninguém abriu, mas a porta não estava trancada. A mesa dele era uma confusão de papéis e manchas de café. Nikki encontrou o controle remoto sobre a cadeira, onde ele deve ter esquecido por distração. Ela voltou ao bar e mudou de canal.

— Estávamos assistindo — Steve disse.

— Agora podem ver *Top Gear* — Nikki informou.

Vários clientes passavam pela porta. Nenhum deles era Jason. Nikki olhou no relógio – já passava das nove. Verificou o celular em busca de chamadas perdidas. Nada. Escreveu uma mensagem para ele. "Ainda pretende aparecer aqui hoje?" Seu polegar pairou sobre o botão "Enviar". Parecia reclamação. Desespero. Ela apagou a mensagem.

A porta da cozinha se abriu. Garry saiu, equilibrando dois pratos grandes no braço.

— Viu Sam? — Garry perguntou depois que serviu a comida.

— Ele não está na sala dele — Nikki disse.

— Diga para ele que vou embora — Garry disse. — Eu me demito.

— O quê? Agora?

— Agora — ele respondeu.

— O que aconteceu?

— O salário aqui é uma merda — Garry disse. — Eu peço aumento, ele fala talvez, talvez. E nada. Viktor também está indo embora.

Pela janela de vidro na porta, Nikki podia ver Viktor guardando suas coisas.

— Garry, o bar está cheio. — Garry deu de ombros. — Não pode terminar seu turno e depois falar com ele?

Viktor saiu da cozinha.

— Conversar não funciona para nós — ele declarou. — Talvez Sam te dê um aumento especial quando você entra na sala dele.

O comentário irritou Nikki. Ela viu que alguém havia mudado de novo o canal da televisão. Um *close* do tocador de tabla o mostrava agradecendo aos jurados com as palmas das mãos humildemente unidas diante do peito. Steve apontou para a tela e riu. A indignação tomou conta de Nikki como um maremoto.

— Escutem aqui, seus cretinos — ela explodiu. — Eu nunca dormi com Sam. Mas, se tivesse dormido, não seria da conta de vocês. Vocês dois podem se demitir, se quiserem – isso tornaria minha vida muito mais fácil. Mas, se mudarem de ideia e resolverem ficar, sugiro que se concentrem em fazer seu maldito trabalho direito. Talvez assim Sam possa considerá-los competentes o suficiente para pagar o salário que acham que merecem.

O bar todo ficou em silêncio. Dava para ouvir o som de um aplauso escasso na tela da televisão quando o tocador de tabla saiu do palco. Do canto, Steve assobiou.

— Você não tem papas na língua, Nikki — ele disse.

Nikki se virou de frente para ele.

— Ah, não finja que é melhor do que eles. Já aguentei suas bobagens racistas por muito tempo. Não me importa se é um cliente. Pode pegar seus comentários ignorantes e dar o fora daqui também.

Nikki foi até o meio do bar.

— A quem possa interessar, o entretenimento deste estabelecimento é decidido pela gerência. — Ela apontou com o polegar para o próprio peito. — Eu. Sou eu que decido o que passa naquela tela. Quem estiver com o controle remoto tem dez segundos para me devolver, ou pelo menos mudar de canal, porque *não vamos* assistir ao maldito *Britain's Got Talent*.

Grace deu um passo à frente e entregou o controle remoto com a cabeça baixa, sentindo-se culpada. Alguém nos fundos do bar tentou puxar uma salva de palmas fora de hora que rapidamente esmoreceu. Nikki trocou de canal e voltou para trás do bar, onde Garry e Viktor trocaram olhares nervosos e voltaram para a cozinha.

— Por que não encerra o expediente, *amore*? Eu cuido de tudo — Grace disse.

— Eu estou bem. É que... eles dizem coisas tão ofensivas que eu estava começando a sentir raiva de mim mesma por não reagir e...

A expressão de Grace era de total compreensão.

— Você disse o que tinha que dizer, querida. Não precisa explicar.

— Não queria ser tão dura a respeito do controle remoto — Nikki disse.

— Não tem problema. Não sei o que esse programa faz comigo, mas as lágrimas começam a sair, e eu não consigo parar de chorar. Você já viu como é.

— Sim, já vi — Nikki disse.

— Meu marido diz: "É coisa de mulher. Está em sua composição química. Você não consegue controlar as emoções". Mas eu não fico assim com filmes tristes, nem mesmo com notícias. Apareceu uma garotinha diagnosticada com um tipo raro de câncer no noticiário outro dia. Eu franzi a testa e disse: "Que pena", e continuei o que estava fazendo. Mas aquele homem que tinha dois empregos para poder pagar as aulas de contorcionismo da irmã para que ela um dia pudesse participar do *Royal Variety Performance* e se apresentar para a família real... — Grace engasgou com as palavras.

Àquela altura, qualquer coisa era melhor para o bar do que *Britain's Got Talent*. Nikki apertou o ombro de Grace com empatia e mudou para o canal seguinte. Ela parou em uma cena terrível: a polícia atravessando uma mata densa e depois um sargento falando para a câmera. *Perfeito*, ela pensou. Os clientes evitavam Nikki educadamente, deixando-a ociosa no balcão. Ela olhou o horário no celular mais uma vez e passou os olhos pelo bar. Nada de Jason. Era isso. Ela procurou seu contato na agenda, respirou fundo e apagou seu número de telefone. Não queria se sentir tentada a ligar para ele.

No canto, Steve se inclinou e sussurrou algo para Nola, que pulou da cadeira e saiu do bar bufando de raiva. O sorriso de Steve desapareceu. Ele cambaleou atrás de Nola. Grace correu para a entrada e bloqueou sua saída.

— Você precisa pagar a conta — ela lembrou a ele. E depois disse algo que Nikki não conseguiu ouvir. Fazendo cara feia, Steve pegou a carteira, jogou algumas notas para Grace e saiu. Grace recolheu o dinheiro e levou para Nikki. — Ele acabou deixando gorjeta a mais — ela disse. — Aqui está sua parte.

— Ah, Grace, não. Você que atendeu ele hoje.

— Você aguenta esse cara há anos — Grace disse. — Merece uma recompensa. Falei que Sam o expulsaria se ele tentasse voltar. Que ele não era mais bem-vindo aqui porque deixa os funcionários e os clientes incomodados. — Ela colocou as notas na mão de Nikki.

O gesto de Grace mexeu com Nikki. De repente, não conseguia acreditar no quanto sentia falta de sua mãe. A mãe que havia colocado dinheiro em sua mão da mesma maneira insistente na primeira vez que ela havia ido jantar em sua casa depois de ter se mudado.

Nikki ainda estava com o celular na mão. Procurou o número de sua mãe e começou a escrever uma mensagem, mas não encontrava as palavras. Em vez de escrever, telefonou. Depois de chamar várias vezes, Nikki pensou em desligar, mas a mãe atendeu.

— Nikki?

— Oi, mãe. Como está?

— Estava pensando em você agora mesmo.

Aquelas simples palavras aqueceram o coração de Nikki.

— Eu também estava pensando em você, mãe.

— Preciso pedir um favor. — Havia um leve pânico na voz de sua mãe. — A tia Geeta vem aqui amanhã e eu não tenho nenhum aperitivo indiano para servir. A loja em que costumo comprar, em Enfield, está temporariamente fechada – ouvi dizer que alguém da família morreu – e as outras lojas não têm muita variedade. Pode ir até Southall e comprar *gulab jamun*, *ladoo*, *barfi*, *jalebi* – o que você encontrar – e trazer aqui? Também preciso de um pouco de cardamomo para o chá. O cardamomo é muito caro no supermercado daqui.

E Nikki pensando que elas estavam prestes a ter um momento afetivo. Sua agenda para o dia seguinte estava em aberto.

— É claro que posso, mãe — Nikki respondeu.

Ela já sabia que não adiantava perguntar por que sua mãe ainda se dava ao trabalho de socializar com a tia Geeta, para quem um chá da tarde insatisfatório provavelmente simbolizava os fracassos de uma mulher.

— O que é esse barulho?

— Hum, estou no cinema.

— O emprego novo está indo bem?

— Ahã.

— Está gostando de dar aulas? Talvez seja um novo caminho profissional para você.

— Não sei, mãe — Nikki disse, ansiosa para abreviar a conversa.

— Preciso desligar. Vejo você amanhã à tarde. — Sua mãe se despediu e Nikki guardou o celular no bolso. Não sabia se estava decepcionada, aliviada ou satisfeita com o rumo que a conversa havia tomado. Se Jason estivesse lá, eles ririam daquilo juntos.

Um cliente se aproximou de Nikki e perguntou se o *happy hour* já havia acabado.

— Ainda não — Nikki disse, embora tivesse acabado quinze minutos antes, e serviu uma cerveja a ele.

Apesar dos esforços para não pensar em Jason, ela não conseguia parar de olhar para a porta e desejar que ele entrasse e se desculpasse pelo atraso.

O telefone de Nikki vibrou no bolso. Era uma mensagem de sua mãe:

> Mais uma coisa. Pfv tenha cuidado em Southall. Estão mostrando o que aconteceu com Karina Kaur no Canal Quatro – não fique andando por lá à noite!!!

Nikki olhou para a tela da televisão. O logotipo do Canal Quatro brilhava no canto inferior. Quase não dava para ouvir a voz do narrador com o barulho da conversa no bar, então Nikki ativou os *closed captions*.

[EM 8 DE ABRIL DE 2003, UMA GAROTA FOI NOTIFICADA COMO DESAPARECIDA QUANDO NÃO VOLTOU DA ESCOLA.]
[KARINA KAUR, ALUNA DO ENSINO MÉDIO, ESTAVA A POUCAS SEMANAS DE SE FORMAR.]
[DEPOIS DE 48 HORAS, INICIARAM-SE AS BUSCAS PELA ESTUDANTE DESAPARECIDA.]

Duas jovens em uma mesa fizeram sinal para Nikki.
— O *happy hour* já acabou? — uma delas perguntou.
Nikki fez que não com a cabeça. A mulher olhou para o outro cliente com sua cerveja.
— Tem certeza? — ela perguntou.
Nikki anotou os pedidos delas sem tirar o olho da tela. O conjunto de legendas estava acompanhado da imagem de pequenas chamas tremeluzentes. Depois a câmera se afastou e mostrou uma multidão de estudantes uniformizados segurando velas.

[DEPOIS QUE O CORPO DE KARINA FOI ENCONTRADO, TEVE INÍCIO UMA VIGÍLIA EM FRENTE A SUA ESCOLA.]

— Achei que tinha falado para você encerrar o expediente. Vamos. Vá descansar — Grace disse, colocando uma bandeja sobre a mesa.
Nikki acenou vagamente com a cabeça para Grace, mas não conseguia tirar os olhos da televisão. Preenchendo a tela, havia uma jovem punjabi junto aos portões altos da escola. Ela segurava uma vela acesa com as duas mãos – as unhas estavam pintadas de rosa-escuro com glitter dourado nas pontas. A chama iluminava o rastro de lágrimas em seu rosto e o pingente dourado em seu pescoço, na forma da letra G.

O homem atrás do balcão da doceria Sweetie Sweets provavelmente achava que estava elogiando Nikki.

— Esses *gulab jamuns* valem as calorias que têm — ele disse, olhando para ela de cima a baixo. — Não que você precise se preocupar, né? Pelo menos por enquanto. — Ele riu. — Antes do casamento, minha esposa também era magrinha...

— Se puder colocar alguns em uma caixa para mim, seria ótimo — Nikki disse depressa, interrompendo o homem.

— Sem problemas, querida. Vai dar uma festinha? Estou convidado? — Ele riu, aproximando-se.

Nikki estava quase esmagando um *gulab jamun* na testa do cara quando sua esposa saiu de uma sala nos fundos. De repente, ele se ocupou procurando uma caixa para os doces. A mulher olhou feio para Nikki, que pagou e foi embora.

Olhou o horário no telefone. Estava cedo demais para ir para a casa de sua mãe sem ter que suportar inúmeras perguntas que não poderia responder sobre seu trabalho como professora. Ela caminhou pela Broadway, onde as calçadas estavam lotadas de araras com roupas em promoção e caixas de legumes e verduras. Uma fila torta de homens havia se formado em frente a uma loja de telefones celulares que vendia cartões para chamadas internacionais. Sobre aquelas lojas, havia outros estabelecimentos comerciais, cujas placas sobrepostas se destacavam nas fachadas dos prédios como balões de falas de histórias em quadrinho: Pankaj Madhur Contabilidade, Pensão Himalaia, RHP Vigilância Particular Ltda. O que Nikki costumava considerar um caos agora lhe parecia familiar, enquanto caminhava entre a multidão de pessoas, com a caixa de doces debaixo do braço. Ela acabou chegando a um cruzamento e o atravessou, indo parar na entrada do Bank of Baroda.

Sheena estava atrás de um balcão auxiliando um cliente quando Nikki entrou.

— Próximo — chamou a mulher na janela ao lado.

— Não, obrigada — Nikki disse. — Estou aqui para falar com Sheena.

Sheena levantou os olhos. Terminou de atender o cliente e depois saiu para cumprimentar Nikki com um ar de profissionalismo que camuflava a confusão em seu rosto.

— Kelly, vou fazer meu intervalo para o almoço — ela disse.

Quando saíram, o sorriso de Sheena desapareceu.

— O que está fazendo aqui? — ela perguntou.

— Podemos conversar?

— Ah, Nikki, eu sabia que devia ter pedido sua permissão antes de espalhar aquelas histórias por aí. Você está chateada, não está? Ouça, as mulheres que pretendem ir à próxima aula são de confiança. Hoje à noite vamos conversar sobre o que dizer aos Irmãos se formos questionadas.

— Não tem nada a ver com as histórias — Nikki disse. — Estou curiosa a respeito de Karina Kaur.

A preocupação desapareceu do rosto de Sheena.

— Está atrapalhando meu horário de almoço — ela respondeu.

— Não posso falar sobre isso com você no templo porque tem muitos bisbilhoteiros. Tive que vir aqui.

— O que te faz pensar que sei de alguma coisa?

Nikki descreveu a cena da vigília à luz de velas na escola.

— Tenho quase certeza de que era você.

— Impossível — Sheena disse. — Eu não estava na escola naquela época. Era recém-casada quando Karina morreu.

— Então era alguém muito parecida com você. Tinha as unhas pintadas de rosa com glitter.

— Muitas mulheres usam esse esmalte em Southall — Sheena afirmou.

— Era você. Nós duas sabemos muito bem. Estava usando aquele colar com o pingente com a letra G.

Sheena se encolheu como se Nikki a tivesse golpeado. Só se recuperou depois de ajeitar a gola da blusa para esconder a fina corrente dourada.

— Nikki, para quê? Por que quer saber? Porque, se for mera curiosidade, não estou aqui para fazer suas vontades. Os problemas desta comunidade são reais.

— Não é diversão.

— Então o que é? — Sheena a pressionou.

— Esta também é minha comunidade — Nikki disse. — Não moro aqui, mas faço parte dela agora. Em toda minha vida, nunca me senti tão frustrada, entretida, amada e desconcertada como nesses últimos dois meses. Mas parece que existem camadas de acontecimentos que não tenho permissão para conhecer. — Ela suspirou e desviou os olhos.

— Não sou tão ingênua a ponto de achar que posso ajudar, mas gostaria de ficar ciente do que está acontecendo.

A expressão de Sheena ficou mais suave. Um ponto de luz do sol da tarde apareceu entre as nuvens e enfatizou o alaranjado de seus cabelos pintados com hena. Nikki não estava disposta a abaixar os olhos, mesmo quando o olhar de Sheena a atravessava, perdida em pensamentos.

— Vamos sair de carro — ela disse, por fim.

Nikki a acompanhou até o estacionamento onde ficava seu pequeno Fiat vermelho. Sheena colocou a chave na ignição. Começou a tocar *bhangra* pelos alto-falantes. Elas não disseram nada no caminho, passando por fileiras de casas brancas. A estrada fez uma curva e as casas desapareceram atrás delas, substituídas por um parque. Sheena diminuiu a velocidade em uma estrada cheia de cascalho que dava para um pequeno lago. O sol reluzia sobre a água.

— A garota que você viu no documentário era Gulshan Kaur. Era uma de minhas melhores amigas — Sheena disse. — Ela morreu atropelada não muito longe daqui. O motorista nunca foi identificado.

— Sinto muito — Nikki disse.

— A mãe dela me deu seu colar de bebê depois que ela morreu. Eu não quis aceitar no início, mas ela insistiu. Havia uma superstição envolvendo manter na própria casa o ouro de uma mulher falecida. Dá azar. A maioria das pessoas decide vender ou transformar seu ouro, mas a mãe de Gulshan insistiu que eu ficasse com ele. Usei-o todos os dias desde a morte dela.

— Às vezes você toca nele — Nikki disse. — Como se estivesse se lembrando dela.

— Se Gulshan estivesse viva, nós nos veríamos todos os dias — Sheena afirmou. — Ela ainda seria minha amiga, mesmo que as outras mulheres se distanciassem de mim, achando que eu dava azar depois do câncer de Arjun. Ela se preocupava com a verdade. E foi isso que a matou.

— Como assim?

Sheena soltou um suspiro trêmulo.

— Karina era prima de Gulshan. Gulshan e eu éramos alguns anos mais velhas que ela, então sempre que ela falava da prima Karina, eu a identificava como a garota alegre que Gulshan considerava uma irmã mais nova. Karina era rebelde. Uma vez, foi suspensa da escola por vender cigarros para adolescentes mais novos. E também fugia para se encontrar com garotos. Gulshan costumava dar conselhos a ela. O pai de Karina era muito respeitado na comunidade, e sempre que Karina fazia algo errado, as pessoas comentavam: "Qual é o problema dessa garota? Ela vem de uma família tão boa. Não tem desculpa". Porém, Gulshan sabia a verdade. O pai de Karina bebia muito. Ele fazia isso a portas fechadas. Algumas vezes, Karina mostrou a Gulshan os hematomas deixados pelas surras de seu pai.

— Como era a mãe de Karina? — Nikki perguntou.

— Ela não tinha mãe. Esse era um dos motivos de seu pai ser tão rígido, ele não fazia ideia de como controlar a filha. Ela era castigada por qualquer coisinha e as surras se tornaram cada vez mais frequentes. Ele a pressionou para largar a escola e se casar com um homem mais velho na Índia. Um dia, Karina ligou para Gulshan de um telefone público. Ela disse que ia fugir com o namorado e que ligaria novamente quando estivesse em segurança. Gulshan tentou convencer Karina a não fazer aquilo, mas sua prima disse: "Agora é tarde demais. Se eu for para casa, meu pai vai me matar". Gulshan não contou para ninguém que Karina tinha ligado para ela, mas alguns dias depois alguém conseguiu descobrir onde ela estava.

— Imagino que tenha sido um caçador de recompensas — Nikki disse.

— Sim, um motorista de táxi que estava interessado no dinheiro da recompensa. Ele a encontrou a quilômetros de distância, em Derby. Imagine só, Nikki. Ela foi para longe e a comunidade ainda conseguiu encontrá-la. — A voz de Sheena ficou embargada ao dizer aquelas últimas palavras.

— Ela foi mandada de volta para casa? — Nikki perguntou em voz baixa. Sheena confirmou que sim. Tirou um lenço da bolsa e secou o canto dos olhos.

— Depois que Karina voltou, Gulshan não teve notícias dela. Os pais de Gulshan disseram para ela não se envolver, mas, um dia, ela não conseguiu se conter e disse: "Sheena, algo terrível vai acontecer com minha priminha. Ela vai morrer". No começo, até eu tive que me esforçar para acreditar nisso. O pai de Karina havia criado uma iniciativa beneficente para ajudar recém-chegados no país. Ele havia prestado assistência à minha família quando chegamos à Inglaterra. Tinha nos ajudado a preencher toda a papelada, os formulários fiscais, de emprego, tudo. Eu disse a Gulshan que as garotas jovens tendiam a exagerar. Tinha certeza de que aquele homem não mataria a filha. Karina provavelmente estava a caminho da Índia para se casar e resgatar a honra da família. Então liguei no noticiário uma noite e Karina tinha sido dada como desaparecida pela polícia. Seu pai havia notificado o desaparecimento. Foi quando me dei conta. — Sheena fez uma pausa. No silêncio, dava para ouvir o som de outro carro passando pela via de cascalho. Estacionou perto delas e dele saiu uma família com duas crianças, atravessando o campo. O olhar de Sheena ia além deles. Ela continuou: — Se seu pai estava dizendo à polícia que ela havia desaparecido, ele sabia que ela não ia voltar. Alguns dias depois, seu corpo foi encontrado em uma área de floresta perto do Herbert Park. Foi um momento assustador para a comunidade. Todos trancaram as filhas em casa, convencidos de que havia um assassino à solta.

— Mas Gulshan suspeitava que o pai dela a havia matado — Nikki disse. Uma sensação de terror tomou conta de seu corpo.

— Sim — Sheena disse. — Ela não tinha certeza. Mas, depois que passou o alvoroço e a imprensa foi embora, começou a fazer perguntas. Não era estranho o pai de Karina tê-la declarado como desaparecida à polícia, mas mantido segredo da primeira vez que fugiu? Por que ele não havia contratado outro caçador de recompensas? Ele devia saber que ela estava morta. Então, um dia Gulshan me ligou. Ela estava muito empolgada. Disse: "Sheena, agora há provas". Ela tinha ido com os pais à casa de Karina para uma sessão de orações. Havia conseguido entrar escondida no quarto de Karina e vasculhado até encontrar um diário. Havia páginas detalhando os piores medos de Karina: que seu pai a matasse para salvar sua reputação. Gulshan não podia tirar o diário da casa de Karina sem ser descoberta, então o colocou de volta no lugar. Achou que seria mais seguro ligar para a polícia e pedir que fizessem uma busca no quarto. Mas então... — Sheena mordeu o lábio.

— O acidente — Nikki disse. — Gulshan morreu antes de conseguir entrar em contato com a polícia. — Ela fechou os olhos como se desligar momentaneamente o mundo pudesse aliviar as injustiças da história de Karina e Gulshan.

— Alguém deve ter contado ao pai de Karina sobre as perguntas que Gulshan andava fazendo, sobre ela ter visto o diário — Sheena disse. — O diário nunca foi encontrado.

— Para quem mais Gulshan contou sobre o diário?

— Ela contou para mim — Sheena disse em voz baixa. — E eu contei para minha sogra. Eram os primeiros dias de meu casamento e estávamos formando laços. Achei que não haveria problema. Da mesma forma, ela não achou que faria mal contar a uma amiga, que contou a outra amiga... — Sheena balançou a cabeça, novamente com a voz embargada. — Por dever, alguém sentiu que era necessário deter Gulshan. Impedir que ela envergonhasse a comunidade. Antes que ela nos fizesse parecer um grupo de bárbaros que mata as próprias filhas.

— Ah, Sheena — Nikki disse. — Sinto muito.

— Eu também — Sheena sussurrou.

O segredo de Sheena pesava no ar. Ambas olhavam diretamente para a frente, vendo o lago cintilar e formar pequenas ondas, como uma joia. Uma brisa soprou no parque, levantando as folhas de grama e revelando a parte de baixo escura. Os prédios de Londres eram silhuetas ao longe.

— Você vem sempre aqui? — Nikki perguntou.

Sheena olhou pela janela.

— O tempo todo. Gulshan não morava muito longe e vinha correr aqui três vezes por semana. Tinha que aguentar os comentários por ser uma garota punjabi correndo com as pernas descobertas.

— O motorista do carro saberia onde encontrá-la, então — Nikki disse.

— Exatamente. Depois que Gulshan morreu, visitei o local do acidente e vi a curva na estrada. Há um ponto cego. Depois do acidente, foi feito um abaixo-assinado para que uma placa fosse colocada para alertar os pedestres. Talvez ela estivesse com fones de ouvido e não tenha prestado atenção. A gente fica tentando se convencer de que pode não ter passado de um acidente, que a explicação mais simples é a mais provável.

— Talvez tenha sido apenas isso — Nikki sugeriu. — Um acidente.

A coincidência a perturbou de imediato. Nem conseguia imaginar o conflito que aquilo havia criado dentro de Sheena.

— Nunca vou saber ao certo — Sheena afirmou. — Mas, nesta comunidade, desconfio de acidentes. Alguns anos depois, o pai de Karina foi hospitalizado com cirrose hepática. Fiquei sabendo por pessoas da comunidade que ele estava sentindo muita dor e pensei: *Bem feito*. Ele tinha parado de esconder o alcoolismo. As pessoas culpavam a morte de Karina. Diziam que ele era um homem angustiado, um pai de luto. Eu não sentia um pingo de empatia por ele. Em seu funeral, usei o colar de Gulshan pela primeira vez. As pessoas ficaram olhando, mas não disseram nada. Todos sabiam.

Nikki podia praticamente sentir a queimação daqueles olhares.

— Você teve muita coragem de fazer aquilo — ela disse.

Com uma das mãos, Sheena girava o pingente entre o polegar e o indicador. Ela deu de ombros.

— Foi apenas um pequeno gesto. Tenho certeza de que as pessoas nem se lembraram depois.

— Provavelmente se lembraram.

— Ou não — Sheena disse. A força em seu tom de voz surpreendeu Nikki. Talvez ela se sentisse responsável pela morte de Gulshan.

Nikki não disse mais nada, esperando que a tensão se dissipasse.

— Vamos voltar — Sheena disse. Ela virou a chave na ignição e saiu do parque. O rádio começou a tocar e encheu o carro com uma antiga balada romântica indiana. Conforme foram se afastando daquele parque solitário, Sheena pareceu relaxar. Cantarolou junto com a música. — Conhece essa música? — Sheena perguntou quando chegou ao refrão.

— Minha mãe deve conhecer — Nikki respondeu.

— Ah, com certeza. É um clássico. — Sheena aumentou o som. — Dá para ouvir a tristeza na voz dele.

Elas ouviram o artista cantando sobre seu coração pesado e seus anseios. Nikki teve que admitir que a canção emocionava. As ruas de Southall surgiram adiante, enquanto a balada servia como trilha sonora para as fileiras de joalherias e bancas de *jalebi*. Apesar da história sinistra que Sheena tinha acabado de contar, Nikki era capaz de compreender como aquele lugar poderia ser um lar, e por que o deixar era algo inimaginável para alguns.

Elas estavam parando no estacionamento do banco quando Sheena murmurou:

— Merda! — Seus olhos estavam sobre uma figura ao longe.

— Aquele é Rahul? — Nikki perguntou, forçando os olhos.

Sheena confirmou. Ela estacionou na vaga mais afastada da entrada e desligou o motor, mas não deu sinal de que sairia do carro.

— Vou esperar até ele voltar para dentro — ela disse.

— Quando vão parar de se evitar em público? — Nikki perguntou.

— No momento, estamos nos evitando no âmbito privado também — Sheena disse.

— Por quê? O que aconteceu?

Sheena girou a chave na ignição. O motor roncou e uma música começou a tocar no rádio.

— A coisa começou a ficar mais física.

— E?

— Tudo está acontecendo rápido demais. Meu marido me cortejou durante meses antes mesmo de pegar na minha mão. Com Rahul, fui do beijo no rosto para o nível mais íntimo em dois encontros.

— Acho que as coisas estão andando rápido agora porque vocês estão apaixonados e é tudo novidade. Além disso, você não é mais inexperiente. Não dá para comparar um romance a essa altura da vida com seu primeiro casamento, catorze anos atrás.

— Sei disso — Sheena disse. — Mas sinto falta da emoção, da expectativa.

— Devia tentar falar sobre isso com Rahul.

— Não adianta conversar. Posso contar essas coisas para *você*, mas não posso falar com ele sobre isso.

— Tente.

Sheena suspirou.

— Ontem à noite eu disse que precisávamos nos afastar um pouco. Ele conseguiu ficar longe de mim a manhã toda. Não quero cruzar com ele agora ou vai achar que se trata de algum joguinho bobo, como se eu estivesse me fazendo de difícil.

Sheena de repente suspirou e abaixou. Seu movimento assustou Nikki.

— Ele está vindo nessa direção — Sheena sussurrou.

Rahul estava mesmo se aproximando do carro. De repente, Sheena ficou muito agitada. Ficou mexendo no botão do rádio, inclinou-se sobre Nikki, abriu o porta-luvas e começou a procurar algo em meio a um monte de tíquetes de estacionamento antigos. Rahul bateu no vidro.

Sheena abriu a janela.

— Ah, oi — ela disse em tom despreocupado.

— Oi — Rahul disse. — Está tudo bem?

— Hum? Ah, sim — Sheena afirmou. — Estamos no meio de uma conversa, então se não se importar de nos dar licença…

— É claro. Vi que seu carro estava parado aqui, mas os faróis estavam acesos, então vim ver se tinha alguém dentro. Fiquei com medo de sua bateria arriar.

— Obrigada — Sheena agradeceu. — Está tudo bem por aqui. — A vermelhidão nas bochechas de Sheena indicava que ela não estava bem.

— Certo — Rahul disse.

Elas ficaram olhando ele se afastar e, quando entrou no banco, Sheena respirou fundo.

— Acha que consegui disfarçar bem? Não sei. Ele me pegou desprevenida. — Ela colocou as mãos no rosto. — Agora vou ter que me atrasar para voltar ao trabalho porque não posso entrar lá toda vermelha desse jeito.

— Eu não devia ter ocupado tanto seu tempo — Nikki disse, olhando para o relógio no painel do carro de Sheena. — Não sei bem o que estava esperando, entrando no banco e achando que poderíamos simplesmente conversar sobre isso no balcão.

Sheena continuou se abanando. Parecia que ela estava dispensando as desculpas de Nikki.

— Você não estava esperando uma história complicada. Ninguém espera. Se uma garota é morta, é inimaginável que seus entes queridos tenham participação nisso. As pessoas não consideram essa hipótese, a menos que saibam o que se passa na comunidade.

— Eu pensei que soubesse — Nikki disse. — Quando Tarampal me contou sobre o suicídio de Maya, fiquei chocada, mas depois lembrei que a honra é algo muito importante nesta comunidade. Não achei que tivesse algo mais…

A voz de Nikki falhou. *O suicídio de Maya*. Em voz alta, naquele espaço pequeno, as palavras eram gritantes. Uma dúvida terrível começou a se formar em sua cabeça. Claramente, Sheena notou. De repente, ela parou de abanar o rosto e colocou a mãos no colo. No pesado silêncio que se seguiu, Nikki tomou coragem para perguntar:

— Maya cometeu mesmo suicídio?
A resposta de Sheena foi inesperadamente ligeira.
— Acha que ela faria uma coisa dessas?
— Eu não a conheci — Nikki disse.
A impaciência contida no suspiro de Sheena era nítida.
— Ah, por favor, Nikki. Uma garota moderna deixando um bilhete confessando seus "pecados" e dizendo que "arruinou a honra da família"? Maya era ocidentalizada demais para se preocupar com isso.
Tarampal não havia mencionado nenhum bilhete. Sua versão dos acontecimentos tinha feito o incidente parecer mais espontâneo – como se a ameaça de divórcio de Jaggi tivesse feito Maya entrar logo em pânico.
— Quem escreveu a nota de suicídio, então? — Nikki perguntou.
— Provavelmente a pessoa que a matou.
— Não está sugerindo que... — Nikki sentiu suas pernas ficando geladas devido ao choque. — Jaggi? Por causa do caso que ela estava tendo?
— Se é que *houve* um caso. Quem vai saber? — Sheena disse. — Jaggi era do tipo ciumento. Tarampal também não ajudava espionando Maya e presumindo que cada sorriso que ela dava para um homem significava que estava dormindo com ele. Ela se metia no casamento deles.
— Não houve investigação policial? Como isso é possível?
Sheena deu de ombros.
— Sei que Kulwinder tentou falar com a polícia uma vez, mas disseram que não acreditavam que houvesse qualquer evidência de crime.
— Então simplesmente encerraram o caso? — Nikki perguntou.
— Havia testemunhas. As esposas de alguns amigos de Jaggi relataram que Maya estava considerando o suicídio havia algum tempo. Falaram como se elas fossem muito próximas – uma espécie de clube de esposas –, mas sei que Maya mal falava com elas. Ela tinha suas próprias amigas.
— E onde elas estavam? — Nikki questionou. — Por que não se manifestaram?
— Por medo, eu acho — Sheena disse. — Todos tiveram medo de lutar por Maya. Os riscos são altos demais e ninguém sabe ao certo se realmente aconteceu algo suspeito. Até mesmo Kulwinder evita a polícia agora. Vejo que volta do mercado pelo caminho mais longo só para não ter que passar em frente à delegacia. Alguém deve ter falado para ela não criar confusão.

Nikki sentiu um arrepio. Sem saber, havia entrado na casa onde pode ter acontecido um assassinato. E um assassinato *planejado*.

— Tarampal não estava lá quando aconteceu, estava?

— Não. Lembro de tê-la visto em um evento do templo aquela noite. Mas Kulwinder nunca a perdoou. Tarampal disse à polícia que Maya havia ameaçado botar fogo na casa toda na noite anterior à sua morte. — Sheena revirou os olhos. — Até parece que Maya disse uma coisa dessas. Tenho certeza de que foi tirado de contexto. O testemunho de Tarampal fez Maya parecer uma esposa angustiada de filme indiano.

Instável, Tarampal havia repetido.

— E aquilo fez o suicídio parecer mais plausível.

— Sim — Sheena afirmou. — Com certeza Tarampal estava do lado daquele rapaz.

O filho que Tarampal sempre havia desejado. Nikki balançou a cabeça.

— Isso é tão...

— Doentio? Perturbador? — Sheena sugeriu. — Agora entende por que alertei sobre se intrometer? É perigoso.

Nikki compreendeu, mas ainda assim não queria recuar.

— Mas e o bilhete? Estava escrito com a letra de Maya?

— Deve ter sido bem parecida. A polícia se convenceu de que era uma nota de suicídio. Disseram para Kulwinder que as palavras estavam borradas, como se Maya tivesse chorado.

— É um detalhe interessante — Nikki disse. — Parece que estavam ávidos para se apegar a qualquer indício que sugerisse suicídio. Sem nenhuma investigação conturbada, sem mexer em nenhum vespeiro.

Pobre Kulwinder.

— Acho que sim. Kulwinder nem pôde entrar na casa de Tarampal, muito menos procurar uma amostra da caligrafia de Maya.

Nikki segurou a cabeça entre as mãos.

— É revoltante, Sheena — ela disse. — Estamos aqui sentadas, praticamente certas de que uma mulher inocente foi assassinada.

— Mas não temos como provar — Sheena disse. — Lembre-se disso, Nikki. Não tente bancar a heroína aqui. Não funciona.

Antes de sair do carro, Sheena ajeitou a gola de maneira que engolisse seu pingente e o fizesse desaparecer.

Capítulo 11

Geeta gesticulava loucamente. Seu coque colmeia tremia com a força dos movimentos.

— Então disseram que os sapatos dele estavam enlameados demais para entrar no país. Acredita nisso? Por sorte, Nikki e Mindi não precisam viajar para lugar nenhum a trabalho. Esses funcionários da alfândega podem ser muito exigentes.

— Achei que a alfândega da Austrália era rígida com a lama nos sapatos dos estrangeiros para que as partículas do solo não se misturem com as deles — Harpreet disse, ignorando o sutil comentário contra suas filhas, cujos trabalhos pouco importantes não as levavam ao exterior.

— *Leh*. Solo estrangeiro. O que há de tão diferente no solo britânico? Não, eu estou dizendo, aquelas pessoas estavam dificultando a vida dele porque acharam que fosse muçulmano.

Depois de ter se convidado para tomar chá na casa de Harpreet, Geeta estava feliz por ter plateia para suas reclamações. Seu desejo de se vangloriar nunca era sutil. Nos últimos dez minutos, ela havia mencionado a viagem do filho a Sydney pelo menos quatro vezes. Harpreet desejou ter ido ao templo no dia anterior. Ela tinha evitado porque sabia que Geeta era frequentadora ávida de toda a programação semanal do *gurdwara* de Enfield; mas então acabou encontrando com ela no estacionamento do supermercado. Ela olhou no relógio. Ainda faltava no mínimo uma hora para Mindi terminar seu turno no hospital e voltar para casa.

— Suresh disse que Sydney é muito parecida com Londres — Geeta tentou novamente.

— O que ele foi fazer lá? — Harpreet perguntou.

— A empresa o mandou para um congresso. Com todas as despesas pagas. A passagem foi de classe executiva. Ele disse: "Mamãe-ji, só os chefes viajam em classe executiva. Deve ter havido algum erro". Hoje em dia há tantos cortes no orçamento que até os diretores estão viajando em classe econômica. Mas eles disseram que não, não houve problema nenhum. É tudo parte das bonificações da empresa.

— Isso é muito bom — Harpreet disse.

Ela não tinha novidades de suas filhas para se gabar. Mindi continuava solteira e Nikki – bem, Nikki não havia dito nada sobre seu trabalho em Southall desde que começara. No início da tarde, ela havia levado a caixa de doces e saído às pressas, dizendo que tinha um compromisso quando Harpreet estava prestes a perguntar outra vez como estava indo seu trabalho e o que, exatamente, pretendia *fazer* com ele. Harpreet teve uma leve sensação de que o emprego era um assunto que Nikki não queria discutir, o que provavelmente significava que ela o havia largado, assim como tinha feito com a universidade.

Geeta respondeu ao silêncio de Harpreet com um olhar de pena.

— Os filhos fazem o que querem — ela disse de maneira generosa.

Não os seus filhos, Harpreet pensou. Mas quem queria filhos como os de Geeta – homens adultos que ainda a chamavam de mamãe?

— Como está a aula de ioga? — Harpreet perguntou para mudar de assunto.

— Bem, bem — respondeu tia Geeta. — Está melhorando minha circulação. Precisamos desse tipo de exercício. A professora é uma mulher bem magra, mas tem cinquenta e poucos anos. Disse que pratica há poucos anos, mas já ganhou muita flexibilidade.

— *Hanh*, ioga dá muita força.

— Você deveria aparecer nas aulas de terça-feira.

Harpreet não conseguia pensar em nada pior do que fazer aula de ioga com Geeta e seu grupo de amigas, que passavam mais tempo se vangloriando do que de fato se exercitando.

— Pessoalmente, prefiro a academia.

— Você se matriculou na academia?

— Algumas semanas atrás — Harpreet disse. — Só faço caminhadas rápidas na esteira e às vezes uso a bicicleta ergométrica. Gosto de ir de manhã. Me dá mais energia.

— Energia para quê? — Geeta perguntou. — Na nossa idade, deveríamos estar diminuindo o ritmo. — As palavras dela estavam recobertas por reprovação.

— As pessoas são diferentes — Harpreet disse.

Quando Geet inclinou-se para pegar um pedaço de *ladoo*, seu *kameez* dobrou para a frente, revelando um decote profundo.

— O que gosto na ioga é que só tem mulheres. Sua academia é unissex?

O rosto de Harpreet pegou fogo. Ela seria obrigada a responder à pergunta de Geeta. E daí se havia homens em sua academia?

— É — ela disse.

— Venha fazer ioga — Geeta disse. Era uma repreensão. — Há outras mulheres como nós lá — ela acrescentou.

— *Hanh*, mulheres como nós — Harpreet repetiu de maneira vaga. Se existisse um uniforme e um código de conduta para mulheres punjabi com mais de cinquenta anos, Geeta seria a idealizadora.

— Como está Mindi? — Geeta perguntou.

— Está bem. Trabalhando hoje.

— Já encontrou alguém?

— Não sei — Harpreet disse.

Aquela seria sua resposta padrão até Mindi estar pronta para se comprometer. Na verdade, Mindi estava saindo com alguém, mas ainda não tinha falado sobre ele. Harpreet tinha medo de perguntar. Por um lado, queria que Mindi encontrasse alguém e se estabelecesse. Mas aquilo significaria voltar todas as noites para uma casa vazia, e Harpreet não estava pronta para isso.

— É bom ela encontrar alguém rápido, não? Se passar todo esse tempo procurando e não encontrar nada, vai passar uma má impressão.

— Ela vai encontrar alguém — Harpreet disse. — Não há motivos para pressionar a garota. Ela é capaz de pensar com a própria cabeça.

— É claro que vai — Geeta murmurou.

Harpreet serviu o que restava de *chai* na xícara de Geeta. Alguns pedaços de folhas ficaram boiando na superfície.

— Espere, vou coar esse chá — ela disse, pegando a xícara da mão de Geeta.

Na cozinha, procurou a peneira e lembrou-se de quando jogou fora a que sua mãe havia lhe dado para levar para a Inglaterra depois que Nikki e Mindi a usaram para tirar seu peixinho dourado do aquário. Sentiu uma pontada de tristeza. O que era um lar sem sua família?

Geeta estava limpando migalhas dos lábios quando Harpreet voltou.

— Sem açúcar, por favor — ela disse com a grandeza de quem faz dieta. Mas nenhuma combinação de posições de ioga eliminaria as calorias daquele *ladoo*, Harpreet pensou com satisfação.

— Agora, diga — Geeta disse depois de tomar um gole de chá —, está sabendo das histórias?

— Que histórias?

— As *histórias* — Geeta disse.

Harpreet teve dificuldade de disfarçar a irritação. Por que as pessoas prefeririam repetir as coisas em vez de explicá-las?

— Não sei do que você está falando.

Geeta colocou a xícara sobre o pires.

— As histórias que estão circulando por toda a comunidade punjabi de Londres. Quando Mittoo Kaur me falou sobre elas, eu ri e não acreditei nela. Depois ela levou uma das histórias para minha casa. Disse que tinha lido em voz alta para o marido, e depois... — Ela balançou a cabeça. — Bem, as pessoas são afetadas por essas coisas. — Ela ficou olhando fixamente para Harpreet como se aquilo a ajudasse a entender o que estava querendo dizer. — Eles transaram no sofá — Geeta sussurrou.

— *O quê?* Ela te *contou* isso?

— Fiquei tão surpresa quanto você, mas a história era muito envolvente.

— Qual é o título do livro? — Harpreet perguntou.

— Não é livro — Geeta disse. — São apenas histórias digitadas. Ninguém sabe exatamente de onde estão saindo.

— Como assim? O autor é anônimo?

— Ao que parece, não é de um autor só. Essas histórias não foram publicadas em lugar nenhum. Estão apenas sendo copiadas, escaneadas, enviadas por e-mail e por fax por toda Londres, e estão atingindo um público-alvo. Mittoo Kaur já leu três, e todas elas transformaram por completo suas relações com o marido. Durante a aula de ioga, outro dia, quando a professora pediu para deitarmos de barriga para cima e puxarmos os joelhos na direção do peito, Mittoo piscou para mim e disse: "Igual eu fiz ontem à noite". Na nossa idade! Consegue imaginar?

— Não — Harpreet respondeu depressa. — Não consigo. Mas ela *estava* imaginando. Estava se imaginando com Mohan. — Mittoo disse onde arranjou essas histórias?

— Ela recebeu da prima, que pegou com uma amiga do templo de Enfield. A amiga ficou sabendo por meio de uma colega punjabi que mora na região leste de Londres. Ela perdeu o rastro aí porque a prima não chegou a perguntar à colega de onde as histórias estavam vindo, mas Mittoo Kaur não é a única pessoa que eu conheço que está recebendo essas histórias. A esposa de Kareem Singh me disse que se deparou com elas também. Ela me contou uma que era bem ilustrativa. Uma mulher punjabi leva o carro no mecânico e eles acabam transando sobre o capô. Ela amarra os pulsos dele no espelho retrovisor com seu *dupatta*.

— Todas são assim, tão detalhadas? — Harpreet perguntou. — Nunca vi histórias desse tipo que retratassem nosso povo.

— Há rumores de que as histórias estão vindo de Southall.

— Isso é ridículo — Harpreet disse, gargalhando. — Eu acreditaria se dissesse que eram de Mumbai. Mas, se são da Inglaterra, não são de Southall.

— Não, é verdade. A tia dela tem uma amiga que fez um curso lá sobre como escrever histórias pornográficas.

Aquilo não fazia sentido.

— Haveria tumulto na comunidade se existisse uma coisa dessas — Harpreet disse.

— É por isso que foi anunciado como curso de inglês.

— Isso é impossí... — Harpreet ficou paralisada. Southall. Curso de inglês. Ela engoliu em seco e ficou quieta. Lembrou-se de que Geeta era uma grande fofoqueira. Ela exagerava. Não havia motivos para pensar...

— Sabe o que mais ela me disse? Que as histórias estão sendo escritas por mulheres mais velhas, cujos maridos faleceram. Consegue imaginar? Mulheres como nós.

— *Hanh* — Harpreet resmungou. Ela tomou um gole de chá. — Mulheres como nós.

Quando Nikki chegou à estação de Southall, no dia seguinte, estava resmungando baixinho. O trem tinha atrasado e ela estava tão atrasada que não teria nem tempo para fumar o cigarro pelo qual tanto ansiava. Maldito Jason e seu plano de pararem de fumar juntos. O ônibus subiu a ladeira com dificuldade e desceu lentamente até a Broadway. Cascas de legumes e frutas ocupavam o chão em frente ao mercado e lantejoulas cintilavam como constelações nas vitrines das lojas de sári. Um casal saiu do escritório do serviço de imigração segurando documentos junto ao peito. Quando o ônibus parou no templo, Nikki verificou o horário no celular: a aula tinha começado meia hora antes.

Um burburinho vinha do prédio do centro comunitário. Nikki subiu as escadas. O barulho aumentou. Vozes distintas – de Arvinder e de Sheena – podiam ser ouvidas sobre uma imensidão de conversas empolgadas. Nikki entrou na sala e tomou um susto. Havia mulheres por todos os lados – sentadas de pernas cruzadas sobre mesas, aninhadas confortavelmente em cadeiras, apoiadas nas paredes, encostadas na mesa da professora, na frente da sala.

Nikki ficou sem palavras. Deu um passo para trás e ficou olhando para as mulheres, sem conseguir, a princípio, compreender o que estava vendo. Havia muitas viúvas, identificadas pelos trajes brancos, mas grupos de mulheres de outras faixas etárias também haviam se juntado à turma. A presença de mulheres mais jovens era caótica – o barulho das pulseiras de metal, as nuvens de perfume. As vozes das mulheres de meia-idade ecoavam com uma segurança invejável.

Foram as viúvas que a notaram primeiro. Uma a uma, saíram da conversa e se concentraram em Nikki. O barulho foi diminuindo aos poucos até Nikki ficar de frente para um grupo de mulheres completamente em silêncio. Ela sentiu uma necessidade repentina de ar e se perguntou se estava prendendo a respiração aquele tempo todo.

— Essa é a professora? — uma mulher perguntou.

— Não, as aulas estão sendo dadas por uma *gori*.

— Que *gori* sabe falar punjabi? — outra mulher perguntou. — Não, deve ser ela.

A falação recomeçou. As vozes ecoavam pelas paredes. Nikki entrou no meio da multidão e encontrou Sheena.

— Quando toda essa gente apareceu? — Nikki perguntou.

— As primeiras estavam esperando na frente do prédio há mais ou menos uma hora. Eu as vi do *langar* e corri para avisar que a aula ainda não tinha começado. Elas disseram: "Tudo bem, estamos esperando as outras". Então outro grupo chegou — Sheena disse.

— Quando você disse que as histórias tinham se espalhado por toda Londres... — Nikki disse, olhando ao redor.

— Também não achei que seriam tantas mulheres — Sheena afirmou. — Mas não podíamos mandá-las embora.

— Mas o que vamos fazer quando Kulwinder voltar?

— Podemos fazer uma escala — Sheena sugeriu. — As mulheres podem se inscrever para as sessões.

— Ou podemos abrir nossos próprios cursos em nossas regiões — uma mulher que estava sentada perto delas declarou. — Alguém aqui mora na área de Wembley?

Algumas mulheres levantaram as mãos. *Ah, merda*, Nikki pensou. Se as histórias estavam se espalhando, provavelmente haviam chegado também a Enfield. Ela procurou rápido as amigas de sua mãe, mas não viu nenhuma conhecida.

— Ouçam todas — Nikki gritou. As mulheres ficaram momentaneamente em silêncio. Nikki se apressou para manter a pausa. — Bem-vindas. Quero agradecer a presença de todas vocês. Não estava esperando um grupo tão grande, e vamos precisar limitar o número de participantes no futuro. — Ela olhou para a sala. — Também quero enfatizar a necessidade de sermos discretas, embora eu não saiba ao certo se isso vai ser possível. — Seus batimentos cardíacos aceleraram ao pensar no que aconteceria se os Irmãos as descobrissem. — Podemos ter muitos problemas se as pessoas erradas descobrirem sobre essas aulas.

Olhares rápidos foram trocados pela sala. O coração de Nikki parou.

— Eles já sabem, né? — ela perguntou.

No fundo, Preetam levantou a mão.

— A Dharminder aqui disse que ficou sabendo do curso porque um dos Irmãos bateu na porta de sua casa perguntando se ela sabia alguma coisa sobre as histórias.

Dharminder, uma viúva robusta cujo *dupatta* cobria os olhos, confirmou.

— Sim. Por fim, eles mesmos estão espalhando a notícia.

Então não demoraria muito para irem bater na porta de Kulwinder. O pânico deixou o peito de Nikki apertado. Elas tinham que encerrar o curso – era preciso, ou as mulheres correriam perigo. *Ela* correria perigo.

— Então não tenho certeza se é uma boa ideia continuarmos — Nikki disse.

— Não podemos interromper as aulas agora, Nikki — Sheena disse. — Essas mulheres vieram de todos os cantos. Vamos seguir com a aula de hoje e depois pensaremos no que fazer.

A sala ficou em silêncio. Todos os olhares estavam sobre Nikki. Sheena tinha razão – aquelas mulheres estavam lá para apoiar o curso.

Ela não suportava a ideia de mandá-las embora e perder todas aquelas novas vozes.

— Quem tem uma história para contar?

Várias mãos surgiram no ar e vozes começaram a se sobrepor. Nikki pediu silêncio. Passou os olhos pela sala. Uma mulher magra, de meia-idade, que vestia um *kurti* marrom sobre meias-calças pretas estava balançando uma folha de papel.

— Minha história está incompleta — ela confessou quando Nikki a chamou. — Preciso de ajuda com ela. Ah, a propósito, eu me chamo Amarjhot. — Ela riu com timidez. Seu modo de agir fez Nikki se lembrar dos primeiros encontros com Manjeet.

— Por que não começa, Amarjhot? — Nikki pediu.

Quando Amarjhot se aproximou da frente da sala, as outras mulheres aplaudiram. Amarjhot pigarreou e começou.

* * *

Havia uma mulher jovem e bela chamada Rani. Ela parecia uma princesa, mas não era tratada desse modo por seus pais. Por ser a filha mais nova de uma família pobre, Rani tinha que fazer todo o trabalho doméstico e raramente tinha permissão para sair de casa. Muitas pessoas em sua aldeia nem sabiam que ela existia.

* * *

Deu para ouvir alguém bocejando no fundo da sala. Amarjhot lia muito devagar. Ela continuou descrevendo Rani – seus olhos castanhos, a pele clara com bochechas que podiam ser confundidas com maçãs, a cintura fina. Então, um dia um homem foi pedir a mão de Rani em casamento. Ela parou ali. Olhou para a página e se virou para Nikki.

— Depois disso, não consegui mais encontrar as palavras. Elas não vinham. Mas lembro do que gostaria de dizer.

— Diga logo, então. Passe para a noite de núpcias — Preetam falou.

— O que Rani e esse homem fizeram juntos? — Risos de expectativa flutuavam pela sala.

Amarjhot fechou os olhos rapidamente e um sorriso surgiu em seu rosto. Ela começou a gargalhar.

As mulheres mais eloquentes ficaram mais do que felizes em continuar a história.

— Ele desatou os trajes de casamento dela e a deitou sobre a cama.

— Ele se despiu. Ou ela tirou as roupas dele e tocou seu corpo.

— Ele tinha um negócio grande.

— Enorme. Como uma cobra.

— Mas o usou com cuidado, porque ela sabia muito pouco. Deixou que ela o segurasse primeiro e movimentasse as mãos sobre ele.

— E depois ele a beijou — Amarjhot continuou. — Ela cedeu ao toque dos lábios dele sobre os seus. Enquanto se beijavam, ele passava os dedos sobre o corpo dela como se estivesse fazendo um desenho. Fez movimentos circulares com a mão espalmada sobre seus mamilos, que ficaram rijos ao serem tocados. Ele então levou os lábios a um dos mamilos e começou a chupá-lo enquanto acariciava o outro gentilmente com os dedos. Rani estava em êxtase.

— Mas começou a gemer e dizer um nome que não era o dele — Bibi disse.

Houve suspiros e murmúrios de apreciação.

— Ela estava dizendo o nome de quem?

— Não, nada disso. Essa Rani era uma garota virtuosa que estava sentindo amor pela primeira vez. Por que estragar tudo?

— Ninguém está estragando nada. Só estamos acrescentando *massala* — Tanveer disse.

Nikki não estava prestando atenção naquelas interrupções. Passou pelas mulheres lentamente e foi até a mesa onde estava a lista de presença. Seria uma boa ideia registrar nomes e dados. Passando os olhos pelos papéis, encontrou o formulário de inscrição de Tarampal. Nikki não foi capaz de conter outra onda de pânico. Será que o número dezesseis da Ansell Road seria visitado pelos Irmãos que estavam passando pelas casas para fazer perguntas?

— Talvez eles tentem logo de uma vez, mas então descobrem que ele é grande demais — Preetam sugeriu.

— Daí fazem por trás — outra mulher disse.

— Credo — algumas mulheres gritaram. Houve então uma pequena e precisa aula sobre o que "por trás" significava.

— Não é na bunda — Tanveer explicou, para alívio das outras.

— Ah, mas por que não? Não é tão ruim. É diferente.

— Não ouviu qual é o tamanho da mangueira de jardim do cara? Está mais para mangueira de incêndio. Gostaria mesmo de algo desse tamanho entrando em sua área de escape?

— Onde raios eles colocaram o *ghee*? — perguntou alguma mulher desesperada.

A discussão continuou. Finalmente, ficou decidido que Rani e seu marido transformariam aquela crise em uma aventura excitante. Tentariam uma variedade de posições.

Núcleos de conversa surgiam pela sala. Confissões casuais ao alcance do ouvido.

— Meu marido e eu tentamos uma vez — disse Hardayal Kaur. — Só funciona se você for muito flexível. Meus joelhos ficaram duros demais por trabalhar na fazenda, mesmo quando eu tinha vinte anos.

— O meu tentou colocar a banana entre meus seios uma vez. Não recomendo. Foi como ver uma canoa tentando passar entre duas montanhas.

Amarjhot ficou olhando para a folha de papel que tinha nas mãos, sem saber o que fazer.

— Acho que tenho que refletir um pouco mais sobre essa história — ela disse, e voltou para sua cadeira.

— *Minha língua vai acariciar seu fogo ardente, uma chama quente de puro desejo* — gritou uma voz no canto esquerdo da sala.

Todas se viraram para Gurlal Kaur. Ela era a imagem da meditação pacífica, com as pernas cruzadas e os olhos fechados. Suas palavras exigiam silêncio. Ela continuou:

— *Você é a flexibilidade do solo, a força dos caules. Deixe-me deitar sobre você, minha masculinidade crescendo como uma raiz em seu abraço macio e aveludado. Quando chove, sinto sua umidade escorregadia junto ao meu corpo e respiro seu perfume almiscarado. Vamos vibrar juntos em um ritmo único, nossas paixões ardentes evocando o mais forte dos trovões e dos raios para explodir essa terra.*

Só se ouvia a respiração das mulheres. Nikki foi a primeira a falar:

— Você acabou de improvisar isso? — ela perguntou.

Gurlal fez que não com a cabeça. Ela abriu os olhos.

— Houve uma terrível seca em minha aldeia no ano em que eu deveria me casar. Meus pais não podiam pagar meu dote, mas sabiam que eu não me conformaria com ninguém que não fosse meu querido Mukesh Singh, que eu havia conhecido durante uma visita de sua família e por quem havia me apaixonado perdidamente. Meus pais sabiam que eu não seria feliz com mais ninguém. Tinham visto como nossos olhos haviam se iluminado quando nos vimos pela primeira vez. *Eu escolho você*, ambos dissemos em silêncio.

— Que lindo — Preetam disse. — A terra estava seca, mas o amor florescia. — As outras mulheres pediram para ela ficar quieta.

— Todas as manhãs e noites, orações especiais eram feitas pedindo chuva. Também eram feitas na aldeia de Mukesh, onde a situação não era melhor. Foram aquelas orações diárias que o inspiraram a escrever poesia. Ele mandava os poemas para minha casa. Eu tinha que tomar cuidado para pegá-los com o carteiro antes que meus pais vissem, embora não soubessem ler. Os dois eram analfabetos. Naquele ano, meu pai se queixou várias vezes que meus estudos haviam me proporcionado muitas escolhas, porque eu insistia teimosamente em me casar com Mukesh. Peguei uma das cartas e fingi que se tratava de um bilhete dos parentes de Mukesh, elogiando meu pai por ter criado uma filha tão culta. Aquilo o acalmou. Aquele poema é o meu preferido.

— Ainda se lembra? — perguntou Sheena.

— É claro. — Ela respirou fundo e fechou os olhos de novo. — *Minha amada. Seu corpo é uma galáxia inteira; suas pintas e covinhas são um salpicado de estrelas. Sou apenas um viajante cansado que anda pelo deserto, com os lábios ressecados, buscando refresco. Sempre que estou prestes a desistir, olho para cima e lá está você nos céus da meia-noite. Seus cabelos a envolvem e suas mãos descobrem o peito, revelando seios pálidos e arredondados. Na ponta, os mamilos saúdam meus lábios franzidos. Eu os beijo com ternura e sinto o tremor percorrer todo seu corpo, seu mundo. Entre as pernas, uma flor se umedece, suas pétalas se incham na expectativa. Seu corpo é uma galáxia inteira com sua própria harmonia. Eu te exploro com meus lábios, grato por matar minha sede, e quando chego a seu jardim proibido, minha sede se transforma em sua fome. Suas longas pernas envolvem meu pescoço, o quadril se move na direção da minha boca. Meus lábios são molhados por seu orvalho. Eu os pressiono dentro de você e sinto o latejar de seu sangue pulsando em seus lugares mais íntimos. Como me sinto grato por ter meus lábios junto aos seus dessa forma, de conectar essas partes coradas de nós dois.*

Um sorriso sereno conferia uma qualidade etérea ao rosto de Gurlal. Ela inclinou o corpo para a frente, fazendo uma modesta reverência.

— Diga como foi quando vocês finalmente ficaram juntos. Foi tão bom assim? — Preetam perguntou.

— Ah, aposto que foi. Se as mãos dele podiam produzir tão bela poesia, imagine o que não podiam fazer no quarto — disse Sheena.

— Foi muito bom — Gurlal disse. — Ele escreveu um poema para cada noite que passamos juntos. Eu sei todos eles de cor.

A impossibilidade do que ela estava afirmando não incomodou nenhuma das mulheres. A sala foi preenchida por um silêncio sagrado.

— Então continue. Conte mais um — Arvinder pediu.

Gurlal abriu os olhos e estava prestes a responder quando ficou visivelmente abalada. Um burburinho tomou conta da sala de aula. Nikki levantou os olhos e sentiu uma punhalada nas entranhas.

Kulwinder Kaur estava parada na porta, boquiaberta.

Nikki atravessou a sala com um sorriso engessado no rosto. Não sabia o quanto Kulwinder havia escutado, mas já estava formulando desculpas em sua cabeça. Talvez pudesse convencer Kulwinder de que as mulheres estavam discutindo finais alternativos para um filme indiano.

— Quero falar com você lá fora, agora — Kulwinder declarou. Nikki a acompanhou até o corredor.

— Você apareceu em um momento infeliz — Nikki começou a dizer. Kulwinder levantou a mão, silenciando-a.

— Há quanto tempo isso está acontecendo? — Kulwinder perguntou. Nikki ficou olhando para o chão. Estava prestes a responder quando Kulwinder voltou a falar. — E pensar que confiei em você para alfabetizar essas mulheres. E esse tempo todo você estava enchendo a cabeça delas com sujeira.

Nikki levantou a cabeça e olhou bem nos olhos de Kulwinder.

— As mulheres quiseram isso.

— Bobagem — retrucou. — Você esteve corrompendo esta comunidade bem debaixo do meu nariz esse tempo todo.

— Não fiz nada disso! Veja, os maridos de muitas dessas mulheres não sabem que elas estão aqui. Por favor, não conte a eles.

— Tenho coisas melhores para fazer com meu tempo do que meter o nariz na vida dos outros — Kulwinder afirmou. Ela olhou para a sala cheia de mulheres. — Como fez todas essas mulheres se inscreverem? O que disse a elas?

— Não precisei dizer nada — Nikki respondeu. — As notícias se espalham depressa nesta comunidade, como você bem sabe. As mulheres queriam um lugar onde pudessem se expressar.

— *Se expressar*? — Kulwinder retrucou, mostrando a Nikki exatamente o que tinha achado de sua resposta.

Entrou na sala, com a mão aberta indicando uma instrução silenciosa, porém bem clara: *Me entreguem tudo.* As poucas mulheres que tinham histórias por escrito as entregaram com relutância. A maioria não tinha nada para entregar. As mulheres mais velhas reagiram de forma admirável. Ficaram encarando Kulwinder com os lábios bem pressionados, como se estivessem protegendo suas histórias e impedindo que fossem roubadas de sua mente. Enquanto a incursão de Kulwinder continuava, as mulheres saíam da frente para abrir caminho. Ela chegou até a mesa.

— Onde está o restante? — ela perguntou.

— Na minha bolsa — Nikki confessou.

Sua bolsa estava fechada. Ela não conseguia imaginar nenhuma outra situação em que permitisse que alguém a abrisse e vasculhasse como Kulwinder estava fazendo naquele momento, extraindo a pasta com seus dedos grossos, como se fosse um órgão doente. Kulwinder passou pela porta e percorreu o corredor segurando a pasta junto ao peito. Nikki foi atrás dela.

— Bibi Kulwinder, por favor. Apenas nos deixe explicar.

Kulwinder parou de andar.

— Não há o que explicar — ela disse.

— Tanto esforço foi direcionado a essas histórias — Nikki disse. — Você não faz ideia. Por favor, devolva-as para nós. — Ela tinha pensado em escanear as páginas para ter uma cópia de segurança, mas ainda não havia tido tempo. — Nem era para você estar de volta ainda — ela acusou.

— E você pensou que, contanto que eu estivesse ausente, podia transformar minhas aulas de inglês em piada? Ainda bem que tive a ideia de investigar. Você nunca levou esse trabalho a sério.

— Você colocou anúncio para contratar instrutor para um curso de escrita. Era o que eu queria fazer, e era o que as mulheres desejavam também.

— Não ouse colocar a culpa em mim — Kulwinder disse, apontando o dedo para o rosto de Nikki. — Eu devia saber que você estava recrutando mulheres por aí para sabotar meu curso e transformá-lo em algo pervertido.

— As mulheres vieram por conta própria — Nikki afirmou.

— Você estava batendo na porta das pessoas na minha rua pouco antes de eu viajar para a Índia. Eu te vi.

— Só visitei Tarampal porque queria...

— Passou na casa da sra. Shah antes. Eu vi da minha janela.

— Eu estava com o endereço errado — Nikki disse. — Estou falando sério. Não estava andando por ali...

— Já chega. Agora está mentindo na minha cara.

— Bem, é verdade. Pode perguntar para a sra. Shah, se quiser. O formulário dizia Ansell Road, dezoito, mas Tarampal mora no número dezesseis. Ela escreveu dezesseis, mas a tinta estava borrada e parecia um dezoito... — Nikki fez uma pausa. Aquilo não parecia verdade. Tarampal não sabia escrever o próprio endereço.

— Não quero ouvir mais desculpas. Você colocou minha reputação em risco. Sabe o que as pessoas vão dizer quando a notícia se espalhar? Imagina como foi difícil pedir para os homens do Conselho financiarem esse curso? — Kulwinder perguntou.

Nikki parecia distraída. Ainda estava pensando no formulário. Lembrou-se da história de Jason sobre sua mãe esfregando as manchas de tinta de sua mão esquerda.

— E com tantas mulheres participando das aulas, realmente acha que poderia esconder isso de mim? Por quanto tempo você ia...?

— Bibi Kulwinder — Nikki disse.

— Não me interrompa.

— Bibi Kulwinder, é importante — Nikki disse. A insistência em sua voz deve ter chamado atenção de Kulwinder. Por um instante, ela pareceu preocupada.

— O que foi? — ela perguntou, irritada.

— Seu genro, Jaggi, é canhoto?

— Do que está falando?

— Ou melhor... Maya era destra? Porque... porque...

— Do que você está...?

— Apenas... por favor, sei que parece loucura. — Nikki correu para a sala de aula e voltou com o formulário de inscrição de Tarampal. — Esta é a letra de Jaggi. Você poderia mostrar para a polícia para compararem com o bilhete. O bilhete também estava borrado, não estava? Não eram lágrimas – a mão dele só encostou na tinta e...

Kulwinder puxou o formulário das mãos de Nikki. Ela nem olhou para o papel. A raiva a deixou ofegante.

— Quem você pensa que é para colocar minha filha no meio dessa história? — ela perguntou. Seu tom de voz era grave e assustador.

— Sei que tem medo de investigar, mas pode haver algo nisso — Nikki disse. Ela apontou para o formulário. — Apenas considere, por favor. Posso ir até a polícia com você. Há provas.

— O que aconteceu com Maya não tem nada a ver com você — Kulwinder disse. — Você não tem o direito...

— Tenho todo o direito se acho que uma mulher inocente foi morta e o culpado pode ser preso.

— Está tentando mudar de assunto para me distrair — Kulwinder disse. — Não vou permitir que use meus cursos e as mulheres dessa comunidade para fins ideológicos – sejam quais forem.

— Não tem nada a ver com isso — Nikki tentou argumentar, mas Kulwinder levantou a palma da mão novamente como uma parede. Olhou para ela com ar de superioridade.

— Quero que volte para aquela sala e mande todas embora. As aulas estão suspensas. Você está demitida.

Capítulo 12

Kulwinder caminhou para casa enfrentando o vento forte, segurando a pasta junto ao peito. Sua raiva corria o risco de transbordar nas ruas. Ela queria gritar e, por um estranho momento, alimentou a ideia de encontrar Jaggi por acaso naquele instante. Um olhar furioso o faria fugir correndo.

Ela chegou em casa com os cabelos despenteados e as bochechas vermelhas. Sarab estava na sala de estar, como sempre, e a luz da televisão piscava nas janelas. Ela entrou e exigiu a atenção dele balançando a pasta.

— Você sabia disso?

Ele levantou a cabeça, apontando o controle remoto como se fosse pausá-la.

— Sabia do quê?

— Das aulas de inglês. Outro dia, você disse que as aulas tinham ficado muito populares. Sabia o que estava acontecendo?

Ele deu de ombros e abaixou os olhos. A heroína do filme corria pela tela, com o fiel *dupatta* arrastando-se atrás dela como uma faixa vermelha.

— Ouvi umas coisas, sim. Que as aulas de inglês não eram o que pareciam.

— O que as pessoas estão dizendo, exatamente? O que os homens estão dizendo?

— Você sabe que não dou muita atenção à conversa fiada. Houve apenas uns poucos comentários sobre como algumas esposas estavam sendo mais diretas. Elas tinham um vocabulário completamente novo para descrever… — Ele encolheu os ombros e assistiu à heroína, que, de forma inexplicável, agora usava uma roupa bem diferente. Kulwinder tomou o controle remoto dele e desligou a televisão.

— Descrever o quê? — ela exigiu saber.

— Seus desejos. — O rosto dele ficou vermelho. — No quarto.

— Por que não me contou isso? — ela perguntou.

— Kulwinder — ele disse calmamente. O coração dela parou por um segundo. Fazia muito tempo que ele não falava o nome dela. — Desde quando consigo te contar qualquer coisa que não queira ouvir?

Ela olhou para ele, incrédula.

— As conversas entre aquelas mulheres não são só sobre o que acontece no quarto delas. Elas contaram sobre Maya para Nikki. Pelo que sei, vêm discutindo isso abertamente há semanas e colocando nossas vidas em risco. — Ela não havia reconhecido metade das mulheres naquela sala. Que versões da história teriam passado adiante, e como ela controlaria isso?

— Elas sabem de alguma coisa? — Sarab perguntou. A esperança na voz dele partiu o coração de Kulwinder.

— Nikki acha que tem alguma prova, mas não é nada, Sarab. Não devemos criar expectativas.

Enquanto Kulwinder repetia a descoberta de Nikki sobre a caligrafia de Jaggi, ela se lembrou de quando a polícia avisou do bilhete e seu conteúdo. O policial teve que aparar sua queda enquanto ela cambaleava até uma cadeira. O que o bilhete dizia? Algo sobre sentir muito, algo sobre estar envergonhada. "Não são palavras da minha filha", Kulwinder havia dito. "Minha filha não estava preocupada com *izzat*." Quando Maya teria usado palavras em punjabi se uma só em inglês bastaria? Quem escreveu a nota havia sido descuidado e precipitado naquela imitação de sua filha.

Sarab ficou com o olhar perdido em pensamentos. Olhou para Kulwinder como se ela tivesse se materializado de repente, do nada.

— Jaggi é canhoto.

— E daí? — Kulwinder disse. — Não quer dizer que...

— Podemos fazer alguma coisa.

— Eles vão aceitar? — Kulwinder perguntou. — Ou vão apenas repetir o que sempre disseram: que Maya estava angustiada, que é natural procurar alguém a quem culpar? E se a polícia não nos ajudar e Jaggi descobrir que fomos até eles de novo? — Da primeira vez que Jaggi ligou no meio da noite, não fez ameaças. Simplesmente disse a ela que sabia a que horas Sarab saía do trabalho no turno da noite. — O importante é ficarmos em segurança agora — ela lembrou Sarab.

— É? — Sarab perguntou, enraivecido. — Devemos passar a vida inteira com medo? — Ele cruzou a sala e abriu as cortinas, expondo a vista da casa de Tarampal do outro lado da rua.

— Por favor — Kulwinder disse, virando as costas para a janela. — Feche as cortinas. — Sarab fez o que ela pediu. Eles se sentaram na escuridão, escutando o baixo zunido das luzes da casa. — Sarab, se alguma coisa acontecesse com você... — Ela não conseguiu terminar a frase. Percebia a respiração ofegante de Sarab do outro lado da sala. — Perdi Maya. Não posso te perder também.

Os lábios de Sarab tremeram. *Diga-me agora*, Kulwinder ansiou em silêncio, mas ele a ignorou. Ela se perguntou se ele havia se sentido sozinho enquanto ela estava viajando ou aliviado por não ter que evitar conversar com ela. Ela percebia que estavam se distanciando cada vez mais, dormindo em quartos separados, esperando de forma educada que o outro saísse da sala de estar antes de sentar na frente da televisão. Só a ideia já fazia com que se sentisse terrivelmente sozinha, como se já estivesse acontecendo.

— E Nikki? — Sarab perguntou.

Kulwinder estreitou os olhos. A última coisa que queria fazer era falar sobre Nikki.

— O que tem ela? — perguntou, impaciente.

— Onde ela mora?

— Em algum lugar no leste de Londres.

— Diga a ela que precisa tomar cuidado.

Kulwinder recordou sua inflamada discussão com Nikki. Não havia mencionado a Nikki nenhuma vez que ela poderia estar em perigo. Jaggi sabia sobre as perguntas de Nikki? E se os Irmãos descobrissem que era ela quem comandava aquelas aulas? Kulwinder balançou a cabeça para espantar o pensamento. Nikki morava fora de Southall. Não havia necessidade de entrar em pânico por causa da segurança dela.

— Não sei onde ela pode estar agora — Kulwinder disse.

— Vá à próxima aula e...

— Eu suspendi as aulas — Kulwinder completou. — Demiti Nikki.

Sarab levantou os olhos com firmeza.

— Kulwinder, pense na garota.

Ele se afastou dela. Ela sentiu o vazio da sala quando Sarab saiu, mas sua indignação permaneceu. Tinha sido Nikki que os havia colocado naquela situação. Se tivesse apenas feito seu trabalho, nada daquilo teria acontecido. Kulwinder abriu a pasta. Semanas e mais semanas de mentiras estavam escritas naquelas páginas. Folheando o conteúdo, ela viu que uma das viúvas analfabetas havia usado de seus dotes artísticos e preenchido uma página com ilustrações. Um homem próximo ao seio de uma mulher, com a boca levemente aberta para capturar seu mamilo. Uma mulher com as pernas abertas sobre o corpo de um homem, com um vinco descendo pela coluna até as nádegas definidas para mostrar o leve arqueamento de suas costas. Obsceno.

Kulwinder enfiou os papéis de volta na pasta e foi para a cozinha preparar um pouco de chá. Ela colocou a água no bule. Enquanto esperava que aquecesse, não conseguia parar de pensar nos ângulos do corpo do homem enquanto ele se inclinava sobre a mulher. Ela balançou a cabeça e se concentrou no bule. Pequenas bolhas começavam a subir na água. Ela foi até o armário de especiarias e pegou as sementes de erva-doce e cardamomo e ali, mais uma vez, parou e fechou os olhos. Manchas de luz circulavam enquanto sua visão se adequava à escuridão. Então, em vez de desaparecerem, as manchas tomaram forma. Um homem. Uma mulher. Dedos correndo habilidosos pela pele nua. Lábios vermelhos pressionados contra uma carne lustrosa. Seus olhos se abriram. Ela foi até o fogão e tirou o bule do fogo. Lançou um olhar para a pasta. Supôs que não teria problema ler uma história, só para revisar a informação. Afinal, se fosse questionada pelo Conselho a respeito daquilo, precisaria saber de todos os detalhes.

Kulwinder pegou a primeira história.

* * *

O alfaiate

Séculos atrás, nas proximidades de uma cidade palaciana, havia um alfaiate talentoso, porém modesto, chamado Ram. As clientes de Ram eram mulheres que queriam se vestir como a realeza que residia dentro dos limites do palácio. Essas mulheres viajavam quilômetros para ver Ram, levando com elas uma lista de exigências aparentemente impossíveis de atender. Dizia-se que Ram tinha o dom de criar, do nada, as peças mais majestosas e elegantes. Ele podia transformar uma simples linha amarela em ouro e converter um verde-claro medíocre no rico tom esmeralda de uma joia rara.

Muitas das clientes de Ram eram apaixonadas por ele. Elas notavam a maneira com que manejava sua modesta máquina de costura, movendo os dedos com primor entre as camadas de tecido e especulavam como ele devia ser talentoso entre os lençóis. Durante as provas, algumas mulheres afrouxavam de propósito suas peças de cima e inclinavam-se para a frente para que ele espiasse seus decotes. Algumas deixavam um vão na cortina da cabine de provas para dar a Ram uma oportunidade de espreitar. Ram não prestava atenção. Quando trabalhava, preferia não se distrair com tentações. Um dia ele teria tempo para uma amante, mas por enquanto tinha pedidos demais. Espalhou-se por toda a Índia a notícia de que Ram era o melhor alfaiate. Um poema popular dizia:

Alfaiate Ram, o melhor da cidade
Com um lindo vestido, sinta-se uma beldade
O preço é bom, de justo valor
Seja uma rainha em todo o seu esplendor

Mas para cada palavra de exaltação que Ram recebia, também havia uma maldição. Alfaiates invejosos de toda a Índia estavam furiosos com ele por ter atraído as clientes deles com suas habilidades mágicas. Homens comuns amaldiçoavam-no por atender às exigências de suas esposas, que, quando usavam sáris tão magníficos, esperavam tratamento real.

Em uma tarde, uma mulher veio a Ram pedindo ajuda. Seus olhos cor de avelã fizeram o coração do alfaiate parar.

— Uma vez na vida, gostaria de parecer uma mulher rica — ela disse, com uma voz que ele queria ouvir sussurrando em seu ouvido. Entregou a ele um velho xale. — Não posso pagar por algo novo, mas poderia costurar algo na barra dele?

— Claro — Ram disse. Por você, faria qualquer coisa, *ele pensou*. — Seu marido deve ter comprado para você.

A mulher sorriu e colocou uma mecha de cabelo atrás da orelha.

— Não tenho marido — ela explicou, para o deleite de Ram.

Aquela linda mulher tinha tudo para parecer uma rainha. Ram decidiu que não aceitaria nenhum pagamento dela quando o xale estivesse pronto – tudo o que queria era a chance de ter outra conversa para descobrir seu nome. A paixão de Ram pela mulher despertou sua criatividade. Ele combinou tinturas para criar linhas das cores mais brilhantes para impressioná-la. A barra do xale seria margeada por um desfile de pavões turquesa e magenta. No centro, Ram bordaria uma réplica do palácio com a minúscula imagem de uma mulher em uma das janelas. Apontaria isso para ela, este segredo, para que ela soubesse que era sua rainha.

Uma cena com aquele nível de detalhes requeria total concentração de Ram. Ele estava tão determinado que ignorou as vozes das crianças que brincavam do lado de fora. Foi só quando ouviu seu nome que parou de trabalhar e prestou atenção.

Alfaiate Ram, o melhor da cidade
Com um lindo vestido, sinta-se uma beldade
O preço é bom, de justo valor
Mas ele nunca saberá o que é o amor

Aquela era a pior maldição em toda a existência, porque bania sua vítima a uma vida de solidão. Ram correu para fora.

— Onde escutaram isso? — Ram perguntou. As crianças se espalharam. Ram correu atrás delas pela rua até perceber que ainda segurava o xale. Ele estava rasgado e coberto de lama por ter sido arrastado pelo chão. — Ah, não! — Ram lamentou. Voltou à loja e tentou ao máximo consertar o xale, mas ele estava arruinado. Naquela noite, quando a mulher retornou para ver seu progresso, Ram abaixou a cabeça em sinal de vergonha e disse que havia perdido o xale. A mulher ficou furiosa. Já não se via mais o calor de seus olhos cor de avelã.

— Como pôde fazer isso? — ela gritou. — Você é o pior alfaiate do mundo!

Ram fechou a loja no dia seguinte. Ele chorou em sua mesa de trabalho, vendo a maldição obscurecer seu futuro como uma nuvem de chuva. Ele nunca havia desejado nada antes, mas agora desejava a chance de ter intimidades. Por que não me deitei com uma mulher quando tive oportunidade?, ele se perguntou. Adormeceu sonhando com as alvas coxas das clientes que desnudaram seus corpos para ele. Em seus sonhos, era ousado o bastante para enfiar o rosto entre os seios delas e sentir seu perfume doce. Em outro sonho, Ram viu-se debruçando sobre uma mulher, beijando seus lábios carnudos enquanto tocava sua virilidade com uma das mãos e acariciava as partes pudendas dela com a outra...

De repente, Ram acordou com um barulho. Um ladrão! Ram pulou da cama e correu primeiro para seu estoque. Não havia ninguém ali. O barulho recomeçou. Ram apontou a lanterna na direção do ruído e notou que o tecido se movia. Ele o pegou e percebeu que estava mais pesado que o normal, quase sólido. Levou-o até a mesa de trabalho para observar com iluminação melhor. O tecido fugiu de suas mãos e caiu no chão. Sua forma se alterava em ondas, até que uma mulher tomou forma. Ram cambaleou até encostar na parede, encarando aquela figura fantasmagórica em seu lar.

— O q-que é você? — ele gaguejou.

Ela tinha pálpebras do tipo que se moviam de maneira tão dramática quanto asas de borboletas a cada vez que piscava. A pele tinha um tom dourado e o cabelo resplandecente exalava o doce perfume de jasmim. As curvas de seu corpo eram muito provocantes. Ela acompanhou o olhar dele por seu peito e estendeu-lhe as mãos. Seu toque era suave. Seus dedos, agora totalmente formados, corriam por seu corpo para mostrar a ele que ela era real. Ela chamava atenção para partes do corpo que Ram nunca tivera que considerar como alfaiate – o osso saliente de seu colo, o ângulo perfeito de seu cotovelo. As unhas de seus pés eram curvadas e brancas como meias-luas. Seu umbigo era uma cratera escura no deserto dourado de seu corpo. Ram estendeu a mão para agarrar um punhado de carne sobre o quadril dela. Era tão real quanto sua própria carne.

— Meu nome é Laila — ela disse.

Ela levou os lábios ao lóbulo da orelha dele e chupou suavemente. Arrepios de prazer correram pelo corpo de Ram como uma corrente elétrica. Ele deslizou as mãos pelas costas dela e agarrou suas nádegas, juntando seus quadris ao caírem de costas sobre uma cama de tecido. Ela desenrolou o tecido que cobria a parte de cima de seu corpo e expôs os seios para Ram. Ele esfregou a língua em um mamilo escuro. Laila suspirou de prazer, roçando seu corpo no dele. Ram passou para o outro seio. Ela tinha um sabor salgado e almiscarado, de uma forma que ele nunca poderia ter imaginado. Audacioso, ele levou os dedos aos lábios dela. Ela os lambeu e chupou. A genitália de Ram pulsava com a expectativa do que a boca doce e macia de Laila poderia fazer com ela. Os dedos dele estavam escorregadios com a saliva quando os tirou dos lábios de Laila e os colocou na fenda sedosa entre as pernas dela.

— Você é tão real — Ram disse.

Laila abriu mais as pernas e permitiu que Ram a tocasse. O tecido embaixo dela se escureceu com manchas de suor. Com ambos os polegares, Ram gentilmente abriu as dobras da genitália dela e usou a ponta de sua língua para acariciar seu protuberante botão. A risadinha de Laila o excitou ainda mais. Ela rolou sobre ele, arrancando suas calças com violência. A genitália dele estava rígida. Laila o provocou. Ela esfregou sua umidade contra a ponta da genitália dele e observou seu rosto se contorcer de prazer.

— Como se sente? — ela sussurrou no ouvido dele. Seus seios pairavam sobre seus lábios. Ele respondeu com um gemido. — Isso não é bem uma resposta — Laila disse com firmeza. Com o olhar zangado, ela se agachou sobre ele e começou a cavalgar vigorosamente sua dura e grossa vara.

O olhar furioso no rosto de Laila era o único vestígio da natureza vingativa da maldição. Ram apertou com força o traseiro de Laila. Seu olhar ficou mais zangado.

— Como ousa? — ela perguntou. Ele rangeu os dentes conforme a tensão foi crescendo em seu interior. Sentiu os músculos de Laila se contraindo ao mesmo tempo que os dele. Ela gritou seu nome e soltou um gemido longo e trêmulo. Testemunhar o derradeiro prazer de Laila desencadeou o rápido e quente alívio de Ram. Ele a agarrou pelo quadril e gemeu bem alto. O corpo de Laila estava molhado de suor. Ela continuou a se roçar devagar em sua vara enquanto pequenos abalos secundários enviavam tremores pelo corpo dele.

Ao deitarem juntos, Laila explicou que havia sido criada pelo desejo de Ram de estar com uma mulher. A maldição não tinha sido páreo para a força de sua vontade. Ciente de que desejos, assim como maldições, têm uma duração limitada, Ram perguntou a Laila por quanto tempo ficariam juntos.

— Por tanto tempo quanto durarem estes rolos de tecido — Laila disse.

Eles olharam ao redor. O tecido estava desenrolado e espalhado pelo modesto estúdio de Ram. Tons vívidos e incandescentes de laranja e brilhantes linhas prateadas se esticavam até onde sua vista alcançava.

* * *

O chá de Kulwinder estava frio. Ela mal notou ao levar a xícara à boca e tomar tudo de um só gole. Seu rosto, mãos e pés estavam bastante aquecidos, quase quentes demais. Ela sentia a pulsação de seu coração e uma outra pulsação em um lugar muito íntimo. Havia uma fraca recordação daquele sentimento, de muitos anos antes, quando tinha descoberto pela primeira vez o que homens e mulheres faziam, e por que faziam. Com o semblante aterrorizado de antes esquecido, ela estava encantada. Até mesmo ousou pensar que valeria a pena viver o resto da vida por isso, esta proximidade com outro ser humano.

    Colocou a história de volta na pasta e puxou outra. Esta era escrita por Jasbir Kaur, uma viúva que morava no sul de Londres. Kulwinder havia comparecido à festa de noivado do neto dela, alguns anos antes. Ela começou a ler a história de Jasbir e sentiu o sangue correndo pelo corpo com tanta urgência que teve que parar. Ela se levantou e deixou a xícara de chá sobre a mesa. Uma onda de energia tomou conta dela e a carregou escadas acima. Deitado na cama, Sarab olhava para o teto. Kulwinder pegou a mão dele e colocou gentilmente em seu seio. Ele olhou para ela confuso, de início, mas depois entendeu.

Nikki sabia, mesmo sem nunca ter tido aquela experiência, que seria totalmente inútil em uma briga. Um cenário de luta-livre veio à sua cabeça e ela se viu, de imediato, sendo pregada no chão por um dos braços grossos de Kulwinder. Ela se retraiu; mesmo em uma fantasia, estava perdendo. Teria que usar a inteligência. As histórias, ela explicaria, nunca haviam tido o intuito de zombar das aulas, ou de Kulwinder. As histórias eram inspiradas pelas mulheres, e sim, eram picantes, mas elas não estavam aprendendo inglês ainda assim?

    Se aquela tática não funcionasse, Nikki apenas pegaria a pasta e iria embora. Para que aquele cenário desse certo, a pasta teria que estar ao seu alcance, é claro. Ocorreu a ela, com uma pontada de dor, que Kulwinder pudesse já ter jogado aquelas histórias no lixo.

    A brisa noturna aumentou e balançou as árvores. Na rua principal, os faróis dos carros brilhavam com grande intensidade, como se fossem olhos. Nikki pegou uma ruela e andou apressada para se aquecer. À noite, as casas pareciam se amontoar atrás de fracos trechos iluminados pelas luzes das varandas. O telefone de Nikki vibrou dentro do bolso. Uma mensagem de Sheena.

> **Todas as mulheres ainda querem manter reuniões regulares. Consegue pensar em um lugar?**

Um problema de cada vez, Nikki pensou, enfiando o telefone de volta no bolso. Na sala de estar de Kulwinder, a televisão piscava como uma sirene contra as janelas, com as cortinas apenas parcialmente fechadas. Nikki tocou a campainha e esperou, mas ninguém veio. Ela tentou mais uma vez e então espiou pela janela. Conseguia ver todo o andar de baixo dali. Forçou os olhos para enxergar a cozinha – luzes acesas, um bule de aço inox e uma xícara do mesmo material sobre a mesa, mas ninguém à vista. Nikki estremeceu de frio. A chuva estava apertando. Ela cobriu a cabeça com o capuz do casaco. De frente para a casa iluminada de Kulwinder, a de Tarampal estava completamente escura.

Nikki atravessou a rua e hesitou na beira da calçada de Tarampal. Ela esperava ter uma visão melhor da casa de Kulwinder, mas teria que se aproximar mais da varanda de Tarampal. Estava claro que não havia ninguém em casa, mas esse era só um pequeno alívio. A casa ainda se agigantava de forma ameaçadora, suas janelas abertas pareciam olhos negros. Ela se obrigou a andar mais um pouco. Pelo menos a cobertura da varanda providenciava um abrigo da chuva. No segundo andar da casa de Kulwinder, Nikki podia ver que as fracas luzes do quarto estavam acesas. Ela estreitou os olhos, procurando por mais coisas. Em certo momento, pensou ter visto um vulto passando pela janela, mas poderia facilmente ter sido a chuva, soprada por uma forte lufada de vento.

O que estou fazendo aqui? A pergunta veio à mente de Nikki enquanto a cobertura era bombardeada pelo aguaceiro. Mesmo que batesse na porta e Kulwinder atendesse, quais eram as chances de ela devolver as histórias sem conflitos? As páginas não importavam de verdade. As mulheres poderiam recontá-las. Havia gravações. O que Nikki queria era conversar com Kulwinder. Explicar como as histórias surgiram. Compeli-la a ver que aquelas mulheres que haviam começado uma revolução silenciosa poderiam se juntar para lutar contra uma injustiça maior. Seu coração e sua cabeça ainda estavam acelerados pelo que havia descoberto a respeito da caligrafia de Jaggi. Ela só precisava convencer Kulwinder de que valia a pena seguir em frente com o caso.

Nikki saiu de baixo da cobertura e voltou para a rua principal. Não confrontaria Kulwinder naquele dia. Era cedo demais. Deixe-a se acalmar; era provavelmente o que estava fazendo naquele momento. Na rua principal, Nikki virou à esquerda na direção da estação. Sua bolsa sacudia contra o quadril sem o costumeiro peso das histórias. As janelas das casas resplandeciam com uma luz quente e familiar. Nikki sentia saudades de casa. Enquanto a chuva desabava, ela se lembrava das longas caminhadas pela cidade depois de desistir da faculdade, com o rosto molhado de chuva e lágrimas. Ela havia sido admitida no O'Reilly's em uma tarde particularmente chuvosa, tão grata por pertencer a algum lugar, por ficar escondida.

Nikki parou de repente. O bar! As viúvas poderiam continuar a se reunir na sala dos fundos. Ela começou a correr na chuva e pegou o telefone.

— Sheena, encontrei um lugar para continuarmos com as aulas. O O'Reilly's, onde eu trabalho. É bem vazio nas noites do meio da semana.

— Você quer que aquelas velhas viúvas punjabi se reúnam em um bar?

— Sei que não é lá muito ortodoxo, mas...

— Agora consigo imaginar.

— Eu também — Nikki disse. Sua visão se alternava entre uma Preetam escandalizada se recusando a entrar e uma Arvinder embriagada pendurada no lustre. — Mas escute, Sheena, assim que começarmos com as histórias, elas nem vão notar onde estão. O importante é continuarmos nos reunindo. Pode ser um lugar temporário até encontrarmos uma solução melhor.

— Posso levar algumas das mulheres mais velhas de carro — Sheena disse. — Poderia pedir a uma amiga para levar mais algumas e explicar como chegar. Só me diga onde fica e eu dou um jeito.

— Não se importa mesmo de fazer isso?

— Sem problemas — Sheena disse.

— Outra coisa — Nikki disse. Ela fez uma pausa. Sheena não ia gostar. — Pode haver uma forma de incriminar Jaggi.

— *Hai*, Nikki!

— Apenas escute. — Nikki apressou-se para explicar sobre o formulário de inscrição borrado antes que Sheena conseguisse protestar.

— O que Kulwinder disse? — Sheena perguntou quando Nikki terminou.

— Não quis nem escutar — Nikki disse. — Acho que estava muito chocada e com raiva por causa das aulas. Ainda estou em Southall no momento. Pensei em ir até a casa dela, mas decidi lhe dar um pouco de espaço.

— Se está perto da casa de Kulwinder, não está longe da minha. Quer vir para cá? Está desabando o mundo por aqui.

— Seria legal — Nikki disse. — Estou na Queen Mary Road. Tem um ponto de ônibus aqui e uma pracinha do outro lado da rua.

— Ceeerto... ah! Estou conseguindo te ver.

— Onde você está? — Nikki estreitou os olhos. No meio da chuva, conseguia ver as silhuetas de pessoas nas casas, mas nenhuma visão específica de Sheena.

— Estou do outro lado da rua. Moro perto da praça – mas, Nikki, não pare. Continue andando rápido.

— O que está acontecendo?

— Apenas siga reto e vire à esquerda no próximo cruzamento.

Nikki sentiu uma terrível sensação de formigamento e, de canto de olho, percebeu uma sombra.

— Tem alguém me seguindo? — ela sussurrou.

— Sim — Sheena confirmou.

— Quem é? Consegue dizer?

— Pode ser um dos Irmãos — Sheena disse.

— Vou me virar e dizer alguma coisa.

— Não seja idiota — Sheena reprovou. O tom de sua voz assustou Nikki. — Continue andando. Fique calma. Tem um supermercado vinte e quatro horas. Vá até o estacionamento e espere por mim. Vou te buscar.

— Não, Sheena. Eu vou ficar bem.

— Nikki...

Nikki desligou. Seu perseguidor reconheceria o carro vermelho de Sheena. Estar a pé era uma vantagem. Ela apertou o passo. Um nó se formou em sua garganta. Conseguia ouvir a pessoa atrás dela, sem diminuir a velocidade, sem entrar em nenhuma rua. Ele estava esperando para ver aonde ela iria. Ela voltou a andar de forma casual, olhando para todos os lados para continuar acompanhando a sombra. Atravessou a rua até o supermercado e se refugiou na iluminada e aberta vastidão do estacionamento. Só então ousou olhar para trás. Um jovem punjabi olhava para ela com atenção. Nikki olhou-o nos olhos com toda a calma que pôde reunir enquanto seu coração trovoava nos ouvidos. Em certo momento, ele foi embora, mas não sem antes se virar e lançar um olhar ameaçador para Nikki.

Capítulo 13

Kulwinder acordou. Ela se sentou. O edredom caiu, revelando seu corpo nu. Respirou fundo e puxou a coberta de volta, enrolando-a em volta do peito e enfiando debaixo dos braços. Ao se deitar na cama, ela notou o frescor na altura de seu bumbum, de suas panturrilhas. Recordou dos eventos da noite anterior ao vislumbrar suas roupas jogadas pelo quarto de forma desleixada. O *salwar* pendurado na beirada da tábua de passar, o sutiã amassado em um canto, a calcinha – a calcinha! – enrolada como uma bola em cima da cômoda, desdobrando-se lentamente.

Ela fechou os olhos com constrangimento. *Ah, o que fizemos?*, ela pensou. Comportaram-se como os *goreh*, deixaram-se ser levados pela luxúria. Na noite anterior, tinham se enroscado um no outro como amantes volúveis, movendo-se para cima e para baixo, para a direita e para a esquerda, até mesmo se *entrelaçando*. De onde tinha vindo aquilo? As histórias não traziam instruções, mas de qualquer forma eles sabiam como deixar um ao outro tão excitados. Aquele pensamento enviou ondas de choque pelo corpo de Kulwinder e ela então foi tomada pela vergonha.

Mas por quê?

Ela se espantou com a pergunta, dita de forma tão clara que quebrou o silêncio no quarto. Por que estava envergonhada? Porque deveria estar; porque as mulheres, principalmente da idade dela, não solicitavam aquele tipo de prazer. Ela enrubesceu, pensando nos gemidos desinibidos que tinham escapado de sua boca – de todas as partes de seu corpo, ao que parecia – enquanto puxava Sarab cada vez mais perto. E se os vizinhos tivessem escutado? Aquilo não havia nem passado pela cabeça dela na noite anterior.

O lado de Sarab na cama estava vazio, como de costume. Ele sempre acordava antes dela. Sua rotina matinal consistia em tomar banho e depois sentar na sala com o jornal. O que pensava dela agora? Ele provavelmente estava se perguntando o que havia acontecido; o que a teria inspirado a procurar por ele daquele jeito? Pior, ele pensaria que havia algo errado com ela, pensaria que ela havia *gostado*, que não conseguiria enjoar daquilo. Isso seria humilhante. Vergonhoso.

Por quê?
Bem, Kulwinder pensou, *ele* tinha gostado também, não? Ela se lembrou dos grunhidos, dos suspiros de surpresa. Se havia apreciado, então quem era ele para reclamar ou perguntar a ela por que tinha acontecido?
— Sarab — Kulwinder chamou.
Era melhor resolver logo. Explicar a ele que o comportamento da noite anterior havia sido uma reação àquelas histórias, nada mais. Um momento de fraqueza. Não precisariam falar mais sobre o assunto.
Não houve resposta. Ela chamou mais uma vez. Nada. Dependurando as pernas na beira da cama, Kulwinder segurou a coberta esticada sobre os seios, inclinou-se para fora do quarto e berrou o nome do marido. Ele respondeu.
— Estou na cozinha — disse.
Curiosa, Kulwinder correu pelo quarto para achar suas roupas. Enquanto descia as escadas, podia sentir o cheiro de especiarias levemente adocicadas no ar. Ela farejou o caminho até a cozinha e encontrou Sarab parado ao fogão, com um bule borbulhante à sua frente. Folhas pretas e especiarias ferviam na superfície em uma mistura que lembrava sopa – muito espesso, Kulwinder notou de imediato, mas estava surpresa demais para dizer qualquer coisa.
— Desde quando você faz chá aqui em casa? — ela perguntou.
— Você fez isso todas as manhãs pelos últimos vinte e sete anos — Sarab respondeu. Ele mexeu a mistura com uma colher. — Vi você fazendo inúmeras vezes. Acredito que sei como fazer uma xícara de *chai*.
Kulwinder foi até o fogão e desligou a chama.
— Está queimando o chá — ela disse. — Sente-se que faço um novo.
Sarab ficou parado e observou-a jogando as folhas fora para começar do zero. Ela levantou os olhos e o viu sorrindo para ela.
— O que foi? — ela perguntou com irritação, desviando o olhar.
Ele estendeu a mão e puxou o rosto dela para perto do seu com gentileza. Seus olhares se cruzaram e seus lábios se tocaram. A gargalhada que deram preencheu a cozinha, uma dose de calor intoxicante como se fosse o início do verão. Quando pararam de rir, começaram de novo, e perceberam que ambos também estavam chorando. Eles enxugaram as lágrimas um do outro.
— Aquelas histórias — Sarab arfou. — Aquelas histórias. — Ele estava encantado.

Capítulo 14

Uma névoa fantasmagórica flutuava entre os carros estacionados e as árvores enquanto Nikki caminhava de forma enérgica até o supermercado para sua compra semanal, protegendo o rosto com a gola de lã do casaco. Quando estava prestes a sair da loja, o celular vibrou em seu bolso.

— Oi, Min. Como vão as coisas?

— Olha, eu estava almoçando com as meninas agora, e o noivo de Kirti está aqui. Contei para você que ela já ficou noiva de um cara que conheceu no evento de encontros rápidos?

— Não — Nikki disse. — Meus parabéns para ela. — Ela começou a voltar para o apartamento a passos rápidos, com a chuva batendo no rosto.

— Mas liguei para te pedir uma coisa. O noivo de Kirti, Siraj, disse que estão dando uma aula no templo de Southall para velhas *bibis*. Algum tipo de curso de educação sexual.

Nikki quase deixou o telefone cair.

— Educação sexual?

— Eu disse a ele que minha irmã dá aulas de inglês lá e se houvesse algo do tipo eu já saberia tudo a respeito. Pode imaginar? Uma aula de educação sexual! Para velhas senhoras punjabi! Espere aí, vou colocar ele para falar com você.

— Espere — Nikki disse. — Não quero falar com ele. Onde ele ouviu essa história?

— Ele disse que alguns amigos contaram. Homens conseguem ser mais fofoqueiros que as mulheres.

— Que tipo de amigos? — Nikki perguntou.

— Não sei. Não se preocupe, Nikki, ninguém acreditou. Não vai afetar a reputação das suas aulas de inglês, se é isso que te preocupa. Quem acreditaria que um bando de velhas *bibis* faria uma rodinha para falar sobre sexo?

Nikki não conseguiu evitar o desejo de defender as viúvas. Um vento violento e repentino cortou o ar e fez os cabelos de Nikki voarem em todas as direções.

— Pode dizer a Siraj que ele está enganado — Nikki disse.

— Está enganado, Siraj — Mindi disse. — Minha fonte está confirmando. — Ao fundo, Nikki podia ouvir o irritante cacarejo da voz de Kirti. "Ah, querida, mas era uma boa história, não?"

— Diga a Siraj que minhas alunas *escrevem* histórias eróticas. Elas não precisam de educação sexual. São bem versadas no que acontece dentro de um quarto. Elas têm sabedoria, que vem com a idade e a experiência — Nikki continuou.

Houve um longo silêncio do lado de Mindi. Nikki conseguia ouvir o ruído de fundo do restaurante diminuindo.

— Diga tudo de novo. Não consegui ouvir muito bem lá dentro, então saí.

— Você me ouviu direitinho — Nikki disse.

— Nikki, é sério? *Você* é que está dando aquelas aulas?

— Não chamaria de aulas. São mais como sessões para compartilhar histórias.

— Para velhas compartilharem o quê? Dicas de sexo?

— Fantasias — Nikki disse.

Houve um som que Nikki teria confundido com um grito de alegria se não conhecesse melhor sua irmã. Nikki parou no meio de um passo, deixando as sacolas de compras escorregarem pelo braço e caírem na calçada.

— Mindi? — ela disse, hesitante.

Uma gargalhada, crua e selvagem, veio do telefone.

— Não dá para acreditar. As velhas *bibis* de Southall estão escrevendo histórias eróticas.

— Acha isso engraçado? — Nikki perguntou. — Mindi, você está bêbada?

Mindi deu uma risadinha, e sua voz abaixou até virar um sussurro.

— Ah, Niks, normalmente não estaria, mas tomamos um pouco de champanhe no almoço para comemorar o noivado. Senti que precisava beber só para abafar o som da voz de Siraj. Ele é um cara legal, mas fala alto demais. Quando contou sobre as aulas, senti o restaurante todo virar para olhar para nós.

— Onde ele ouviu esses rumores?

— Já disse, de alguns amigos.

— Tem algum nome específico? Consegue descobrir?

— Perguntei antes, mas Siraj foi muito vago: "Ah, umas pessoas que conheço". Foi por isso que achei que era totalmente inventado. Posso perguntar de novo.

— Não, não pergunte — Nikki disse, mudando de ideia. Não conhecia esse tal Siraj e não queria que fosse parar nos ouvidos dos amigos dele – por mais remota que a conexão deles com os Irmãos pudesse ser – que ela estava procurando por eles. — Mindi, tenho que ir — Nikki continuou. — Estou voltando do mercado. Ligo para você mais tarde.

— Nãããão — Mindi lamentou. — Tenho tantas perguntas sobre essas aulas. Além disso, tenho uma coisa para contar. Estou saindo com uma pessoa. Quero conversar sobre ele. Acho que é o cara certo.

— Isso é demais, Mindi. A mamãe já sabe?

— Ela está se comportando de um jeito estranho.

— Estranho como? Ela já o conheceu?

— Ainda não. É uma coisa bem recente. Ela só está meio temperamental ultimamente. Não quer que eu me case porque vai ficar sozinha em casa, sem ninguém para conversar.

— Tenho certeza de que ela não se sente assim.

— Sente, sim. Ela me disse. Ela falou: "Nikki foi embora, agora você também está desesperada para ir. O que eu vou fazer?".

— Ela vai ter a liberdade dela — Nikki disse. Mas então pensou a respeito. Sua mãe ficaria completamente sozinha, sem ninguém com quem conversar, ninguém para preencher os longos silêncios da noite.

Mindi soluçou.

— Talvez seja melhor a gente conversar quando você estiver sóbria — Nikki disse.

— É o tipo de coisa que eu diria para você.

— Não mais, sua beberrona.

Mindi riu e desligou.

No início da noite, Nikki saiu do apartamento para ir ao bar, com a bolsa batendo na cintura, perceptivelmente mais leve sem as histórias das mulheres. Ainda estava sorrindo ao se lembrar da conversa com Mindi durante a tarde. Quando Nikki virou a esquina, seu sorriso desapareceu. Jason estava parado na entrada do bar.

— Nikki — Jason disse. — Sinto muito.

Sem falar uma palavra sequer, Nikki passou direto por ele. Ele a seguiu até a porta.

— Por favor, Nikki.

— Vá embora, Jason. Estou ocupada.

— Quero conversar com você.

— Que bom. Tenho algum direito de opinar sobre quando devemos conversar?

— Não pude vir aquele dia. Devia ter ligado, mas... veja, minha cabeça está completamente atrapalhada e...

— E você se esqueceu do básico da educação? — Nikki explodiu. — Podia ter mandado uma mensagem. Leva dez segundos.

— Queria falar com você pessoalmente. Sinto muito, Nikki. Vim aqui para conversar com você, para pedir desculpas.

Nikki entrou no bar, mas espiou de canto de olho o rosto de Jason. Ele parecia mais cansado do que arrependido. Nikki se pegou com pena, mas não queria se sentir assim.

— Sobre o que quer conversar? — ela perguntou de forma rabugenta.

— Na verdade, é um tipo de conversa que precisamos ter sentados — Jason começou.

— Estou ocupada agora. Sheena avisou à minha turma para chegarem aqui às sete.

— As mulheres do curso de escrita? Vão se reunir aqui?

Nikki confirmou.

— O que aconteceu com o centro comunitário? — Jason perguntou.

— Kulwinder descobriu o que estava realmente acontecendo e cancelou as aulas. Na verdade, fui demitida.

— Como ela descobriu?

— Ela entrou em uma aula e ouviu tudo. Tínhamos um monte de alunas novas e não estávamos sendo cuidadosas o suficiente. De qualquer forma, é uma longa história, e não quero falar sobre isso agora. Sheena está trazendo todas para cá, e devem chegar a qualquer momento.

— Podemos nos encontrar quando a aula acabar? Eu venho aqui.

— Estou com muita coisa na cabeça no momento e está claro que você também está.

— Gostaria de uma chance para me explicar — Jason disse. — Se pelo menos puder me escutar. É só dizer quando e onde podemos nos encontrar e estarei lá.

— Só uma chance — Nikki disse. — Nove e meia, na minha casa.

— Estarei lá.

Nikki levantou a sobrancelha.

— Estarei lá — Jason repetiu com firmeza.

As primeiras mulheres apareceram quase quarenta e cinco minutos depois do horário marcado. Ficaram paradas na porta, hesitantes, e espiaram lá dentro, com os rostos retorcidos de aversão. Sheena tomou a iniciativa.

— Foi um trabalho difícil pra caramba — ela resmungou para Nikki. — Assim que descobriram que estavam saindo de Southall, começaram a fazer um monte de perguntas. "Aonde exatamente vamos?" "Para que parte de Londres?" "Não reconheço aquela placa, onde estamos?" No fim, estacionei e disse: "Vamos para o bar da Nikki, certo? Se não quiserem ir, podem descer aqui e pegar o ônibus de volta para casa".

— E?

— Todas ficaram — Sheena disse. — Estavam muito assustadas. Preetam começou a rezar em voz alta.

Nikki se aproximou da entrada.

— Sou eu, meninas. — Ela sorriu. — É tão adorável ver que todas vieram.

Arvinder, Preetam, Bibi e Tanveer se amontoaram e ficaram encarando.

— Está todo mundo aqui? — Nikki sussurrou para Sheena.

— Havia outro carro com mulheres me seguindo, mas elas podem ter se perdido — Sheena disse, verificando o telefone. — Ou talvez tenham decidido voltar.

— Entrem — Nikki disse. — O clima voltou a piorar, não? É aconchegante e quente lá dentro. — O silêncio das viúvas abalou a confiança de Nikki. Seria mais difícil do que tinha pensado. — Servimos refrigerantes e sucos — ela disse. As mulheres não saíram do lugar. — E *chai* — ela acrescentou.

Era um exagero – eles tinham Earl Grey, mas ela poderia adicionar leite e canela. A expressão de Bibi ganhou um pouco de ânimo. Nikki percebeu que ela esfregava as mãos.

— Está frio aqui fora — Nikki disse. Ela estremeceu de maneira exagerada. — Por que não entram e tomam uma bebida quente?

— Não — Preetam disse assim que Bibi arriscou dar um passo à frente. — Este não é um lugar para mulheres punjabi. Não pertencemos a este ambiente.

— Eu moro aqui — Nikki disse. — No apartamento, subindo as escadas. — Ela sentiu um enorme e repentino orgulho daquele bar decrépito. — Trabalho aqui há mais de dois anos.

— Se entrarmos, as pessoas vão ficar nos encarando — Tanveer disse. — É isso que Preetam quer dizer. Será como quando chegamos a Londres. Vão nos ver vestidas com *salwar kameez* e pensar: *Voltem para o lugar de onde vieram.*

— Costumavam dizer isso — Bibi disse. — Agora já não é tão comum, mas ainda vemos nos olhos deles.

Arvinder não parava de mexer os pés com desconforto. Nikki tomou sua expressão de aflição como uma concordância.

— Estão todas com medo, eu sei — Nikki disse. — Sinto muito pelas pessoas terem sido rudes com vocês. Mas escolhi este bar principalmente por ser o tipo de lugar onde todos são bem-vindos.

Bibi continuava esfregando as mãos.

— E se nos fizerem beber cerveja?

— Ninguém pode forçá-las a beber cerveja — Nikki disse.

— E se colocarem álcool em nosso chá enquanto não estivermos olhando? Hein? — Bibi perguntou.

— Vou prestar bastante atenção para ter certeza de que isso não acontecerá — Nikki garantiu.

De repente, Arvinder passou entre as mulheres e entrou no bar. Nikki estava prestes a ficar orgulhosa de sua habilidade de persuasão quando escutou Arvinder falando alto em seu inglês rudimentar:

— Licença, por favor, onde banheiro?

— Avisei a ela para não beber toda aquela água antes de sairmos — Preetam resmungou. — Ela não parava de reclamar de como sua garganta estava seca.

Tanveer tossiu.

— Acho que ela pegou minha doença — ela disse. — Nikki, você falou que tinha chá?

— Sim.

— Gostaria de um pouco, por favor — Tanveer disse. Ela envolveu os frágeis ombros de Bibi com os braços e esfregou-os com vigor. — Vamos, Bibi. Pode se aquecer lá dentro. — Ambas lançaram olhares de desculpas para Preetam enquanto se enfiavam no bar.

Só restava Preetam.

— *Hai, hai* — ela sussurrou. — Fui traída. — Não ficou claro se Preetam se referia a Nikki ou a algum espectador invisível.

— Temos televisão lá dentro — Nikki disse.

— E daí?

— Tem algumas boas novelas inglesas passando.

Preetam torceu o nariz para essa ideia.

— Não vou entender nada.

— Mas é muito boa em criar histórias baseadas no que acontece na tela — Nikki lembrou a ela. — Por que não entra e faz isso? As outras mulheres adoram seus contos.

Aquilo provavelmente não significava nada, mas Preetam hesitou por um instante antes de dizer "não". Nikki suspirou.

— Vai ficar bem esperando por nós aqui fora? Pode ser que demore um pouco.

Preetam ajeitou seu *dupatta*.

— Tudo bem — ela disse, inflexível.

— Você é quem sabe — Nikki disse.

Dentro do bar, as viúvas haviam se juntado ao redor da mesa mais próxima da entrada. Estavam certas sobre as pessoas encararem. Os poucos clientes e funcionários do bar olhavam para elas com uma expressão que era um misto de divertimento e curiosidade.

— Por que não encontramos um canto mais vazio? — Nikki sugeriu, mostrando o caminho para a sala dos fundos, que era, na verdade, apenas uma parte menos popular do salão principal. Arvinder, Bibi e Tanveer se arrastaram atrás em silêncio, agarradas às suas bolsas.

Elas se estabeleceram ao redor de uma mesa comprida, longe dos outros clientes. Sobre elas, havia uma janela que dava para a calçada. O pé de Preetam apareceu à vista e depois sumiu. Nikki percebeu que Arvinder observava.

— Devo tentar trazê-la para dentro? — Nikki perguntou.

— Não — Arvinder disse. — Deixe-a conhecer sua vizinhança.

Bibi olhou em volta.

— Tem que estar tão escuro? Por que todos esses *goreh* gostam de vir a essas cavernas escuras para beber?

— Não são só brancos que vêm aqui — Nikki disse. — Já servi bebidas para indianos também.

— Uma vez bebi um pouco de uísque. Só o fundo do copo do meu marido. Estava com um resfriado bem ruim, e ele disse que aliviaria os seios faciais, mas foi terrível. Queimou minha garganta — Tanveer contou.

— Costumava tomar vinho com meu marido — disse Sheena. — O médico disse a ele que era uma alternativa saudável a beber cerveja o tempo todo e que podíamos tomar uma ou duas taças por noite. Comecei a beber com ele.

— O *médico* recomendou isso? — Bibi perguntou. — Um médico inglês, tenho certeza.

Sheena deu de ombros.

— É. Não foi a primeira vez que bebi álcool. Costumava sair para beber com os colegas quando trabalhava no centro de Londres.

O celular de Nikki apitou dentro do bolso. Ela abriu uma mensagem de um número desconhecido.

Ei, Nikki. Mais uma vez, sinto muito. Explico tudo hoje à noite. Bj. Jason

Nikki levantou a cabeça. As mulheres agora discutiam se o médico de Sheena deveria ser preso por recomendar vinho em vez de remédios. Nikki espiou pela janela. Quem estava conversando com Preetam? Um homem que usava uma calça que lhe parecia familiar, cujo rosto estava tampado pela placa do ponto de ônibus. Preetam o espantou chacoalhando seu *dupatta*.

— Saia de perto de mim, seu idiota! — ela gritou, de repente. Nikki pulou da cadeira e correu para o lado de fora. Era Steve do Avô Racista.

— *Namastê* — ele disse, com um sorriso e um aceno. — Estava apenas tentando levar essa senhora de volta para o restaurante indiano.

— Vá para casa, Steve. Está banido do bar.

— Ainda posso ficar do lado de fora — Steve disse. Ele se virou para Preetam e se curvou em uma reverência. — Frango *tikka massala* — ele disse, com ar de solenidade.

Preetam virou as costas e caminhou direto para o bar. Quando Nikki a alcançou, ela disse:

— *Hai*, qualquer coisa é melhor do que ficar lá fora no frio com aquele lunático.

Nikki sorriu e a abraçou.

— Fico muito feliz por ter decidido se juntar a nós — ela disse, conduzindo Preetam até o grupo. As viúvas comemoraram quando a viram, e ela ficou vermelha e acenou.

— Quem tem uma história para compartilhar? — Nikki perguntou.

Um instante se passou e então apenas uma mão se levantou. Bibi.

— Pensei na minha no caminho para cá — ela disse.

— Vá em frente — Nikki disse, recostando-se na cadeira.

— A mulher que amava andar a cavalo — Bibi falou. As mulheres começaram a rir.

— Ela também gostava de andar de riquixá em ruas especialmente esburacadas?

— E de se encostar na máquina de lavar quando estava no ciclo de lavagem pesada?

— Quietas — Bibi ordenou. — Estou tentando contar minha história. — Ela pigarreou e começou de novo. — *A mulher que amava andar a cavalo. Era uma vez uma mulher que morava em um terreno bem grande. Seu falecido pai tinha lhe deixado de herança e lhe dado instruções: Não se case com ninguém que só pense em dinheiro, porque ele vai tentar transferir a propriedade das terras...*

Todas as mulheres prestavam atenção, exceto Sheena, que se afundou na cadeira ao lado de Nikki.

— Quer me ajudar com o chá? — Nikki perguntou em voz baixa. Sheena confirmou com a cabeça. Elas pediram licença e foram para o balcão do bar. Nikki preparou uma bandeja com xícaras e pôs a chaleira para esquentar. — Gostaria de beber alguma coisa? — Nikki perguntou.

— Um vinho seria ótimo — Sheena disse. Ela olhou para trás. As viúvas estavam interessadas demais na história para notarem a ausência delas, quanto mais o vinho que Nikki servia a Sheena.

— Você parece cansada. Está tudo bem?

— Apenas um dia agitado no trabalho, sem dormir direito na noite passada. Fiquei acordada até tarde conversando com Rahul — Sheena falou. — Disse a ele que as coisas estavam indo rápido demais.

— Como ele reagiu? — Nikki perguntou.

— No fim, ficou bem. Tivemos uma longa conversa. Mas a reação inicial dele me surpreendeu. Ele ficou na defensiva e disse: "Mas você está gostando!".

— Então ele achou que você o estava acusando de te desrespeitar?

— É. Eu disse: "Só porque gosto, não quer dizer que não possa mudar de ideia e decidir ir mais devagar, certo?". E ele ficou com aquele olhar, como se estivesse perplexo, mas também impressionado.

— Deu a ele algo em que pensar.

— O engraçado é que também fiquei surpresa. Não percebi o que queria dizer até conseguir fazer isso. É por isso que evitava conversar com ele, para começar. — Sheena tomou alguns goles de vinho e voltou a olhar para as viúvas de modo sorrateiro. — Estas sessões de contação de histórias são um bom divertimento, mas acho que também aprendi a defender o que quero. *Exatamente* o que quero.

Nikki se lembrou da inesperada onda de confiança que sentiu quando enfrentou Garry e Viktor.

— Eu também — ela disse. — E achei que não precisava de ajuda nesse departamento. — Elas trocaram sorrisos. Naquele momento, Nikki sentiu um irresistível sentimento de gratidão pela amizade de Sheena.

Elas voltaram até as viúvas depois que Sheena terminou a bebida, e Nikki distribuiu xícaras de chá. Bibi tinha ficado com olhar de sonhadora enquanto construía sua história.

— *Montada no lombo daquele garanhão magnífico, ela comandava cada movimento. Os músculos dele se movimentavam com firmeza sob ela, roçando em suas partes mais íntimas...*

A narração de Bibi foi interrompida pela chegada de duas mulheres punjabi. Elas aparentavam estar sem fôlego e estavam tão aliviadas por conseguir uma cadeira que não pareciam se incomodar por estar dentro do bar.

— Meu nome é Rupinder — uma mulher disse.

— E eu sou Jhoti — falou a outra. — Manjinder também vem. Está só procurando um lugar para estacionar.

— Estávamos logo atrás de vocês — Rupinder Kaur disse. — Mas Jhoti avistou alguém que reconheceu e tivemos que parar em uma ruazinha e nos abaixar enquanto ela tentava descobrir se era ele mesmo.

— Ah, quem era? Um amante secreto? — Tanveer provocou.

— Besteira — Jhoti disse. — Era o sobrinho de Ajmal Kaur.

É claro que as mulheres tinham um radar para detectar membros da comunidade, mesmo quando estavam fora de Southall. Arvinder reparou no sorriso de Nikki.

— Você o conhece? — ela perguntou.

— Não — Nikki disse.

— É melhor que não conheça. Estava fumando um cigarro — Jhoti disse.

As mulheres desaprovaram.

— E lá vamos nós de novo — Sheena disse em inglês, revirando os olhos para Nikki.

— Fumando? — Arvinder Kaur disse. — Ele não me parecia deste tipo. Eu o vi no templo algumas vezes.

— Ele também tem pais respeitáveis. Lembra-se do casamento dele? Nunca houve nada parecido.

— Um casamento bastante pomposo — Tanveer disse. — Tanto a noiva quanto o noivo eram primogênitos. A celebração durou uma semana.

— Ouvi dizer que o casamento está com problemas, por sinal. Minha filha trabalha com os vizinhos da família da esposa. Dizem que ela voltou a morar com os pais. É por isso que fiquei surpresa por vê-lo. Pensei que tivesse voltado para casa também, mas acho que ficou para resolver as coisas — Jhoti disse.

— De onde ele é, mesmo? — Arvinder disse. — A família dele é do Canadá, não?

— Califórnia — Tanveer disse. — Houve um mal-entendido, você se lembra? O pai da garota disse: "Minha filha está se casando com um americano", e todos pensaram que ele fosse um *gorah*.

— Acharam isso porque o nome dele não parecia punjabi — Preetam disse. — Era Jason.

Alguma coisa incomodou Nikki.

— Jason? — ela repetiu. As mulheres confirmaram.

— Uma noiva tão bonita, não? E o *mehendi* estava tão escuro em contraste com a pele clara dela. Todo mundo brincava com ela, dizendo: "Isso significa que seu marido será rico, isso significa que sua sogra será gentil" — Preetam disse.

Nikki pediu licença às senhoras e pegou o telefone assim que saiu do campo de visão das viúvas. Tinha a sensação de que suas entranhas haviam sido arrancadas. *Jason é casado. Era casado o tempo todo.* Duas forças tentadoras a puxavam em direções opostas: ligar para ele e dizer que era um imbecil; bloquear seu número e deixar que passasse o resto da vida se perguntando como ela havia descoberto. Um filme silencioso de lembranças recentes passava repetidamente pela cabeça de Nikki. Ela se viu beijando Jason, na cama com ele enquanto sua esposa torcia as mãos em outro canto de Londres. Ela nunca havia se sentido tão idiota.

Por fim, ela respondeu à mensagem dele.

Não se preocupe em aparecer. Acabou tudo.

Sem hesitar, apertou "Enviar".

Capítulo 15

O celular de Kulwinder vibrava em cima da bancada onde ela o havia deixado. Quando notou o número desconhecido, sentiu uma breve ansiedade. Atendeu logo antes de parar de tocar, mas não disse nada.

— Alô? — Era Gurtaj Singh.

— *Sat sri akal* — ela disse, aliviada.

Ele respondeu com pressa à saudação e então disse:

— Vejo que seu curso de escrita passou da hora hoje.

Ela olhou para o relógio. Eram nove e quinze da noite, mas de qualquer forma as mulheres não estariam na sala. Ela havia trancado a porta.

— Não tem aula. — Ela se segurou para não dizer "nunca mais". — Hoje — disse, em vez disso.

— Está dizendo que as luzes estão acesas desde a última aula? — Gurtaj perguntou.

— As luzes?

— Passei de carro pelo templo depois do jantar e notei a luz nas janelas. Você percebe, não, que será preciso tirar dinheiro do orçamento para pagar essas contas de energia elétrica?

Kulwinder afastou o telefone do ouvido para que as reclamações de Gurtaj ficassem distantes. Ela se lembrava de ter fechado as portas da sala e trancado e, antes disso, como sempre, de ter apagado as luzes. Ou havia se esquecido? Era possível que estivesse tão furiosa a ponto de deixar as luzes acesas. A dúvida rodou por seu estômago como uma onda. Havia algo errado.

— Vou voltar lá e apagar as luzes — ela disse.

— Não precisa sair de casa no meio da noite — Gurtaj disse.

Teria ele ligado para ela só para dar uma bronca, então?

— Eu não disse que estava em casa — Kulwinder respondeu. Ela deixou em aberto a informação sobre onde estava e o que estava fazendo, e imaginou a surpresa no rosto de Gurtaj.

Kulwinder caminhou com pressa até o templo, com a bolsa enfiada debaixo do braço, dando passos largos. Ocorreu a ela que pudesse estar sendo seguida novamente, mas sentiu a insolência de antes fluindo por seu sangue. Sikhs são guerreiros, ela se lembrou de ter dito a uma Maya muito jovem, cujos olhos brilharam com aquela informação, assustando Kulwinder. "Mas garotas devem agir como garotas", ela havia acrescentado. Desde a morte de Maya, Kulwinder só havia se permitido sentir a ausência dela em faíscas breves e intensas. Agora, elas haviam inflamado algo e Kulwinder sentia ser capaz de cuspir fogo em qualquer um que se opusesse a ela.

Todas as janelas estavam escuras com a noite, exceto a da sala de aula e a do escritório de Kulwinder. Ela sentiu uma ponta de medo, mas continuou em frente até chegar ao corredor do terceiro andar.

— Olá? — ela chamou, dando passos cuidadosos na direção da porta.

Não houve resposta. A luz brilhava pela pequena janela na porta. Ofegante, Kulwinder viu os danos primeiro. A sala de aula parecia estar de cabeça para baixo. As mesas e cadeiras estavam tombadas e danificadas, com as pernas para o ar. Havia papéis espalhados por todos os lados, e riscos de tinta *spray* vermelha marcavam de maneira grosseira a lousa e o piso. Kulwinder agarrou o tecido de sua blusa porque era o mais próximo que conseguiria chegar de seu coração. Ela correu para sua sala.

Os vândalos haviam feito o mesmo ali – revirando cada superfície, arruinando a ordem de seu trabalho. As pastas tinham sido jogadas no chão e havia uma janela quebrada.

De repente, ouviu passos se aproximando. Kulwinder disparou pela porta, entrou no escritório e procurou por um lugar para se esconder. O som dos passos ficou mais alto. Kulwinder pegou a coisa mais pesada que conseguiu encontrar – um grampeador – e segurou-o com as duas mãos. Os passos pararam e uma mulher apareceu na porta. Vestindo uma túnica azul-escura com bordado prateado na barra, a mulher parecia ao mesmo tempo familiar e estranha.

— O que aconteceu aqui? — a mulher perguntou, olhando para a bagunça.

Então Kulwinder reconheceu Manjeet Kaur. Kulwinder não a tinha visto sem roupas de viúva no último ano.

— Alguém... — Kulwinder gesticulou desesperada para a bagunça. Ela não tinha mais palavras.

— Onde estão as outras mulheres? — Manjeet perguntou. — Estive fora, mas voltei para Southall hoje. Pude ver a luz da sala de aula acesa da minha casa e vim aqui fazer uma surpresa para elas.

— Elas não se reúnem mais aqui. Cancelei o curso.

— Ah. Você descobriu, então?

Ainda entorpecida pelo susto, Kulwinder continuou a inspecionar a bagunça. A mesa organizada, à qual sempre se sentou com tanto orgulho, havia sido eviscerada. Uma gaveta estava pendurada de forma lasciva, como se fosse uma língua.

— Acho que devemos começar a arrumar isso aqui — Kulwinder disse.

— De jeito nenhum — Manjeet respondeu. — Comecei o dia deixando meu marido. Não vou terminá-lo fazendo limpeza por causa de outro homem.

Kulwinder levantou os olhos com surpresa.

— Seu marido? Pensei que estivesse...

Manjeet balançou a cabeça.

— Ele me deixou. Depois ele me quis de volta. Fui até ele achando que era meu dever, mas tudo o que ele queria era alguém para cozinhar e limpar a casa depois que sua nova esposa foi embora. Assim que percebi isso, fiz as malas e voltei para casa. Durante toda a viagem de trem, a cada vez que me sentia ansiosa pelo que tinha feito, eu só lembrava que as outras viúvas e Nikki me apoiariam.

Kulwinder sentiu uma fisgada de arrependimento.

— Isso não teria acontecido se as mulheres estivessem no edifício. Não devia tê-las mandado embora.

Manjeet passou por cima dos papéis e abraçou Kulwinder.

— Não se culpe. Ninguém consegue deter esses idiotas. — Ela tirou um momento para olhar ao redor da sala. — Achei que os Irmãos tinham mais respeito e não fossem capazes de invadir e destruir as coisas deste jeito, principalmente no *gurdwara*.

Kulwinder se agachou para pegar uma pasta e, notando que seu conteúdo estava molhado, recuou. O cheiro pungente de urina bateu em suas narinas. Ela voltou para a porta e sentiu, surpresa, que lágrimas se formavam em seus olhos. Ela as enxugou com raiva. Manjeet estava certa. Os Irmãos eram capazes de vandalizar os carros e os lares de mulheres desencaminhadas, mas a área do templo era sagrada. Daquela distância, Kulwinder podia ver que tudo tinha sido espalhado de forma exageradamente aleatória, como se fosse para dar a impressão de vandalismo sem sentido.

— Eles chegaram a encontrar as histórias? — Manjeet perguntou.

Kulwinder balançou a cabeça devagar.

— Você está certa – não consigo imaginar os Irmãos fazendo isso.

— Então quem foi?

Kulwinder estava prestes a responder quando a gaveta aberta chamou sua atenção mais uma vez. Estava completamente vazia, diferente das demais. Era a segunda gaveta do lado direito, que só abrigava o currículo de Nikki e seu formulário de candidatura à vaga. Ela se recordava de ter tirado daquela gaveta as antigas pastas empoeiradas depois que Nikki havia se candidatado ao emprego, satisfeita por ter sua própria papelada oficial para armazenar.

Kulwinder procurou no chão. O currículo, o formulário, os dados pessoais de Nikki... O pânico começou a apertar sua garganta.

— Acho que eu sei — Kulwinder disse.

Capítulo 16

Um vento cortante bateu no rosto de Nikki quando ela pisou na calçada na saída do O'Reilly's para fumar o terceiro cigarro. Com certeza merecia, depois de levar aquela sessão com as mulheres aos trancos e barrancos, com a revelação a respeito de Jason rodando em sua cabeça. Um grupo de homens passou e um deles olhou para trás.

— Dá um sorriso para a gente, gata — ele gritou.

Na janela de um ônibus que passava, Nikki viu seu reflexo, seu rosto contorcido de raiva. Ela encarou o homem, que cutucou o amigo com o cotovelo e saiu andando aos risos.

Quando subia as escadas para o apartamento, o celular de Nikki vibrou dentro do bolso. Ela parou e atendeu.

— Vá para o inferno, Jason.

— Nikki, por favor, vamos só conversar.

Ela desligou e sentiu o ímpeto de arremessar o celular pela janela só para poder quebrar alguma coisa. Continuou subindo as escadas e procurou pelas chaves. Agora, as lágrimas começavam a transbordar, pingando nas mãos dela enquanto tateava dentro dos bolsos. Ela só percebeu que Tarampal estava ali quando chegou ao último degrau.

— O que...? — Nikki começou a dizer. Com as costas da mão, enxugou as lágrimas nos olhos.

— Está tudo bem com você, Nikki? — Tarampal perguntou. — O que aconteceu?

— É uma longa história — Nikki resmungou. *O que você está fazendo aqui?*

Tarampal estendeu o braço e apertou o ombro dela.

— Pobrezinha — ela disse.

Sua compaixão parecia genuína e deu a Nikki um pouco de conforto, mas ela ainda assim não conseguiu disfarçar sua confusão. Será que Tarampal tinha ouvido algo sobre as aulas no bar e decidido participar? Era improvável. Ela quase riu do absurdo da situação: ali estava Tarampal, na porta da casa dela, consolando-a por ter um namorado aparentemente casado.

— Estava imaginando se podíamos conversar — Tarampal disse. Ela olhou para a porta com expectativa.

— Ah, hã... claro — Nikki disse. Ela abriu a porta do apartamento e convidou Tarampal para entrar. — Não precisa tirar os sapatos — ela disse, mas é claro que Tarampal tirou, antes de hesitar, parando na porta.

— Por favor, fique à vontade — Nikki disse, repentinamente consciente de como suas habilidades de anfitriã eram inadequadas. Ela apontou para uma pequena mesa na cozinha. Tarampal andava pelo apartamento delicadamente com os pés descalços, assustada com o piso barulhento.

— Sente-se — Nikki disse.

Tarampal permaneceu de pé. Havia um sutiã pendurado em uma das cadeiras da cozinha; Tarampal olhou para ele até que Nikki o tirasse dali e o jogasse no quarto. Um isqueiro e um maço de cigarros também estavam bem à vista. Nikki decidiu que tirá-los chamaria mais atenção.

— Nikki, acho que tem uma ideia equivocada a meu respeito — Tarampal disse quando as duas se sentaram.

— Foi por isso que veio aqui? — Nikki disse. Ficou imaginando como Tarampal teria conseguido seu endereço. Tarampal parecia tão magoada que Nikki evitou perguntar. — Não tenho nenhuma ideia a seu respeito — Nikki acrescentou.

— Acho que tem — Tarampal retrucou. — Acho que as viúvas lhe disseram que não sou boa pessoa. Simplesmente não é verdade.

— É verdade que pede dinheiro para as pessoas em troca de orações? — Nikki perguntou.

— Sim, mas são elas que vêm até mim. Querem ajuda.

— Não foi bem o que escutei.

Tarampal abaixou os olhos e arrastou os pés como se fosse uma colegial sendo repreendida. Lá se ia a amargurada sogra da infame Maya. Ela havia sido substituída por aquela criatura solitária, desamparada, a mesma pessoa cujo analfabetismo havia compelido Nikki a levar fitas cassete com histórias à sua casa.

— Como *você* sobreviveria, Nikki — Tarampal perguntou —, se fosse uma viúva sem nenhuma habilidade? Eu não tentei aprender inglês para conseguir um emprego? Você e as mulheres me rejeitaram.

Aquilo simplesmente não fazia sentido, Tarampal vir de tão longe só para esclarecer alguns equívocos.

— O que você quer, Bibi Tarampal? — Nikki perguntou.

— Queria que fôssemos amigas — Tarampal disse. — Queria mesmo. Tudo aquilo que falei a respeito de Maya deve ter assustado você. Deve pensar que eu desejava que ela morresse. Que tipo de pessoa isso me tornaria? Só queria paz em meu lar. Queria que Jaggi fosse feliz. Nunca esperei que Maya tirasse a própria vida. Isto é algo que Kulwinder nunca vai aceitar.

— Pode culpá-la? — Nikki replicou. — A filha dela morreu sob o seu teto.

— Pelas próprias mãos — Tarampal disse. — Ela estava doente, Nikki. Não estava bem da cabeça.

Ela deu batidinhas na têmpora com os dedos e meneou a cabeça como se soubesse de tudo. Nikki percebeu que não se tratava de um gesto ensaiado; Tarampal contava a verdade que ela sabia. Qualquer que fosse a história inventada por Jaggi, ela havia acreditado.

— Não acha que pode ter acontecido algo diferente naquela noite? — Nikki perguntou.

Tarampal balançou a cabeça, negando.

— Jaggi nunca faria nada para machucar ninguém. Não é esse tipo de homem. — Os olhos dela brilharam e um pequeno sorriso se formou em seus lábios. — Ele é um homem tão bom.

Eca, Nikki pensou. Não conseguia deixar de pensar nas histórias das viúvas sobre sogras que dormiam entre os filhos e as esposas deles. Ela se perguntou qual teria sido o destino de Maya se Tarampal tivesse tido filhos, em vez de filhas. Talvez tivesse sido menos zelosa com Jaggi. Ou talvez Maya tivesse sido forçada a se casar com um dos filhos dela.

— Olhe, sei que se importa muito com Jaggi, mas é possível que não saiba de todos os detalhes — Nikki disse.

Tarampal balançou a cabeça.

— Kulwinder só está no pé dele porque se sente culpada.

— Tem certeza disso? — Nikki perguntou, de forma gentil. — Acho que foi enganada.

— Você é que está sendo enganada, Nikki — Tarampal insistiu. — Sei que pensa que tem alguma suposta prova contra Jaggi, mas, posso lhe dizer, não é real.

— Como sabe sobre isso?

— Conversei com Kulwinder hoje mais cedo. Ela veio à minha casa e disse que iria até a polícia. Tentei convencê-la a não fazer isso. No fim das contas, eu a convenci a me dar seu endereço para que pudesse falar com você pessoalmente.

— Kulwinder passou meu endereço a você? — O que Kulwinder pretendia ao mandar Tarampal até lá? E por que iria à casa de Tarampal para se gabar de ter encontrado provas? Algo não fazia sentido. — Não estou com o formulário de inscrição, se foi por isso que veio.

Tarampal ficou decepcionada.

— Com quem está, então?

— Com Kulwinder. Ela não te mostrou?

Os olhos de Tarampal se desviaram dos de Nikki.

— Não, ela disse que estava com você e falou que se eu o quisesse de volta, precisava conversar com você. — A voz dela oscilou. Era claro que estava mentindo.

Em sua cabeça, Nikki conseguia ver o formulário de inscrição dobrado com perfeição na bolsa, que ela tinha chutado para baixo da cama depois de tirar o celular e descer para a sessão com as viúvas no bar, mais cedo.

— Não está comigo — Nikki disse. Ela notou que Tarampal olhava ao redor do apartamento, em desespero, procurando. Nikki se levantou.

— Acho que é melhor você ir embora, Bibi Tarampal.

— Vim de tão longe — Tarampal disse. — Pelo menos me sirva uma xícara de chá? Fiz essa cortesia a você quando foi à minha casa.

— Sinto muito, não tenho chá. Não esperava convidados — Nikki respondeu.

Sabia que estava sendo mal-educada, mas aquela visita a estava deixando desconfortável. Tarampal pigarreou bem alto e concordou com a cabeça. Ela se levantou e caminhou à frente de Nikki na direção da porta, já sem tomar cuidado para evitar as tábuas do piso que rangiam. Enquanto calçava os sapatos, pigarreou uma vez mais e começou a tossir.

— Ah — Tarampal se lamentou. — Ah, estou com esta tosse terrível por ficar lá fora na chuva. — Com um estrondo, apoiou-se na porta soltando todo o peso e continuou a tossir. — Poderia, por favor, só colocar a chaleira no fogo e esquentar um pouco de água para mim antes que eu saia de novo?

O jeito dramático de Tarampal rivalizava com o de Preetam.

— Está bem — Nikki disse.

Ela voltou para a cozinha e encheu a chaleira de água, espiando Tarampal às escondidas. Ela tossiu de novo. Nikki queria não sentir certa pena dela. Ela abriu o armário. Se Tarampal não se importasse em tomar Earl Grey, talvez Nikki pudesse servir uma xícara a ela antes de mandá-la embora.

— Tarampal, gostaria de... — Nikki levantou a cabeça e parou.

A porta estava aberta e Tarampal estava inclinada para o lado de fora, sussurrando insistentemente com alguém.

— Quem está aí? — Nikki interpelou.

A porta se abriu com violência e um homem irrompeu no apartamento, puxando Tarampal de volta para dentro e fechando a porta com um chute. Um grito nasceu e morreu na garganta de Nikki. Era o homem que a havia seguido na outra noite.

— O que está acontecendo? — ela perguntou, ofegante.

— Bloqueie a porta — ele disse a Tarampal. Ela se arrastou até a entrada e apoiou as costas nela. Ele apontou o dedo para Nikki. — Se gritar, vai pagar por isso — ele falou em voz baixa. — Entendeu?

Ela logo confirmou com a cabeça. Atrás do homem, conseguia ver que os olhos de Tarampal estavam arregalados com atenção, não surpresa. Ela o havia ajudado a entrar no apartamento. Aquele só podia ser Jaggi.

— Vi você naquela noite — Nikki disse. — Você... você me seguiu. — Ele deve tê-la ouvido falar sobre o formulário.

Jaggi a encarou.

— Você tem provocado tumulto desde o dia em que chegou a Southall. Se queria ensinar histórias sujas às viúvas, tudo bem. Por que se intrometer nas nossas vidas também? — Ele olhou ao redor do apartamento. — Vou direto ao ponto: tudo o que quero é o formulário. Entregue para mim e deixo você em paz.

— Você acha que pode simplesmente invadir minha casa...

— Você me deixou entrar — Jaggi disse, apontando para a porta. — Não há sinal de arrombamento.

— Não estou com o formulário — Nikki disse.

Ela percebeu Tarampal alternando o peso do corpo de um pé para o outro, com os braços estendidos pela porta de forma quase cômica, como se fosse um goleiro de futebol. Sentiu a coragem crescendo.

— Pode procurar por aqui se quiser. — Nikki rezou para que ele não olhasse debaixo da cama primeiro, para que pudesse ganhar um pouco de tempo.

— Não vou vasculhar o lugar. Quero que o traga para mim — Jaggi disse.

— Não está comigo — Nikki disse.

De canto de olho, notou a chaleira repleta de água fervente. Se fosse aos poucos para perto do balcão sem que Jaggi percebesse, conseguiria pegá-la.

Jaggi pegou-a pelo braço e a jogou em uma cadeira.

— Tarampal, venha cá e fique de olho nela — ele disse.

Tarampal obedeceu, parando diante dela. Ela cruzou os braços, mas tinha uma ponta de medo nos olhos. Atrás dela, dava para ouvir Jaggi revirando todo o quarto.

— Só entregue o formulário e ele vai embora — Tarampal sussurrou.

— Está tornando as coisas mais difíceis para você.

— Ainda acredita que ele é inocente? — Nikki perguntou. — Ele te convenceu a ajudá-lo a invadir meu apartamento. E agora está procurando provas para destruir.

— Você não o conhece — Tarampal disse.

Nikki agora ouvia Jaggi xingando. Para um suposto "bom genro", Jaggi certamente não tinha pudores de falar palavrões na presença de Tarampal. Ele também a chamava pelo primeiro nome, um sinal de familiaridade que Nikki achou inadequado.

— Ele não tem muito respeito por você, não é? — Nikki perguntou. Dava para adivinhar pelo jeito nervoso com que Tarampal olhava a todo momento para o quarto que ela nunca havia visto Jaggi daquele jeito. — Quer dizer, como filho...

— Já disse, ele não é meu filho — Tarampal interrompeu.

— Quero dizer que é mais velha que ele.

Tarampal protestou.

— Sou só doze anos mais velha que ele.

Será que eles...? Uma nova suspeita começou a brotar em Nikki. Então o som de algo quebrando espantou aquela ideia. Um abajur tinha caído. Foi o suficiente para distrair Tarampal por um instante. Nikki correu da cadeira e passou com um empurrão por Tarampal, que correu atrás dela até o quarto.

— Saia do meu apartamento! — ela gritou, esperando que alguém a ouvisse.

Jaggi deu um bote e apertou o pescoço dela.

— Entregue o formulário — ele disse, rangendo os dentes.

Nikki lutava para respirar.

— Jaggi, não! — Tarampal exclamou, tentando soltar as mãos dele.

Ele largou Nikki e, com um vigoroso movimento, empurrou Tarampal, que desabou no chão. Nikki respirou fundo e levantou os braços em sinal de rendição.

— Tudo bem — ela disse. — Tudo bem, vou pegar. — Ela tinha que pensar rápido. — Escondi no armário da cozinha.

Jaggi se agachou perto de Tarampal.

— Traga-o para mim — ele ordenou a Nikki.

Ela respirou fundo mais uma vez, trêmula, e voltou depressa para a cozinha. A chaleira estava bem ali, mas ela hesitou em pegá-la. Jaggi era forte; se sua fuga não desse certo, ele a mataria. Sabia disso pelo jeito que ele tinha afundado os dedos em seu pescoço.

— Por que fez isso comigo? — Tarampal se queixou.

Jaggi murmurou uma resposta que Nikki não conseguiu ouvir. O coração dela saltava do peito – não tinha como enrolar por muito tempo. Ela agarrou a chaleira e se virou bem a tempo de ver Jaggi ajeitando o cabelo de Tarampal atrás da orelha. Era um gesto íntimo demais para significar qualquer outra coisa.

Eles eram amantes.

A descoberta tocou como um sino na cabeça de Nikki. Ela colocou a chaleira de volta no balcão. O ruído alertou Tarampal, que levantou os olhos e se afastou rapidamente de Jaggi. Ela evitou o olhar de Nikki.

— Há quanto tempo isto está acontecendo? — Nikki perguntou.

Tarampal balançou a cabeça.

— Não tem nada acontecendo — ela disse.

Puxou o *dupatta* para esconder o rosto. *Todas as coisas boas vieram depois*, Tarampal havia dito a Nikki, com as bochechas coradas como naquele momento.

— Foi por isso que fez o que fez? — Nikki perguntou a Jaggi em inglês. — Porque sua esposa descobriu sobre vocês dois?

Jaggi não conseguiu disfarçar a surpresa. Continuou olhando nos olhos de Nikki, mas ela sabia que ele tinha sido pego.

— Ela não sabia ficar de boca fechada — ele disse.

Tarampal alternava o olhar entre os dois, tentando decifrar a conversa.

— A reputação de vocês dois valia a vida de uma mulher? Foi essa a razão para matar Maya? — Nikki perguntou.

Com a menção ao nome de Maya, Tarampal ficou tensa. Nikki voltou a falar punjabi.

— Ele acabou de admitir, Tarampal. Ele a matou.

— Eu não disse isso — Jaggi disse, rangendo os dentes. Ele se virou para Tarampal. — Aconteceu muito rápido. Foi um acidente.

— Foi um acidente — Tarampal repetiu, mas parecia confusa. — O que quer dizer com isso?

— Ela sabia sobre vocês dois — Nikki disse.

— Você tem que calar essa boca — Jaggi ameaçou, mas Nikki reparou no pânico no rosto dele.

— *Ela sabia?* — Tarampal perguntou. Ela puxou o *dupatta* sobre o peito. — Não durmo com o marido de outras pessoas. Não faço isso — ela se apressou em explicar para Nikki.

Assim como ela não chantageava pessoas. O jeito de falar era a chave da negação de Tarampal. Contanto que anunciasse a própria inocência em voz alta, era verdade.

— Ele é um assassino — Nikki disse, apontando para Jaggi.

Ele se levantou e começou a avançar na direção dela. Nikki se encostou no balcão, com o corpo tomado por um medo frio e pesado.

— Jaggi — Tarampal disse. Ele parou e se virou. — Kulwinder sabia sobre nós? — perguntou.

— Não.

— Tem certeza?

— Tenho.

— E Maya ia contar a ela sobre nós? — Tarampal perguntou, em tom suave. Jaggi se virou para olhar para Nikki. — Por favor, responda — Tarampal disse.

— Não temos tempo para isso — Jaggi disse.

— Ah, Jaggi — Tarampal murmurou. — Por quê?

— Ela ficou irritada e disse que ia contar para todo mundo. Comecei a pensar em você e em sua reputação na comunidade, e não podia deixar que isso acontecesse. Foi tudo tão rápido. Joguei a gasolina nela para assustá-la e ela disse: "Você não ousaria". Peguei a caixa de fósforos e levei Maya para fora. Ainda estava só tentando assustá-la.

Tarampal olhou fixamente para Jaggi, horrorizada.

— Você disse à polícia que não estava em casa.

— Tarampal...

— Você mentiu para mim.

— Não deixe Nikki influenciar você — Jaggi disse. — O que teria feito? O que gostaria que eu tivesse feito?

Tarampal tampava os lábios com as mãos e seus olhos brilhavam com lágrimas.

— Você é uma pessoa melhor do que isso, Tarampal, sabe que é. Não desejaria que Maya morresse, desejaria? — Nikki perguntou. — Foi o que me disse mais cedo.

— Você queria Maya fora de nossas vidas para podermos ficar juntos — Jaggi disse, entrando no meio das duas para forçar Tarampal a olhar para ele. — Que outra saída haveria?

Tarampal hesitou. *Preferir a morte à desonra,* Nikki pensou. Importava que tivesse sido a morte de Maya no lugar da desonra de Tarampal?

— Eu não sei — Tarampal disse. Ela dirigiu sua resposta a Nikki. Foi a primeira coisa sincera que disse em muito tempo. Toda a cor havia sumido de seu rosto. — Eu. Não. Sei — ela repetiu, começando a soluçar. Parecia uma criança de dez anos.

— Tarampal — Jaggi disse. Ele voltou a se agachar e colocou a mão na cintura dela. — Não precisa fazer um escândalo. Podemos conversar sobre isso mais tarde.

Tarampal mordeu o lábio e balançou a cabeça. Suas lágrimas pingavam no chão. Jaggi estendeu a outra mão para tocar o rosto dela. Então algo pareceu se quebrar dentro de Tarampal e, afastando-se de Jaggi, ela deu um violento tapa na cara dele. O som pareceu uma trovoada.

Aquilo atordoou tanto Jaggi quanto Nikki, e ele ficou paralisado por um segundo e depois agarrou Tarampal pelo pescoço e começou a balançá-la.

— *Não!* — Nikki gritou.

Ela pegou a chaleira e arremessou o mais forte que pôde – não o acertou por pouco, mas a água quente escorreu por suas costas. Ele deu um grito e soltou Tarampal, puxando a camisa para longe da pele para tentar refrescar a queimadura.

— Vamos — Nikki chamou, empurrando-o para longe dela e abaixando para pegar a mão de Tarampal.

Tarampal tentava recuperar o fôlego enquanto levantava do chão, mas, antes que conseguisse dar um passo sequer, Jaggi agarrou seu pulso e a puxou com força, jogando-a de volta no chão, atrás dele. Nikki se reergueu para enfrentá-lo e tentou dar um passo para trás, mas tropeçou no pé de uma cadeira. Enquanto se levantava com dificuldade, viu o punho de Jaggi chegando rápido na direção contrária. Ela só ouviu o estalo de sua cabeça batendo no balcão da cozinha e então tudo ficou escuro.

O carro de Sheena ainda estava em movimento quando Kulwinder e Manjeet abriram a porta e subiram.

— *Hai*, esperem! Vocês vão se machucar — Sheena gritou. Mas não havia tempo para parar.

— Você lembra onde fica o bar? — Kulwinder perguntou.

— É claro. Estava lá agora mesmo — Sheena disse.

— Depressa, então.

Sheena afundou o pé no acelerador. Kulwinder se agarrou ao assento por instinto quando o carro arrancou e saiu do estacionamento do templo.

Quando Manjeet telefonou, Sheena estava a caminho de casa depois de deixar as outras viúvas.

— Manjeet! — A voz de Sheena tinha explodido pelo viva-voz. — Tudo bem com você?

— Estou de volta a Southall. Atualizo você depois, mas primeiro precisamos ir até a casa de Nikki — Manjeet respondeu.

— Ela está com problemas — Kulwinder acrescentou.

Sheena não fez perguntas.

— Me deem cinco minutos.

Kulwinder ficou aliviada por não terem que ligar para Sarab. Ele poderia dizer: "Kulwinder, tem certeza? Tente ligar para ela de novo – sabe como os jovens nunca atendem o telefone". E pararia em todos os sinais amarelos que Sheena corria para cruzar.

Elas chegaram à frente do bar e Sheena as deixou.

— Vão, vão — ela disse. — Vou estacionar e já entro.

Kulwinder e Manjeet irromperam bar adentro, gritando uma para a outra para encontrarem as escadas. Estavam tão envolvidas na missão que nem notaram os outros clientes, que tinham parado todos para observá-las.

Kulwinder foi direto para o balcão.

— Sabe onde fica o apartamento de Nikki?

— É só subir as escadas — a garota respondeu. Parecia entretida. — Você é mãe dela?

— Como entramos? — Kulwinder perguntou.

— Precisa de uma chave para acessar aquela porta do lado de fora, à esquerda. Só moradores têm a chave. Precisa ligar para ela e ela deixa você entrar.

— Tentei ligar para ela, e ela não atende. Por favor. Pode ter um homem perigoso lá em cima.

A garota mordeu o lábio para evitar rir. Kulwinder então entendeu o que ela enxergava – duas tiazinhas indianas fora de si tentando evitar que algo impróprio acontecesse com uma de suas filhas.

— Ele é um matador — ela disse, em desespero.

— Tenho certeza de que é. Veja, não posso deixar ninguém entrar, então...

Kulwinder farejou o ar.

— Manjeet, está sentindo esse cheiro? — ela perguntou.

Manjeet arregalou os olhos.

— É fumaça.

Sheena chegou correndo ao bar.

— Fogo! Saiam! Todo mundo, para fora! — Sheena comandou. A atendente do bar piscou para elas, confusa, enquanto os clientes saíam correndo.

— Eles não pagaram — ela reclamou.

Kulwinder apontou para a janela.

— Olhe. Fumaça! Nos dê as chaves.

A garota arregalou os olhos. Ela se enfiou embaixo do balcão para procurar as chaves, até que, por fim, ergueu-as, triunfante. Kulwinder tomou as chaves da mão dela.

— Vamos!

Elas correram para fora do edifício, com os *dupattas* voando, atrapalharam-se com as chaves, e então irromperam pela porta, com as sandálias escorregando dos pés e rolando escada abaixo enquanto elas subiam correndo, gritando.

— Nikki! Nikki!

A fumaça ficava mais densa à medida que se aproximavam da porta do apartamento. Kulwinder procurou pela maçaneta em meio à fumaceira e recuou quando sentiu como estava quente. Para sua surpresa, a porta não estava trancada. Aquele desgraçado devia ter começado o incêndio e depois fugido.

Quando a porta se abriu, a fumaça passou a se espalhar pelas escadas e as três mulheres começaram a tossir. Kulwinder seguiu em frente, abaixando-se para enxergar por baixo do vagalhão de nuvens negras.

— Fiquem aqui! Deixe-me ver se consigo encontrá-la! — ela gritou.

Ela conseguia ver as chamas e, no meio da fumaça, conseguia ver um corpo no chão. Era Nikki. Tentando abaixar o máximo possível, Kulwinder agarrou os tornozelos de Nikki e a puxou. Ela inalou um pouco de fumaça e tossiu com violência, sacudindo os ombros. Puxou mais um pouco e sentiu Nikki começar a se mover pelo chão. Era um longo caminho até a porta. Ela puxou de novo, com toda a força. Outra onda de tosse fez seu corpo convulsionar. Seus olhos coçavam loucamente e lágrimas corriam pelo seu rosto. Ela queria gritar, mas não conseguia. Caiu de joelhos. O impacto causou choques por seu corpo, levando-a de volta ao momento em que soube que Maya tinha morrido. *Não, não, não,* ela tinha gritado. *Por favor, por favor, por favor.* Desejar freneticamente que o tempo se revertesse era tão desesperador quanto sufocar. Kulwinder deu um último e inútil puxão na garota.

De repente, uma mão segurou o tornozelo de Kulwinder; outra agarrou sua cintura.

— Esperem! Parem!

Ela não podia deixar Nikki ali. Pensando rápido, ouvindo a própria respiração difícil e absolutamente nada vindo de Nikki, ela tirou seu *dupatta* e amarrou em volta do tornozelo da jovem, e então, com a ajuda de Sheena e Manjeet, a força das três mulheres permitiu que começassem a arrastar Nikki até a porta.

— Pegamos ela! — Ouviu Sheena gritando.

Capítulo 17

Nikki só conseguia enxergar sombras pelos olhos semicerrados, quase fechados. Havia fragmentos de conversas, mas que não significavam nada. Alguém segurava a mão dela. Enquanto suas pálpebras se abriam de forma trêmula, ela ouviu a suave empolgação na voz de Mindi:

— Ela está acordando.

O quarto de hospital tinha um brilho ofuscante, e Nikki gemeu. A luz lhe dava dor de cabeça. Mindi apertou sua mão. Ao lado, sua mãe se curvava ansiosa sobre Nikki, puxando as beiradas do cobertor para cobrir suas pernas.

— Mãe. — Foi tudo o que Nikki conseguiu falar antes de voltar a ficar inconsciente.

Na próxima vez em que acordou já estava anoitecendo. Dois policiais estavam de pé ao lado de sua mãe e de Mindi, aos pés da cama. Nikki piscou, confusa. Ela se lembrou de uma poderosa pancada que a fez cair para trás. Depois disso, havia apenas a dor lancinante em sua cabeça.

— Olá, Nikki — um deles disse, com gentileza. — Sou o policial Hayes, e este é o policial Sullivan. Temos algumas perguntas para fazer a você quando estiver em condições de responder.

— Só preciso de um tempinho — Nikki disse. Sentia uma dor crescente na perna e seus pensamentos não estavam claros.

— É claro — disse o policial Hayes. — Neste momento, só quero informá-la que o sujeito que invadiu sua casa foi encontrado e acusado. Ele está preso. Está disposta a prestar depoimento sobre o que aconteceu?

Nikki confirmou com a cabeça. Os policiais agradeceram e saíram. Ela afundou as costas no travesseiro e olhou para o teto.

— Por que minha perna dói? — ela perguntou. De canto de olho, viu uma troca de olhares entre Mindi e sua mãe.

— Você teve uma queimadura — Mindi disse. — Não é sério, mas vai arder por um tempo.

— Queimadura? Quanto tempo vou ficar aqui?

— O médico disse que vai estar bem para voltar para casa amanhã — Mindi disse. Ela lançou um olhar para a mãe. — Vamos arrumar seu antigo quarto...

Sua mãe se virou de forma abrupta e saiu do quarto. *Qual é o problema dela?* Nikki quis perguntar.

Mindi observou a mãe enquanto saía pela porta. Voltou o olhar para Nikki e pareceu ler sua expressão.

— Não se preocupe com ela. Então, não se lembra de nada?

— Lembro que ele me acertou. Depois disso, apaguei — Nikki murmurou. Pedaços de acontecimentos surgiam e se dissipavam na memória dela. — Eram duas pessoas — ela disse.

— Eles atearam fogo no apartamento — Mindi disse.

— Fogo? — Nikki se esforçou para sentar.

— Shhh — Mindi disse, colocando-a de volta gentilmente na cama. — Não tente se levantar tão rápido. Está tudo bem. A cozinha pegou fogo. Eles acenderam as chamas e fugiram correndo, mas o fogo não se espalhou para muito além da cozinha.

— Que sorte — Nikki disse. Ela imaginou o apartamento engolido pelas chamas e sentiu um arrepio.

— Muita sorte. Podia ter sido muito pior. Tem sorte por aquelas mulheres estarem por perto. Elas salvaram você, ou pelo menos foi o que entendi do que a polícia falou.

— Que mulheres?

— Suas alunas.

— Elas estavam lá?

— Não sabia disso? — Agora Mindi é que parecia confusa. — O que estavam fazendo na sua vizinhança?

Nikki se esforçou para se lembrar daquele dia, mas recordou vagamente de ter dado a aula lá. E depois ter descoberto a verdade sobre Jason. Mas não havia passado um certo tempo entre isso e o ataque daquele homem? Jaggi. Tarampal. Sua memória voltava em fragmentos. Quando as viúvas chegaram? Por quê? Talvez tenham sido avisadas de alguma forma.

— Elas foram me salvar — Nikki disse, com lágrimas queimando em seus olhos.

O médico de Kulwinder avisou que ela havia inalado fumaça.

— Vamos mantê-la aqui por uma noite para monitorar seus sintomas, e depois pode ir para casa — ele disse.

Quando ele saiu do quarto, Sarab pegou a mão dela. Os olhos dele estavam vermelhos e cansados.

— O que estava pensando, correr na direção de um incêndio? — ele perguntou.

Kulwinder abriu a boca para falar, mas sua garganta estava seca. Ela apontou para o jarro de água na mesa lateral. Sarab encheu um copo e esperou enquanto ela bebia aos poucos.

— Estava pensando em Maya — Kulwinder disse.

— Podia ter morrido — Sarab disse.

Um soluço escapou de sua garganta e ele enterrou o rosto nas mãos dela. Enquanto chorava por causa de sua esposa, seu medo, sua filha, as lágrimas dele respingaram pelos braços dela, ensopando as mangas de sua blusa. Kulwinder ainda estava atordoada. Ela queria confortar Sarab, mas só conseguiu apertar a mão dele.

— E Nikki? — ela perguntou.

Sarab levantou a cabeça e enxugou os olhos.

— Ela está bem — ele disse. — Acabei de conversar com a irmã dela no corredor. Está ferida, mas vai se recuperar.

Kulwinder recostou-se no travesseiro e fechou os olhos.

— Graças a Deus.

Ela teve medo de fazer a pergunta seguinte. Olhou para Sarab e ele pareceu entender.

— Ele foi detido — ele disse. — Conversei com a mãe de Nikki no corredor. A polícia quer interrogar Nikki antes de acusá-lo, mas por enquanto ele está preso por ter invadido a casa dela e a atacado.

— E por Maya?

— Parece que vão abrir o processo — Sarab disse. — Ele pode ficar na cadeia por um bom tempo.

Então ela começou a chorar. Sarab confundiu aquilo com lágrimas de alívio, mas Kulwinder havia sido transportada para o passado, quando tinha dado suas bênçãos àquele rapaz. Ele acabou se revelando um monstro, mas houve um tempo em que ela o chamava de filho.

Capítulo 18

Sinais dos anos de adolescência de Nikki ainda existiam em seu quarto na casa dos pais. As paredes estavam marcadas com vestígios de resíduos adesivos dos pôsteres que ela tinha pendurado e algumas fotografias antigas permaneciam em porta-retratos sobre a cômoda.

Ela costumava prender maços de cigarro com fita adesiva na parte de trás do pé da cama, mas quando, um dia, o maço caiu, resolveu aprimorar o truque e passou a utilizar uma fita de velcro. Agora ela se perguntava se tinha sobrado algum maço ali. Um cigarro viria a calhar. Enquanto se agachava ao lado da cama e esticava o braço pelo espaço estreito entre o pé e a parede, Nikki escutou o som de passos subindo pela escada. Ela recuou, mas seu cotovelo ficou preso. Sua mãe apareceu na porta e encontrou Nikki se revirando pelo chão como um inseto.

— Hã... deixei cair um brinco — Nikki disse.

O rosto impassível da mãe indicava que ela sabia a verdade. Ela arrastou a cama para liberar o braço de Nikki e saiu do quarto. Nikki a acompanhou escadas abaixo, até a cozinha.

— Mãe — ela começou.

— Não quero saber.

— Mãe, por favor. — Por quanto tempo aquilo ia continuar? Desde sua alta do hospital naquela manhã, a mãe não tinha olhado em seus olhos.

Sua mãe continuou a trabalhar apressada, encarregando-se de sua rotina matinal de guardar os pratos usados na noite anterior. Os pratos se chocaram com um alto tinido e as portas do armário bateram. Por cima do barulho, Nikki queria gritar: *Sou adulta, caramba!*

— Mãe, sinto muito pelos cigarros — Nikki começou.

— Acha que isso tem a ver com os cigarros?

— Tem a ver com tudo. Sair de casa, o bar, o... tudo. Sinto muito não ser o que desejou para mim.

— As mentiras — sua mãe disse, olhando diretamente para ela. — Aquelas aulas que estava dando. Fez a gente pensar que estava ensinando mulheres a ler e escrever, mas em vez disso estavam... — Ela balançou a cabeça ao não encontrar as palavras.

— Mãe, algumas dessas mulheres passaram suas vidas de casada imaginando como seria gostar de seus maridos. Outras sentiam falta da intimidade que costumavam ter com os maridos e só queriam reviver aquelas experiências.

— Então você chega e pensa que pode salvar o mundo fazendo com que elas compartilhem essas histórias.

— Não as persuadi a fazer nada — Nikki corrigiu. — São mulheres fortes; não dá para *forçá-las* a fazer nada.

— Não tinha nada que se envolver com a vida privada de outras mulheres daquele jeito — sua mãe disse. — Olhe a confusão em que se meteu.

— Não me meti em confusão — Nikki disse.

— Aquele homem atacou você porque estava se intrometendo.

— Aquilo não teve nada a ver com as aulas, foi por causa de Maya, a garota que ele matou.

— Se não tivesse se envolvido, para começar...

— Então eu pedi por aquilo?

— Não disse isso.

— Está tão zangada com o quê, então? — Nikki perguntou.

Sua mãe pegou um pano de prato como se fosse começar a limpar e então o largou.

— Você tem uma vida dupla. Eu sou a última pessoa a saber de qualquer coisa. Está sempre escondendo coisas de mim.

— Mãe, eu não sei como ser sincera com você — Nikki disse.

— Você passou todo este tempo falando sobre coisas extremamente pessoais com completas estranhas. Foi sincera com elas.

— A última vez em que disse a verdade nesta casa, houve uma discussão épica e eu me mudei. Fui chamada de egoísta por não querer o mesmo que todas as outras pessoas queriam para mim — Nikki disse.

— Sabemos o que é melhor para você.

— Não acho que saibam.

— Se tivesse me contado o que estava fazendo, teria avisado sobre os perigos disso, e se tivesse ouvido, aquele homem não teria ido atrás de você. Diga: valeu a pena? Essa coisa que você começou em Southall – valeu a pena quase morrer por isso?

— Mas aquelas mulheres foram me salvar — ela disse. — Até Kulwinder veio. Devia estar fazendo algo de valor se arriscaram suas vidas por minha causa. Mãe, não comecei só uma pequena travessura em Southall e também não pretendo parar por aí. Aqueles encontros deram àquelas mulheres um forte sentimento de aceitação e apoio. Pela primeira vez na vida delas, puderam compartilhar abertamente seus pensamentos mais privados e saber que não estavam sozinhas. Eu as ajudei a descobrir isso, e me dispus a aprender com elas também. Aquelas mulheres estavam acostumadas a dar a outra face quando injustiças eram cometidas porque é inapropriado se envolver ou ir até a polícia e trair um dos seus. Mas não hesitaram em me ajudar e se colocaram em risco quando eu corria perigo. Elas sabem que são capazes de lutar.

Nikki ficou sem fôlego. Havia falado rápido, esperando uma interrupção da mãe, que não aconteceu. O olhar firme de sua mãe havia se enternecido.

— É por isso que seu pai achava que seria uma boa advogada — ela disse, por fim. — "Aquela menina consegue achar lógica em qualquer coisa", ele sempre dizia.

— Mas não consegui convencê-lo a aceitar que não queria ser advogada.

— Com o tempo, ele teria sido convencido — sua mãe disse. — Não teria evitado você para sempre.

— Mas é essa a sensação que tenho — Nikki confessou. — Todo o tempo, parecia que eu tinha criado essa barreira eterna de silêncio entre nós. Ele morreu zangado comigo.

— Ele não morreu zangado — sua mãe disse.

— Não sabe disso — disse Nikki.

— Ele estava muito feliz quando morreu. Juro. — De início, Nikki confundiu o brilho nos olhos dela com lágrimas, mas então também percebeu uma minúscula contração em seus lábios.

— O que quer dizer?

Os lábios de sua mãe se contorceram e formaram um sorriso. Um rubor se espalhou pelas bochechas dela.

— Quando disse que seu pai morreu na cama, não quis dizer que morreu dormindo. Deixei que acreditasse nisso porque... — Ela pigarreou. — Porque ele morreu por causa de uma atividade vigorosa. Na cama.

Nikki de repente entendeu.

— O ataque cardíaco dele foi causado por... por vocês dois? — Nikki bateu as mãos descontroladamente, em uma vaga mímica de seus pais fazendo sexo.

— Atividade vigorosa — sua mãe disse.

— Não precisava saber disso.

— *Beti*, não posso deixar que continue se culpando. Seu pai tinha problemas cardíacos antes de você largar a universidade. Ele não morreu de tristeza ou decepção. Pareceu assim porque ele ficou muito emburrado da última vez que viu você, mas na Índia ele começou a pôr as coisas em perspectiva. Fomos visitar parentes em uma tarde, e seu tio ficou falando sobre como o sistema educacional indiano era avançado quando comparado ao nosso. Sabe como eles são – em qualquer oportunidade que têm transformam uma reunião familiar em competição. Seu tio falava sobre todos os projetos escolares complicados que se esperava que sua filha Raveen concluísse, e ela estava só na escola primária. Ele disse: "A escola de Raveen assegura que todos os seus alunos serão bem-sucedidos. O que mais posso querer?". Seu pai respondeu: "Minhas filhas foram ensinadas a fazer suas próprias escolhas em relação ao que é considerado sucesso".

— O papai disse isso? — Nikki perguntou.

Sua mãe confirmou.

— Acho que ficou surpreso com ele mesmo. Seu pai nunca tinha sido do tipo que volta para a terra natal para se gabar de seu sucesso no exterior. Mas alguma coisa mudou naquele dia. De todas as oportunidades que a Inglaterra nos ofereceu, ter escolhas foi a coisa mais importante. Ele apenas não tinha entendido isso plenamente até ter que dizer em voz alta para seu tio.

Nikki piscou para conter as lágrimas enquanto sua mãe estendeu o braço. O toque da mão dela no rosto de Nikki liberou o tipo de choro soluçante que ela não experimentava desde quando era criança. Ela pressionou o rosto contra a palma da mão de sua mãe, que recebeu suas lágrimas quentes.

Ao anoitecer, Olive apareceu. Pendurada em seu ombro, uma enorme bolsa de lona lotada de trabalhos para corrigir. Ela carregava uma caixa com coisas de Nikki. O rosto de Nikki ainda estava inchado por causa do choro.

— Tem sido um dia de grandes emoções — ela explicou.

— Diria que tem sido uma semana infernal — Olive disse. — Como está lidando com isso?

— Ainda tenho dores de cabeça, mas, fora isso, tento evitar me lembrar de tudo.

Mas não conseguia fugir dos sonhos vívidos que se abatiam sobre ela todas as noites. O inescapável aperto na garganta, as chamas lambendo seus pés. Ela sentiu um arrepio. Nos sonhos, não era sempre resgatada. Em uma versão, desesperada para fugir do calor, recorreu a pular pela janela do apartamento. Mergulhou para a morte e acordou num solavanco, tremendo de medo e fúria.

— Passei no bar ontem à noite para ver se Sam precisava de alguma coisa. O bar em si não sofreu muitos danos, apenas o teto, mas, por motivos de saúde e segurança, ele precisou fechar por um tempo.

— Tudo bem com Sam?

— Sim, ele está se virando. O seguro vai cobrir o estrago e os prejuízos.

— Parecia que o único jeito de ele resolver todos os problemas do bar seria queimando tudo até virar cinzas e começando do zero. Ou apenas minimizando seu prejuízo e caindo fora.

— Bom, aí está. Não está exatamente em cinzas, mas o bar é a última coisa a passar pela cabeça de qualquer um. Ele está mais preocupado com você. Não para de perguntar. Disse a ele que passaria aqui para te visitar. Ele mandou um abraço. — Olive inspecionou a casa. — Esse lugar traz lembranças.

— É — Nikki disse, suspirando.

— Crescer aqui não pode ter sido tão ruim assim.

De onde estavam, Nikki conseguia ver a velha poltrona do pai.

— Não, não foi — ela respondeu.

Olive enfiou a mão na bolsa e tirou um envelope.

— Bom, tenho uma coisa para você, e recebi ordens severas de garantir que a recebesse. — Ela entregou o envelope a Nikki.

Nikki achou que era um último cheque de Sam, mas, quando abriu, achou uma carta em vez disso. *Cara Nikki*, era como começava, e era assinada por: *Com amor, Jason*.

— Não posso — ela disse, empurrando a carta de volta para Olive.

— Nikki, apenas leia.

— Você pelo menos sabe o que aconteceu?

— Sei. Ele tem ido ao bar todos os dias como um cachorrinho perdido, esperando encontrar você. Tanto Sam quanto eu nos recusamos a passar seu endereço para ele, mas eu disse que entregaria a carta.

— Ele é casado.

— Ele é divorciado — Olive disse. — Ele deu entrada no divórcio antes de conhecer você. O pobre sujeito estava tão desesperado para provar a verdade que trouxe a papelada para o bar para nos mostrar. Posso atestar que é genuína.

— Por que ele escondeu isso, então?

Olive encolheu os ombros.

— Ainda não faz sentido. Se não estava envolvido nesse outro relacionamento, quem ligava para ele o tempo todo? Por que ele desapareceu de repente?

— Tenho certeza de que ele explica tudo isso aqui — Olive disse, apontando para a carta. — Pelo menos leia.

— Está do lado de quem, afinal?

— Estou sempre do lado da verdade — Olive disse. — Assim como você. E a verdade é que ele tinha medo e agiu como idiota. Ele definitivamente tem que esclarecer algumas coisas, mas deve dar uma chance a ele, Nik. Vocês dois pareciam felizes de verdade juntos. Ele parece ser um cara decente que fez algo realmente estúpido.

Nikki segurou a carta.

— Talvez precise ler isto sozinha — ela disse.

— Sem problemas. Tenho que corrigir esses trabalhos horrendos. — Olive pegou a bolsa e depois se inclinou e beijou a testa de Nikki com firmeza. — Você é a pessoa mais valente que conheço — ela disse.

Nikki voltou para a cama logo depois do jantar. Na caixa que Olive havia levado, encontrou sua biografia de Beatrix Potter. Ela abriu o livro e começou a ler, desejando novamente que pudesse localizar aquela cópia com mancha de chá de *The Journal and Sketches of Beatrix Potter*. Do lado de fora, o céu havia escurecido e as luzes da rua brilhavam fracas como brasas. A bolsa de Nikki estava amassada no fundo da caixa, debaixo de seus tênis de corrida gastos e de mais alguns livros. Nikki pôs a caixa de lado e puxou o cobertor até o queixo. Não tinha vigor emocional para tirar o resto das coisas da caixa ainda. Era deprimente pensar que aquela única caixa continha todos os seus pertences.

E ainda havia a carta de Jason, que permanecia sobre a cômoda. Ela conseguia ver o canto do envelope, mas cada vez que pensava em abri-lo sentia o estômago revirar e se afundava na cama. A carta podia ter todas as desculpas do mundo, mas ela não estava pronta para ouvi-las.

Capítulo 19

Na caminhada de Kulwinder, ao voltar para casa depois de uma cerimônia matinal no templo, o céu estava tão cheio de nuvens que parecia feito de pedras. Como ela havia odiado aquele clima logo que chegara à Inglaterra. "Onde está o Sol?", ela e Sarab perguntavam um ao outro. E então Maya nasceu. "Aqui está o Sol", Sarab gostava de dizer. Aconchegando o pequenino corpo dela na curva de seu cotovelo, o sorriso no rosto dele parecia eterno.

Sarab estava no jardim da frente conversando com outro homem quando Kulwinder chegou em casa. Ela reconheceu o homem: Dinesh Sharma, da Dinesh Reformas.

— Olá — ela disse.

Embora não fosse sikh, ele juntou as palmas das mãos e a cumprimentou com *sat sri akal*. Ela apreciou aquilo. Ofereceu a ele uma xícara de chá.

— Não, não, não se preocupe — ele disse. — Só estou aqui para passar um orçamento rápido.

— Pedi a ele que consertasse a caixa de correio e ajudasse com algumas outras coisas pela casa — Sarab disse. — A porta do pátio está soltando das dobradiças e minha visão não está muito boa, então não quero usar a furadeira.

— Tudo bem. Continuem — Kulwinder disse.

De canto de olho, ela notou um vulto se movendo na janela da casa do outro lado. Seu coração foi parar na garganta. Tarampal? Ela estava ali? Não, não poderia estar. Era ilusão de ótica. Ela havia voltado para casa depois daquela noite, refugiando-se no único lugar em Londres que conhecia. Na manhã seguinte, tinha partido. Um vizinho a havia visto colocar as malas em um táxi, e corria o boato de que agora estava na Índia, longe de todos os cochichos e especulações. Dizia-se que ela queria evitar testemunhar contra Jaggi, mas que a Justiça podia obrigá-la a voltar, se achasse necessário. Havia conversas constantes sobre Tarampal agora – pessoas sustentavam que ela tinha tido vários casos, que suas filhas nem mesmo eram filhas de Kemal Singh. Essas histórias muito provavelmente não eram verdade, dada a tendência ao exagero nas fofocas pelo templo, combinada ao alívio de todos por ela ter partido. Quando tais informações eram oferecidas a Kulwinder, ela as recusava de forma educada, mas firme. Afinal, ela nunca desejou que a ruína de Tarampal alimentasse as fofocas da comunidade. Aquilo em que Tarampal se recusava a acreditar no que diz respeito à morte de Maya valia uma vida de vergonha.

Com a pasta enfiada debaixo do braço, Kulwinder saiu de casa mais uma vez e caminhou pela Ansell Road. Ela passou por fileiras de casas e pensou sobre seus habitantes. Quem teria lido as histórias? As vidas de quem elas teriam mudado? Uma garoa fina permanecia quase imóvel no ar e as gotas salpicavam seu cabelo como se fossem joias. Ela segurou a pasta com mais força.

Havia dois garotos trabalhando em uma fotocopiadora. Kulwinder foi direto até o filho de Munna Kaur. Se é que isso era possível, ele parecia ter crescido desde a última vez em que ela tinha visitado aquela loja, alguns meses antes, para fazer cópias daqueles panfletos. Os ombros dele pareciam mais largos e seus movimentos, mais confiantes do que antes. Um homem estava à frente dela na fila. Ele sugeriu que ela fosse primeiro, mas ela recusou de forma educada, aproveitando o tempo para observar o garoto.

— Olá — ela disse alegremente quando chegou sua vez.

— Boa tarde — ele resmungou em resposta, olhando para baixo enquanto arrancava um formulário de pedido do bloco. — Cópia?

— Sim, por favor — Kulwinder disse. — É um pedido um tanto grande, então posso voltar depois. — Ela estendeu a pasta para ele. — Cem cópias, com encadernação em espiral.

O garoto levantou os olhos e seus olhares se cruzaram. Kulwinder deu um sorriso carinhoso, mas sentiu o ritmo de seu coração acelerando.

— Não posso fazer isso — ele disse.

— Posso voltar depois — Kulwinder informou.

O garoto devolveu a pasta a Kulwinder.

— Não vou fazer cópias dessas histórias — ele disse.

— Quero falar com o gerente, então — pediu ela.

— Eu sou o gerente daqui. E estou dizendo, leve esse negócio para outro lugar.

Ficando na ponta dos pés, Kulwinder tentou ver o que havia atrás do garoto. O outro funcionário era um adolescente somaliano que parecia jovem demais para ter autoridade sobre aquele rapaz.

— Filho, como se chama?

Ele olhou fixamente para ela.

— Akash — disse, por fim.

— Akash, conheço sua mãe — ela disse. — O que ela diria se soubesse que foi tão rude comigo?

Kulwinder percebeu que suas palavras eram inúteis no momento em que as disse. Uma outra obrigação moral se sobrepunha a todas as práticas de cortesia ali. Akash se afastou e, por um instante, Kulwinder achou que cuspiria nela.

— Tem ideia do que essas histórias estão fazendo com nossa comunidade? Destruindo — Akash rosnou. — Se eu fizer cópias, vai espalhá-las para mais lares ainda.

— Não estou destruindo nada — Kulwinder disse, e a verdade começou a aparecer. — É você e sua gangue de valentões intolerantes que querem destruir as coisas.

Era assim que os Irmãos recrutavam membros tão apaixonados, ela percebeu. Alguns meses antes, este garoto havia sido tão tímido. Kulwinder se lembrou de Munna Kaur dizendo que encorajou o filho a conseguir um emprego de meio período para que pudesse praticar uma interação maior com as pessoas. "Nenhuma garota vai querer se casar com um rapaz que não tem confiança", ela tinha dito. Agora a confiança dele era um líquido fervente que transbordava.

Outro cliente entrou na loja. Kulwinder considerou brevemente criar uma confusão tão dramática que faria o garoto ceder só para acalmá-la. Mas não fazia sentido. Virando-se para sair, Kulwinder viu o reflexo dele nas portas de vidro. Seu olhar estava cheio de ódio. Ela fez uma rápida oração para ele. *Permita que ele encontre equilíbrio e moderação em todas as coisas; permita que ouça a si mesmo e não o barulho dos outros.* Barulho. Era só o que os Irmãos tinham criado. Gritavam e batiam os pés ao redor de Southall, mas depois do que ela e as viúvas passaram ao resgatar Nikki, os Irmãos não a amedrontavam. Kulwinder percebeu que havia um número menor deles em patrulha na Broadway agora, e mais cedo, no templo, tinha visto um deles realmente servindo no *langar* como um bom rapaz sikh, em vez de ficar vigiando as mulheres da cozinha. "Eles estão com um pouco de medo de nós agora", Manjeet havia dito. Mas os Irmãos não estiveram sempre com medo? Só que agora conheciam a força das mulheres em sua plenitude. "Eles têm mais respeito por nós agora", Kulwinder corrigiu Manjeet, que concordou e apertou sua mão do outro lado da mesa.

Fora da loja, Kulwinder pegou o celular e rolou a lista de nomes, parando em Nikki.

— Alô — Nikki disse.
— Quem fala é Kulwinder.

Houve uma pausa.

— *Sat sri akal*, Kulwinder — Nikki disse.
— *Sat sri akal* — Kulwinder respondeu. — Como está se sentindo?
— Estou... bem, tudo bem. — Ela deu uma risada nervosa. — E você?
— Estou bem. Já voltou para casa?
— Sim. Já estou na casa da minha mãe há alguns dias.
— Vai passar um tempo aí?
— Acho que sim. Não posso voltar para meu antigo apartamento.
— Perdeu muitas coisas no incêndio?
— Nada de muito valor — Nikki disse. — E o que é mais importante, saí de lá viva graças a você. Devo minha vida a você, Kulwinder. Na verdade, quis ligar antes, mas não sabia bem se deveria agradecer ou pedir desculpas.
— Não precisa se desculpar — Kulwinder disse.
— Preciso, sim. Enganei você para que pensasse que eu estava ensinando aquelas mulheres a ler e escrever. Sinto muito.

Kulwinder hesitou. Embora não tivesse ligado para Nikki esperando um pedido de desculpas, era bom ouvir aquilo.

— *Hanh*, sim, sim, mas já são águas passadas agora — ela disse, satisfeita por ter se lembrado de uma expressão em inglês.
— É muito generoso de sua parte — Nikki disse.
— É verdade. Se tivesse se limitado a ensinar as mulheres a escrever, elas não teriam inventado aquelas histórias. — *Que perda isso seria*, Kulwinder pensou, desejando que tivesse algum jeito de transmitir aquela ideia ao garoto da fotocopiadora. — Li algumas — ela acrescentou.

— E o que achou? — Kulwinder podia notar a ansiedade na voz de Nikki.

— Resgatei você de um prédio em chamas — Kulwinder disse. — Gostei delas a esse ponto.

Nikki tinha a gargalhada livre como a de Maya. *Não mostre os dentes*, Kulwinder vociferaria para sua filha adolescente. *Os homens vão pensar que os está convidando para se divertir*. Ela tinha herdado aquela advertência de sua própria mãe. Agora, gargalhava com Nikki. E ouvir suas notas de alegria ressoando em uníssono trazia um maravilhoso alívio.

— Quero que as histórias sejam compartilhadas com a comunidade — Kulwinder disse. — Não só entre as viúvas que sabem sobre as aulas.

— Eu também quero.

— Tentei fazer cópias aqui em Southall, mas o garoto no balcão se recusou a aceitar o pedido. Tem alguma fotocopiadora perto da sua casa? Eu pago. Podemos encaderná-las também. Talvez possamos achar alguém para criar uma capa.

— Tem certeza de que quer fazer isso? Pode trazer mais problemas — Nikki disse. Kulwinder ficou surpresa e comovida pelo cuidado na voz dela.

— Tenho — ela disse.

Kulwinder voltou para casa, ainda abraçando a pasta junto ao peito. Dinesh já não estava mais no jardim e a caixa de correio tinha sido arrancada e gentilmente deitada de lado no gramado.

— Onde o carteiro vai colocar nossas cartas? — ela perguntou a Sarab.

— É só por um dia. Dinesh volta amanhã. — Sarab olhou para a pasta. — E o que está fazendo com isso?

— Você vai ver — Kulwinder disse. De canto de olho, ela viu um movimento na casa de Tarampal mais uma vez.

— Tem alguém ali? — ela perguntou a Sarab, apontando para a casa.

— Toda hora vejo alguma coisa.

— Havia policiais investigando mais cedo. Provavelmente foram eles que você viu.

Mas a pessoa na janela tinha se movido de forma furtiva, como se soubesse ser uma visão fugidia. Kulwinder não acreditava em fantasmas, mas imaginou por um instante se não haveria um espírito flutuando por aquela casa, querendo ser libertado.

"As coisas estão mudando", ela havia dito no jantar da noite anterior. Sarab concordou. Ele pensou que ela estava se referindo às estações. Kulwinder não esclareceu. Estava ficando mais quente. A luz do dia logo se estenderia até às nove horas, e no começo da noite já era possível ouvir as crianças correndo pela rua. Quando as mães as chamavam para entrar, ela ouvia a si mesma pedindo a elas por mais tempo. Do lado de fora, o mundo inteiro acenava com emoções intoxicantes. Em mais cinco minutos, poderiam chegar ao fim da rua e ver os ônibus na direção de Hammersmith, os trens partindo para a estação de Paddington. Elas podiam voltar para seus lares, mas elaborar na cabeça as rotas que um dia poderiam levá-las a conhecer esta vasta, magnífica cidade. Ela colocou a pasta na mesa de centro e saiu.

— Aonde vai agora? — Sarab perguntou, mas Kulwinder não respondeu.

Ela atravessou a rua e foi até a entrada da casa de Tarampal. O Sol havia saído e coberto as casas brancas com uma luz breve, mas generosa. Kulwinder espiou pela janela. Estava ciente dos olhares dos vizinhos; praticamente podia ouvi-los cochichando, perguntando uns aos outros o que ela estaria olhando.

Pelo estreito vão entre as cortinas, Kulwinder só conseguia ver a passagem da entrada e as escadas. A visão na janela havia sido uma ilusão – o Sol surgindo e desaparecendo com incerteza, sem saber direito sua posição correta naquela época entre estações. Uma sensação de alívio soprou o corpo de Kulwinder, como se melhorasse de uma febre. Ela beijou as pontas dos dedos e pressionou-os contra a janela.

Finalmente era hora de deixar Maya partir.

Capítulo 20

Ao anoitecer, a multidão efervescente que saía do trabalho enchia o metrô e trombava com Nikki. Mindi esperava na estação, usando um vestido preto com um decote brilhante, que formava um sugestivo "V" sobre seu peito.

— Belo visual — Nikki disse.

— Obrigada. Acho que logo vai acontecer — Mindi disse.

— O que vai acontecer?

Mindi se aproximou dela e sussurrou:

— Sexo.

— Vocês ainda não dormiram juntos?

— Estava esperando até que todos o aprovassem.

— Então, se eu disser sim, vocês se pegam no banheiro feminino enquanto peço as entradas?

— Não seja tão vulgar — Mindi a repreendeu.

— Não o acha atraente, Mindi?

— Acho, mas não quero dormir com alguém com quem não vá me casar. E se você notar algum sinal que não percebi, bem, posso pensar duas vezes antes de me comprometer com ele.

— Não precisa que eu diga sim. Acho que já te falei isso — Nikki disse. — Você não precisa da aprovação de *ninguém*.

— Mas eu quero — Mindi retrucou. — Você ainda não entendeu, Nikki. Todo esse negócio de casamento arranjado tem a ver com escolhas. Sei que enxerga como o oposto disso, mas está errada. Estou tomando minha própria decisão, mas quero incluir minha família nessa decisão também.

Mindi acenou para um homem a alguma distância dali. Nikki só via uma multidão de mochileiros alemães, e então do meio deles surgiu um homem esquelético que ela reconheceu.

— Minha nossa, eu me lembro dele — Nikki disse. Ela se virou para Mindi. — Ele encontrou seu perfil no mural de casamentos, não foi?

— Como você sabe?

— Cruzei com ele quando estava afixando seu perfil. Ele já chegou dizendo: "Oi, tudo bem?" — Nikki disse.

— Oi — Ranjit disse, com um sorriso surpreso e nervoso. — Você é a irmã de Mindi.

— Nikki. Já nos conhecemos.

Mindi alternava o olhar entre os dois.

— Se vocês se conheceram quando Nikki estava afixando meu perfil, quer dizer que você foi o primeiro homem que o viu? — Os olhos dela transbordaram adoração.

— Vão entrando — Nikki disse quando chegaram ao restaurante. — Vou em um minuto.

Ela esperou que Mindi e Ranjit desaparecessem lá dentro e acendeu um cigarro. A calçada brilhava por causa da chuva e pessoas passavam rápido, com suas conversas e gargalhadas se misturando aos sons do tráfego. Nikki procurou seu telefone e depois afastou a mão. *Nem pense em ligar para ele*, ela repreendeu a si mesma. Fumou apenas metade do cigarro, apagou o resto e entrou no restaurante.

Na mesa, o garçom anotava o pedido das bebidas.

— Vamos dividir uma garrafa de vinho? — Nikki perguntou.

Mindi olhou para Ranjit.

— Eu não vou tomar vinho, obrigada — ela disse.

— Ranjit? — Nikki perguntou.

— Eu não bebo — ele disse.

— Ah. Certo. Acho que vou ficar com a garrafa toda para mim, então. — O garçom foi o único a abrir um sorriso. — É uma piada, pessoal — Nikki disse. — Quero só uma água com gás, por favor.

— Pode pedir uma taça para você, se quiser — Mindi disse.

— Tudo bem — Nikki disse.

Ela pensou ter visto os ombros de Mindi relaxarem levemente de alívio.

Elas não conversaram sobre Ranjit no metrô, a caminho de casa. Nikki esperou paciente que Mindi pedisse sua opinião. Por fim, depois de entrarem em casa e subirem as escadas, cada uma na direção de seu quarto, Nikki jogou a bolsa na cama e seguiu Mindi até o banheiro.

— Um pouco de privacidade, por favor — Mindi disse, removendo a maquiagem dos olhos.

— Você não me perguntou o que achei dele — Nikki disse.

— Não preciso saber — Mindi disse. Estava com os dois olhos fechados enquanto esfregava o lenço umedecido nas pálpebras.

— O que aconteceu com a história de querer minha aprovação?

— Para ser sincera, estou relutando em perguntar.

— Por quê?

— Você mal falou depois que os pratos chegaram. Ranjit tentou saber mais sobre você, e você só deu respostas monossilábicas.

— Não tenho muito a dizer a um cara como ele.

— Como assim?

— Você sabe.

— Esclareça, por favor — Mindi disse.

— Ele parece bastante conservador.

— E o que há de errado nisso?

Nikki ficou olhando para Mindi.

— Ele vai ficar desconfortável todas as vezes que eu beber alguma coisa? Se estiver cheirando a cigarro, vai torcer o nariz para mim? Porque eu me senti como a ovelha negra – a irmã que acaba com a reputação da família.

— Ele está tentando melhorar — Mindi disse. — Foi criado em uma família tradicional. Ele ficou meio assustado quando contei que você morava e trabalhava em um bar.

— Ele sabe do meu papel nas aulas de escrita?

— Sim.

— Qual foi a reação dele?

— Sentiu-se desconfortável com isso.

— Que surpresa.

— A questão é que está mudando de ideia. Ele se importa tanto comigo que quer ser mais compreensivo. Só vai precisar de um tempo.

— Por que ficar com alguém que ainda está fazendo o percurso? Poderia estar com alguém que já tenha chegado ao destino.

— Os valores tradicionais dele também têm um lado bom. Ele é muito dedicado à família e respeitoso. Nikki, você vive repetindo que todo mundo tem a cabeça muito fechada e ainda assim acha que só existe uma maneira de viver e se apaixonar. Qualquer um que não seja igual a você está fazendo errado.

— Isso não é verdade! — Nikki protestou.

Mindi jogou o lenço umedecido no lixo e abriu caminho empurrando Nikki. Ela entrou no quarto de Nikki e pegou a carta que estava na penteadeira. Ela a balançou para Nikki, que tentou tomá-la de volta.

— O que está fazendo, Mindi? — Nikki gritou.

— Vou jogar isso no lixo.

— Devolva.

— Não sei o que está escrito ou de quem é, mas claramente está deixando você louca.

— Isso não tem nada a ver...

— Você está incomodada com alguma coisa e dá para ver que tem relação com esta carta. Toda vez que repara nela, fica com o mesmo olhar aflito que está agora, como se estivesse a ponto de tampar os ouvidos e cantar *lá lá lá* até que deixem você em paz. Leia ou vou jogar fora.

Mindi jogou a carta na cama de Nikki, foi para seu próprio quarto e trancou a porta. Nikki estava perplexa demais para dizer qualquer coisa. Ela se afundou na cama. Os faróis de um carro que passava devagar formaram sombras pelo teto. Dava para ouvir Mindi arrastando os pés pelo quarto.

— Min?

— O que foi?

— Nada — ela respondeu.

Mindi ficou em silêncio. Então:

— Idiota.

Nikki arreganhou os dentes e correu até a parede que compartilhavam. Bateu nela com força com o calcanhar. Mindi respondeu esmurrando a parede com a mão – do jeito que costumavam fazer quando eram crianças. O lado da parede de Mindi permaneceu em silêncio por alguns instantes.

— Ei — ela disse.

— Sim? — Nikki perguntou.

— Demorou mais para se deitar do que eu esperava. — O tom meloso de Mindi sugeria que não se dirigia a Nikki. Depois veio uma risadinha dissimulada. Era Ranjit no telefone. Nikki levantou o pé, e estava prestes a bater na parede mais uma vez só para terminar, mas decidiu não fazer aquilo. Em vez disso, pegou o envelope, respirou fundo e o abriu.

Cara Nikki,

Não posso esperar que leia esta carta sem que se sinta magoada e aborrecida comigo. Menti para você. Tive muitas oportunidades de contar sobre meu casamento e meu divórcio, mas escondi de você porque tinha medo do que isso poderia dizer sobre mim. Todo mundo considera o fim do meu casamento um fracasso e lutei comigo mesmo para aceitar isso – fracassei com minha família e fracassei como adulto.

Devo a você uma explicação, e você decide se vai lê-la.

Alguns anos atrás, quando conclui a faculdade e comecei a trabalhar, esperava-se que me casasse imediatamente – como o filho mais velho, era pressionado pela minha família a dar o exemplo. Era só entrar em casa depois do trabalho que meus pais me chamavam para o escritório para olhar os melhores perfis que tinham selecionado nos sites de matrimônio indianos.

Eu evitava conhecer qualquer uma daquelas mulheres, porque queria viver uma vida livre antes de me estabelecer com alguém. Entendia que ainda havia tempo, mas tinha brigas constantes com meus pais e acabei mudando para minha própria casa. Então minha mãe foi diagnosticada com câncer. Ela passou por exames e sessões de quimioterapia exaustivas que a desgastaram. A pressão começou a aumentar de novo, com meu pai, tias e tios, e até meus irmãos mais novos, que só queriam algo para celebrar naquele momento melancólico. A mensagem era clara: case-se, e dê à sua mãe pelo menos uma pequena sensação de paz.

Conheci Suneet na internet. Ela morava em Londres e nos conhecemos por ligações cheias de falhas no Skype e e-mails trocados, até eu decidir visitar o Reino Unido para encontrá-la pessoalmente. Vi a viagem como o primeiro estágio em um processo de namoro; nossas famílias viram como a confirmação de nosso compromisso. Fui engolido por tudo aquilo, embora não tivesse certeza do que sentia. Disse à minha família que gostava dela, e era verdade. Ela é uma mulher bonita, inteligente e gentil que se importa muito com as tradições e queria um casamento arranjado. Não havia motivo para não a pedir em casamento, principalmente porque a saúde da minha mãe havia se deteriorado – o tempo estava acabando. No período que antecedeu a cerimônia, tive momentos de ansiedade, mas os reprimi lembrando a mim mesmo que teríamos tempo para nos conhecer melhor depois do casamento. Esse costume havia funcionado para nossos pais e ainda funciona para milhares de casais indianos – por que não funcionaria para mim? Éramos compatíveis o bastante. E o mais importante: nossas famílias estavam animadas. Embora minha mãe ainda estivesse fraca, meu noivado tinha dado a ela uma energia renovada. Meu pai e eu paramos de discutir por qualquer coisa. Foi uma época de paz para nossa família, e depois de ter causado tanta infelicidade eu queria muito manter aquela paz.

Como descobri depois, Suneet e eu não éramos compatíveis de muitas outras formas que não tinha levado em conta. Havia pouca química sexual entre nós, algo a que, no princípio, não dei atenção porque não é considerado motivo válido para separação em nossa cultura. Suneet também queria filhos logo, enquanto eu dizia que devíamos esperar. Mas Suneet se sentia pressionada pelos parentes que perguntavam a seus pais quando eles teriam netos, e eu, do meu lado, ressentia-me com Suneet por se curvar àquelas pressões e a acusava de pôr em risco nossa felicidade só para satisfazer nossos pais. E ainda assim, ao dizer isso a ela, percebi que era culpado pela mesma coisa.

Ficamos cada vez mais impacientes um com o outro e discutíamos por coisas bobas. No fim, foi Suneet que sugeriu o divórcio. Ela estava esgotada e ficando amargurada, e ainda tinha seus melhores anos pela frente. Acho que não entendi por quanta coisa a tinha feito passar até ela me dizer: "Você já tomou dois anos de mim. Não me faça perder mais do meu tempo". Sabia que, para ela, voltar para casa como uma mulher divorciada seria devastador. Confrontar nossos pais com a verdade foi uma experiência terrível. Minha mãe havia começado um ciclo de radioterapia que teve mais sucesso e parecia estar a caminho de melhorar. Nosso anúncio a arrastou de volta para a doença. Ela ficou acamada por um tempo, e meu pai não atendia minhas ligações. Suneet passou pela mesma coisa com a família.

Eu me mudei para um pequeno flat durante o divórcio e considerava voltar para a Califórnia, mas a ideia de encarar minha família era demais para suportar.

Meu pai finalmente retornou uma de minhas ligações para me informar que a remissão de minha mãe parecia promissora, e fui ao templo para agradecer. Esse foi o dia em que conheci você. Mas na casa de Suneet, as coisas foram de mal a pior. Amargo e tendo perdido respeito na comunidade, o pai dela lançou um ataque ao caráter da minha família e ao meu. Ele estava com o coração partido por sua filha – entendo isso –, mas passou a dizer coisas terríveis sobre meus irmãos. Esses rumores chegaram até a Califórnia pelas redes familiares. A intenção dele era arruinar a reputação da família da mesma maneira que eu, aparentemente, havia arruinado as chances de sua filha voltar a encontrar um marido adequado. Quando exauriu essa tática, ele tentou me processar por danos morais, alegando que tinha causado um prejuízo irreparável à família por me divorciar de sua filha. Suneet não participou muito daquilo, mas também não o impediu. Todos estavam sofrendo.

Aquelas ligações urgentes que tive que atender – frequentemente quando estava com você – eram da minha mãe, do pai de Suneet, do advogado do pai de Suneet (que acabou sendo um verdadeiro inútil – um tio formado em Direito em uma universidade indiana de terceira classe) e dos meus irmãos. Sempre havia algo acontecendo, e toda vez parecia ser por culpa minha. Eu precisava apaziguar todos, o que envolvia longas conversas e negociações. Estava apagando incêndios que exigiam mais de mim que meu emprego. Havia uma quantidade monstruosa de chantagem emocional.

Cheguei perto de dizer aos meus pais que soube que nunca havia me apaixonado por Suneet depois de ter tido a experiência de me apaixonar por você, e podido ver como era diferente. Mas não queria te envolver. Sei que pareceu que estava criando aquela distância entre nós porque não estava interessado, mas era o oposto – tinha medo de que, se nos aproximássemos, as coisas dessem errado de forma catastrófica. Queria evitar que viesse ao meu flat porque ficava nervoso com a ideia de que alguém nos veria e me acusaria de ter um caso, e assim você seria tragada para o meio daquilo.

Nikki, foi a covardia que me impediu de encontrar as palavras para lhe contar a verdade. Eu me arrependo de cada segundo que passei sem você. Foi egoísta e desonesto da minha parte mentir e desaparecer tantas vezes sem explicação. Você foi tão aberta comigo desde o dia em que nos conhecemos, e eu deveria ter retribuído, compartilhando tudo isso com você desde o começo. Sinto muito, muito mesmo, Nikki. Não espero que queira voltar a me ver algum dia, mas, se quiser, faria qualquer coisa para reconquistar sua confiança.

Com amor,
Jason

Capítulo 21

O ar matinal estava fresco e uma leve brisa fez as mãos de Nikki formigarem. No trem, ela pegou um exemplar do dia anterior do *Evening Standard* e ocupou-se em ler as notícias velhas.

As lojas ainda estavam fechadas quando Nikki chegou à estação Notting Hill Gate, mas um mar de turistas fluía na direção do mercado da Portobello Road. Eles paravam para posar para fotos na frente das casas pintadas em tons pastéis.

Nikki foi na direção oposta, para o cinema que ainda exibia o filme francês que ela e Jason tinham perdido. Ainda tinha meia hora para matar até que a sessão começasse, então continuou caminhando devagar. Num semáforo, uma família de turistas americanos parou para perguntar onde ficava o Hyde Park. Ela apontou para a direção, mas quiseram que ela mostrasse em um mapa enorme desdobrado. Ela tentava ver onde estavam no mapa quando uma lufada de vento acertou a dobra central e o rasgou.

— Nós damos um jeito — a mãe da família disse. Ela pegou o mapa de volta e o dobrou. — Precisamos que isso dure a viagem toda — ela disse.

— Tudo bem — Nikki disse.

Enquanto os turistas iam embora, Nikki ouviu por acaso a mulher dizendo ao marido:

— É melhor perguntar para alguém que seja daqui.

Nikki ficou estupefata com a grosseria deles. O marido então se virou e acenou com a cabeça para Nikki pedindo desculpas. Nikki continuou andando, mas ficou meio tentada a ir atrás da mulher e dizer que era dali sim, com muito orgulho. Ela estava tão perdida em uma nuvem de pensamentos indignados que ultrapassou seu destino e se pegou no fim da rua, depois da Livraria Sally's. Voltou e acendeu um cigarro. Ter seu direito de ser britânica tirado de si por uma turista ignorante autorizava uma satisfatória fumadinha.

Nikki espiou pela janela da livraria, seus olhos foram parar sobre a caixa de promoções no fundo da loja. Então, de repente, um rosto apareceu na janela, e ela deu um pulo para trás, derrubando o cigarro no chão. Era a caixa da livraria, a mulher com quem tinha conversado da última vez que estivera ali. A mulher bateu no vidro com empolgação e fez sinal para que Nikki entrasse. Nikki apagou o cigarro e entrou.

— Desculpe por assustá-la assim. — A mulher riu.

Nikki abriu um leve sorriso. Agora só restavam dois cigarros em seu maço e ela deveria parar de fumar depois. Aquele que jogou fora só estava na metade e, enquanto pensava nele abandonado na calçada, uma onda de pesar a atingiu.

— Só quis ter certeza de que não iria embora — a mulher explicou. — Você é Nikki, não é? Eu sou Hannah. — Ela de repente desapareceu atrás do balcão e ressurgiu de surpresa, colocando um livro na frente de Nikki. *The Journals and Sketches of Beatrix Potter.*

— Minha nossa. — Nikki suspirou.

Ela estendeu a mão para tocar no livro e hesitou, quase com medo de pegar nele. Seus dedos abriram com cautela a capa. A primeira imagem era um retrato de Beatrix Potter. O rosto rechonchudo estava levemente levantado e havia um toque de travessura em seus lábios pequenos e enrugados.

— Onde acabou achando isso? — ela perguntou.

— Pedido especial. Veio lá da Índia.

Lá estava, uma mancha de chá do tamanho de uma pequena folha no canto superior da capa. Era exatamente a mesma edição que tinha desejado tanto em Délhi muitos anos antes.

— Isso é incrível — ela disse. Puxou o cartão de débito da carteira e deu a Hannah, que o dispensou com um aceno.

— O cavalheiro já pagou por ele — ela explicou.

— Que cavalheiro?

— O que fez o pedido deste livro. Perguntei a ele se preferia que fosse enviado para a casa dele ou para a sua – para evitar intermediários –, mas ele insistiu que mantivéssemos na vitrine no caso de você passar por aqui. Suponho que queria surpreendê-la. Não pude deixar na vitrine porque isso significaria que estaria disponível para outros clientes comprarem, então guardei embaixo do balcão, mas fiquei de olho para ver se você apareceria e disse aos vendedores que trabalham no turno da tarde para fazer a mesma coisa, embora ache que tenham usado isso como desculpas para atrair qualquer garota que achassem bonita para dentro da loja...

A explicação de Hannah ficou em segundo plano. Nikki só conseguia pensar na palavra "cavalheiro". Trouxe à sua mente um benfeitor sem rosto e de cartola, por algum motivo, embora tivesse certeza de que havia sido Jason o autor do pedido. Ele teria que ter ligado para cada uma das livrarias da Connaught Place em Délhi, e ela se sentiu um pouco ansiosa com a ideia.

— Muito obrigada — Nikki disse.

Ela apertou o livro contra o peito e saiu da loja meio atordoada. Passou pelo cinema e decidiu deixar o filme francês para depois. As árvores formavam uma cobertura aconchegante na rua que levava aos jardins. Nikki caminhava entre as sombras, encontrando trechos iluminados pela luz do início da manhã para se aquecer por alguns instantes. O ruído do trânsito desapareceu assim que passou pelos portões do Hyde Park. Ali, ela andou um pouco e encontrou um banco de frente para o Kensington Palace. Sentia o volume firme em suas mãos. Nikki passou a mão pela capa e levou o livro ao nariz para sentir seu perfume. Ela sempre teve um leve medo de que, se um dia encontrasse aquele livro, aquilo trouxesse um remorso pela forma como tinha discutido com o pai por causa dele. Mas, com os olhos fechados, só conseguia pensar em Jason – o suéter azul-marinho que tinha usado em seu primeiro encontro, o frio na barriga que sentiu quando o viu entrando no O'Reilly's. Nikki examinou cada página sem pressa – as cartas, os desenhos rabiscados. Embora as páginas fossem lisas, as peças pareciam reais e com texturas, como se ela estivesse dentro da mente de Beatrix Potter. Jason sabia o quanto significava para ela ter aquele mesmo livro nas mãos.

No parque, os turistas costuravam, determinados, seu caminho por entre os corredores e passeadores de cães, que andavam de maneira mais uniforme. O que as pessoas esperavam de Londres estava bem ali – os suntuosos jardins verdejantes, as majestosas cúpulas e torres de igreja, os táxis pretos circulando apressados. Era magnífico e misterioso; ela conseguia entender a impaciência que as pessoas tinham para fazer parte daquilo. Fez com que ela se lembrasse das viúvas. Elas conheciam pouco aquela Londres antes de sua viagem ao país e, depois de sua chegada, teriam conhecido menos ainda. A Grã-Bretanha significava uma vida melhor e elas haviam se agarrado àquela ideia mesmo nos momentos em que a vida ali era confusa e lhes parecia estranha. Todo dia naquele novo país era como um exercício de perdão.

Nikki pegou o celular e procurou o número de Jason.

— Tenho dois cigarros sobrando e depois paro de vez — ela disse. — Vai fazer isso comigo, certo?

Ela ouviu um prolongado suspiro, como se Jason estivesse prendendo a respiração, esperando que ela ligasse.

— Guarde um para mim — ele disse.

Nikki disse a ele onde estava e esperou, observando um grupo de ciclistas idosos passando devagar enquanto respiravam o ar fresco da primavera. Ela não via a hora de encontrá-lo. Não via a hora de recomeçarem.

Capítulo 22

O novo escritório de Kulwinder resplandecia. Ela se sentou na cadeira com descanso de cabeça e rodinhas nos pés. Uma janela enorme emoldurava o céu de verão em um perfeito quadrado azul. Kulwinder não conseguia ver o prédio antigo dali e ficou surpresa por sentir saudades dele. É verdade que era apertado, mofado e o próprio edifício se beneficiaria com algumas reformas, mas pelo menos ela não tinha que ficar na sala ao lado dos homens da Associação. Eles paravam ali como se sua porta aberta fosse um convite para a observarem, como se ela fosse uma exposição inusitada – a mulher que havia reunido todos aqueles velhos para fazer exigências na reunião da Associação Comunitária Sikh.

Não eram exigências, Kulwinder lembrou a si mesma. Eram pedidos razoáveis. Fundos para um centro apropriado para as mulheres, um que ofereceria serviços gratuitos como aconselhamento jurídico para vítimas de violência doméstica e uma academia adaptada onde mulheres pudessem fazer exercícios sem sofrer assédio. Ainda assim, Kulwinder riu ao se lembrar da expressão de intimidação dos homens quando ela disse: "Usem o tempo que precisarem para ponderar sobre nossa proposta, mas quero estar presente em todas as discussões daqui por diante. Chega de decisões improvisadas tomadas por panelinhas masculinas no *langar*. Está claro?". Quando ninguém protestou, ela confirmou com a cabeça e disse: "Bom. Estamos todos de acordo, então".

Ouviu-se um leve som de batida.

— Entre — Kulwinder disse.

A porta permaneceu fechada. Ouviu-se uma batida mais forte. Era outra coisa com que tinha que se acostumar no novo escritório – uma porta maciça que bloqueava os ruídos vindos de fora, mas abafava suas respostas.

— Entre — ela gritou.

A porta se abriu.

— Nikki! — Kulwinder fechou o jornal de forma apressada enquanto a garota se aproximava de sua mesa. Kulwinder se levantou para abraçá-la e percebeu que estava sem sua bolsa de carteiro. No lugar, levava uma mochila cheia de livros. — Tem estudado bastante — ela comentou.

— Preciso me atualizar. A faculdade começa daqui a poucas semanas e fiquei muito tempo fora.

— Tenho certeza de que vai se lembrar de tudo.

— Preciso aprender algumas coisas novas. O curso é um pouquinho diferente.

Nikki tinha ficado muito empolgada quando lhe ofereceram uma das vagas restantes naquele programa, um curso de Direito com ênfase em justiça social. "Quero ajudar a evitar o que aconteceu com garotas como Maya", ela havia dito quando ligou para Kulwinder para contar as novidades, o que fez o coração de Kulwinder se encher de orgulho. E então, ao estilo Nikki, tagarelou sobre direitos das mulheres, só que, daquela vez, Kulwinder prestou atenção. "E deve haver mais casos não solucionados, como os assassinatos de Gulshan e Karina. Tão poucas pessoas questionaram a morte daquelas garotas que pareceu normal continuar com a violência. Quem sabe podemos ter base para abrir uma investigação sobre Gulshan e para reabrir o caso de Karina. Estou procurando maneiras de estimular a conversa sobre crimes de honra em comunidades como a nossa." *Nossa.* Kulwinder sentiu um aperto na garganta de emoção.

Nikki apontou com a cabeça para o jornal.

— Alguma novidade? — ela perguntou.

— Nada — Kulwinder suspirou.

— Vai levar tempo — Nikki disse. — Mas sei que é difícil esperar.

Jaggi aguardava julgamento e essa era toda a informação que tinham. Ela verificava o jornal por hábito, em busca de atualizações, mas, com a passagem de cada novo dia, lutava contra a decepção. Uma parte dela esperava que ele fosse jogado direto na prisão assim que Nikki encontrou o formulário de inscrição entre seus pertences. Por que precisavam fazer mais perguntas se a caligrafia claramente batia? Mas os advogados haviam explicado algo sobre o devido processo legal e os procedimentos a seguir, que Kulwinder teve que aceitar. Pelo menos ela e Sarab tinham advogados agora – a Gupta e Advogados Associados havia apresentado uma oferta para representar a causa de Maya de graça. Eles asseguraram a Kulwinder que tinham um bom argumento, e estavam confiantes de que derrotariam a defesa de Jaggi quando chegasse a hora. Kulwinder estava cheia de gratidão, mas continuava achando que havia um truque em todo aquele acordo de gratuidade, embora o sr. Gupta em pessoa tivesse explicado se tratar de um caso de serviço à comunidade. Não obstante, uma vez por semana, ela ia ao escritório dele na Broadway e entregava uma caixa de *ladoos* à recepcionista.

Nikki puxou uma cadeira.

— Este escritório é uma graça. Bem maior que o antigo.

Kulwinder olhou ao redor.

— Obrigada — ela disse, orgulhosa. Ela passou os dedos suavemente sobre a superfície lisa de sua mesa.

— Vim aqui com notícias empolgantes — Nikki disse.

— Sua irmã ficou noiva — Kulwinder arriscou.

— Não, ainda não — Nikki disse. — Mas ela tem saído com uma pessoa.

— Ah, um rapaz gentil?

— É — Nikki respondeu. — Ele é bem gentil. Ela fica feliz quando ele está por perto.

— Ótimo — Kulwinder disse. Ela ficou levemente decepcionada. Já fazia muito tempo que não ia a um casamento em Londres. Teria sido agradável usar ouro de novo. — Quais são as notícias, então?

Nikki respirou fundo.

— Vamos ser publicadas.

Kulwinder olhou fixamente para ela e não disse nada. Nikki só podia estar de brincadeira.

— As histórias? *Aquelas* histórias? — Ela apontou para a coleção de fotocópias sobre a mesa, com a frágil encadernação em espiral que havia começado a se desenrolar devido ao uso. Havia outras cópias circulando por Southall e mais além, mas aquela era a original.

— Aquelas mesmo, e é possível que mais. Uma empresa chamada Gemini Books quer publicar *Escola de contos eróticos para viúvas*!

Nikki abriu a mochila e tirou uma pilha grossa de páginas, que entregou para Kulwinder. Era um contrato de publicação cheio de jargões e frases complicadas que Kulwinder não entendia, mas ela fez uma cena arrumando os óculos no rosto e apontando para cláusulas específicas como se apreciasse sua inclusão.

— Em que língua serão publicadas? — Kulwinder perguntou.

— É uma editora bilíngue e pretendem ter versões tanto em *gurmukhi* quanto em inglês. Disse a eles que havia muitas outras histórias sendo escritas, e eles nos ofereceram a oportunidade de continuar publicando como uma série.

— Essa notícia é maravilhosa — Kulwinder disse. — Poderemos ter algumas cópias aqui para as pessoas pegarem emprestadas?

— Tenho certeza de que sim. Elas também podem comprar os livros. Os lucros podem ser usados para bancar o centro para mulheres.

— Ah, Nikki — Kulwinder disse. — Essa notícia é ainda melhor que um noivado.

Nikki gargalhou.

— É bom saber.

— Por falar no centro para mulheres, pensou melhor sobre minha oferta?

Uma semana antes, Kulwinder havia ligado para Nikki para perguntar se poderia dar algumas aulas. Nikki tinha parecido hesitante. Sua linguagem corporal inconstante indicava a Kulwinder que provavelmente diria não.

— É uma grande oportunidade — Nikki disse. — Mas temo que, com todos os meus compromissos de estudos este ano, e morando tão longe, eu não consiga dar conta.

— Onde você está morando?

— Enfield — Nikki disse.

— Com sua mãe?

— É temporário — Nikki disse. — Provavelmente vou dividir um apartamento com minha amiga Olive no ano que vem.

— Então vai precisar de um emprego — Kulwinder lembrou. — Aluguéis são caros.

Nikki provavelmente pensou que ela estava desesperada, mas hoje não faltavam pessoas querendo dar aulas no centro para mulheres. A notícia havia se espalhado pela comunidade e tutores em potencial ligavam todos os dias para perguntar sobre vagas.

— As viúvas querem você de volta — Kulwinder explicou com suavidade.

— Sinto saudades delas — Nikki disse. — Vou manter contato. Vi Arvinder, Manjeet e Preetam no *langar* agora mesmo. E Sheena e eu vamos tomar café mais tarde.

— Vai poder vê-las o tempo todo. Sheena vai dar aulas de internet. As outras se matricularam.

— Preciso me concentrar nos estudos por enquanto — Nikki disse. — Para ser sincera, adoraria se fosse em outra ocasião.

Kulwinder entendeu. Todos aqueles livros na mochila de Nikki precisavam ser lidos, e quem sabe quanto tempo isso levaria? Ainda assim, havia formas de lembrar aos jovens sobre seus deveres. Kulwinder se encolheu e segurou o tecido da blusa bem no meio do peito.

— O que foi? — Nikki perguntou.

— Ah, comigo? Nada — Kulwinder disse. Ela manteve a expressão distorcida de dor por um instante e depois relaxou. Estava funcionando. Nikki parecia preocupada.

— Não é melhor eu te levar para um hospital? — Nikki perguntou.

— Não, não — Kulwinder disse. — É só meu refluxo gástrico. Tenho essas dores. Ficam piores à medida que envelheço.

Na verdade, o médico havia lhe dado amostras de um novo medicamento que permitia que ela comesse tanto *achar* quanto quisesse – sem consequente sensação de inchaço ou arrotos.

— Sinto muito — Nikki disse.

— Tem dias em que só preciso ficar em casa — Kulwinder disse. — Sem me preocupar em como distribuir as aulas.

— Tem aulas aos domingos? — Nikki perguntou.

— Não, não, não se aborreça. Está muito ocupada com os estudos.

— Posso vir para cá aos domingos.

Kulwinder conhecia a escala em detalhes. Não havia aulas marcadas para os domingos porque aquele dia normalmente era dedicado a casamentos e programação especial de orações no templo.

— Não podemos pagá-la para dar aula aos domingos.

— Então não paguem. Eu me voluntario — Nikki disse. — Venho aos domingos para dar uma aula de redação em inglês ou uma oficina de conversação. As pessoas podem aparecer se quiserem.

— Não posso pedir que faça isso — Kulwinder disse.

— Encontrarei tempo — Nikki disse. — Tenho que ser parte deste lugar. Você tem que cuidar de si mesma.

— É só meu estômago — Kulwinder disse.

— Sim, igual às enxaquecas da minha mãe — Nikki disse, irônica. — Desencadeadas durante discussões e misteriosamente curadas depois que ela as ganha.

Kulwinder deu um leve sorriso para Nikki e contraiu-se uma última vez, para arrematar.

Depois que Nikki saiu, Kulwinder ficou em pé diante da janela. Daquela altura, a vida em Southall era reduzida a miniaturas – pessoas, carros e árvores que podia juntar na palma de sua mão. Não era de se surpreender que os homens sempre parecessem tão altos e poderosos nas reuniões. Eles observavam o mundo a partir daquela posição vantajosa, e ele parecia insignificante. Basta olhar para aquele bando de viúvas que desviavam dos carros estacionados como se fossem fantasmas. Elas poderiam ser bolinhas de papel. Kulwinder lançou um olhar exausto para sua sala e tomou uma decisão. Ela cuidaria da papelada oficial ali, mas faria questão de passar a maior parte do tempo no térreo com as mulheres. Deveria começar naquele momento.

Enquanto se afastava da janela para pegar sua bolsa, ela viu a minúscula figura de Nikki cruzando o estacionamento. Um homem jovem esperava por ela. Só podia ser Jason Bhamra. Kulwinder tinha ouvido as viúvas falarem que eles estavam juntos. Ela viu o encontro dos dois, os braços se encontrando em um cumprimento animado. Nikki jogou a cabeça para trás e deu uma gargalhada enquanto Jason cochichava em seu ouvido.

Kulwinder se voltou para o templo e fez uma rápida oração em gratidão pelo prazer. A sensação de contato, a expectativa por um beijo ou um toque da mão de Sarab em sua coxa nua – tais momentos eram minúsculos, mas se somavam em uma vida inteira de felicidade.

Glossário

Achar: um tipo de conserva, semelhante a um picles, que pode ser feita à base de manga, berinjela, limão, papaia, cebola ou peixe.

Barfi: doce indiano feito com leite e açúcar. Normalmente, é apresentado cortado em quadradinhos.

Beti: significa "filha", mas pode ser utilizado por mulheres mais velhas de maneira carinhosa quando se dirigem a mulheres mais novas.

Bhangra: estilo de música e dança típicos punjabi.

Bibi: termo utilizado para se dirigir respeitosamente a uma mulher mais velha.

Bindi: utilizado no centro da testa, entre as sobrancelhas, pode ser uma pequena quantidade de tinta aplicada no local ou uma joia.

Chai: chá feito com especiarias e ervas aromáticas indianas.

Chaiwallah: pessoa que prepara e vende chá na rua.

Dal: prato tradicional feito à base de grãos como lentilha.

Dupatta: xale tradicional utilizado por mulheres.

Ghee: tipo de manteiga comum na culinária indiana.

Goreh: termo hindi para "estrangeiro".

Gori: palavra informal para "mulher branca".

Gulab jamun: doce em calda feito a partir de leite.

Gurdwara: templo religioso sikh.

Gurmukhi: alfabeto punjabi.

Hijab: vestimenta, normalmente um véu, utilizada por mulheres muçulmanas.

Izzat: conceito de honra presente nas religiões hindu, muçulmanas e sikh.

Jalebi: doce típico que consiste em uma massa frita em formato de pretzel ou círculo e embebida em xarope de açúcar.

Kajal: cosmético para os olhos comumente utilizado para contornar ou escurecer as pálpebras e como rímel para os cílios.

Kurti ou kurta: vestimenta que se assemelha a uma bata um pouco mais comprida.

Ladoo: doce típico feito com farinha de grão-de-bico e açúcar, moldado em formato de bolinha.

Langar: local dentro de um *gurdwara* onde são servidas refeições para qualquer um que deseje, mesmo que não seja membro da religião.

Lengha: saia longa, que chega aos tornozelos.

Massala: mistura de temperos como especiarias e ervas usada na preparação de pratos típicos.

Mehendi: tatuagens temporárias de hena feitas comumente nas mãos e nos pés.

Punjabi: nativo ou descendente de nativos da região de Punjab, localizada na Índia e no Paquistão.

Roti: pão achatado feito de farinha de trigo integral misturada com água e sem levedura.

Salwar kameez: vestimenta que consiste na combinação de calça e uma camisa comprida.

Sangeet: festa que antecede o casamento na qual as mulheres da família do noivo e da noiva se encontram para celebrar a união.

Sat sri akal: saudação usando entre os sikhs e que significa algo como "venerado Todo-Poderoso é a verdade suprema".

Sewa: prática sikh que consiste em realizar serviços para pessoas ou para a comunidade sem exigir nada em troca.

Sikh: membro da religião monoteísta Sikh.

Tava: espécie de frigideira utilizada para fazer pães.

Waheguru: palavra utilizada para se referir a Deus.

Agradecimentos

Minha gratidão, amor e admiração aos que seguem:

Anna Power, a primeira pessoa a ler esta história e enxergar seu potencial. De mentora a agente literária e amiga, sua dedicação e entusiasmo me ajudam a seguir em frente.

Toda a equipe da HarperCollins por me receber de forma tão carinhosa e com tanta empolgação. Martha Ashby e Rachel Kahan, o feedback e as ideias que deram transformaram a edição em uma descoberta, e não só um processo. Kimberley Young, Hannah Gamon e Felicity Denham, sou muito sortuda por ter defensoras tão apaixonadas por este livro.

Jaskiran Badh-Sidhu e seus maravilhosos pais e avó, que com seu amor e generosidade fizeram a Inglaterra parecer um segundo lar. Sem vocês, este livro não existiria.

Prithi Rao, seus comentários sobre o manuscrito foram inestimáveis e sua amizade, mais ainda.

Mãe e pai, por me encorajarem a correr atrás deste sonho maluco de escrever. Meus sogros, os Howell, por seu amor e apoio.

Paul, você é absolutamente tudo de bom, inspirador e verdadeiro neste mundo. A vida seria muito sem graça sem você. Eu te amo demais.

Acreditamos nos livros

Este livro foi composto em ITC Berkeley Oldstyle e Voyage e impresso pela Gráfica Santa Marta em maio de 2021.